SABINA NABER

Caddielove

ENGEL LÄUFT AMOK Auf einem Wiener Golfplatz wird ein Mann mithilfe eines präparierten Balls in die Luft gesprengt. Der Sponsor des internationalen Ladies-PGA, das dort zum ersten Mal seit Jahren wieder ausgetragen werden soll, droht abzuspringen – was für den Clubmanager eine Katastrophe bedeuten würde, aber auch für die junge Profispielerin Stella Dielenhoff. Die Ermittler Mayer & Katz tauchen in die ganz eigene Welt des Golfsports ein, und erst als sie tief in der Vergangenheit einiger Clubmitglieder wühlen und die ihnen zunehmend klarer werdenden Regeln des Spiels verinnerlichen, kommen sie den Tätern auf die Spur …

Sabina Naber absolvierte ihr Studium in Wien und blieb seitdem der Donaumetropole treu. Nach Stationen als Regisseurin, Journalistin und Drehbuchautorin veröffentlichte sie 2002 bei Rotbuch ihren ersten Roman rund um die Wiener Kommissarin Maria Kouba, von der mittlerweile sechs Abenteuer erschienen sind. Eine ihrer zahlreichen Kurzgeschichten, »Peter in St. Paul« (Milena-Verlag), wurde 2007 mit dem Friedrich-Glauser-Preis ausgezeichnet. Sie fungiert auch als Herausgeberin von Anthologien und arbeitet seit Kurzem als Trainerin (www.giblautwerdedu.at); Details siehe www.sabinanaber.at.

Bisherige Veröffentlichungen im Gmeiner-Verlag:
Marathonduell (2013)

SABINA NABER

Caddielove

Ein Fall für Mayer & Katz

Original
GMEINER

*Personen und Handlung sind frei erfunden.
Ähnlichkeiten mit lebenden oder toten Personen
sind rein zufällig und nicht beabsichtigt.*

Besuchen Sie uns im Internet:
www.gmeiner-verlag.de

Im Ehnried 5, 88605 Meßkirch
Telefon 07575/2095-0
info@gmeiner-verlag.de

1. Auflage 2014

Lektorat: Claudia Senghaas, Kirchardt
Herstellung: Julia Franze
Umschlaggestaltung: U.O.R.G. Lutz Eberle, Stuttgart
unter Verwendung eines Fotos von: © thegoatman – Fotolia.com
Druck: GGP Media GmbH, Pößneck
Printed in Germany
ISBN 978-3-8392-1532-6

Ich widme dieses Buch all jenen, die einmal einen Abschlag getätigt haben und nicht golfsüchtig geworden sind – denn sie sind eine sehr seltene, vom Aussterben bedrohte Spezies.

Liebe Leserinnen und Leser,

der im Buch beschriebene Golfplatz *Three Oaks* existiert nicht (deshalb auch dieser bewusst romantisierende Name anstatt einer, wie weithin üblich, Sponsor- oder Ortsbezeichnung), weil ich keinem der Wiener Golfplätze zu nahe treten wollte. *Three Oaks* habe ich anhand von Plänen mehrerer Plätze weltweit ›gebaut‹ – und zwar dergestalt, dass er die Chance hat, Austragungsort für ein Turnier der Ladies European Tour zu werden.

Für alle mit dem Golf nicht vertrauten Leserinnen und Leser gibt es am Ende des Romans ein Golfglossar (Seite 327), für alle NichtösterreicherInnen Erklärungen zu Wiener Ausdrücken sowie zu Spezialbegriffen (Seite 334).

Zur Mentalität von Golfspielern – ein Witz:

Bei einem Abschlag am 17. Loch passiert es: Der Ball fliegt über den Platz hinaus, durchschlägt die Frontscheibe eines Kleinwagens, der deshalb ins Schleudern kommt und einen Schulbus rammt. Dieser kommt von der Straße ab und bohrt sich in die Fensterscheibe eines Supermarktes. Das Gebäude stürzt daraufhin ein und begräbt Dutzende von Menschen unter den Trümmern.

Völlig verzweifelt stammelt der Golfer: »Wie konnte das denn nur passieren?«

Daraufhin sein Pro*: »Du hast den Daumen zu weit abgespreizt.**«

---

* *Pro=Trainer*

** *gemeint ist ein Detail beim Griff um den Golfschläger*

Eckdaten:
Ort: der Golfclub *Three Oaks* im Nordosten von Wien
Charakteristik: 18-Loch-Anlage auf PGA-Niveau, Par 72, CR 71, Slope 125
Zeit: Mitte Mai
Flight 1: *Stella Dielenhoff:* 17-jährige, frisch gebackene Profispielerin; *Mörder*
Flight 2: *Daniela Mayer:* Gruppeninspektorin, ZBV im Landeskriminalamt; *Karl Maria Katz:* Chefinspektor im Landeskriminalamt
Dauer: in der Länge zweier Runden, also 2 x 18 Loch, sprich 36 Abschläge

Am Ende des Buches findet sich zum etwaigen Nachschlagen eine komplette Personenliste (Seite 338).

STELLA / 1

Ich muss meine Emotionen in den Griff bekommen. Ich muss mein Selbstbild ins Positive rücken. Das Selbstbewusstsein – der 15. Schläger.

Sehr schön. Und jetzt sitze ich da, an der Bar im Club, und schreibe wie ein Baby Tagebuch. Jeff hat mich dazu verdonnert. Ich muss das alles unbedingt mit einem Kennwort schützen. Lisa borgt sich ja ständig mein Tablet aus, und wer weiß, ob sie nicht herumschnüffelt. Oder es einmal eingeschaltet liegen lässt. Irgendjemand es sich schnappt. Und es wäre extrem peinlich, wenn das jemand liest. Golfhoffnung hadert mit schlechtem Abschlag – oder so. Lese ich förmlich schon in den Clubnachrichten. Irgendein Witzbold schummelt das sicher hinein.

Okay, ich will Profi werden. Und ich bin am besten Weg dazu. Naja, eigentlich bin ich es schon, wenn man es genau betrachtet. Aber ich sehe das noch nicht so. Dieses Jahr muss ich gut überstehen, nein, sehr gut überstehen, dann …

Und als Profi, da muss man leiden können, das sagt auch Mama. Und sie weiß, wovon sie spricht. Ständig das Üben, wenn sie einmal nicht auf Tournee ist. Quält nicht nur mich ☺

Also Tagebuch. Pah, das letzte Mal habe ich so etwas noch mit der Hand geschrieben und war neun Jahre alt. Hat mich immer gelangweilt, weil ich es blöd gefunden habe, mir selber zu erzählen, was ich erlebt habe. Daher seit acht Jahren nichts mehr. Aber jetzt weiß ich wenigstens, über was ich schreiben soll. Ich muss mir die positiven Schläge ins Gedächtnis rufen, hat Jeff gesagt, denn die vergesse ich immer. Das Bild von den miesen legt sich über all die kommenden Schläge und versaut die. Stimmt. Er ist wirklich der beste Pro ever. Ist zwar nicht seine eigene, diese Erkenntnis, ich weiß, dass es da auch Bücher gibt, habe ja selber schon wahnsinnig viele gelesen, und es gibt total gute Kollegen von ihm wie den Rotella, die genau das sagen. Aber Rotella ist nicht da, der hält dem Tiger oder sonst einer Granate das Händchen, und sinnig klingt das Ganze schon. Also vertrau ich Jeff einmal. Bis jetzt hat ja alles gestimmt, was er gesagt hat.

Denk nach der Runde nicht mehr an die schlechten Schläge, sondern nur mehr an die guten! Sehr schön. Was war da heute? Gleich der Abschlag am 1er. Gigamäßig. Über 210 und gerade wie ein Lineal. Aber viel mehr war da heute nicht drin. Bin in einem Flight gegangen, weil Jeff meint, man muss auch lernen, dass man sich von den anderen nicht ablenken lässt. Sonst hat man im Turnier den vollen Stress. Und bei meinem ersten PGA hat sich das auch schon gezeigt. Ich war so steif, als hätte ich noch nie einen Schläger in der Hand gehabt. Ich will gar nicht mehr daran denken. Beim zweiten war es zwar besser, aber – gut, reden wir nicht mehr davon. Jetzt muss ich einmal pro Woche mit irgendwelchen Leuten auf die Runde gehen. Ganz normal als Übung, natürlich ohne Wertung. Gut so, denn bei diesen Runden zeichne ich mich wirklich nicht aus. Bei all dem Training, und ich bin jetzt schon oft bei sechs Stunden am Tag, ist das der schlimmste Teil. Gut, Jeff hat ja recht. Mein großes Problem ist, dass ich mir manchmal von den anderen ihr Spiel aufdrängen lasse. Ich weiß zum Beispiel, dass ich besser bin, wenn ich tendenziell meine Annäherungen flach halte. Und was tue ich? Ich chippe, als ob ich die Sonne treffen wollte, nur weil diese Hamburgerin es getan hat. Das hohe ist *ihr* Spiel, und *meins* ist anders. Rein damit ins Hirn!!!!

Aber das ist ja leider nicht alles, wenn ich ehrlich bin. Ticks. Sie können mich total nervös machen. Eigentlich lächerlich, aber dann habe ich zum Beispiel beim Cup in Agadir irgendwann nur mehr daran gedacht, wie ich der Schwedin die Hände zusammenbinde, damit sie beim Ansprechen, also genau genommen vorher, wenn sie über Schläger und Schlag nachdenkt, nicht ständig die Unterlippe zwischen Daumen und Zeigefinger nimmt. Oder, dass ich jemandem auf den Rücken klopfe, damit er mit dem Hüsteln aufhört.

Ja, Jeff hat recht. Ich lasse mich ablenken und beeinflussen. Und die Übung leuchtet mir ein. Aber es ist so langweilig. Da wartet man herum, bis die anderen ihren Schlag ins Rough, ins Wasser, in den Bunker, ins Green, zurück in den Bunker und dann wieder aufs Green befördert haben, um dann wieder zu warten, weil sie mit mindestens vier Putts das Loch umkreisen, bevor sie hineintreffen. Wirklich wahr. Gut, ich übertreib jetzt ein bissel, aber nicht viel. Jeff würde mich jetzt zusammenfalten, weil ja jeder einmal anfängt und nicht jeder ein Supertalent ist. Gut, stimmt. Aber muss ich das ausbaden? Kann ich nicht wenigstens mit Leuten gehen, die mindestens einstellig sind? Ich habe ihn im Verdacht, dass er mich absichtlich mit Bogeyspielern zusammenspannt, um meine Geduld zu trainieren. Und außerdem war heute schon wieder der volle Kotzbrocken dabei, dieser Hohenfellner. Markus natürlich. Der nervt mich so was von, dass ich den nicht einmal duzen will. Kommt aber blöd, also mache ich es. So ein Ehrgeizling, der's nie unter 17 schaffen wird. Aber Hauptsache, er brüllt die Kathi nieder, wie sie beim Bunker am 11er ein bissel länger nachgedacht hat. Aber Kathi ist so cool, obwohl sie schon über vierzig ist, dass sie ihn nicht einmal ignoriert hat, wie Mama sagen würde. Und dann räuspert er sich die ganze Zeit, als hätte er den Hals voller Schleim. Kein Wunder, dass er es mit der Stimme hat, bei seiner ewigen Schreierei. Er ist der, dem ich kräftig auf den Rücken schlagen möchte. Und zwar so heftig, dass er endlich den Mund hält. Und dann fragt er mich auch noch nach meinen Lernfortschritten für die Matura und redet und redet und regt sich auf, dass die Jugend von heute so ungebildet ist. Flippt aus, wenn ich einmal »cool« sage, weil »diese Anglizismen die deutsche Sprache verschandeln«. Sagt er. Nein, brüllt er. Echt, warum hat nicht der den Herzinfarkt kriegen können? Aber nein, den Cerny hat's erwischt. Gut, er war auch eine Nervensäge. Hat mich einmal, wie wir im selben Flight waren, abgetatscht. Hat einen auf hilfreichen Opa gemacht. Das hat mich echt aufgeregt. Und die Lisa hat mir dann in der Garderobe erzählt, dass er es bei ihr auch schon probiert hat, gleich am dritten Tag, nachdem sie bei uns eingetreten ist. Konnte es nicht abwarten, ihr am Ausschnitt etwas wegzuschnippen. Und Lisa, ganz cool, beugt sich hinunter zu seinem Hosentürl und sagt laut: »Sitzt die Hose schlecht? Die beult sich da etwas.« Er ist knallrot geworden und abgedampft, hat sie erzählt. Kann ich mir gut vorstellen. Ich hätte das nicht gebracht, sie ist da viel straighter als ich. Ich bin froh, dass sie bei uns ist. Von ihr kann ich echt noch was lernen. Und das darf sie auch nicht lesen.

Der Cerny war aber eigentlich harmlos. Es ist wirklich schade um ihn. Vor allem bei den Clubfeiern wird er mir abgehen. Auch wenn Witze erzählen im Grund extrem peinlich ist, waren seine sehr lustig. Der Cerny war gescheit. Und einsam, sagt Mama, weil ihm vor zwei Jahren seine Frau gestorben ist. Klar, sagt Mama, dass er dann ein bisschen den Kontakt zum weiblichen Geschlecht gesucht hat. Aber, wie gesagt, harmlos. Der Hohenfellner ist es nicht.

Der schaut so starr. Angst kriegen könnte man. Die Lisa findet das auch. Fast hätte er mitbekommen, wie wir wieder über ihn hergezogen sind, weil es ja wirklich ganz schlechtes Benehmen ist, ständig herumzubrüllen und die anderen zur Sau zu machen, als hätte nur er eine Existenzberechtigung. Und es ist auch einfach unangenehm. Wenn er loslegt, möchte ich mich am liebsten in ein Schneckenhaus zurückziehen und warten, bis das Donnerwetter vorbei ist. Wie lange spielt der schon Golf? Noch nie etwas von Etikette gehört, Mister? Aber der ist wahrscheinlich auch sonst so ein Polterer, so ein Trampeltier. Und Mama sagt, dass solche Menschen, die die ganze Zeit auszucken, sehr arm sind, weil sie sich ständig bedroht fühlen. Dass man mit ihnen Mitleid haben muss. Na, ich weiß nicht.

Ja, letzte Woche war das, als Lisa und ich überlegt haben, wie wir ihm das austreiben. Und er hat sich auf der Terrasse an den Nebentisch gesetzt. Aber wir haben ihn ganz lieb angesmiled. Und heute haben wir schon wieder gemeinsam eine Runde absolviert. Ich weiß nicht, wie lange ich das noch aushalte. Den Zoff, den wir damals gehabt haben, reden wir zwar nicht an, aber ich spüre ganz genau, dass er mich deswegen noch immer hasst. Aber was glaubt er denn? Dass ihm nie jemand die Meinung sagt? Wahrscheinlich ist er auch deswegen grantig, weil ich ihm zu jung bin, so jemanden nimmt er nicht ernst, egal wie gut der oder die ist. Wobei ich glaube, dass er Frauen noch weniger ernst nimmt. Dillo. Er wird es jedenfalls nie auf die Tour schaffen, allein das ist beruhigend. Zu schlecht und zu alt. Und bei den Amateuren wird ihm sein Herumgeschreie auch nichts nützen, denn die haben wesentlich weniger Skrupel als ich, ihm drüberzufahren. Außerdem kann er die anderen fertigmachen, wie er will, und sich selber gleich dazu, mit seiner Ausflipperei, das nützt ihm gar nichts. Wenn man innerlich nicht ruhig ist, wenn man nicht loslassen kann, dann wird man immer schlecht sein.

Es ist nur einfach so unfair, was er macht. Ich könnte – aaaargh!!!

Nein, nein, nein, Jeff würde sagen: Lass dich nicht ablenken, Stella. Und ich schreib das Tagebuch, um meine Schläge zu visualisieren. Also – der Abschlag auf dem 1er. Dann der Putt auf dem 3er. Genial. Downhill, exakt berechnetes Break und prompt klingklong. Über 5 Meter!!! Hab das Grain total gespürt. Und die Annäherung auf 17 war auch gut, 80 Meter direkt zwischen die Bunker und knapp am Rosenstrauch vorbei aufs Green, 60 auf den Stock. Ansonsten war heute wirklich nicht mein Tag. Zwei Bogeys!!! Bitte! Zwei!!! Extrem peinlich. Ich wäre am liebsten im jeweiligen Loch verschwunden. Wirklich furchtbar. Und das alles nur wegen diesem Hohenfellner. Ich bin ehrlich froh, dass diese Runden nie zählen, sonst bin ich die längste Zeit 1+ gewesen. Gott sei Dank ist Lisa schon nach Hause gefahren gewesen, und morgen fragt sie vielleicht nicht nach. Freundinnen hin oder her: Wenn ich schlecht schlage, habe ich manchmal das Gefühl, sie freut sich darüber. Das ist wahrscheinlich, weil sie es sich nicht leisten kann, auf Pro zu machen. Sie spielt ja auch noch immer mit einem uralten Satz. Ich hab Mama, bevor sie letzte Woche weggefahren ist, gefragt, ob wir ihr nicht einen neuen kaufen könnten. Aber sie hat gemeint, das würde Lisa nur beschämen. Doch sie wird sich was einfallen lassen. Wenn ich mir dann allerdings vorstelle, wie sie mit einem neuen Set spielt, krampfe ich mich gleich so ein, dass ich nur mehr Bogeys produziere …

Nein, ich darf nicht so denken, das hat mir Jeff eingebläut. Erstens: Die anderen sind auf einem anderen Planeten. Zweitens: Jeder Schlag ist Vergangenheit. Und von der holen wir uns nur das Beste. Also zurück zu heute: Immerhin konnte ich die zwei Schlechtpunkte ausbügeln, denn ich hab dann ja auch drei Birdies und sogar einen Eagle gemacht.

Wow, wenn ich es hinschreibe, klingt es echt gut. Ja, lieber Jeff, ich vergesse jetzt die Bogeys. Du hast recht. Wie immer. Ich habe einen EAGLE!!!! gemacht. Brav. Echt cool. *Das* muss ich Lisa erzählen, dann fragt sie sonst nichts mehr ☺ Und vor allem den Drive auf dem 1er muss ich mir immer wieder vor Augen führen. Gut, das werde ich dann vor dem Einschlafen machen. Mein Mineral ist leer, und ich muss noch für Mathe büffeln. Anfang Juni ist es so weit. Bin ich froh. Dann kann ich mich endlich total auf die Tour konzentrieren.

Also werde ich jetzt die geheiligten Hallen verlassen, obwohl ich überhaupt keine Lust dazu habe. Wir haben den totalen Spaß, weil der Silver versucht hat, dem Wolfi die Tarockkarten zu erklären. Sogar die Kriegler ist ganz erträglich – wenn sie nicht spielt, geht's ja mit ihr. Sie erfindet die lustigsten Eselsbrücken, damit sich der Wolfi so Begriffe wie Uhu und Gstiß merkt. Wäre noch lustig da. Der Bertl hat mir auch angeboten, dass ich drüben im Hotel übernachten kann, er wird das schon dem Ronny verklickern. Aber das mag ich nicht. Bin eh schon zu viel da. Eigentlich immer.

Naja, ist halt so. Morgen früh um halb acht gehe ich eine Runde mit Jeff. Wettkampforientiertes Training ausnahmsweise auf dem Platz und nicht auf der Range. Mist, was wird er sich wieder einfallen lassen? Eisen statt Holz und umgekehrt? ☺ Und am Nachmittag gehe ich eine zweite Runde mit Lisa. Ihr Abschlag ist sensationell, vielleicht kann ich mir da noch irgendwas abschauen.

Und ich höre Jeff schon NEEEEIIIN!!!! schreien ☺

MAYER / 2

Der Sand des Bunkers schimmerte rostrot – an einigen Stellen. An anderen hellrosa bis weiß, wieder an anderen schwarz, und an ganz wenigen sandfarben und anderen Nuancen von Beige, wie er es eigentlich überall machen sollte. Am oberen Rand des Bunkers, der die Grenze zur grasbewachsenen Spielfläche bildete, waren Rechenspuren erkennbar. Und es waren diese regelmäßigen Wellenlinien, die Gruppeninspektorin Daniela Mayer einen Druck auf der Brust verursachten. Denn sie sahen genauso aus wie jene im japanischen Miniaturgarten einer Bekannten. Zen sollte das Ziel beim Betrachten von solchen Linien sein, also Versenkung, die zu Ruhe, Stille und Leere führt, und dadurch zu Frieden. Oder so irgendwie.

Davon war hier bei diesem Bunker keine Rede. Nicht nur, dass gerade am Himmel ein Flugzeug im Landeanflug auf Schwechat vorbeidröhnte, zwitscherten auch die Vögel mit einer Vehemenz von tratschenden Anrainern, die das Geschehen kommentieren, und schnitten die knappen Fragen und Anweisungen der Kollegen von SKO und Tatortsicherung sowie der Uniformierten durch die morgendliche Stille. Aber selbst, wenn alle Geräusche ausgeblendet wären, blieben die Fleischstücke und Gliedmaßenstummel, die lautstark von etwas gar nicht Friedlichem erzählten.

Von einem Mann – zumindest das Geschlecht der Fleischmasse war aufgrund der übergroßen Schuhe zu erkennen –, der in einem Sandbunker eines Golfplatzes in Stücke gesprengt worden war.

Daniela Mayer wandte sich von der Schlachtbank im Bunker ab, rund um den gerade der sechste Pflock ins

Gras gerammt wurde, der mit den anderen fünf Basis für ein Zelt war, das den ab Mittag drohenden Regen vom Tatort fernhalten sollte. Sie stierte auf den Boden, um ihren Atem unter Kontrolle zu bekommen. Hier konnte sie in puncto Interpretation der Spurenlage genau gar nichts ausrichten, das mussten die auf Sprengstoff spezialisierten Kollegen erledigen. Sie konnte also ohne schlechtes Gewissen ins Clubhaus zurückkehren und mit der Befragung beginnen. Die sich auch bald erledigt haben dürfte, denn immerhin war es erst viertel neun Uhr morgens, und bei ihrer Ankunft hatte sie nur eine Handvoll Menschen gesehen, die aussahen, als wären sie schon auf dem Weg zu einer Runde.

Nein, so ging das nicht. Mayer straffte die Schultern. Nur, weil der Anblick grausig war, durfte sie bei ihren Ermittlungen nicht schludern. Die sie eigentlich gar nicht leiten sollte. Ihre Hand fuhr zur Gesäßtasche ihrer Hose, legte sich auf die Ausbeulung des Stoffes. Sie musste Katz anrufen, auch wenn er sich das unter Androhung aller bekannten Foltermethoden und Strafen verbeten hatte. Das hier war für sie allein eine Nummer zu groß. Sprengstoffattentat auf dem Golfplatz! Und wenn sich auch noch herausstellte, dass der Tote ein bedeutender Wirtschaftsboss gewesen war – denn wer sonst spielte Golf so früh am Morgen? –, vielleicht mit undurchsichtigen Verbindungen zu noch undurchsichtigeren Ländern oder Potentaten … Aber warum so eine Sauerei am Golfplatz? Derartige Leute entledigten sich ihrer Feinde für gewöhnlich per Profi, der ihrem Auftrag mit einem Kopfschuss in der Parkgarage oder einem Fernschuss beim Verlassen des Hauses nachkam. Sprengstoff in einem Sandbunker war doch viel zu theatralisch. Der Mord war sicher die nächsten beiden Wochen im Schlaglicht der Medien, die Säuberung nach unlauteren Geschäften hingegen suchte die Dunkelheit.

Fuck off.

Es war ja nicht einmal gesagt, dass es ein hohes Tier war, dessen Einzelteile bei der Beerdigung nur mehr einen Babysarg benötigten. Viel mehr wirkte die Platzierung eines Sprengsatzes an so einer öffentlichen und nicht einer Person zuordenbaren Stelle wie ein Vabanquespiel, denn was hatte dem Mörder die Sicherheit gegeben, dass ausgerechnet dieser Mann in diesen Bunker … Genau, es konnte ein Anschlag gegen den Golfclub an sich sein, bei dem die Identität des Opfers egal war, ganz nach dem Motto *Sport ist Mord* … Wobei sich die Frage stellte, ob Golf überhaupt unter diese Kategorie fiel. Wie hieß es so schön? Pensionistengeklopfe. Jedenfalls war die Frage: gezieltes Attentat oder willkürliches? Und die konnte nur durch die Bauart des Sprengsatzes oder der Bombe geklärt werden, soviel wusste Mayer noch von ihrer Grundausbildung. Das galt es herauszufinden. Ja, sie musste in Gang kommen, bevor Rössler auftauchte und mit seiner ganzen staatsanwaltlichen Autorität Ideen zur Untersuchung einforderte, die man frühestens nach zwei, drei Stunden haben konnte. Zum Glück stand er im Stau nach einem Auffahrunfall auf dem Schwedenplatz.

Mayer musterte wieder den Schauplatz. Die Experten vom SKO kannte sie allesamt nicht, hatte noch nie mit ihnen zu tun gehabt. Es war wohl besser, erste Fragen einem Vertrauten zu stellen. Sie versuchte, unter den weißen Kapuzen der Spurensicherer den roten Schopf von Helge Schmitz zu erahnen. Der heutige Leiter der AB08 war ein alter Hase und hatte sicherlich schon, mit oder ohne Hilfe der Sprengstoffleute, anhand von irgendwelchen Kleinstteilen die Biografie der Tat zur Hälfte erstellt.

Und da sah sie ihn auch schon, zwar nicht den roten Schopf, aber den weiß-roten Seehundbart von Schmitz, mit dem er wie ein Nordseekapitän wirkte. Die Kollegen riefen ihm auch lachend oft *Captain, oh mein Captain* entgegen, was natürlich einerseits ein in dem Zusammenhang völlig falsches Zitat war und andererseits Helge zur Weißglut trieb, denn er war, trotz seiner fünfundvierzig Jahre in Österreich, mit Herzblut Kölner und sicher kein Nordlicht. Auch wenn er, weil er mit vier Jahren nach Wien gekommen war, die Stadt am Rhein nur von Verwandtschaftsbesuchen und Gelagen beim Karneval kannte. Die Liebe zu Letzterem wäre ja ein Grund, Helge mit Argwohn zu begegnen, wenn er nicht ansonsten ein sehr netter Typ wäre. Karneval. Fasching. Mayer hatte noch nie verstanden, was lustig daran sein sollte, sich als jemand anderer zu verkleiden, wenn man im Normalfall nicht einmal wusste, wer man selber wirklich war.

Gerade, als Mayer auf den *Captain* zugehen wollte, hob Helge die Hand und orderte einen Kollegen zu sich. Er zeigte ihm ein Areal, das vom Rand des Bunkers bis eineinhalb Meter ins Gras reichte. Der Kollege wuselte auch sofort brav davon, um im nächsten Moment mit einem weiteren Mann die Stelle mit Polizeiband abzusichern. Und sofort machten sie sich daran, auch diesen Teil mit einem Tatortzelt vor Nässe zu sichern.

Helges Blick fiel auf Mayer. Und während er sie zu sich wedelte, kam er mit weitausholenden Schritten auf sie zu. »Da hättn wa wat.« Voll crazy, die Attitüde, einen auf Piefke zu machen, obwohl er natürlich allerbestes Wienerisch sprach. Aber jeder, wie er wollte.

»Aha.«

»Der Täter hat ja mit der Harke da alle Spuren verwischt, aber er hat de kahle Stelle da«, Helge wies mit der Hand auf den Rand des Bunkers, »übersehen. Keen Gras. Hat wohl eener sein Divot nicht wieder einjepflanzt, der Böse. Und de Greenkeeper hat ihn übersehen. Jedenfalls bester Abdruck. Jutes Profil.«

»Divot?«

Helge lachte. »Ne Grasnarbe nach nem Schlach. Mei'm Bruder sen Lieblingswort. Is'n mieser Golfer.«

»Aha. Und woher wissen wir, dass der Fußabdruck vom Täter ist?«

Helge grinste, wodurch sich die Schnurrbartenden ums Kinn zu wickeln schienen. »Der Sand. Zieht sich von der Stelle, an der die Harke abgelegt ist, hinein ins Semirough. Liecht auf den Grasspitzen. Und heute Nacht hat es jerechnet. Und ick kann mir nich vorstellen, dass hier eener schon vor unserem Kunden da …«

»Semirough?«

»Grasfläche zwischen Fairway und Rough, in der Höhe des Bewuchses also irgendwo dazwischen. Aber was unser lieber Schmitz meint, ist das Vorgrün, werte Kollegin Mayer«, schnurrte es hinter ihr. Rössler. Hätte der Stau nicht etwas ausgiebiger sein können?

Unwillkürlich flutschten Mayers Hände in die Hosentaschen. Einmal mehr fragte sie sich, wie es sein konnte, dass er bei verdächtig vielen Fällen, an denen sie beteiligt war, der zuständige Staatsanwalt war. Soviel sie wusste, wurden die Fälle per Computer und Zufall zugeteilt, um Streitereien unter den Anwälten zu vermeiden. Vielleicht schummelte er, denn immerhin war er ja Gruppenleiter in der Staatsanwaltschaft Wien. Aber wozu? Weil die Truppe von Katz meist die spannenden Fälle hatte, weil der Chefinspektor als so eine Art Genie galt?

Während sie sich umdrehte, zwang sie ihre Rechte heraus, um sie Rössler zu reichen. Der hielt sie eine Spur zu lange in der Seinen. Er hatte also noch immer nicht aufgegeben, ihr Avancen zu machen, obwohl er wusste, dass sie nichts mit Männern anfangen konnte, und obwohl er gerade eben drei Wochen Bildungsreise in Vietnam hinter sich hatte, während solch einer man als Singlemann doch üblicherweise eine Singlefrau kennenlernte und sie nach Hause schleppte. Ständig auf der Suche, der Beste. Aber, please, nicht nach ihr!

Rössler richtete seinen Krawattenknoten, während er in belehrendem Ton fortfuhr: »Green ist das ganz kurz geschnittene Gras rund um das Loch, so fest und weich wie ein Teppich, der Teil rundherum, wie gesagt, das Vorgrün. Die Hauptspielfläche beziehungsweise das gesamte Spielareal nennt man Fairway.« Er beschrieb mit dem Arm einen großen Bogen über die Graslandschaft hinter ihnen. »So halb kurz geschnittenes Gras, ein bisschen höher, ist daneben das Semirough, und dann gibt es noch das Rough. Wildnis, sozusagen.«

»Aha.«

Rössler war von ihrer mangelnden Begeisterung ob dieser Ausführung sichtlich irritiert, denn sein hochgezogener rechter Mundwinkel, der ein Lächeln darstellen sollte, zuckte mit aller Gewalt Richtung Kinn.

»Nun, ich denke, werte Kollegin Mayer, dass es für die Untersuchung nicht schaden kann, ein paar Golfbegriffe zu kennen.«

»Alles klar, Herr Staatsanwalt. Ich hoffe, ich darf Sie auch außerhalb der Dienstzeit anrufen, wenn ich ein Problem mit der Golfwelt habe. Die Sie ja bestens zu kennen scheinen.«

Das Zucken des Mundwinkels nach unten hörte schlagartig auf. »Sparen Sie sich Ihre Spitzen, liebe Frau Mayer. Ich spiele Golf, weil ich … nun ja, es liebe. Geschäftliches ist nur eine Begleiterscheinung. Und wenn Sie nun ein bisschen in diese Welt eintauchen, einmal einen Abschlag machen, werden Sie auch infiziert. Sie werden sehen.« Er strahlte sie nun regelrecht an.

»Danke …« *Ich habe noch Sex,* verkniff sich Mayer. Erstens, weil es nicht stimmte, sie lebte derzeit wie eine Nonne, zweitens, weil Rösslers Insiderwissen tatsächlich von Belang sein konnte. Und schließlich drittens, weil er bei seinem Bekenntnis ehrlich leidenschaftlich gewirkt hatte. Engagement für eine Sache mochte sie. »Okay. We will see.«

»Sie werden, Sie werden! Gut, und wo ist Katz?«

»Krank.«

»Nichts Ernstes, hoffe ich?«

Nur die Scheißerei, weil der Herr Chefinspektor sich ein Wochenende lang mit viel Alkohol und wer wusste schon, mit was sonst noch, beweisen hatte wollen, dass er noch nicht Mitte Fünfzig war. »Verdauungsprobleme. Vielleicht eine Darmgrippe.«

»Nun denn, wir beide werden das Kind schon schaukeln, bis er wieder da ist.« Er verschränkte die Hände auf dem Rücken – wodurch sein dunkelgrauer Anzug mehr spannte, als er durfte, anscheinend hatte Rössler es sich in Vietnam gut gehen lassen – und wippte einmal auf die Zehenspitzen. Langsam entwickelte er sich zu seinem eigenen Klischee. Vielleicht lag das an seinem bevorstehenden vierzigsten Geburtstag. Von wegen Seriosität und so.

Rössler bedachte nun auch endlich Schmitz mit einem Handschlag, der bislang wie ein Piksiebener daneben gestanden war. »Und was haben wir?«

Statt einer Antwort schaute Helge zu dem blutüberströmten Tatort. Rösslers Blick folgte dem seinen. Und schlagartig war das Pseudolächeln auf seinem Gesicht inhaltlos, es schwebte vergessen über dem Mund. »Bombe? Oder Sprengsatz?«

Helge nickte. »Wir wissen det noch nich so jenau, aber det SKO und ich denken, fast sicher Fernzünder.«

»Aha?«, mischte sich Mayer ein.

»Der janze Körper is zerfetzt. Wenn, sagn wa, der Ball ne normale Bombe jewesen war, dann wäre se beim Schlag explodiert. Beene, Arme wech, jut, aber er könnte vielleicht noch leben. Und Zeituhr? Keen Mensch weeß, wann exakt er bei welchem Loch is. Und ob er überhaupt in´n Bunker schlächt, geschweige denn, ob und wann er sich über den Ball beugt. Und jebeugt hat er sich. Es hat ´n voll erwischt.«

»Aha.« Das alles konnten Profis nach ein paar Minuten aus diesem Tatort herauslesen. So schlecht waren ihre ersten Gedanken gar nicht gewesen.

»Aber wie müssn det Ding erst finden, also det, wat noch übrig is. Und dann uff´n Tisch haben.«

»Also ein Spezialist, der sich noch dazu auf die Lauer gelegt hat«, fasste Rössler zusammen.

»So unjefähr.«

»Gar nicht gut.« Mayer presste noch am Ende des Satzes die Lippen zusammen, damit ihr nicht zusätzlich *So ein Scheiß* entfleuchte. Und es hatte verzagt geklungen, genau so, wie sie sich fühlte, wodurch Rössler sich wahrscheinlich gezwungen sah, entweder Katz trotz Krankenstands in den Dienst zu bitten oder um eine andere Ermittlergruppe anzusuchen. Mit einer desperaten Interims-Gruppenleiterin konnte man einen derartigen Fall nicht lösen. Und das wiederum würde Katz ihr nicht verzeihen. Sie saß in der Bredouille. Verdammte Eitelkeit! Sie hätte sich nach der ersten erfolgreichen Zusammenarbeit mit dem lieben Herrn Chefinspektor nicht dazu überreden lassen sollen, entgegen ihrer jahrelang beinhart durchgezogenen Einstellung, nur über ihre Leiche ins Landeskriminalamt aufsteigen zu wollen, doch in die Berggasse zu wechseln. Sie hatte schon gewusst, warum sie ihr ruhiges, übersichtliches Kommissariat West so gemocht hatte. Einfache Morde und Tätlichkeiten in den Bereichen Gang-Rivalität, Menschenhandel, Drogen und Ehestreit. Aber sie hatte nach diesem Marathonfall das Lob von ihrem Interimschef begierig aufgeschleckt wie die Katze verschüttetes Schlagobers. Ultrapeinlich, das alles. Wie ein Kleinkind, das sich freut, wenn ihm Papi über den Kopf streichelt. Und nun hatte sie den Salat. Der Alte hatte sich mit Dünnschiss verdünnisiert, und sie konnte sich mit einem Bombenleger abfretten. Wenn das nur nicht ausuferte, so wie damals bei diesem Franz Fuchs. Als Kind hatte sie die Zeitungsartikel und Fernsehbeiträge verschlungen, als Polizeischülerin dann gehofft, dass ihr so etwas nie unterkommen würde.

Mayer schluckte. Der Name, der durch ihr Denken gehuscht war, offenbarte ihr noch eine unsägliche Variante des Falls: Franz Fuchs war Rechtsextremer gewesen. Und das bedeutete … Mayer lächelte. Das bedeutete, dass ihr die Sache dann sowieso entzogen wurde.

Sie runzelte die Stirn, so gut es ging, und schaute Rössler etwas zu lange an, um Sorge zu vermitteln. »Und sind nicht Bomben eher Sachen von Terroristen? Rechtsextreme, Al-Qaïda? Sollten wir nicht vielleicht das BKA …?«

Er schüttelte den Kopf. »Vorläufig Ihr Fall, liebe Kollegin Mayer. Wir wollen nicht gleich die Pferde scheu machen. Sprich, die Presse. Die, wie ich Ihnen mitteilen darf, bereits das Einfahrtstor belagert. Auf keinen Fall darf das Bundeskriminalamt auftauchen, es reicht wirklich schon die Tatsache einer Bombe auf einem Golfplatz.«

Er schwieg abrupt, als wäre ihm etwas eingefallen, wohl das, was auch Mayer durch den Sinn geschossen war und ebenso Helge, denn sie ließen alle drei ihren Blick über das Gelände schweifen. Es war weitläufig bis zur Unübersichtlichkeit, viele Hecken und Baumgruppen boten Gelegenheiten für Verstecke, und alles war, soweit Mayer erkennen konnte, lediglich durch einen Maschendrahtzaun gesichert. Leicht zu überklettern.

Mayer zückte ihr Telefon. »Ich werde ein paar Polizeischüler zum Absichern herbeordern.«

»Eine Hundertschaft«, meinte Rössler, »mindestens. Glauben Sie mir. Ich kenne den Platz. Und die Freunde von der berichtenden Zunft.«

Während sie telefonierte, nahm Rössler einen kleinen Kreisgang auf. Dabei runzelte er die Stirn und rollte die Krawatte um seinen Zeigefinger. Kaum hatte sie die Order beendet, trat er an Mayer heran und winkte auch nochmals Helge zu ihnen. »Ich rekapituliere: Der Ball war die Bombe.«

Helge nickte.

»Die Bombe ist bewusst zu einem bestimmten Zeitpunkt ferngezündet worden.«

Erneutes Nicken.

Rössler sah Mayer an. »Dann müssen wir uns zuerst einmal auf das Opfer konzentrieren, nicht auf den Club allgemein.«

»Aha?«

»Jeder Profi-Golfer hat seine eigenen Bälle. Auch einige Amateure. Wenn das so ist, kommen nur die zum Einsatz.

Also meistens. Wir müssen herausfinden, ob unser Mann zu dieser Kategorie gehört. Wenn ja, hätte er gemerkt, wenn der Ball nicht seine spezielle Markierung gehabt hätte.«

»Die Leute markieren die Bälle?«

»Ja, ist sinnvoll, damit es nicht zu Streitigkeiten kommt, wenn zwei nebeneinander im Rough landen oder knapp bei der Stange. Leider machen es bei den Amateuren zu wenige.«

Rössler sah sich um und steuerte dann die Golftasche an, die neben dem Bunker lag. Er ging in die Hocke, streckte Richtung Helge die Hand aus. »Schon alles registriert?«

Helge eilte mit Gummihandschuhen zu ihm. »Ja, alles fotografiert. Müssen wir nur noch eintüten.«

Rössler streifte die Handschuhe über, betastete die Seitentaschen des Bags, ohne die Haut- und Fleischreste zu berühren, öffnete eine Lasche und zog einen Golfball heraus. Er drehte ihn. »Ein grüner Kreis mit Kreuz.«

Mayer ging zu ihm und betrachtete den Ball. Das Zeichen sah wie ein Kreuzerl auf einem Wahlzettel aus.

»Det bedeutet«, resümierte Helge, »jemand hat nen Ball von der Marke, wie er sie verwendet, präpariert und denn wieder in det Wäjelchen jeschummelt.«

»Hm.« Rössler stand auf, verschränkte die Arme und betrachtete die Golftasche. »Bei mir ginge das nicht so leicht. Mein Bag ist immer bei mir oder im Auto eingesperrt.« Er lächelte Mayer an. »Na, dann haben wir doch schon einen Ansatz.«

»Ach ja?«

»Sie finden heraus, um wen es sich hierbei handelt«, er deutete mit dem Daumen über die Schulter zum Bunker, »Und dann müssen wir nur all die Personen finden, die eine Chance hatten, unbemerkt an das Bag des Opfers zu kommen.«

Nur. Die.

Er klatschte er in die Hände, schob ein fröhliches »An die Arbeit!« hinterher und gesellte sich mit Helge zu den Tatortsicherern, die bereits die Plane an den sechs Pflöcken befestigten.

KATZ / 3

»Charles, ich sollte dir eigentlich die Freundschaft aufkündigen!«, drang an Chefinspektor Karl Maria Katz' Ohr. Er blinzelte und schaffte es, sein rechtes Auge einen Spaltbreit zu öffnen.

Überdimensional ragte neben der Couch sein Freund Alex empor, aufgrund der Fensterfront ein massiver Gegenlichtschatten. Wie war er so schnell hierhergekommen? Er hatte doch noch eben in der Küche den Wasserhahn betätigt und … Jedenfalls so groß und so heftig nach zitronigem Duschgel riechend, dass Katz eine neue Welle von Übelkeit überkam und er sich in die Polsterung krallte, um nicht von der schwankenden Liegestatt zu fallen.

Alex fasste mit einer energischen Bewegung seine dunkelbraunen schulterlangen Haare zusammen und versah sie mit einem Gummiband. Dann nahm er vom Rand des Wasserkübels, der zwischen Couch, einer Rolle Küchenpapier und der Lacke von Erbrochenem stand, die rosafarbenen Gummihandschuhe und streifte sie über. Er trug weiße Jeans und ein weinrotes Poloshirt.

»Wo Kleid?«, röchelte Katz. Mehr Ton und mehr Silben ließ sein schmerzender Hals nicht zu.

Alex beugte sich zu ihm hinunter, wodurch sich Katz in einem Zitronenhain im frühlingshaften Sizilien wähnte. Zu viel Duft für seinen Zustand. Unter Aufbietung all seiner Kraft drehte er den Kopf demonstrativ ein Stück zur Seite.

Sein Freund beugte sich dennoch nah über ihn. »Charles, mon ami, das habe ich vorgestern getragen. Vorgestern. Und du hast gesehen, wie ich es ausgezogen habe, weil du dich ebenfalls bei mir umgezogen hast. Vorgestern!

Und ich bin vorhin schon in den Klamotten da in der Tür gestanden. Vor zehn Minuten. Ist der Film wieder da? Du bist vorgestern dann nach Hause. Angeblich. Mon dieu, was hast du bitte angestellt?«

Katz brummte ein *Hm*, mehr wollte und vor allem konnte er zu dem Thema nicht sagen. Er hörte Alex die Gummihände zusammenpatschen, dann das Reißen von Papier, wischende Geräusche. Unmittelbar danach schlich sich der Geruch von Erbrochenem in seine Nase. Jetzt sehnte er sich nach dem Zitronenhain. Es war definitiv besser, aufgrund einer im Prinzip angenehmen Duftwolke von Krämpfen geschüttelt zu sterben.

Alex brabbelte vor sich hin, dass es eine Zumutung sei, Speibe wegzuwischen – bester Freund hin oder her. Er wünschte sich endlich eine Frau für Katz, um im nächsten Moment diesen Wunsch zu stornieren, denn Charles sei eine Zumutung für jeden Mitbewohner, es also im Grunde ein Segen sei, dass er nun schon so lange allein lebe. Wobei, wirklich allein sei er ja nicht, denn er könne sich darauf verlassen, dass im Notfall der gutmütige Trottel Alex alles wieder gerade richte. Und dann würde man auch noch in ruppigem Ton angeblafft. Keine Umgangsformen, der Herr Chefinspektor. Und überhaupt. Einfach so vor die Couch zu kotzen, hätte er es nicht bis ins WC schaffen können? Sein Benehmen ließ *absolutement* zu wünschen übrig.

Katz fühlte sich irgendwo tief in seinem Inneren schuldig und dankbar zugleich, und ausnahmsweise von Alex' Attitüde, ständig französische Floskeln einzubauen, genervt. Aber eine andere Emotion nahm ihn so sehr in Beschlag, dass für jene gegenüber seinem besten Freund kein Platz mehr blieb: Besorgnis. Ein relativ unbekanntes Gefühl, denn um Alex musste er sich nie Sorgen machen, der Mann stand sicher auf seinen beiden Beinen im Leben wie kaum jemand anderer, und sonst gab es niemanden mehr. Zumindest mit dem er Kontakt hätte. Aber das war nun seit kurzer Zeit anders.

Er quälte sich um hundertachtzig Grad in die andere Seitenlage, um Alex beim Sprechen ansehen zu können. Damit der ihm notfalls von den Lippen lesen konnte. »Mayer. Fall.«

Alex nickte und verknotete einen mit gebrauchten Küchentüchern vollgestopften Plastiksack. »Ich weiß. Der Anruf kam kurz nach halb acht. Und im Gegensatz zu dir ist Danielle von ihrer Wochenendkletterei frisch und munter zurückgekommen und ebenso an die Arbeit gegangen.« Er schaute Katz mit geschürzten Lippen an. »Was hast du ihr gesagt, warum du nicht kannst? Du bist doch auch verständigt worden?«

Katz brummte und krächzte: »Darmgrippe.«

»Du bist ein Arsch, Karl Maria Katz.« Alex nahm den Fetzen aus dem Kübel und wischte über die nun vom Gröbsten gesäuberte Stelle. Zu den Zitronen gesellte sich etwas Süßliches wie Vanille.

In Katz' Kopf explodierte der Schmerz. Alex hatte recht, so recht. Unter Krampfattacken schraubte er sich in eine sitzende Position und trank das von seinem Freund bereitgestellte Glas Samarin in einem Zug aus. Das Bittere des Mineralstoffgetränks drang durch die Dumpfheit, die seinen ganzen Körper in Beschlag genommen hatte. Er spürte sich wieder. Und seine Zunge löste sich vom Gaumen, er war also endlich sprechfähig. »Ich weiß nicht, was mich geritten hat. Frag mich nicht. Is eh schon lang nicht mehr vorgekommen.«

»Je m'ecxuse, je m'ecxuse!«, imitierte Alex eine leidende Diva, »Monsieur Richter, ich bin unschuldig wie ein Baby!«

»Lass mich in Ruh.«

»Oh, jetzt erinnert sich Mister Cool an sein Recht als Macho, sich ab und zu so richtig volllaufen zu lassen.«

»Leck mich.«

»Das würde nur unsere Freundschaft zerstören, mon ami.«

»Musst du immer das letzte Wort haben? Du altes Waschweib?«

Alex nahm den Wasserkübel und den Plastiksack und marschierte aus dem Wohnzimmer.

»He! War nicht so gemeint!«

Keine Antwort. Alex imitierte Frauen nicht nur glänzend, er war eine. Genauso zickig und angerührt. Aber er konnte ihn nicht schmollen lassen, er benötigte Infos. Und zu seinem Glück war die Quelle nah und unauffällig, hatte doch Daniela das einstige, aufgrund des Rausschmisses ihrer Lebensgefährtin dringend benötigte Notquartier bei Alex mit seiner nur allzu freudigen Zustimmung zur Interimsunterkunft auf unbestimmte Zeit umfunktioniert. Sein Freund liebte es, die junge Frau zu beglucken. *Weißt du, Charles,* meinte er einmal auf Katz' Hinweis, dass Daniela Mayer immerhin bald den Dreißiger schrammte und somit eindeutig als erwachsen galt, *so ein Beziehungstrauma muss man gründlich aufarbeiten. Wir wollen doch, dass unsere Chouchou irgendwann wieder so richtig glücklich wird.* Wahrscheinlich lebte er bei Daniela seine nie zu ihrem Recht gekommenen Vatergefühle aus. Katz konnte ihn verstehen, ihm ging seine Tochter auch manchmal ab. Und seine Frau. Aber nur manchmal. Daran hatte er erfolgreich gearbeitet.

Er rappelte sich von der Couch und schlurfte in die Küche. Alex lehnte mit verschränkten Armen an der

Abwasch und drehte bei seinem Eintreten mit einer theatralischen Bewegung den Kopf weg. Mein Gott, wie ein hysterisches Eheweib.

Katz lehnte sich neben ihn und boxte ihn auf den Oberarm. »He, passt schon. Und – danke.«

Alex blieb bei seiner abwehrenden Haltung. »Ich rede also zu viel?«

»Ma, geh mir jetzt bitte net auf die Eier, okay? Hat sie dir was gesagt? Mir kommt vor, da war was von Bombe.«

Alex strich eine Strähne hinters Ohr und betrachtete den Plafond. »Explosion draußen im *Three Oaks Club*.«

»In dem Riesengolfschuppen? Dort, wo du …?«

»Ja, für den du mir damals«, er vermied die Präzisierung *vierzigster Geburtstag*, wohl weil bald der Fünfziger an die Tür klopfte, »den Gutschein geschenkt hast. Wo ich die Platzreife gemacht habe.«

»Irgendwelche Details? Gasrohrbruch vielleicht?«

Sein Freund schüttelte den Kopf und sah ihn endlich wieder an. Seine Stirn lag in Falten. »Ein zerfetzter Mann in einem Bunker.«

»Auf dem Gelände gibt's noch Luftschutz…?«

»Quatsch. Sandbunker. Soweit solltest du dich mit Golf aber auskennen.«

»Halleluja.«

»Tu dis.«

Und obwohl es Alex nicht aussprach, wusste Katz, was er eigentlich sagen wollte: *Und du lässt den Frischling bei so etwas allein.* »Ich muss wissen, was da los ist.« Er stürzte in den Vorraum und fand sein Handy auf dem Schuhregal. Ein Hoch auf seinen Ordnungssinn, der ihn auch im bewusstlosen Zustand nicht im Stich ließ.

Alex stellte sich neben ihn und legte die Hand auf das

Smartphone. »Sie würde es als Kontrollanruf interpretieren.«

»Okay. Dann irgendjemanden von der Truppe, den ich kenn. Ja, ich muss sofort diese junge Polizistin, mit der ich letztens …«

Das Wörtchen *sofort* schien sein Körper auf eigene Art zu interpretieren. In seinem Bauch fuhrwerkte eine Machete. Katz rannte aufs Klo.

MAYER / 4

Wahrscheinlich saß da jetzt ein alter, leicht untersetzter Mann mit langem weißem Bart irgendwo auf einem Energystream zwischen Jupiter und Mars und schlug sich lachend auf die Schenkel. Vorhang auf für *Mayers Reise in die wundersame Welt des bombigen Golfs*. Nun denn, Rössler hatte gesprochen, sie hatte zu folgen. Also an die Arbeit.

Mayers Hand fuhr ins Außenfach ihrer Umhängetasche. Doch dort waren sie nicht, die Zahnstocher. Alex hatte gemeint, das Kauen auf den Holzdingern würde *etwas ungustiös* wirken. Und so hatte sie in einem Anfall von kindlichem Gehorsam die letzte beinahe noch volle Packung weggeworfen. Jene Packung, die ihr Katz als erstes Freundschaftszeichen geschenkt hatte. Eigentlich urpeinlich. Unter den Fittichen von Alex entwickelte sie sich langsam zum Baby zurück. Sie musste ihm echt einmal seine Grenzen zeigen. Fuck, was ging es ihn schon an, wenn sie bei der Arbeit auf Zahnstochern herumkaute? Mit irgendetwas musste sich der Mensch ja beschäftigen. Und es war definitiv gesünder, als ständig eine Zigarette nach der anderen zu inhalieren wie Katz. Vielleicht hatten die in dem Restaurant da drüben welche.

Sie drehte sich von der Tatortsicherung Richtung Clubhaus – und sah direkt in die Augen einer jungen Uniformierten, die ihren Blick nach dem Kontakt sofort senkte. Sie unterbrach ein Telefonat. Und lächelte Mayer an. Sehr unecht. Mayer lächelte zurück, es war ihr total egal, ob die Lady Privatgespräche führte. Irgendwie musste sie sich ja bei der langen Warterei beschäftigen.

»'tschuldigung! Sie! Entschuldigen Sie bitte!«

Daniela wandte sich der Stimme zu. Vor ihr stand ein Mann, dessen Alter irgendwo zwischen Mitte dreißig und jenseits der fünfzig lag. Er war sicherlich über eins achtzig, also gute fünfzehn Zentimeter größer als sie, dennoch hatte sie das Gefühl, auf ihn herabzusehen. Das lag wahrscheinlich daran, dass er die Schultern bis zum Brustbein zusammengeklappt hatte. Er sah sie aus schlammfarbenen Augen an, die rot umrändert waren.

»Ja?«

Er nahm mit der Rechten die dunkelblaue Baseballmütze ab und wischte sich mit dem Handrücken über die Stirn. Ausgedünntes, ebenfalls schlammfarbenes Haar, das nach rechts gescheitelt war und vor Fett glänzte, wurde kurz sichtbar.

»Ja. Also. Ich bin der Franz.«

»Aha.«

»Der Caddiemeister.«

»Aha?«

»Art Hausmeister.«

Alles klar. Deswegen wohl auch seine breit getretenen Bergschuhe, die schmuddeligen Jeans und das karierte Hemd. Allerdings war seine Gesichtsfarbe für einen Mann, der sicher auch viel im Freien arbeitete, etwas fahl. Lag wohl am Schock.

»Ja. Also. Unser Doktor Rössler« – oh, der Herr Staatsanwalt kannte den Platz nicht nur, er war auch noch Clubmitglied – »hat gemeint, Sie sind da die Chefin hier?«, fuhr er fort.

Wenn sich das Daniela nicht gerade selbst fragte, würde sie ihm eine spitze Bemerkung wegen des Fragezeichens im Ton zukommen lassen, etwa wie *Sehen Sie denn noch wen anderen, der nicht wie ein Mehlwurm ausschaut?* Aber sie strahlte wohl offensichtlich so wenig Selbstbewusstsein aus, dass seine Frage – leider – irgendwie – berechtigt war. Shit. Also nickte sie mit einer knappen Bewegung und zückte ihr Notizbuch.

Der Herr Franz nickte ebenfalls, es wirkte zufrieden. »Ja …«

Vor dem unweigerlichen *Also* stellte sich Mayer vor und merkte an, dass sie ihn schon gesucht hätte. Ihr Ton war dabei ein bissel harsch, wie sie registrierte, also zwang sie sich zu einem Lächeln und streckte dem Caddiemeister die Hand entgegen, während sie nach seinem kompletten Namen fragte.

Sie hätte Kevin als Assistenten mitnehmen und nicht am Eingang stehen lassen sollen. Die Registrierung von Clubbesuchern konnte auch ein Uniformierter erledigen. Mit Kevin an ihrer Seite, der mit seinem unschuldigen Gesicht wesentlich jünger aussah als sie, obwohl sie nicht mehr als fünf Jahre trennten, würde sie automatisch wie die Chefin wirken. Verdammter Mist. Sie war bereits Chefin gewesen, lange genug, und zwar in ihrem gemütlichen Kommissariat West. Warum also zickte sie jetzt wie eine Highschool-Tusse herum? *Weil du noch immer nicht akzeptiert hast, dass du jetzt in einer anderen Liga spielst*, hörte sie ihren Ex-Partner Oppitz brummen. *Ich spiele da auch noch nicht wirklich*, keifte sie zurück. *Ich bin da noch immer ZBV.* Oppitz würde diesen Einwand mit seiner Pranke wie eine Spinnwebe beiseitefegen. Natürlich hatte er in der Sache recht, denn sie hatte deswegen noch immer den Status *Zur besonderen Verwendung*, weil noch keine Planstelle frei geworden war, da ihr Vorgänger im Team von Katz nach einem Herzinfarkt noch immer auf

Reha weilte – und aus überhaupt keinem anderen Grund, den man auch nur irgendwie in die falsche Kehle bekommen könnte. Sie war viel mehr noch immer im Landeskriminalamt, weil ein gewisser Jemand sehr viel von ihr hielt. Trotzdem. Und überhaupt.

»Ja.«

»Was?« Daniela registrierte erst jetzt wieder diesen Herrn Franz.

Er deutete statt einer Antwort mit den Augen auf ihren Notizblock. Anscheinend hatte er etwas gesagt.

»Entschuldigen Sie bitte, ich war … Mir ist gerade etwas … Was haben Sie gesagt?«

»Ruttner. Franz Ruttner.«

Daniela notierte den Namen des Caddiemeisters und stellte mit ihm gemeinsam fest, dass er die Leiche beziehungsweise deren Überreste gefunden hatte. Er sei ihr nicht sofort Rede und Antwort gestanden, weil er für die eintreffenden Clubmitglieder einiges zu organisieren gehabt hatte. Ja, und normalerweise mache er keinen morgendlichen Rundgang, doch er hatte dem Chefgreenkeeper …

»Bitte wem?«

»Dem Chefgreenkeeper. Jeremias Walter.« Ruttner sprach den Namen ohne Grinsen aus, als wäre er an außergewöhnliche Wörter gewohnt. Überhaupt sprach er sehr gewählt, wenn er einmal im Redefluss war, das hätte sie ihm nicht zugetraut.

»Und was macht der?«

Die Vogelscheuche – ja, der Herr Franz erinnerte sie mit seiner ausgemergelten Gestalt an *Scarecrow* aus dem Land Oz, eines der vielen Musicals, in das sie einst ihre Freundin Sandra geschleppt hatte, und das einzige, neben dem *Dschungelbuch*, aus dem sie sich noch immer ab und zu Szenen auf YouTube ansah; die Vogelscheuche also bedachte sie mit einem Runzeln der Augenbrauen.

Daniela zuckte mit den Schultern. »Ich spiele nicht Golf.«

»Die Greenkeeper pflegen die einzelnen«, er suchte nach dem richtigen Wort, indem er die Augen nach oben drehte, »Spielflächen. Im Grunde sind sie für die Gestaltung und Pflege des gesamten Platzes zuständig, nachdem der Architekt ihn konzipiert und angelegt hat. Und Jimmy …«

»Alles klar.« Daniela notierte *Jeremias Walter* alias *Jimmy*.

»… hat mich gebeten, dass ich nach einer neu gepflanzten Föhre beim Sechser schaue. Weil er und seine Leute am Zwölfer ein gröberes Problem hatten. Und deswegen bin ich heute in der Früh auf den Platz gegangen, und da war dann …« Sein Blick schwenkte zum Fleischbunker.

»Wann kommen Sie üblicherweise in den Club?«

»Ich wohne da.«

»Aha?«

Ruttner verschränkte die Arme. »Hat sich so ergeben.« Er lächelte, dabei wurden Zähne mit schwarzen Flecken sichtbar.

Der Mann wirkte nicht ungepflegt, bis auf die Haare natürlich, doch mit seinem ausgeronnenen Körper, dem fahlen Teint und den kariesbefallenen Stummeln im Mund erinnerte er sie sehr an die Junkies, die früher in ihrem alten Rayon am Westbahnhof herumgelungert waren. Doch sein Hochdeutsch … Wahrscheinlich ein Gefallener, dem ein gutes Herz noch einmal eine Chance gegeben hatte. Auf jeden Fall war Franz Ruttner ein Glücksfall, denn ein Hausfaktotum wusste immer viel.

»Aha. Und Sie haben nicht vielleicht zufällig eine Ahnung, wer das Opfer ist, oder?«

Ruttner nickte. Er schluckte.

»Und?«

»Markus Hohenfellner.«

Daniela betrachtete nochmals die Fleischstücke in den Gewandfetzen. Eine Fliege surrte gegen ihre Stirn. Sie wedelte die Vorhut der Aasbelaicher weg. »Und das erkennen Sie bei all dem Blut?«

Ruttner schaute nun selbst noch einmal zum Bunker und wiegte den Kopf. Er seufzte. »Ja. Also. Er müsste es sein. Er ist der Einzige auf der Liste um diese Uhrzeit. Abschlag sieben Uhr. Das hier ist Loch Drei, also schon direkt vor dem Green … hm … ich habe ihn kurz vor halb acht gefunden, zwei, drei Minuten vorher war die Explosion … Ja, es könnte sich ausgehen. Er spielt schnell, wenn er allein ist.« Mit festem Blick sah er Daniela wieder an.

»Sie kennen sich aus beim Golf.« Blöde Feststellung.

Das befand Ruttner wohl auch, denn er runzelte erneut die Augenbrauen. »Wenn man jeden Tag da ist …«

»Muss sich hier jeder eintragen, der spielen will?« Das war wahrscheinlich auch eine blöde Frage, aber sie hatte keine Ahnung, und Polizisten durften bei Ahnungslosigkeit nicht auf Spott empfindlich sein, nicht jeder konnte alles wissen. Es ging nur darum, sich ein perfektes Bild zu machen … Mayer merkte, dass sie sich selber gut zuredete. *Fuck.* Katz hätte sicher schon ein paar Scherzchen gemacht, sich mit dem Caddie- respektive Hausmeister bestens angefreundet, ihm mit einer gepflegten Tratscherei alles Nennenswerte herausgelockt und den Fall schon halb gelöst. Aber der liebe Herr Chefinspektor Karl Maria Katz musste ja mit *Darmgrippe* im Bett liegen.

Ruttner grinste sie an. »Ja sicher, sonst hätten wir um bestimmte Zeiten ein paar Prügeleien. Nicht so zeitig in der Früh, aber ab neun ungefähr staut es sich. Und erst recht am Abend.«

Daniela sah sich um. Ungefähr dreißig Meter von der Spielfläche entfernt befand sich dieser Maschendrahtzaun, der das ganze Gelände umschloss. Sie betrachtete die Golfanlage nun zum zweiten Mal und ausführlicher. Glatte grüne Flächen wechselten sich mit Wiesen ab, die von Wasserstellen, genau genommen kleinen Seen, einem Bach, Sandbunkern und Strauch- beziehungsweise Baumgruppen unterbrochen waren. Bei diesem Loch Drei befanden sich kurz vor der glatten grünen Fläche mit der Fahne drauf zwei einander gegenüberliegende Bunker. Der linke war der Tatort, der rechte wurde von einer Baumgruppe mit einer riesigen Eiche, die ihrerseits von kleineren Bäumen wie jungen Eichen und Birken sowie Büschen umgeben war, begrenzt. Und dieser Miniwald reichte bis zum Zaun. Wie sie bereits festgestellt hatten: alles sehr unübersichtlich.

Sie deutete auf das Dickicht. »Und dass jemand einfach über den Zaun klettert und illegal ein paar Runden spielt?«

Ruttner sah nun seinerseits zum Zaun und dann auf das Gelände. Er legte den Kopf auf die eine Seite, dann auf die andere Seite, wodurch die Halswirbel knackten. »Ja, das kann man natürlich nicht hundertprozentig ausschließen. Aber es ist ja immer wer am Platz, sobald es hell ist. Die Greenkeeper, wie gesagt, ich, und ab kurz vor Spielbeginn die Marshals. Und zumindest die und ich kennen die Mitglieder.«

»Die Marshals?« Der Mann konnte ja kaum einen US-Justizbeamten oder einen Militär meinen. Auch nicht einen alten Adeligen.

Ruttner betrachtete sie und seufzte.

Daniela lächelte ihn an. »Wie gesagt, es gibt Menschen, die haben nichts mit Golf am Hut. Und glauben Sie mir, das sind nicht wenige.«

»'tschuldigung. Ja. Also. Der Marshal achtet darauf, dass das Spiel zügig vorangeht, die Flights …« Ruttner unterbrach sich und absolvierte mit einem weiteren schweren Seufzer sein Baseballkappe-Stirnwischen-Prozedere. »Ja. Also. Flights sind die Gruppen, die auf eine Runde gehen. Maximal vier Personen.«

»Flights so wie Flüge?« Daniela schrieb das Wort auf. Sie musste sich dringend irgendwo ein Golflexikon besorgen.

»Ja. Also. Und wenn kleine Streitigkeiten sind, hilft er, bei großen hingegen wird der …«

Daniela hob die Hand zum Stopp. »Und sie beide kennen wirklich alle Clubmitglieder?«

»Vom Sehen ja.«

»Und das, meinen Sie«, sie deutete mit ihrer Hand hinter ihre Schulter, »ist Markus …«

»Hohenfellner. Wenn er es ist. Ich kann mich nicht daran erinnern, was er getragen hat, als wir uns begrüßt haben. Da schaue ich nicht so drauf. Aber die dunklen Haare …« Ruttner nickte. »Er spielt seit vier Jahren bei uns. Ist sehr ehrgeizig. Vier Mal in der Woche absolviert er in der Früh allein eine Runde, drei Mal am Abend eine mit einem Flight, wobei er niemanden bevorzugt. Ich hab einmal gehört, wie er zu Bertl, das ist unser neuer Restaurantleiter …«, er tippte Richtung Danielas Block, »Bertram Ichner.«

Daniela notierte brav.

»Ja. Also. Wie er zu Bertl gesagt hat, dass er sich nur so weiterentwickeln kann. Denn man lernt durch die Fehler der anderen. Diese weise Erkenntnis hat er übrigens von unserem Chefpro, Jeff Gardener.«

»Aha.« Daniela verkniff sich die Nachfrage bezüglich der Aufgabe des Chefpros, die würde sie sicherlich zeitig genug erfahren. Sie zog sich die Jeansjacke aus. Die Sonne hatte inzwischen ihre vormittägliche Kraft erlangt, obwohl es wahrscheinlich erst kurz nach halb neun war. »Und wieso hatte er so viel Zeit? Ich meine, was macht er beruflich, dieser Markus Hohenfellner?«

Ruttner zuckte mit den Schultern. »Das weiß ich nicht. Aber es ist auch unerheblich. Golfer haben immer die Zeit zum Spielen. Sie nehmen sie sich einfach.«

Beneidenswert. Aber mit Sicherheit waren kaum Landeskriminalbeamte unter ihnen.

»Sagen Sie, Herr Ruttner, kennen Sie sich auch mit den Gepflogenheiten der Spieler aus?«

Er fuhr sich mit der Hand zwischen Hemdkragen und Hals. »Welche meinen Sie?« Er sah sie nicht an.

Oh, der Mann wusste viel. Den musste sie sich später, nach der ersten Orientierung, noch einmal holen. »Ich meine konkret: Wissen Sie, ob irgendjemand Gelegenheit hatte, Herrn Hohenfellner etwas in seine Golftasche zu geben? Oder hat er wie ein Schießhund darauf aufgepasst?«

Jetzt sah er sie wieder an – irgendwie erleichtert, schien Mayer. »Jeder. Er hat sein Bag ständig überall herumstehen lassen. Oft hat er auch vergessen, wo. Und ich hab ihm dann suchen geholfen.«

Na, wunderbar, *die* war nicht mehr einschränkend, sondern allumfassend. »Und das weiß auch jeder?«

»Jedes Stammmitglied. Natürlich.«

Letzte Hoffnung ade. Wenn diese Schlampigkeit derart bekannt war, dann musste Hohenfellner nicht einmal als direktes Ziel gemeint gewesen sein. Er könnte auch einfach quasi nur als Transporter verwendet worden sein. »Und wann hat er das letzte Mal gespielt?«

»Gestern am Abend. So bis um halb acht.«

»Ist er dann gleich gefahren?«

Ruttner schüttelte den Kopf. »Er war im Restaurant. So bis halb neun.«

»Waren da noch viele andere?«

»Normal. Vielleicht an die Zwanzig, Dreißig.«

Sehr schön, das *die* war nicht mehr allumfassend, sondern wunderbar eingeschränkt. »Okay. Könnten Sie mir bitte aufschreiben, wer sich zwischen Hohenfellners Rückkehr gestern Abend und seinem Abschlag heute Früh im Club aufgehalten hat?«

»Alle Namen weiß ich nicht. Es waren ein paar Gastspieler da. Und die vom Hotel kenne ich auch nicht.«

Das machte das *die* natürlich wieder groß und fett. Sie musste ziemlich frustriert wirken, denn Ruttner hob die Hand, als wolle er ihren Unterarm streicheln. Im letzten Moment zuckte er zurück und verwandelte die Geste in einen Bogen, den er mit dem Arm vollzog. Richtung Clubhaus.

»Wobei natürlich das Sekretariat die Namen hat. Auch Gastspieler müssen sich eintragen. Nur ich kann sie nicht zuordnen, weil ich diese Leute ja nicht alle kenne, wie gesagt.«

»Alles hilft uns weiter, Herr Ruttner, alles.« Mayer wünschte, sich so positiv zu fühlen, wie sie sprach.

Er lächelte sie an.

Sie trat einen Schritt auf ihn zu. »Darf ich Sie nur eines bitten, Herr Ruttner?« Er beugte sich zu ihr. »Behalten Sie bitte unser Gespräch für sich. Damit etwaige Zeugen nicht beeinflusst werden.«

Er richtete sich auf und war plötzlich eins achtzig. »Klar. Sie können sich auf mich verlassen.«

Na bitte, einen Verbündeten hatte sie schon. Sie brauchte Katz nicht. Nicht wirklich. Zumindest nicht dringend. Vorerst einmal.

MÖRDER / 5

Deine Augen sind vor Schreck geweitet. Wie furchtbar. Nichts, aber auch gar nichts darf dich belasten. Wenn ich dich da so sitzen sehe, mit den Armen um deinen Bauch, wippend – mir wird ganz schlecht. Ich versteh das alles nicht. Aber ich bin nicht schuld, das musst du mir glauben. Ich bin nicht schuld!!! Da pfuscht mir einer ins Handwerk, ehrlich. Ich würde nie etwas tun, was dich so fertig macht. Bitte glaub mir!

Was natürlich Quatsch ist, das mit dem mir glauben, denn du weißt ja gar nicht, dass ich … Und diese Aktion hat dir gut getan, du warst die letzten Wochen viel konzentrierter. Kein Wunder, du musstest ja keine Attacken mehr abwehren.

Und jetzt das.

Gott, hab ich eine Wut, das kann ich dir gar nicht sagen. Wer auch immer das war, er hat dich gefährdet, dieses Schwein. Schwerst gefährdet. Du hast als Nächste nach dem Hohenfellner abgeschlagen. Bloß zehn Minuten danach. Wenn du vor ihm gegangen wärst oder ihn überholt hättest, dann in den Bunker … nein, ich darf mir das gar nicht vorstellen, sonst …

Gott sei Dank ist dir nichts passiert. Und um den Hohenfellner ist es ja nicht wirklich schade. Trotzdem. Wer mordet so widerlich aufdringlich herum, verdammt noch einmal? Wenn ich mir die ganze Mischpoche da anschaue, kommt mir kein Verdacht. Sie sind alle schon lange Mitglieder. Warum sollte plötzlich einer von ihnen ein Attentat veranstalten? Es muss jemand von außerhalb sein. Jemand, der … ja was eigentlich? Eine Bombe auf einem Golfplatz.

Wie unelegant. Oder war das eine Tretmine? Dann müssen es ein paar von solchen Dingern gewesen sein, alles andere wäre zu unsicher. Mist, wie hat er es genau gemacht? Auf jeden Fall zu laut. Ich hätte dem Typen wahrlich ein paar Tipps geben können, wie man so etwas unauffällig erledigt. Aber es sieht definitiv danach aus, als wäre es ihm viel mehr um größtmögliches Aufsehen gegangen. Ein Wichtigtuer, der sich in der Zeitung lesen will.

Wie widerlich. Ich hasse derart aufdringliche Gewalt. Denn ich bin ja Pazifist, wie du … natürlich nicht weißt. Wir haben noch nie darüber gesprochen. Irgendwann werde ich es dir einmal erzählen.

Jetzt lächelst du mir zu, als hättest du meine Gedanken gehört. Warte, ich … oh, du hast Jeff gemeint.

Ich finde, er umarmt dich etwas zu lang. Bei deiner Mutter oder auch bei Lisa wäre es okay, aber für eine Beruhigung und für einen Lehrmeister … Gut, aber das ist deine Sache. Nur rate ich dir wirklich von Herzen: Lass dich auf nichts ein. Erstens ist er zu alt für dich, und zweitens musst du dich jetzt auf deine Aufgaben konzentrieren. Für Liebeleien hast du noch Zeit genug. Ja, so ist es gut, halt ihn auf Abstand. Du bist eine intelligente Frau.

Oh ja, deswegen wirst du mich auch verstehen, den scheinbaren Widerspruch nicht als solchen empfinden. Denn natürlich wirkt es komisch, wenn einer, der … ja, tötet, auch wenn ich das Wort gar nicht mag, also wenn so einer von sich behauptet, dass er Pazifist ist. Es ist ganz logisch.

Schau, der größte Traum für mich ist eine Welt ohne Kriege. Kein Mensch nimmt mehr eine Waffe in die Hand. Aber wie gelangen wir in diesen Zustand? Nun, liebste Stella, die Menschen müssen lernen, Gier und Geltungsdrang, das Machtstreben an sich loszuwerden. Klingt ein bisschen nach Ausmerzung der Sieben Todsünden, aber gegen den katholischen Firlefanz wehre ich mich mit Händen und Füßen. Denn diese Kreuz-Leute tun so, als hätten sie die Weisheit mit dem Löffel gefressen. Alles Humbug. In jeder Religion und Philosophie kommt man irgendwann auf den Punkt, dass nur Respekt vor der Schöpfung und der Macht dahinter zu einem ausgewogenen Zusammenleben führen kann. Man ist Teil eines Ganzen, das fließt. Und nur, wenn man sich als Teil dieses Ganzen empfindet, absichtslos wird, weil man verstanden hat, dass Vergangenheit, Gegenwart und Zukunft eins sind, findet man seinen inneren Frieden. Das ist natürlich eine schwere Übung, ein langwieriger Lernprozess. Und um den Menschen den Weg zu erleichtern, wurden Regeln geschaffen. Benehmen und Etikette sind die kleinstteiligen davon. Deswegen ist Golf die beste Schule für das Leben. Nein, es ist besser als das Leben, weil es hier um nichts anderes als um Loslassen geht. Und um Respekt. Und wer das nicht kapiert, hat hier nichts zu suchen. Den schließen wir aus. Oder entledigen uns seiner auf andere Art … nicht zu meiner Freude, das kannst du mir glauben.

Und deswegen bist du so gut, weil du das alles spürst. Nein, weil du es bist. Du bist eine Göttin. Klingt schwülstig, ich weiß, noch dazu, wenn man es zu einer sehr jungen Frau sagt. Aber die Göttin schlummert in dir, und manchmal blitzt sie hervor. Und ich beschütze dich, damit sie sich voll entfalten kann. Irgendwann wirst du das verstehen. Wenn der Zeitpunkt gekommen ist, werde ich es dir erklären, und du wirst es verstehen. Da bin ich ganz sicher.

Und jetzt das. Nicht nur, dass es auch dich hätte erwischen können, nein, mir kommt gerade … dein Turnier, unser Turnier, wird durch diesen Schwachsinn von diesem Selbstdarsteller …

Nein! Nimm sie nicht, die Zigarette. Lehn das Angebot ab! Das ist ungesund für dich, du bist Spitzensportlerin, du musst auf dich achten! Stella, nicht!!!! Und außerdem, denk an deine Veranlagung. – Gut so.

Das Ganze ist doch eine Zigarette nicht wert. Und dieser Hohenfellner schon gar nicht. Er war so unerzogen. Ich verstehe nicht, warum ihn nie jemand zur Räson gebracht hat. Er war nicht mehr auszuhalten. Solche Menschen, die das gute Zusammenleben nur stören und auch nicht hören wollen, gehören einfach weg. Auf meiner Liste steht er ja auch, aber jetzt kann ich ihn streichen. Lieber wäre es mir allerdings, ich hätte das selbst erledigt. Unauffällig, ohne Stress für ihn – naja, bei der Explosion wird er auch nicht mehr viel gespürt haben. Wenigstens etwas.

Ich bin neugierig, was die Polizei herausfindet. Sprengen ist einfach nicht mein Metier, da kenne ich mich überhaupt nicht aus. Mist, man sollte wirklich Allrounder sein. Hm, ob die Bombe direkt für den Hohenfellner gedacht war oder einfach so herumgelegen ist? Dem Club an sich schaden sollte? Ja, es muss mit dem Club an sich zu tun haben. Denn der Markus, der hat doch kein Leben gehabt. Und selbst wenn er irgendeine Frau beschissen hat … Kinder ausgegriffen? Was weiß man schon. Aber so ein Opfer sprengt nicht. Glaub ich nicht. Hab nie so jemanden getroffen. Das wird dann direkter, Messer, Pistole oder Erwürgen. Der Hohenfellner, der war doch bei dieser Firma … Vielleicht hat die irgendwelche Linken gedreht? Giftmülldeponie? Nein, nein, warum sollte er dann dran glauben? Ist ja nur ein unwichtiges Licht gewesen.

Okay, wenn es gegen den Club geht, dann wohl gegen

den Ronny. Aber der ist brav in letzter Zeit. Nun gut, Rache wird nicht kalt oder so. Aber trotzdem, der Harald arbeitet schon ewig hier. Und von seinen anderen Geschichten weiß ich nur Andeutungen …

Wie auch immer, letztendlich schadet es dem Club. Gefährdet das LPGA, deine Karriere. Verdammt, ich muss mich da schnellstens umhören, denn ich werde den Arsch finden, der deine Zukunft zerbombt, liebste Stella, das schwöre ich dir. Und dann bekommt er es mit mir zu tun.

MAYER / 6

Das Rot der Ziegel leuchtete in der Morgensonne in einer Mischung zwischen Lachs und Orange. Scharf hoben sich die weißen Fensterrahmen ab, teilweise von weißen und roten Rosen umrankt. In den blank geputzten Scheiben spiegelten sich das Blau des Himmels und das Silbergrün der Olivenbäume, die in großen Töpfen zwischen hellen Holzmöbeln auf weißem Kies standen. Auf diese Terrasse führte aus dem Mittelteil des Hauses eine doppelte und sehr große Glastür mit Sprossen. Anhand der schwarzen Dreiecksständer, auf denen mit weißer Kreide die Tagesgerichte notiert waren, den Salz- und Pfeffermühlen auf den Tischen und einem Schild, das *Murauer*-Bier anpries, schloss Mayer, dass es sich um den Gastgarten des Clubrestaurants handelte.

Als sie zum Tatort geeilt war, war ihr gar nicht aufgefallen, wie edel der ganze Eingangsbereich war. Von der Zufahrt her sah man sich bloß einem lang gestreckten Ziegelbau mit in Grau- und Rottönen geschecktem Ziegeldach gegenüber. Die Rückseite offenbarte nun einen hufeisenförmigen Bau im englischen Landhausstil. Sehr cool. Wenn man nicht, so wie sie seit Kurzem, eine gewisse Affinität fürs Englische hatte, konnte man das alles auch als *overdone* bezeichnen. Ein normaler Fertigteilschuppen hätte auch seinen Zweck erfüllt. Aber den Golfern eilte ja der Ruf eines gewissen Elitedenkens voraus.

Im linken Flügel befanden sich ebenfalls eine offene Glastür und dahinter der Innenbereich des Restaurants, den sie schon bei ihrem Marsch zum Tatort durch die Fenster begutachtet hatte. Dunkelbraunes massives Holz mit hellen, lose darauf verteilten Polstern, ein Terrakottaboden und viele Pflanzen – edel und gemütlich zugleich. Hoffentlich blieb ihr Zeit, sich da ein Frühstück einzuverleiben. An die Milchschnitte auf der Fahrt zum Tatort hatte ihr Magen nur mehr eine vage Erinnerung.

Beim rechten Flügel entdeckte Mayer Hinweisschilder zu WC-Anlagen und Garderoben sowie zum Pro-Shop, was immer das auch war, und der sich wohl im Mittelteil des Gebäudes befand. Rechter Hand des Landhauses, knapp hundert Meter entfernt, stand ein Holz-Glaskasten, sehr stylish, hinter dessen großen Scheiben im Erdgeschoß ein Swimmingpool erkennbar war. Und ganz links auf dem Areal befand sich der etwa doppelt so große Zwilling des Spa-Gebäudes, der einzige Unterschied im Baustil waren regelmäßig angebrachte Balkone. Es wirkte wie ein Hotel.

Und zwischen Mayer und der Terrasse erstreckte sich der Ausläufer eines großen Teichs, fast schon Sees, über den eine gebogene Holzbrücke führte, auf der ihr Kevins schlanke Gestalt entgegeneilte.

Ein paar unbelauschte Worte wären nicht schlecht, also legte Mayer die Jacke auf das Geländer der Brücke, beugte sich darüber und schaute ins Wasser. Über dessen Oberfläche bis hin zu einem Sandstrand, der sich vor dem Restaurantteil ausbreitete. Das wäre es jetzt: nach einem englischen Frühstück ein dickes Sudoku-Buch, mehrere, regelmäßig vom Kellner gebrachte, kühle Seidel Bier und Ruhe.

»Stress.«

Mayer wandte sich Revierinspektor Kevin Draganovič zu. Der schon lange nicht mehr zurechtgestutzte Schnabel seiner Entenfrisur klebte auf der Stirn, die vor Schweiß glänzte.

»Aha.«

Kevin lehnte sich mit dem Rücken und den Ellenbogen neben sie ans Geländer und starrte in den Himmel, als läse er dort eine Liste ab. »Heute ist ein traumhafter Tag. Nach der Solorunde des Opfers um sieben Uhr und dem Abschlag einer Profispielerin mit ihrem Trainer um zehn nach sieben volle Belegung. Das heißt, seit halb acht startet alle zehn Minuten ein Flight, immer drei bis vier Personen, das sind pro Stunde also …«

»Achtzehn bis vierundzwanzig.«

»Yeah. Also hätten starten *sollen*. Die meisten zwischen acht und neun Uhr haben wir erreicht und umdirigiert. Den Rest der Reservierungen ruft das Sekretariat gerade durch. Die davor sind eingesammelt und geben gerade ihre Personalien an. Erstaunlicherweise sind alle da, die da sein sollten. Sind wohl alle neugierig. Und warten auf dich für die Zeugenaussagen. Plus zwei Gäste aus dem clubeigenen Hotel.« Er deutete mit dem Kinn zu dem Haus mit den Balkonen. Hatte sie die Baumerkmale doch richtig interpretiert. »Die wollen oder müssen abreisen. Die anderen Touristen heben wir uns für später auf, dachte ich. Da brauchen wir auch ein paar Dolmetscher. Und natürlich das Personal. Also insgesamt an die dreißig Leute.«

Mayer runzelte die Stirn. »Das sind ja nicht so viele. Und wo ist der Stress?«

Kevin grinste, wodurch sich sein Doppelkinn in drei Lagen auffächerte. »Der Clubmanager will dich sofort sprechen.«

»Logo.«

»Nein, nicht das Übliche. Der hat irgendwas von einem Turnier gefaselt, und das scheint urwichtig zu sein. Und jetzt gefährdet.«

Mayer streckte sich und murmelte: »Shit happens«,

während sie die Nase in die Sonne streckte. Kevin stieß sie mit dem Ellenbogen in die Seite und raunte was von *Gefahr im Anzug*.

Sie schaute in Richtung des Clubhauses und sah einen großen Mann mit leichtem Bauchansatz auf sie zukommen, der ständig einen Schlüsselbund an einem langen Band über seine Hand schnalzen ließ. Links herum, rechts herum. Erstaunlich, dass ihm diese fortwährenden Schläge nicht wehtaten. Er hatte eine breite Stirn und große dunkle Augen, der Rest des Gesichtes war schmal, wodurch er wie ein zu groß geratener Bub wirkte. Daran änderten auch die graubraunen kurz geschnittenen Locken nichts, viel mehr verstärkte das dichte Haar den jugendlichen Eindruck. Was wohl auch am großzügig aufgetragenen Gel lag.

Er wechselte den Schlüsselbund in die Linke und reichte ihr die Hand. »Wie lange wird das da hier dauern?«

Mayer war versucht, ihm den Handschlag zu verweigern, so bestimmende Menschen gingen ihr total auf den Keks, noch dazu, wenn sie so geschniegelt daherkamen – über die Schultern gelegter, dunkelgrüner Pulli, sicher aus Lambswool, wahrscheinlich aus Kaschmir, so samten, wie er schimmerte, dazu weißes Poloshirt und dunkelbeige Stoffhose, beides akkurat gebügelt, sowie hellbraune Budapester mit auf sie abgestimmtem Gürtel. Aber voraussichtlich hatte sie mit dem Typen noch viel zu tun, ein schlechter Start wäre so gesehen mühsam. Sie nahm also seine Hand, ließ sie dann aber nicht los, sondern schaute dem Mann nur in die Augen. Brav tanzte sein Blick aus Verunsicherung von ihr zu Kevin und wieder zurück.

»Herr …?«, fragte sie mit dem süßesten Lächeln, das sie aufbrachte.

»Oh, entschuldigen Sie bitte. Natürlich. Ronny … also

Ronald Teutschnigg. Clubmanager. Und Besitzer.« Er deutete einen Diener an.

»Mayer. Gruppeninspektorin. Einsatzleiterin. Und: Wir wissen es nicht.«

Er ließ ihre Hand fallen, als hätte er sich verbrannt, schnappte nach Luft und drehte sich einmal im Kreis. Dann sah er ihr tief in die Augen und straffte das Schlüsselband zwischen seinen Händen. »Zwei Stunden? Sechs Stunden?«

»Schauen Sie keine Krimis?« Mayer hätte sich für diese blöde Bemerkung am liebsten auf den Mund geschlagen. Auch Kevins leicht gerunzelte Stirn bestätigte, dass sie sich im Ton vergriffen hatte. Aber der nassforsche Zirkus, den dieser Teutschnigg veranstaltete, forderte sie heraus.

Ihn ihre flapsige Art wohl auch, denn er schnappte: »Auf welchem Niveau bewegen wir uns hier …?« Den Rest behielt er zwischen den nunmehr fest zusammengepressten Lippen.

Mayer atmete tief durch, tat dabei so, als würde sie den See bewundern. Sie hörte ihren alten Kollegen Oppitz sagen: *In jedem Pappenheimer steckt auch a Mensch.* Und in dem Körpersprachenseminar vor einiger Zeit hatte die Vortragende gemeint, jeder Mensch spiele mehrere Rollen. Und zwar ohne böse Absicht. Wir sind durch unsere Umgebung dazu gezwungen. Wir sind Kinder, Eltern, Männer, Frauen, Arbeitskollegen, Vereinsmitglieder, Straßenbahnbenützer und so weiter. Das Ganze ergibt das Einzelne … Ja, eh. Aber musste das alles hier so dem Klischee von der schnöseligen Golfwelt entsprechen? Das Clubhaus, der Manager … okay. Mehr hatte sie ja noch nicht kennengelernt. Oh doch, den Herrn Franz. Und der war ja ganz anders. Es bestand also noch Hoffnung.

Sie strahlte Teutschnigg an. »Entschuldigen Sie, ich hab nur gemeint … egal. Normalerweise dauert die Tatortsicherung einen Tag, mindestens. Und in diesem speziellen Fall …«

Teutschnigg presste die Augen zusammen.

»Ist das so schlimm? Ich meine, sind die Verluste dann so arg? Sie müssen den Platz ja nicht komplett sperren.« Mayer suchte ihren sanftesten Ton. »Können die Leute dieses Loch nicht einfach auslassen?«

Der Clubmanager lachte auf. »Sie haben nicht viel Ahnung von Golf, oder?«

Das wurde anscheinend der Running Gag.

»Eine Runde besteht immer aus achtzehn Löchern«, fuhr Teutschnigg fort, »also zumindest, wenn man seinen Score eintragen möchte und nicht einfach nur herumspielt.«

Mayer notierte sich *Score*. Wahrscheinlich war damit das Ergebnis gemeint, aber wer wusste das schon so genau? Ein Königreich für ein Golf-Lexikon! Kevin gehörte wohl auch zur nicht erleuchteten Fraktion, denn sein Gesicht war ein einziges Fragezeichen.

Der Golfmanager drehte sich erneut einmal im Kreis, sein Blick flatterte über das Gelände. Dann atmete er tief durch und schloss die Augen. »Wir haben hier in sechs Wochen das erste Mal ein LPGA bei uns. Das ist ein Frauenturnier, wo Weltranglistenspielerinnen auftreten. Internationale«, erklärte er mit leiser, leicht gebrochener Stimme.

»Aber das ist ja erst in eineinhalb Monaten. Bis dahin …«

Er stoppte sie mit erhobener Hand. Nach einer bedeutungsvollen Pause meinte er leise und eindringlich: »Das ist eine Sensation.«

»Aha?«

Teutschnigg schien in sich zusammenzusinken. Er seufzte – auch das wurde anscheinend bei ihren Golfgesprächspartnern zur Gewohnheit – und gab sich einen Ruck. »Professionelle Golfturniere, ausgetragen von der Professional Golf Association, die für die Weltrangliste zählen, also PGAs, gibt es nicht so viele pro Land. Um genau zu sein, meist nur eines, egal jetzt, ob US oder European.«

Mayer zwang sich zu einem Nicken und einem interessierten Gesichtsausdruck. »Aha. Und warum? Ist das so schwer, so ein Turnier auszutragen? Oder streiten sich alle drum?« Ihr Lachen hintennach klang gackernd, das musste sie sich eingestehen. Aber so fühlte sie sich auch, wie ein blödes Hendl. Beide Golfleute, die sie bislang kennengelernt hatte, hatten ihr das Gefühl gegeben, leider kein Teil des wirklich großen Ganzen zu sein, also im Prinzip unerleuchtet. Freakige Truppe.

»Erstens ist kaum ein Golfplatz wirklich geeignet …«

Mayer holte brav Luft, um nachzufragen, er stoppte sie erneut mit erhobener Hand.

»Nein, die Details wollen Sie jetzt nicht wissen. Es geht hauptsächlich um Größe, Weitläufigkeit und Course-Rating, also Schwere des Platzes. Jedenfalls gibt es in Österreich eine eigene Gesellschaft, die die Plätze generell und dann den ausgewählten Platz eingehendst studiert, bevor sie ihn für das PGA freigibt. Und in der Männerklasse ist das auch nur bei einem Platz der Fall, nämlich bei dem in Atzenbrugg.«

Den kleinen Ort westlich von Wien im Tullnerfeld kannte Mayer von Radtouren. Ein schönes Schloss hatten die dort, wo angeblich immer Franz Schubert auf Sommerfrische gewesen war, wenn sie sich richtig erinnerte.

»Und ein Damenturnier«, fuhr Teutschnigg fort, »gab es bis vor Kurzem im Föhrenwaldclub. Bei Wiener Neustadt. Aber dann hatten die keinen Sponsor mehr. Die zweite echte Hürde für eine Ausrichtung. Und mir«, er streckte sich unwillkürlich, lächelte, »ist es gelungen, einen aufzutreiben. Wir haben 1,2 Millionen Preisgeld!«

»Von wem?«

»Von *Di Tune*!« Sein Lächeln gefror ein wenig bei der Erwähnung der jüngst wegen Waffenschmuggelverdachts ins Zwielicht geratenen Firma.

»Gratuliere.«

Als nach Mayers trockenem Kommentar nichts mehr kam, schien die Luft aus ihm zu weichen.

»Ja verstehen Sie nicht, Frau Mayer? Morduntersuchung ist gleich Absprung des Sponsors ist gleich kein Turnier ist gleich immenser Imageschaden ist gleich Einbruch bei der Werbung, bei den Buchungen, bei der Auslastung des Platzes …«

»Ihr Ruin.«

Teutschnigg quittierte ihre lapidare Zusammenfassung mit Schweigen, das von Donnergrollen unterlegt zu sein schien. Mayer schaute ihm über die Schulter, am Horizont standen Wolkentürme. Aber sie waren noch viel zu weit entfernt, als dass man etwas hätte hören können. Und auch Kevin kritzelte versunken vor sich hin. Tatsächlich nur Einbildung. Bis zum Regenguss würden sie noch viel schwitzen. Die Leinenhose klebt ihr bereits an den Oberschenkeln.

»Nun gut, Herr Teutschnigg, dann legen wir so schnell wie möglich los.« Sie stellte sich neben ihn und schaute mit ihm über das Gelände. »Entweder ist Ihr Club an sich das Ziel gewesen, weil Ihnen jemand schaden will, dann haben

Sie und ich sowieso ein Problem, denn dann wird das nicht der letzte Anschlag gewesen sein. Sie können Ihr Turnier vergessen, und wir haben einen Terroristen am Hals.«

Teutschnigg stöhnte auf.

»Oder es war tatsächlich Markus Hohenfellner gemeint, der vermutlich das Opfer ist, wie Sie wahrscheinlich bereits von Herrn Ruttner wissen.«

Der Manager nickte beiläufig. Kevin hingegen merkte auf und notierte dann offensichtlich den Namen. Gut so. Sie hatte ihm wegen dieses Hysterikers nicht einmal das Wichtigste mitteilen können.

»Irgendeine persönliche Abrechnung«, fuhr sie fort. »Dann haben wir eine Chance, die Sache möglichst zügig zu erledigen, wodurch der Schaden vielleicht gering bleibt. Also fangen wir einmal damit an. Was wissen Sie über ihn?«

Teutschnigg zuckte mit den Schultern.

»Das ist nicht wirklich hilfreich.«

»Die Daten zu ihm bekommen Sie im Büro. Und es ist sicher, dass es sich um ihn handelt? Franz hat ja gemeint, dass nicht mehr viel …« Er machte eine vage Handbewegung.

Kevin deutete zum Clubhaus, Mayer nickte, er marschierte los.

»Nein«, fuhr sie an den Manager gewandt fort, »aber wir gehen aufgrund der Aussage von Herrn Ruttner davon aus. Hohenfellner war als Erster eingetragen, und theoretisch müsste er genau bis zu dem Zeitpunkt, den Ruttner als den von der Explosion angibt, ungefähr sieben Uhr zwanzig, das dritte Loch erreicht haben. Andere Aussagen haben wir noch nicht.«

Teutschnigg legte den Pullover neben ihre Jacke, lehnte

sich über das Geländer und straffte, über dem Wasser, wieder das Schlüsselband zwischen den Händen. Hoffentlich hatte er einen Ersatzbund.

»Von der Firma, bei der Hohenfellner angestellt ist … er ist dort Vertreter«, was er mit einer wedelnden Handbewegung unterstrich. »Ja, also von dieser Firma, das ist die *GrowFlow*, beziehen wir unseren Grasdünger. Aber persönlich kenn ich den Mann nicht wirklich. Er ist meist für sich allein geblieben. Nur was man so hört, soll er kein besonders beliebter Flightpartner gewesen sein. Hat ständig seine Partner angebrüllt, ist bei schlechten Schlägen manchmal so ausgeflippt, dass er Schläger durch die Gegend geworfen hat. Einer ist sogar einmal zerbrochen. Das ist eine Kunst.«

»Aha?«

Er lachte auf. »Ja, ein Siebener-Eisen. Und das hält normalerweise was aus. Auf jeden Fall sind solche Menschen aus verständlichen Gründen in einem Flight nicht gern gesehen. So ein Verhalten strengt an und lenkt ab. Und außerdem gehört es sich nicht, anderen so ungefiltert und ungebremst Emotionen umzuhängen.«

Mayers Rede. Nur bei ihr hieß es immer, dass sie zu schnoddrig und zu kühl sei. Vielleicht doch eine interessante Sportart, dieses Golf.

»Aber dass man ihn deswegen gleich umbringt …?« Teutschnigg seufzte. »Vielleicht ist es ja auch schon besser geworden. Ich habe den Marshals gesagt, sie sollen einmal mit ihm reden. Vor allem, weil ich mitbekommen habe, dass er Stella damit extrem auf die Nerven gegangen ist.«

»Stella?«

»Äh ja, natürlich, Stella Dielenhoff. Sie ist eine ganz große Nachwuchshoffnung am Sprung zum Profi. Sie hat letzten Herbst die Tour-School geschafft, und zwar gleich mit der Qualifikation für die European Tour der Damen. Sie macht gerade die Matura und kann deswegen nicht alle Turniere wahrnehmen, aber wir hoffen alle, dass sie danach … und das Turnier bei uns wäre für sie natürlich ein Home-Run gewesen, um eine andere Sportart zu zitieren«, lachte er. »Jedenfalls hat Jeff, also das ist …«

»Der Chef-Pro.« Mayer beglückwünschte sich zu ihrem lässigen Herumwerfen eines Golfbegriffs, auch wenn sie immer noch nicht genau wusste, was dieser Ausdruck bedeutete.

Teutschnigg grinste. »Hat Ihnen der Franz schon ein bissel Nachhilfe gegeben. Ja, der Jeff«, wurde er wieder ernst, »hat Stella dazu verdonnert, öfters in Flights mit Bogeyspielern mitzugehen, damit sie lernt, sich von unangenehmen Eigenschaften ihrer Mitspieler nicht ablenken zu lassen. Ich glaube, er hat es irgendwie getrickst, dass sie mehrmals mit Hohenfellner zusammengekommen ist.«

»Aha.« Anscheinend war der Chef-Pro ein Trainer.

»Ja, und vor ein paar Wochen hat es zwischen den beiden, also Hohenfellner und Stella, einen riesigen Streit gegeben. Stella hat ihn wie eine Furie angeschrien. Natürlich erst nach der Runde. Details weiß Jeff.« Er fischte ein Stofftaschentuch aus seiner Hose und wischte sich Stirn und Schläfen ab.

»Und wo finde ich ihn?«

Teutschnigg schnappte: »Sie glauben doch nicht, dass Stella irgendwas damit zu tun … sie ist siebzehn!«

Sie glauben nicht, was ich alles nicht geglaubt habe, und was es trotzdem gibt. Mayer griff zu ihrer Tasche – um mit der Hand ins leere Seitenfach zu fahren. Sie. Brauchte. Jetzt. Zahnstocher. Sofort. Oder irgendetwas anderes, um sich abzureagieren. Um ruhig bleiben zu können. Immer diese *fuck* Standardfloskeln. Am besten damit zurückschießen. »Ich glaube gar nichts, bevor ich es nicht sicher weiß. Ist diese Stella Dielenhoff jene Spielerin, die während der Explosion mit ihrem Trainer auch schon auf der Runde war?«

»Oh ja, es ist ein furchtbarer Schock für sie. Die Vorstellung, vielleicht statt Hohenfellner in den Bunker geschlagen zu haben …«

Konnte, durfte sie ihn in Details einweihen? Ja, denn der Mann würde kaum sein Lebenswerk und seinen Traum zerstören. Sie klärte ihn über die Vorgehensweise des Mörders auf. Über die Nachlässigkeit von Hohenfellner und dass dadurch beide Zieloptionen offen waren: das Opfer selbst oder der Club an sich.

Er schaute schweigend durch sie hindurch, faltete nebenbei das Taschentuch akkurat zusammen und steckte es ein. Schließlich meinte er: »Er muss ein Golfer sein, oder zumindest jemand, der sich halbwegs dabei auskennt.«

»Gibt es da etwas, das Sie mir sagen wollen?«

Teutschnigg musterte sie eine Spur zu lange und nickte schließlich. Dann stellte er sich breitbeinig auf die Brücke und ließ seinen Blick über das Gelände schweifen. »Nein.«

»Aber?«

Er ließ wieder den Schlüsselbund um seine Hand klatschen. »Das mit Hohenfellner müssen Sie herausfinden, aber falls es um den Club … Ich verstehe es nicht. Mit dem Turnier kann es nichts zu tun haben. Also direkt. Denn im Grunde sind alle froh, dass wir jetzt in Österreich auch wieder ein Damenturnier austragen.« Er sah Mayer kurz an. »Also ich meine damit, dass es so eine allgemeine Rachegeschichte wäre. Verstehen Sie? So bloß zum Verhindern. Wenn es also wirklich um den Club und nicht um Hohenfellner geht, dann will entweder jemand mir direkt schaden oder«, er lachte auf, »jemand hat so ganz generell was gegen Golf.«

»Und gibt es jemanden, der Ihnen direkt schaden will?«

Teutschnigg schnappte den Schlüsselbund und umschloss ihn mit der Faust. Noch immer betrachtete er die Bäume, Sträucher und Wiesen. »Ich sollte jetzt sagen, ich weiß nicht, Sie bohren nach, verweisen auf die Mordermittlung … kürzen wir das ab. Ja, und alle Kandidaten kennen sich mit Golf aus oder haben es zumindest einmal. Ganz sicher hasst mich Peter König. Dem habe ich vor ungefähr fünfzehn Jahren mit einem Trick sein Einkaufszentrum spottbillig abgekauft. Er wurde arm, ich reich. Was er jetzt so treibt, weiß ich nicht, hab ihn aus den Augen verloren.«

Er hob die Linke und streckte Daumen und Zeigefinger aus – my god, wie lang wurde diese Liste denn? »Dann Karl Verzetnitsch, dem habe ich vor acht Jahren die Freundin ausgespannt. Auch nicht auf die Nette, das ist mir schon damals klar gewesen. Sie seine große Liebe, ich sein bester Freund, wie's halt manchmal passiert. Die beiden hatten schon einen Hochzeitstermin. Er ist dann nach Thailand vögeln gefahren«, er warf Mayer einen verhuschten Seitenblick zu, »entschuldigen Sie den Ausdruck, aber nichts anderes war es. Wollte sich beweisen, dass er trotz allem ein toller Hengst ist. Und sich vielleicht eine Frau mit nach Hause nehmen, die wirklich nur auf ihn steht. Aids war dann das Mitbringsel. Und daran gibt er mir die Schuld.« Er nickte vor sich hin.

Mayer betrachtete die großen, braunen Bubenaugen von Teutschnigg – wie das Äußere doch täuschen konnte.

»Und sicher auch Harald Breitner«, er streckte den Mittelfinger, »mein Ex-Partner, mit dem ich das hier aufgebaut habe. Er war selber schuld«, Teutschnigg schenkte Mayer nun einen treuherzigen Dackelblick, »er hat gekokst und nichts mehr im Griff gehabt.« Erneut sah er in die Ferne. »Aber ich habe die Gelegenheit genützt und ihn ausgebootet.« Er holte Luft und sagte dann doch nichts mehr. Schloss die Hand wieder zur Faust. Also doch nur drei Erzfeinde. Auch genug.

»Und?«

»Er ist in Baumgarten wieder clean geworden. Und jetzt arbeitet er hier. Als Marshal.« Mit einem Seitenblick auf Mayer fügte er hinzu: »Das ist so eine Art von Aufseher.«

»Ich weiß. Inzwischen.«

Sie schwiegen. Aus der Richtung des Clubhauses erklang Dauerhupen. Das war wohl ein verärgerter Journalist. Sie sah ihn vor sich, am Eingangsgitter hängend. Hinein wollend, aber nicht dürfend. Wie ein von Wilma bestrafter Fred Feuerstein.

Schließlich räusperte sich Mayer. »Sie haben ihn beschissen und ihm dann eine zweite Chance gegeben. Erniedrigend, würde meine Oma sagen.«

»Hm.«

»Sagen Sie, weil wir gerade bei dem Thema sind: Und dieser Franz Ruttner …«

»Der ist auch so ein Verlorener, wenn Sie das fragen wollen. War einmal Uniprofessor für Germanistik. Scheidung, Suff, auch droben in Baumgarten, das Übliche halt. Ich kenn ihn vom Basketballspielen, wie wir jung waren.«

Daher also die gewählte Ausdrucksweise des Caddiemeisters. Was für eine Karriere. »Sie sind mir einer, Herr Teutschnigg, das muss ich schon sagen. Bestie mit weichem

Kern. Oder machen Sie das nur, um nicht irgendwann für all Ihre Sünden im Fegefeuer zu landen?«

Er lachte. »Fegefeuer! Das Wort habe ich schon sehr lange nicht mehr gehört. Wie kommen Sie denn auf das?«

»Zufall.« Er musste nicht wissen, dass sie sich in der Vorwoche eine Doku über Karl den Großen angesehen hatte, der quasi auch eine Midlife-Crisis bekommen hatte, nachdem alles zu Tode gemetzelt war. Und der dann aus Furcht vor dem Jenseits wie ein Irrer Reformen durchgeboxt und alle auf Teufel komm raus zum Christentum bekehrt hatte. Auch wenn es spannend wäre, mit Teutschnigg darüber zu diskutieren – sie kämen an kein Ende.

Er grinste sie an. »Sie haben die Doku über Karl den Großen gesehen. Letzten Mittwoch. Ich auch.«

War ihre Schädeldecke durchsichtig geworden?

Teutschnigg nickte. »Ein bissel was hat es davon. Aber sehen Sie«, sein Ton wurde heftig, »Geschäft und Freundschaft sind zwei Paar Schuhe. Warum hätte ich mit Harald untergehen sollen?« Er sinnierte wieder die Landschaft an. »Wissen Sie, was mir von der Doku noch hängen geblieben ist?«

»Hm?«

»Der Ritterbegriff. Wenn sich ein unterlegener Gegner geschlagen gibt, erweist ihm der Sieger die Ehre. Kein Herumgeeiere und Nachgejammere. Von keinem der beiden. Kampf zu Ende, neue Zeiten. Wahrscheinlich gefällt mir Golf deswegen so gut. Es hat noch ein bissel was mit diesem ritterlichen Fairnessbegriff zu tun.«

KATZ / 7

»Charles, noch einmal: Sie wird dich umbringen.« Alex stellte sich mit ausgebreiteten Armen vor die Eingangstür des Clubhauses vom *Three Oaks* und blitzte Katz an.

Mein Gott, konnte sein Freund eine Drama-Queen sein. »Alex, *du* machst dich in *deinem* Club lächerlich. Also lass mich vorbei.« *Mich aber auch*, fügt er in Gedanken hinzu. Denn der eine oder andere der Uniformierten entlang des Maschendrahtzaunes kannte ihn sicherlich, und schon bald würde sein kindischer Kampf mit Alex die Runde machen.

»Das ist mir egal! Und außerdem …« Sein Freund verstummte.

Katz machte einen schnellen Schritt zur Seite und einen noch schnelleren zurück, um Alex auszutricksen, aber der blieb starr wie eine Säule. Er warf Alex' Autoschlüssel in die Luft und hoffte auf einen Reflex. Nichts, er musste ihn selber wieder aufheben. »Und außerdem?«

Sein Freund zwinkerte mit den Lidern. Er war also nervös.

»Ha! Die kennen dich da gar nicht mehr, Alex-Schätzchen. Du warst schon ewig nicht mehr da, hab ich recht? Warum hast du dann die ganze Zeit so getan, als würdest du … Was ist?«

Katz folgte dem aufmerksamen Blick von Alex und drehte sich um. Der riesige Parkplatz mit vielleicht drei Dutzend Privat-PKW und etlichen Polizeiwagen. Die Fläche wirkte trotzdem beinahe verwaist.

Keinerlei Bewegung zu bemerken. »Was ist da?«

Alex nickte in Richtung eines roten Renault Twingo, altes Modell, wahrscheinlich 1.2. »Da ist gerade einer eingestiegen, der sich mit gefalteten Händen Richtung Platz verbeugt hat. So, wie es die Japaner machen.« Er demonstrierte es. »Ein junger, hübscher … hm, sehr hübscher Bursch mit blondem Pagenkopf.«

Der Twingo parkte aus und fuhr vom Gelände. Katz' Hand zuckte zum Handy, um die Wachposten vor dem Eingangstor zu benachrichtigen. Denn an sich war es üblich, alle Zeugen zur Anwesenheit zu verpflichten, solange die Erstbefragungen durchgeführt wurden. Aber dieser Mann hatte sicher eine Erlaubnis, Dani war keine Anfängerin. Und sie hatte ihm sicher auch eingebläut, sich nicht den Fragen der Journalisten zu stellen, die bereits zuhauf vor dem geschlossenen und bewachten Eingangsgitter Aufstellung genommen hatten. Richtig vermutet. Das rote Auto tauchte nach kürzester Zeit auf der Landstraße auf, die in die Wiener Innenstadt führte. Reflexartig sah Katz auf die Armbanduhr von Alex. Es war kurz nach neun.

»Komisch, oder?«, sah Alex dem Auto unverwandt nach.

Katz machte einen schnellen Schritt an ihm vorbei und riss die Glastür zum Clubhaus auf. »Siehst du jetzt, wie wichtig es ist, dass ich da bin?«

Sein Freund stieß einen Wutschrei aus. Sollte er doch bitzeln wie ein Baby. Katz ließ ihm vor der Nase die Tür zufallen. Er stand in einer geräumigen Eingangshalle, deren rechte Seite von einem großen Kamin und deren gegenüberliegende Frontseite von einer weiteren sehr breiten Glastür mit Sprossen beherrscht wurde, die zu einer Terrasse führte. Links war ein Eingang zu einem Nebenraum zu erkennen, im Sichtbereich befanden sich eine Budel mit Computer und mehrere Ständer voller Handschuhe und

Baseballkappen, von denen die Hälfte nur aus Reifen mit Schirmen bestand. Wohl die Anmeldung mit Shop. Links und rechts an den Schmalseiten jeweils drei weitere Türen. Schilder, die auf Garderoben, das WC, das Büro, den Festsaal, den Clubraum und das Restaurant hinwiesen. Wo konnte sich Mayer aufhalten?

Ein Uniformierter wurde auf ihn aufmerksam. Gerade als Katz seine Marke zückte, irritierte ihn aus dem Augenwinkel ein kleiner, zierlicher Schatten, der von der Terrasse durch die breite Glastür in die Eingangshalle trat.

Der Schatten stoppte.

Der Uniformierte salutierte vor Katz.

Vom Eingangsbereich drang ein *Shit* zu ihm.

Katz drehte sich langsam zur Seite und sah Mayers grüne Augen trotz des Gegenlichts funkeln. Ihre Hand krallte sich in die Jeansjacke, die sie über die Schulter geworfen hielt. Und auf Zehenspitzen schlich sich die Befürchtung in sein Denken, dass Alex mit seiner Warnung vielleicht doch recht gehabt haben könnte. Unter Umständen. Auch wenn er, Karl Maria Katz, Chefinspektor, Mayers Vorgesetzter war, handelte es sich bei Daniela um kein Lehrmädchen. Verdammt. Er war ein alter, wichtigtuerischer, besserwisserischer und – ja, auch ein misstrauischer … was auch immer. Diese blitzartige Erkenntnis, dass er Daniela nichts zugetraut hatte, weil er prinzipiell nur sich selbst die totale Übersicht zugestand, tat ihm weh, denn bis vor einer halben Sekunde hatte er sich als strahlender Ritter, der der armen Maid zur Hilfe eilt, gesehen. Ein sympathischeres Bild als jenes vom Kontrollfreak. Und dabei *wusste* er doch, dass sie gut war, sonst hätte er sie doch nie zu sich in die Gruppe geholt. Er war eine Arschgeige. Alex hatte recht.

Aber jetzt stand er da, und sie fünf Meter entfernt, inklusive uniformiertem Augenzeugen des etwaigen Dramas. Aber eine peinliche Szene war nicht das Schlimmste, viel schwerer wog, dass Daniela nun zu Recht eine Rückkehr in ihr Kommissariat West erwägen konnte, denn dort hatte sie das Sagen, und niemand misstraute ihr oder kontrollierte sie. Dort gab es ihren Ex-Partner Oppitz, einen zutiefst loyalen Buddy, und nicht einen verqueren, alten einsamen Wolf.

Zwei Sekunden waren schon vergangen, er hatte nicht mehr viel Zeit, seine Anwesenheit zu erklären.

Katz spürte ein Drücken hinter dem Augapfel. Lächerlich. Der noch immer ausgiebig vorhandene Restalkohol machte ihn wohl gefühlsduselig. Einsamer Wolf. Ha. Jetzt kam gleich die Vision vom Easy Rider auf der weiten Landstraße. Und das alles nur, weil sich sein Hochzeitstag zum zwanzigsten Mal gejährt hatte. Den er nicht mehr feiern durfte. Scheißemotionen.

Schluss jetzt. Er war eben einfach gesundet, wo bestand da ein Problem? Eben. Er machte einen Schritt auf Daniela zu.

Sie legte den Kopf schief und bleckte die Zähne, was wohl ein Lächeln darstellen sollte. »Na, schon ausgegrippt?« Mit einer weiten Armbewegung zeigte sie auf die Toilettenanlagen. »Darf ich gleich einmal in die Lokalitäten einführen?«

Und wiederum schien sein Körper eine ganz eigene Wahrnehmung zu haben, denn Katz spürte ein dringendes Bedürfnis, ein sehr dringendes, und rannte los.

Nach einem tiefen, schwarzen Tal voller Krämpfe hörte er Alex rufen, klopfen und nach seinem Befinden fragen. Und während er Begütigungen murmelte, wurde ihm klar, dass gar nichts gut war. Er gehörte tatsächlich ins Bett. Nie wieder. Nie wieder auch nur einen Tropfen Alkohol.

Er schleppte sich aus der Kabine und wusch sich die Hände. Alex betrachtete ihn grinsend. Katz zuckte mit den Schultern. »Ja eh.«

Mit der Verbeugung eines perfekten Butlers hielt sein Freund ihm die Tür auf. Daniela blickte ihm entgegen, und zwar, wenn ihm seine sentimentale Egozentrik in der Wahrnehmung keinen Streich spielte, mit einem Anflug von Sorgenfalten auf der Stirn.

Er hob die Hände und senkte den Kopf. »Bin schon wieder weg.«

»War dir das Klo daheim zu fad?«

»Bingo. Und jetzt fahren Alex und ich noch ins Café Schwarzenberg, dort sollen die Toiletten recht schön sein, dann ins Motto, das ist voll verspiegelt, da siehst dich durch ein Prisma, und den Kick brauch ich jetzt dringend, weiter vielleicht in ein Museum, wahrscheinlich in die Albertina … naja, Häusltourismus halt. Weißt eh.«

Endlich grinste sie.

»'tschuldige, Dani, ich hätte dich vorher anrufen sollen, aber ich hab so ein schlechtes Gewissen gehabt, dass ich dich heute derart hab hängen lassen …« Das war zumindest ein Teil der Wahrheit.

»Und ohne Mister Big Chiefinspector geht auch gar nichts«, stach sie wie ein Skorpion in den zweiten Teil der Wahrheit. Es hatte allerdings weniger zynisch geklungen, als es die reinen Worte hätten tun müssen.

Katz sah sich um. Der Uniformierte stand am Fenster neben der Terrassentür und beobachtete die Zeugen im Sonnenschein, Alex neben ihm. Er zeichnete mit dem

Fuß einen Kreis am Boden und schien in diese Tätigkeit meditativ versunken.

Er nickte Daniela zu. Sie schlüpften aus der Halle vor den Eingang. Katz nahm die Zigarettenpackung aus seiner Hosentasche und steckte sie wieder weg. Noch wurde ihm beim Gedanken daran übel. Er gehörte definitiv ins Bett. »Okay, ein bissel war es das auch. Sorry. Aber ich will und werde dich nicht vor den Kollegen desavouieren.«

Daniela nickte mit einer knappen Bewegung. Mehr war bei ihrer spröden Art auch nicht zu erwarten.

»Okay, ich verschwinde gleich wieder, beende morgen offiziell meinen Krankenstand, und dann business as usual. Okay?«

Erneutes knappes Nicken.

»Aber … nur ein Angebot, sonst nix. Vielleicht kurzes Brainstorming? Du hast vorhin so geklungen, als würdest du … Ich nehm an, dass der zuständige Stawa nicht wirklich …«

»Der Rössler. Schon wieder.«

»Er steht eben auf dich.« Er zwinkerte ihr zu, Daniela verdrehte die Augen.

Dann verschränkte sie die Arme und ließ ihren Blick über den Parkplatz schweifen. »Und der ist heute kaum ansprechbar. Ist da hier Mitglied. Redet gerade mit Ronald Teutschnigg. Das ist der Oberboss und Besitzer«, fügte sie mit einem zu ihm gewandten Grinsen hinzu. »Versichert diesem seinem armen Freund Ronny, dass er nie und nimmer sein gesamtes Hab und Gut wegen so einer komischen zerfetzten Leiche verlieren wird. Das glaubt der nämlich, weil er eigentlich in eineinhalb Monaten ein urwichtiges megageiles Superturnier hat, von dem ihm jetzt der Sponsor abspringt. Der wollte dafür 1,2 Millionen Euro auf den Tisch legen. Der Geldhahn ist übrigens die *Di Tune,* die den Großteil ihres Geschäftes in Nahost macht, weißt eh, die vor Kurzem wegen potenziellen Waffenschmuggels im Gerede war. Irgendwas mit elektronischen Kleinteilen, die man für Raketen und Bomben oder so braucht.« Sie legte neuerlich den Kopf schief und feixte ihn an. »Nahost? Bomben?«

Als er nicht reagierte, fuhr sie in geschäftlichem Ton fort: »Also alles ganz easy und relaxed. Ah ja, und nicht zu vergessen: Die Leiche war ein Arsch und der Mörder wahrscheinlich ein Spezialist. Wie gesagt, Routinejob.«

Schweigen.

Sie lugte, als könne sie die Ausfahrt entlang um die Kurve schauen, dorthin, wo das Gittertor war, das jedoch vom Hauseingang nicht einsehbar lag. »Wie viele sind schon da? Fernsehen auch?«

»Zwei Dutzend circa. Und momentan nur ORF, Puls 4 und RTL-Austria.«

Sie nickte und drehte den Zeigefinger in die Schlaufe der Jacke.

Wiederum Schweigen.

»Du schaffst das. Bis morgen«, war das Einzige, was Katz in den Sinn kam. Und er schämte sich dafür, sonst war er ja auch nicht so sprachlos.

Daniela fuhr herum. »Kannst du nicht endlich akzeptieren, dass du alt bist, und aufhören, dir ständig das Gegenteil beweisen zu wollen?«

Das war eine Frechheit, und zwar sondergleichen. Er war nicht alt und schon gar nicht wollte er sich … und überhaupt hatte sie aber gar kein Recht … hatte sie schon. Trotzdem. Diese Göre, die seine Tochter sein könnte, putzte ihn da herunter wie einen … wie einen …

Daniela wandte sich ab und umfasste sich noch enger mit den Armen. »'tschuldigung. Tut mir leid. Echt. Das steht mir nicht zu.« Sie senkte den Kopf bis auf die Brust. »Bitte entschuldige, ganz ehrlich.«

Sie stand da wie ein Häufchen Elend, und sofort regte sich in ihm der Beschützerinstinkt. Seit knapp eineinhalb Monaten hatte er nun tagtäglich mit Daniela Mayer zu tun, und er wurde noch immer nicht schlau aus ihr. Das passierte ihm selten. Sie war gut gewesen in ihrem Kommissariat West, sonst hätte er ja nicht alles daran gesetzt, sie ins Landeskriminalamt zu locken, solche Leute brauchte man hier. Ja, im West hatte sie nahezu alle Fälle gelöst und dennoch immer darauf geachtet, nicht aufzufallen, weder bei der Presse noch bei den Vorgesetzten, um ja keine Karriere zu machen. Sie war sehr intelligent, lernte etwa geschwind einmal Türkisch und Serbisch, um sich mit einem wesentlichen Teil ihrer Klientel verständigen zu können, dachte geradlinig und analytisch – und hatte dennoch kaum Selbstvertrauen. Zugleich zog sie dennoch nicht die bei vielen Frauen übliche Masche des kleinen Mädchens durch, um trotzdem ihr Ziel zu erreichen oder dennoch verhätschelt zu werden, sondern war schnodderig und manchmal beinahe verletzend abweisend – oder schmerzhaft ehrlich. Wie jetzt.

Sie war bei ihren Großeltern aufgewachsen, hatte er in den Personalakten gelesen. Dieser Umstand war zwar ungewöhnlich, aber an sich noch keine Erklärung für irgendwelche Störungen. Auf jeden Fall dürften die ihr Selbstbeherrschung beigebracht haben, denn bei keinem ihrer gemeinsamen Zu-viel-nach-Dienstschluss-Biere hatte sie irgendetwas Persönliches, sprich Erleuchtendes preisgegeben. Irgendwann … aber nicht jetzt.

Katz stellte sich neben sie und verschränkte ebenfalls die Arme. »Is in Ordnung.«

Daniela nickte. »Ich werde nicht vor die hintreten. Bitte mach das dem Rössler klar. Und ab morgen kannst ja du mit der Presse reden.«

»Is in Ordnung.« Da war sie schon wieder, ihre Scheu, aufzufallen.

Sie schwiegen eine weitere Runde.

»Weißt du, was mir komisch vorkommt, Chief?«

Er brummte mit fragendem Unterton.

»Dieser Teutschnigg hat unglaublich viel Dreck am Stecken, nicht im rechtlichen Sinn, sondern so zwischenmenschlich, und arbeitet das mit guten Taten ab.«

Und Daniela begann zu erzählen. Katz lauschte ihr aufmerksam.

Als kurze Zeit später Staatsanwalt Rössler ins Freie trat, winkte er ihn zu sich, wobei er seine kleine Truppe gleichzeitig ins Auto von Alex bugsierte, das durch einen Busch gegenüber dem Clubhaus blickgeschützt war. Es war nur zu hoffen, dass sie noch niemand miteinander reden gesehen hatte, sonst war der vage Gedanke, den er hatte, als Plan schon im Ansatz zunichtegemacht.

STELLA / 8

Was für ein Morgen! Mann, beinahe bin ich froh, dass ich Tagebuch schreibe, denn Lisa ist nicht da, hat gesmst, sie hat über Nacht Bauchschmerzen gekriegt – blöde Ausrede. Wahrscheinlich war sie gestern mit dem Lukas zu lang unterwegs. Und Mama ist nicht erreichbar, was klar ist. In Tokyo ist es gerade halb sechs, sie macht ihr Meditationsschläfchen für den Auftritt. Ich muss mir irgendwas einfallen lassen für ihren Rückruf, sie darf sich vor dem Konzert nicht aufregen. Und mit wem sonst soll ich das alles bequatschen? Ich meine, so richtig ehrlich? Natürlich reden alle drüber, es gibt kein anderes Thema, aber – gut, ich schreibe es jetzt hin, damit es real wird: Der Hohenfellner ist tot. Angeblich ist es der Hohenfellner. Sagt der Jeff, und der hat es von Franz. Der hat ihn gefunden. Gott, wie furchtbar!!!!!!!!!

Ich habe mir den Satz jetzt angeschaut, und die ganze Sache wirkt noch immer total surreal. Ja, der Hohenfellner ist tot, und zwar nicht ein bissel tot wie der Cerny, sondern zerfetzt. Eine Bombe oder so was. Ist angeblich nicht viel übrig von ihm, sagt der Jeff. Ich war als Nächste nach dem Hohenfellner eingetragen. Wenn ich mir vorstelle, ich wäre vor ihm auf die Runde – ma, ich mag gar nicht daran denken.

Und wenn ich ehrlich bin, fühle ich mich auch – wie soll ich es sagen? Ich muss es aber hinschreiben. Schuldig. Ich hab ihm doch noch gestern am Abend gewunschen, dass er den Herzinfarkt hätte bekommen sollen statt dem Cerny. Das war böse.

Nein, natürlich hat das eine nichts mit dem anderen zu tun. Mama würde sagen, vermische nicht wieder Äpfel mit

Birnen. Trotzdem. Beim Golf machen die Gedanken die Wirklichkeit. Jeff bläut mir immer wieder den Satz von Bobby Jones ein: »Golf wird auf einem fünfzehn Zentimeter großen Platz gespielt: zwischen den Ohren.« Wenn wir das Gras lesen können und die Puttlinie sehen, dann schaffen wir es. Wenn wir im Innern sehen, wie der Ball steigt und mit einem Slice genau der Baumgruppe ausweicht, um knapp vor dem Green zu landen, dann schaffen wir es. Das ist unser Haupttraining. Dass wir die Umgebung lesen lernen, die Lösung visualisieren und sie in die Tat umsetzen. Also warum sollten böse Gedanken nicht auch wahr werden?

Pah, wenn ich das so lese, komme ich mir wie eine Hexe vor. Wie eine Zauberin. Das ist natürlich Blödsinn. Aber die Schriftstellerin, die einmal bei uns in der Schule war, hat auch so etwas erzählt. Manchmal sind Dinge, die sie geschrieben hat, wahr geworden. Es gibt sogar eine Theorie dazu, von Philosophen oder Esoterikern oder was weiß ich. Und die besagt, dass jeder Gedanke, der einmal gedacht worden ist, nun in der Welt ist und sich nicht mehr vertreiben lässt. Wahr wird. Deshalb gibt es auch so oft gleichzeitige Erfindungen.

Nein, nein, nein. Ich muss mich beruhigen. Das ist alles Firlefanz. Irgendwer hat was gegen den H. gehabt, und der ist jetzt tot. Ganz einfach. Das hat nichts damit zu tun, dass ich ihn nicht ausstehen konnte und er alle genervt hat. Naja. Mit dem vielleicht schon ☺

Jetzt sollen wir hier warten, bis die Polizei uns befragt. Was wollen die denn wissen? Ich weiß nicht, wer den H. umbringen hat wollen, also jenseits von aller Blödelei. Wobei der Jeff glaubt, dass es gar nicht direkt dem H. gegolten hat, denn wie soll jemand wissen, wer wann an welcher Stelle ist? Da hat er recht. Und mir wird gleich wieder schlecht. Ich schlag ja selten in den linken Bunker auf dem 3er, aber sicher ist das natürlich nicht. Und wenn nicht H. auf die Bombe gestiegen wäre und ich dann vielleicht? Gott!!!! Steigt man überhaupt auf Bomben? Haben die in den Filmen nicht immer Zeitschaltuhren? Oder sie werden von jemandem im richtigen Moment ausgelöst. Oh mein Gott, das hieße … ich will gar nicht daran denken. Oder doch. Denn dann hat es dem H. gegolten, und mich hätte es nicht treffen können. Oder derjenige hat einfach auf den erstbesten Menschen am Bunker gewartet. Aber wo war sie versteckt?

Die anderen wissen auch nichts, obwohl sie sehr wichtig daherreden. Vor allem der Bertl tut die ganze Zeit auf very important, frage mich, warum. Er ist ja nur der Restaurantchef. Frage mich auch, wieso er schon da ist, normalerweise sieht man den nicht vor mittags. War schon so, als er nur Golfer war. Naja, neugierig wird er natürlich sein. Jetzt erklärt er dem Jimmy gerade, ob das alles vielleicht was mit dem LPGA zu tun hat. Dass das bullshit ist, findet auch der Jimmy, denn alle sind ja froh, dass es wieder ein internationales Damenturnier in Österreich gibt. Muss er sagen, logo, denn es geht ja immerhin um seinen Platz irgendwie. Hält ihn gut in Schuss, der Jimmy, sonst hätten die nie die Erlaubnis für die Austragung des Turniers gegeben. Und das ist ja auch Werbung für ihn. Aber hoffentlich lockt ihn niemand von uns fort. Jetzt mischt sich Jeff ein. Er hat Angst, dass der Sponsor abspringt. Mist, an das habe ich noch gar nicht gedacht. Ist ja urpeinlich für den, so eine Leiche. Also so ein Mord.

Na fein, jetzt schauen sie mich alle an, der Jeff, der Bertl, der Jimmy, das Lady-Trio und alle, die da auf der Terrasse sitzen. Auch die Kriegler. Die hat überhaupt nicht zu schauen, und schon gar nicht so falsch mitleidig zu grinsen. Bei der überkommt mich total die Wut, jedes Mal, wenn ich sie sehe. Die hat überhaupt nicht da zu sein. Wenn ich mich entscheiden müsste, Bombe für H. oder K. – ich könnte es nicht. Pfui, böser Gedanke. Aber ich mag nun einmal keine Leute, die falsch spielen. Das ist eine alte Weisheit im Golf, sagt Mama: Es gibt nur wenige, die beim Golf ehrlich sind, aber im Leben schummeln. Aber alle, die beim Golf schummeln, sind auch im Leben unehrlich. Die Kriegler muss also ansonsten die voll linke Bazille sein. Mit welcher Selbstverständlichkeit die auf dem abgezeichneten Score herumradiert. Ich hab sie schon zwei Mal dabei beobachtet. Lisa auch, und dabei ist sie erst ein halbes Jahr bei uns. Gleich in der zweiten Woche hat sie es beobachtet, so auffällig macht es die Kriegler. Ich weiß, dass ihr der Harald schon einmal eine Standpauke gehalten hat. Dass sie rausfliegt, wenn sie so weitermacht. Aber die kümmert sich null um einen polternden Marshal, die Kriegler. Jetzt radiert sie eben auf dem Klo. Und es ist ihr egal, wenn jeder mitkriegt, wie sie ihr HC schönt. Wie dumm können Menschen nur sein? Was bringt ihr das Spiel, wenn sie schummelt?

So, jetzt habe ich mir noch einen Kamillentee bestellt. Sonst hab ich's wieder mit dem Magen, bei all der Aufregung. Vorhin hätte ich fast eine Zigarette von der Schinkels genommen, so gaga bin ich. Habe mich aber gerade noch beherrscht. Das darf ich auf keinen Fall, das verstärkt die Möglichkeit eines Anfalls. Und das brauchen wir hier gerade noch – mich zuckend am Boden mit verdrehten Augen.

Ma, und sie schauen noch immer. Voll mitleidig. He, Leute, unser LPGA ist ja nicht das letzte Turnier für heuer!!! Aber sie meinen's ja nur gut. Die sind immer wie lauter liebe ältere Brüder und Schwestern zu mir – nervig, aber im Grunde okay ☺ Und ein bisschen haben sie doch recht. Es ist wirklich zu blöd, dass das gerade alles so eng ist. Niemand hat damit gerechnet, dass ich die Tour-School so schnell schaffe, ich am allerwenigsten. Ich wollte das eigentlich nur zum Vorbereiten durchziehen, um die Quali dann heuer im Herbst sicher zu schaffen. Und jetzt habe ich den Vollstress: Tour und Matura. Wenn Jeff nicht so sicher gewesen wäre, dass auch die restlichen Turniere ab Mitte Juni reichen, damit ich theoretisch einen guten Platz auf der Rangliste habe oder sogar ein Turnier gewinne, damit ich auf der Tour bleiben kann!!!!!, ich hätt es geschmissen. Auch wenn Mama noch so sehr den Mund verzogen hätte, weil wir schon echt viel Geld in diese Tour-Geschichte gesteckt haben. Ich will meine Matura. Das habe ich damals Papa versprochen. Und natürlich wäre das Turnier bei uns lässig gewesen, ich kenn den Platz, hätte sicher gut gespielt und wieder ein paar sichere Punkte gemacht, vielleicht sogar gewonnen, was dann einen Fixplatz bedeutet hätte … Aus. Ich rede ja nur mehr im Konjunktiv. Ist ja noch gar nicht heraußen, ob das Turnier wirklich abgesagt wird. Wo sollen die Organisatoren denn so schnell einen Ersatz herbekommen? – Na, zum Beispiel mit Föhrenwald. Hat ja immerhin schon das LPGA ausgerichtet.

Schluss jetzt, die Sorgenmacherei nützt nichts. Wie es kommt, so kommt es. Nur der Augenblick zählt, auf den muss man reagieren. Alte Golfweisheit. Alte Schläge sind vergangen, zukünftige noch nicht da.

Hm, wer legt wirklich eine Bombe auf einen Golfplatz? Irgendwelche Prolos, die uns hassen? Aber vielleicht war es eine Fliegerbombe. Von so etwas liest man ja immer in der Zeitung. Genau, das wird es sein. Ma, bin ich froh, dass ich nach dem H. eingetragen war. Jetzt muss ich aufhören, die Polizei kommt zurück und scheucht uns ins Restaurant hinein. Also dieser Typ, der nach unseren Namen gefragt hat. Voll süß!!!!!!! ☺ Total blaue Augen! Und so etwas ist Bulle. Wie im Fernsehen. Und eine Frau ist offensichtlich die Chefin. Die ist noch gar nicht so alt. Cool.

Oh, und jetzt taucht noch Lukas auf, mit zwei Säcken voller Baguettes. Hat sie anscheinend im Auftrag von Bertl geholt, denn der scheucht ihn damit in die Küche – oh, das ist es! Daran hab ich gar nicht gedacht. Ha, die Lisa wird sich ärgern. ☺ Wahrscheinlich wollte sie sich mit ihm einen netten Vormittag machen und ist deswegen nicht herausgefahren. Und jetzt ist er im Club und macht mit dem Sven Brötchen. Schön blöd ☺ Sie wird also bald auftauchen. Gott sei Dank.

MAYER / 9

Mayer sah sich zwei Dutzend erwartungsvoller Augenpaare gegenüber, nur drei Personen fehlten in diesem erlauchten Kreis der Zeugen: Sven, der Koch des Restaurants, weil er belegte Brötchen fabrizierte, die Desktop-Dame Sissi, weil sie noch immer Clubmitglieder informierte, und Teutschnigg, der verzweifelt per Telefon die Verantwortlichen von *Di Tune* zu beruhigen versuchte. Zum Glück hatten die beiden Damen von der Verwaltung noch nicht ihren Dienst angetreten, für eine erste Einvernahme war die Anzahl der Personen ohnehin schon an der Grenze zur Unübersichtlichkeit.

Vierundzwanzig potenzielle Zund-Geber … aber auch vierundzwanzig mögliche Täter.

Mit einem Mal hatte Mayer das Gefühl, in dem klassischen Showdown einer Agatha-Christie-Geschichte zu sein: alle Verdächtigen in einem Raum, und der Detektiv, der ihnen jetzt den Mörder aus ihrer Runde präsentiert. Leider war es bei ihr erst der Beginn der Ermittlungen – und dass der Täter sie in dieser Runde lieb angrinste, sie ihn mit einer Fangfrage zum Stolpern brachte und am Abend in Handschellen abführte, ein schöner Traum.

Aber die Vision passte in ihrer spielerischen Art zu Mayers guter Laune. Noch vor einer halben Stunde hätte sich alles in ihr verkrampft bei der Vorstellung, mit psychologischen Tricks jetzt ein Gespräch nach dem anderen führen zu müssen. Sie allein nämlich. Aber nach Katz' Vorschlag und Rösslers brummigem Einverständnis … gleich war es so weit, denn Alex würde sich sicherlich nicht lang bitten lassen, mit seinem Schauspielerdrang … Schützenhilfe im Rücken war ein echt angenehmes Gefühl.

Sie lächelte in die Runde und ließ sich von Kevin über die Identitäten aufklären. Er drückte ihr auch einen Spickzettel mit den wichtigsten Daten und äußerlichen Kennzeichen zu jedem Zeugen in die Hand, das ausführliche Durchleuchten brauchte noch seine Zeit. Gleichzeitig studierte sie die Gesichter. In fast allen war Schock gepaart mit Sensationsgier zu lesen. Die übliche Mischung. Dazu gesellte sich bei dem einen oder anderen Misstrauen, wahrscheinlich in einer grundsätzlichen Ablehnung der Polizei begründet. Auch nichts Außergewöhnliches. Das Augenfälligste war, dass der Großteil vielleicht ein wenig konsi mit Poloshirts und Stoffhosen, doch im Grunde völlig normal angezogen war, wenn man das so bezeichnen wollte. Und sie hatte immer gedacht, dass alle Golfer mit groß karierten Hosen bekleidet waren.

Neben einem Japaner, einem der beiden Hotelgäste, stach eine junge Frau hervor, weil ihr Blick zwischen dem Tablet vor ihr auf dem Tisch und Kevin hin und her flog. Sie war schwer zu schätzen, aber sicher noch unter zwanzig, mit ihrem schmalen Gesicht und dem dunklen krausen Pferdeschwanz als apart zu bezeichnen, wie es Mayers Oma gesagt haben würde. Komisch. Ständig fiel ihr ihre Großmutter ein, das tat sie doch sonst nie. Dafür war sie zu lange tot.

»Und das«, raunte Kevin in ihr Ohr, »ist Stella Dielenhoff. Der Superstar hier.« Damit deutete er genau auf diese junge Frau. Seine Stimme war belegt. Entweder hatte er schon zu viel und zu laut geredet, oder diese Dielenhoff gefiel ihm. Er ihr anscheinend auch, sonst würde sie ihn nicht ständig so verschämt ansehen. Yes, jetzt auch noch das junge schüchterne Liebespaar in der Detektivgeschichte. Es würde Mayer nicht wundern, wenn im nächsten Augenblick Kevins Handy klingelte, denn seine Freundin Jana war derart eifersüchtig, dass sie sicherlich über telepathische Fähigkeiten verfügte.

Und es klingelte.

Wahrscheinlich Helge, der etwas zum Tatort mitteilen wollte. Doch Kevin drückte den Anrufer weg und wurde rot. Magisch. War das unter wahrhaft Liebenden so? Mit ihrer Ex-Freundin Carmen hatte Mayer solche Situationen nie erlebt.

Sie wartete, bis der schwarz gelockte Kellner mit dem niedlichen Namen Gogo die letzten beiden Bestellungen aufnahm – passend zum Ereignis stand das eine oder andere Schnapsglas auf den Tischen. Dann drehte sie sich einmal im Kreis, um mit allen Anwesenden Blickkontakt aufnehmen zu können. »Guten Tag, ich bin Gruppeninspektorin Mayer, die leitende Ermittlerin.« Das Adjektiv klang eigentlich wieder einmal ganz gut in ihren Ohren.

Sie spulte den üblichen Dank herunter – für das Verständnis wegen der Umstände, vorauseilend für die Bereitschaft, ihnen bei den Ermittlungen zu helfen, für ihre Geduld. »Sie alle sind noch hier, weil Sie entweder zu den zum Club gehörigen Personen zählen und sicherlich etwas über das Opfer wissen, oder weil Sie, abgesehen davon, dass Sie das Opfer natürlich auch gekannt haben können, also weil Sie aufgrund der Uhrzeit Ihrer Ankunft heute etwas gesehen haben könnten. Zufällig natürlich.« Zuerst immer in Sicherheit wiegen, nie Druck machen, das Grund-ABC!

»Ist es denn wirklich der Hohenfellner?«, fragte ein schmächtiger kleiner Mann um die vierzig, den Mayer wohl auch ohne Kevins Identifizierung als Restaurantchef Bertram Ichner ausmachte, weil er mit der größten

Selbstverständlichkeit hinter der Theke lehnte, aber keine lange weinrote Bistroschürze wie Gogo trug. Entweder er mochte sein eigenes Essen nicht oder er hatte einen sensationellen Stoffwechsel. Oder er war eitel. Würde von der Attraktivität her passen. Denn er hatte eine gewisse Ähnlichkeit mit Daniel Craig, nur eben Handtaschenformat.

»Wir wissen es noch nicht sicher. Aber nachdem er nicht in dieser Runde ist und alle Indizien dafürsprechen, gehen wir davon aus. Um sicherzugehen, wird gerade die Kleidung von Herrn Hohenfellner aus seinem Spind zum DNS-Abgleich ins Labor gebracht.«

»Ka Wunder, dass ihn zerrissen hat«, ließ ein Mann vermelden, der anhand der Kurzbeschreibungen von Kevin nur Josef Lang sein konnte. »Wenn ana immer kurz vorm Explodieren ist …« Er lachte herzlich, warf dabei den kurz geschorenen Kopf zurück, wodurch sich sein Stiernacken in Falten legte.

Keiner lachte mit.

Er verstummte, sah in die Runde und dann in sein Cola-Glas. »I mein ja nur.«

Mayer stellte sich zu seinem Tisch. »Was meinen Sie konkret damit, Herr Lang?«

»Nix.«

»Aha.«

»War nur a Wortspiel, wie man so sagt.«

»Und die gelingen unserem lieben Josef nicht immer. Er lässt manchmal etwas Feingefühl vermissen.« Mit diesen Worten drehte sich ein schlanker Mann mit dunkler, dicker Haarmähne zu Lang und sah ihn herausfordernd an. Laut Notizen Werner Piblitz.

Lang erwiderte seinen Blick, wobei er das Kinn vorreckte, als wolle er ihn anknurren.

»Er ist gewesen Choleriker«, mischte sich nun dieser Jeff Gardener ein, leicht zuordenbar. Er war sehnig und schlank, wie man sich einen sportlichen Trainer vorstellte. »Last year, er hat geschafft, Schläger zu brechen. War indeed annoying.«

Schlagartig spürte Mayer ein Kitzeln im Zwerchfell. Natürlich! So hatte sie die Mordart noch gar nicht betrachtet: *Das Häferl zerreißt es!* Hatte etwas. Ob dem Mörder bewusst gewesen war, welche Parallelität er da produzierte?

Sie starrte auf Langs Tisch, um sich unter Kontrolle zu bekommen, eine kichernde Ermittlerin machte definitiv keinen schlanken Fuß. Und da sah sie sie: Zahnstocher. Viele schöne Holzzahnstocher, einzeln in Plastikhüllen verpackt. Sie nahm einen heraus, packte ihn aus und brach eine Spitze an. Eine Welle der Erleichterung durchströmte sie. Sie knickte das Holz noch einmal – und wurde ruhig. Lachanfall vorbei.

Die Tür der Eingangshalle schwang auf. Und auch wenn Daniela im Prinzip wusste beziehungsweise ahnte, was kam, so blieb ihr doch kurz die Luft weg.

Alex ließ die linke Hand auf der Klinke und den Blick leicht gesenkt auf Mayer ruhen, vollkommen die aufgewühlte Diva. Seine geröteten Augen wirkten erstaunlich echt nach Weinen. Und er hatte hier im Club anscheinend einen wohl gefüllten Spind, denn die weißen Jeans vom Morgen hatte er gegen eine hellblau groß karierte Stoffhose getauscht – warum wunderte es sie nicht, dass natürlich ausgerechnet Alex das Klischee auslebte? –, dazu trug er passend im mittleren Blau der Karos ein Poloshirt. Die Schuhe waren weiß-dunkelblau gemustert und feinste Lederarbeit.

In der Rechten baumelte ein weißer Lederhandschuh, wobei Alex ihn wie die Kameliendame ihr Taschentuch kurz vor der Ohnmacht hielt. »Mon dieu! Stimmt es? Matz ist tot?« Auch die Stimme, hoch und hauchend, passte zum Auftritt einer verstörten Dame von Welt.

Wie hatte Alex es geschafft, hier Mitglied zu werden, wenn überzogene Emotionen nicht gewünscht waren? Eine Dramaqueen und Golf widersprachen sich basically, nach dem, was sie heute gelernt hatte.

Katz stand einen halben Meter hinter Alex und hielt den Kopf gesenkt. Er massierte sich seinen glatt rasierten Schädel, also war er nervös. Vielleicht aber versuchte er auch bloß, aufsteigendes Lachen zu unterdrücken – wie es Mayer tat, indem sie den Zahnstocher in kleinstmögliche Teile zerbröselte.

Und dann fiel ihr Kevin ein. Rössler informierte gerade alle anderen der Truppe über den kurzfristigen, zeitlich begrenzten Quasi-Undercover-Einsatz von Katz, nur der junge Mitarbeiter wäre ihre Aufgabe gewesen. Doch sie hatte es noch nicht geschafft, ihn zu präparieren, ständig war er irgendwo herumgewuselt.

Geschwind raunte sie ihm ins Ohr: »Katz unbekannt. Mehr nachher.«

Er nickte und starrte mit aufgerissenen Augen zur Tür. Glücklicherweise war Alex' Auftritt so außergewöhnlich, dass Kevins Verwirrung nur allzu verständlich wirken musste.

Erstaunlicherweise kam auch von niemand anderem eine Reaktion, nicht einmal eine zur Begrüßung salopp erhobene Hand, obwohl Alex hier angeblich bekannt war. Doch die Männer und Frauen wirkten gebannt wie in einem Theaterstück – oder sie standen alle derart unter

Schock, dass sie schwiegen. Die Befragungen würden lustig werden.

Mayer machte einen Schritt auf Alex zu, zeigte ihm ihre Marke und fragte gemäß des vorhin mit Katz ausgemachten Drehbuchs: »Und Sie sind?«

»Oh, pardonnez-moi!« Er nahm Mayers Hand und deutete einen Handkuss an. *Übertreib nicht so, Alex!* »Alexander Ritter.«

»Sie haben gerade erst von diesem Todesfall erfahren? Wurden Sie nicht auf dem Weg hierher benachrichtigt?«

Sie schickte einen strengen Blick zu Kevin, der noch verwirrter dreinschaute und mit den Schultern zuckte, dann, mit neuerlich rotem Gesicht, seine Unterlagen studierte. Die Rolle des gemaßregelten Untergebenen spielte er gut, wenn auch unfreiwillig.

Alex wedelte mit der Hand. »No, no, der gute Mann da kann nichts dafür. Ich nehme mein Handy nie auf den Golfplatz mit. Hier verwende ich es ohnehin nicht.«

Gut pariert. Jetzt zum Hauptteil der Inszenierung. »Und Sie kannten den Toten?«

»In- und auswendig«, lachte Franz Lang.

Endlich wieder eine Wortmeldung – doch keine schockgefrorenen Zombies.

»Silver!«, blitzte ihn Bertram Ichner von der Theke aus an.

»Wie soll ich das verstehen?«, hakte Mayer nach.

Lang alias Silver wand sich unter ihrem Blick. »Nur so.«

»Wieder eines Ihrer Wortspiele, Herr Lang?«

Alex ging provozierend langsam zu Langs Tisch und drehte sich ebenso provozierend langsam zu Mayer um, während er die Anwesenden mit intensiven Blicken und einem süßen Lächeln bedachte. »Man sagte uns eine Affäre nach. Damals. Vor drei Jahren. Doch Matz würde es ein zweites Mal zerreißen, wenn er noch einmal dieses Gerücht hören müsste. Er war definitiv nicht an mir interessiert. Ich an ihm übrigens auch nicht.« Womit er nochmals in die Runde lächelte. »Aber das hat das p.t. Publikum nicht interessiert. Matz und ich hatten nur ein paar Mal beruflich miteinander zu tun, weil ich ihm seine Homepage gestaltet habe.«

Gemurmel erhob sich, manche lächelten ihn an, manche verdrehten die Augen und wandten sich ab. Er schien hier genauso gespaltene Reaktionen hervorzurufen wie außerhalb des Golfclubs.

Aber viel interessanter war: Zauberte Alex das alles gerade aus dem Hut oder hatte er den Toten zufällig wirklich besser gekannt? Katz hatte beim Planen ihrer Einführung nur gemeint, dass Alex sicherlich eine lose Bekanntschaft vortäuschen könne und sie so ihre Berechtigung bekämen, Teil der Runde der zu Befragenden zu werden.

Mein Gott, diese ganze Undercover-Idee war Schwachsinn. Warum hatte sie sich nur von Katz dazu überreden lassen? Ja, die Golfer plauderten untereinander sicherlich offener als mit ihr. Aber mit Katz als tratschendem Ermittler an ihrer Seite, vertrauenerweckend und amikal, wäre sie sicher auch gut vorangekommen. Und Alex war definitiv ein Sicherheitsrisiko. Er wusste bei seinem Auftritt einfach nicht maßzuhalten.

Wie auf Stichwort zitterte sich eine Träne aus seinem linken Auge. »Aber auch wenn wir nur ein streng geschäftliches Verhältnis hatten, so ist es doch incroyable, was ihm passiert ist!«

Ein Korken knallte. Wie auf Befehl sahen alle Ichner dabei zu, wie er ein Glas Sekt einschenkte.

Er brachte es Alex. »Für deine Nerven. Schön, dass d' wieder einmal da bist, Sascha. Hast dich gar nicht verändert in der langen Zeit.« Er grinste – etwas bemüht, wie es Mayer schien. Kein Wunder bei dem Theater.

Alex schnupfte, betrachtete Ichner, die Theke, Ichner, lächelte zart und trank das Glas in einem Zug leer. »Merci, mon ami. Ja, ich konnte endlich einen Freund überreden, sich die Sache einmal anzusehen. Und dann ist ausgerechnet so etwas Schlimmes passiert. Mon dieu! Aber ich habe Charles gesagt, dass das hier ansonsten der Garten Eden ist. Aus dem wir uns nicht vertreiben lassen, nicht wahr, Charles?«

Alle schauten zu Katz. Der hob seinen Kopf, wobei der Nacken vor lauter Widerstand förmlich knarzte, und nickte knapp in den Raum. Alex verstärkte die Peinlichkeit, indem er ihn auch noch mit großer Geste, lauter Stimme und vollem Namen vorstellte. Ein paar *Hallo* und *Hi* flogen durch den Raum.

Mayer betrachtete ihn mit den Augen der anderen: seine durchtrainierte, aber schlanke Gestalt, der knackige Hintern, das griechisch-edle Profil, die gezupften Augenbrauen … Es war klar, was das Publikum dachte. Sie war gespannt, wie er wohl die Rolle von Alex' Gspusi anlegte oder ob er sie überhaupt auszufüllen gedachte. Konnte er auf Dauer den Schwulen geben, der er gar nicht war? Jedenfalls hatte er jetzt seine Daseinsberechtigung in diesem Club. Die Show konnte beginnen.

»Tja, nachdem ihr alle nicht mit mir mithalten konntet!«, fuhr Alex fort. »Natürlich mit Ausnahme von dir, ma belle«, wandte er sich an Stella, die er nun ebenfalls mit einem angedeuteten Handkuss begrüßte.

»Hi, Sascha«, strahlte ihn das junge Supertalent an.

Worauf Alex mit den Augen klimperte und eine Verbeugung nachschickte.

Mayer könnte ihm noch stundenlang bei seinem Theater zusehen, doch das würde eine Ermittlerin, die die Dramaqueen nicht persönlich kannte und wertschätzte, nicht machen.

»Sehr schön, Herr Ritter, ich werde mich nachher mit Ihnen allein unterhalten. Kevin? Setzt du den Herrn bitte auf die Liste?«

Kevin verkroch sich in seinen Notizblock, sein Scheitel ruckte, also nickte er wohl. Ansatzlos sprang er zu einem Tisch in der Ecke, auf dem er seinen Laptop abgestellt hatte. Er warf ihn an. Bestens, die Geschäftigkeit half ihm sicherlich, nichts Verräterisches zu sagen oder zu tun. Und die Palme beim Tisch gab ihm zusätzlich Deckung.

Mayer wandte sich wieder an die Anwesenden. »Wir haben uns einen Extraraum bereitstellen lassen, in den ich Sie nun bitte. Kevin wird Sie der Reihe nach zu mir schicken. Ich beginne mit den Hotelgästen. Ich weiß, dass Sie beide aufgrund der Ereignisse abreisen möchten. Darauf nehmen wir natürlich Rücksicht.« Sie ließ ihren Blick kreisen, um den anderen Clubfremden neben dem Japaner ausfindig zu machen. Laut Liste war es ein Mann mit Bauch und schütterem Haarkranz, doch deren gab es zwei, einer in Blond und einer in Braun.

»Und wie lange wird das in etwa dauern?«, fragte eine Frau Anfang vierzig mit brünetten kurzen Haaren. Kevin hatte sie als Karin Schinkels notiert. Eine vom Flight um sieben Uhr vierzig, wie Mayer ihrem Spickzettel entnahm.

Schinkels saß mit einer molligen Frau und braunen Kraushaaren sowie einer Blondine mit Löwenmähne an einem Tisch, beide ungefähr im gleichen Alter. Regina

Haas und Tanja Leibenfrost, ihre Flightpartnerinnen, wie der Zettel verriet.

»Wir geben uns Mühe, Frau Schinkels. Es geht ja nur um erste Einvernahmen.«

»Das hoffe ich. Ewig habe ich wirklich nicht Zeit.«

Mayer griff nach dem nächsten Zahnstocher, brach ihn noch mitsamt der Plastikhülle durch und atmete aus. »Wie lange dauert Ihre Runde für gewöhnlich?«, fragte sie Schinkels mit ihrem süßen Lächeln, das sie heute schon bestens bei Teutschnigg geübt hatte.

Die Freundlichkeit irritierte die Dame, denn sie zupfte am Kragen ihres Shirts. »Nun ja, bis etwa halb zwölf.«

»Na, sagn ma eher zwölf, halb eins«, mischte sich wieder dieser Josef Lang ein, und zwar mit sehr spitzem Unterton. Er war wohl der Hausquerulant.

»Wie auch immer«, süßelte Mayer – und wunderte sich über ihren Ton. Sonst hatte Katz diese Rolle. Sie hatte wohl unbewusst von ihm gelernt. »Bis Mittag haben Sie also sonst nichts vor. Und das geht sich aus.«

Katz lachte auf. Nein, er hustete. Aber Mayer hätte schwören können, dass er gelacht hatte. *Ja, so dämlich hört sich Süßeln an, Alter! Aber wenn's hilft?*

»Mein Flug wartet jedoch nicht.« Damit stand einer der fülligen Männer, jener mit dem braunen Haarkranz, auf. »Und ich habe auch etwas gesehen.«

Punktgenau erklang bei dieser bedeutsamen Mitteilung das Knallen eines weiteren Sektkorkens. Gogo begann, die Gläser auf zwei Tabletts zu füllen. Wenn sie noch vernünftige Antworten wollte, wurde die Befragung ein Wettlauf mit der Zeit.

MÖRDER / 10

Dieser Rainer hat also etwas gesehen. Da bin ich aber gespannt. Ich muss ihn sofort nachher ausfratscheln – Mist, das geht ja nicht, wenn er gleich zu seinem Flieger muss. Mist, Mist, Mist. Wie mache ich das nur?

Also Stella, wirklich, wie du strahlst, das tut mir weh. Du bist eine Göttin, etwas ganz, ganz Besonderes. Wie kannst du dich nur mit so einem schwulen Lackaffen abgeben? An dem Irren ist doch alles unecht. Es kostet mich unendliche Kraft, ihn nicht anzurempeln, damit er in seinem Sekt ertrinkt. Ich beherrsche mich, ich beherrsche mich, ich beherrsche mich. Lächeln, denn das Äußere beeinflusst das Innere, gleich fühle ich Lächeln, bin ich Lächeln … Ma, echt, was der früher immer für eine Show abgezogen hat, so peinlich, wirklich wahr. Sascha ist auch wirklich der Einzige, den ich kenn, der mit einem Hole-in-one geprotzt hat. Ich weiß noch, wie ich daraufhin ganz dezent den Witz mit dem Rabbi am Sabbat erzählt habe, damit er kapiert, wie peinlich er ist, und er bloß gelacht hat, dass er kein Jude ist.* Hat nicht kapiert, dass es vor allem auch um Understatement geht, um Eleganz. Widerlicher Angeber, so total ungolfisch mit seinem theatralischen Gehabe. Und du lachst mit ihm! Gerade noch hast du wie irre gezittert, wie irre in deine Tastatur gehaut – was schreibst du da eigentlich? Das muss ich unbedingt herausfinden. Vielleicht erfahre ich dann ja, wer dich noch aller gefährdet. Ich muss das dringend checken, denn dann kann ich dir wahrscheinlich erst so richtig effizient auf deinem Weg helfen.

---

* Witz siehe Ende des Golf-Glossars

Na echt, dieser Wichtigtuer muss dich bloß ein bissel anschmalzen, und schon ist die Welt wieder rosarot?

Nein, so darf ich nicht denken. Dein Wohl geht über alles. Also wenn dir dieser Mensch gut tut, sei es so. Ja. Darauf trinke ich. Irgendwann werden wir befreundet sein, so richtig gut befreundet, nicht so wie jetzt, und dann brauchst du niemand anderen mehr. Und bis dahin soll es mir recht sein. Ich werde dich beschützen und fördern, besser als es jemals deine Mutter, dein Vater und sonstige Personen gemeinsam könnten. Aber noch ist es nicht so weit, noch muss ich … mich deiner würdig erweisen, meine Göttin.

Gut, einen kleinen Schritt habe ich schon getan, der zweite folgt heute noch, der ist schon im Laufen. Ein bisschen also noch, und dann kann ich dir gegenübertreten, ohne dass ich vor Scham in ein Loch versinke. Ja, ein bissel näher sind wir uns schon. Da ist nur eines, von dem ich nicht weiß, ob ich es dir je gestehen kann … aber ich muss es tun, sonst bin ich nicht besser als alle anderen. Also – werde ich dann sagen – ich habe es für dich getan, damit du dich ungestört auf deine Karriere konzentrieren kannst, wirklich und von Herzen. Leider – und das ist der zweite Punkt – war es mir, ehrlich gesagt, auch ein wenig eine Befriedigung.

Verdammt, ich eiere ja sogar im Gedanken herum, wie werde ich mich erst anstellen, wenn ich dir dabei in die Augen schaue? Ja, ja, auch ich muss noch lernen. Sagen wir doch, wie es ist: Der Alte war wirklich nervend und nicht fähig, sich den Regeln zu unterwerfen. Und dabei rede ich nicht einmal von den Golfregeln, sondern von jenen im Allgemeinen. Er war Sand im Getriebe. Und ich bin zeit meines Lebens ein Perfektionist gewesen, ja, ich habe dafür gesorgt, dass Perfektes nicht durch Nichtperfektes gestört wird. Und nichts anderes war seine Liquidierung. Das wenigstens hat dieser Schmalzmensch richtig analysiert: Wir haben hier einen Garten Eden, und du bist Eva, die Königin, meine Göttin. Ich achte im Grund nur darauf, dass dieser paradiesische Zustand erhalten bleibt.

Warum salbadere ich da so herum? Was denke ich da? Schäme ich mich meiner Tat? Versuche ich, mich zu rechtfertigen? Anscheinend. Das hat wohl mit meiner pazifistischen Einstellung zu tun. Ich hasse Gewalt und sehe mich nicht als Mörder. Mehr als Reiniger, verstehst du? Aber jetzt mit dieser grauslichen Geschichte … Der Täter ist definitiv ein Mörder. Durch ihn ist ein Mensch gestorben. Durch mich auch. Ich kann die linguistische Tatsache nicht mehr verleugnen. Wir sind beide Mörder. Furchtbar.

Und plötzlich fühle ich mich dir gegenüber schuldig, auch wenn es Erfolg gebracht hat.

Nein, ich muss das vollkommen anders sehen. Diese Sprengung ist ein Racheakt, ein Mord aus niederen Motiven, durch und durch egoistisch. Bei mir ist das anders. Vergiss das mit der Genugtuung, wegen ihr allein hätte ich es nicht gemacht. Für sie schäme ich mich auch. Sie wird nie mehr hervorkriechen.

Nein, es ist ganz anders. Der Zweck heiligt die Mittel, wie man so schön sagt, nicht wahr, meine Göttin? Und wenn einem Gewalt angetan wird, muss man sich mit Gewalt verteidigen. Wenn der Idealzustand gefährdet ist, muss man zu den Waffen greifen. Du musst unbedingt einmal Popper lesen, seine Paradoxie-Sätze zu Freiheit, Toleranz und Demokratie. Zum Beispiel muss Toleranz gegenüber Intoleranz intolerant auftreten, um die Toleranz zu schützen. Und die Freiheit hebt sich selbst auf, wenn sie uneingeschränkt ist. Eben. Trifft es doch, nicht wahr? Ich habe stundenlang mit Gottfried darüber diskutiert. Es wäre so schön, wenn du ihn kennenlernen könntest, aber das wird leider nie der Fall sein, denn ich kann dir wirklich nicht zumuten, die Anstalt zu betreten. Das würde deiner zarten Seele nicht gut tun. Da ist so viel psychische Gewalt …

Weißt du, ich habe dort nur sehr gescheite Menschen kennengelernt. Ich sage bewusst nicht intelligent, sondern gescheit. Sie hatten Zusammenhänge erkannt, die anderen in der so genannten normalen Welt verborgen bleiben. Es war eine gute Gesellschaft. Ich habe ja alles versucht, sie nicht verlassen zu müssen. Es ist mir leider nicht gelungen. Doch dann habe ich erkannt, dass es meine Aufgabe ist, diese Erkenntnisse der Zusammenhänge in die Welt zu tragen.

Ja, und so gesehen bin ich ein Verteidiger, der in einer Notsituation handelt, und das nicht einmal für sich selbst, sondern um jemand anderen zu retten.

Ich bin ein Schutzengel. Und die lassen ja auch manchmal Blitze auf die Erde niederfahren.

Eben. Ganz was anderes als dieser Bomber.

Langsam reicht es mir. Wieso darf dieser Schmalztyp deine Hand halten? Jetzt wischt er dir auch noch mit seinem schmierigen Daumen über die Wange! Dafür gibt es Taschentücher. Okay, sein Freund, dieser Glatzkopf, der wenigstens dürfte Benehmen haben, hoffentlich ist sein Taschentuch gewaschen.

Ich frage mich überhaupt, wieso der Sascha ausgerechnet heute plötzlich auftaucht. Nach all den Jahren – also soweit ich das zumindest überblicken kann. Und mit einem Fremden im Schlepptau. Denn wie sein neues Gspusi schaut mir der nicht aus. Irgendwie kommt mir der nicht schwul vor, wobei ich nicht weiß, wie ich auf diese Idee … denn die tun ja ständig so als ob … hm. Schon ein eigenartiger Zufall. Haben die beiden vielleicht was mit dem Anschlag zu tun? Aber der Ronny ist nicht schwul, beileibe nicht. Also kann es nichts mit der Szene zu tun haben. Irgendwelche geschäftlichen Sachen?

Nein, nein, nein, jetzt sehe ich schon Gespenster. Nur, weil ich, ja, ich muss es zugeben, eifersüchtig bin. Ich würde dir so gerne selbst die Hand halten. Aber sie helfen dir, also sind sie gut. Alles in Ordnung. Ich sollte mich lieber darauf konzentrieren, wie ich herausfinde, was dieser Rainer aussagt. Das hat absolute Priorität. Denn ich kann damit sicher mehr anfangen als er, der Ortsfremde. Oder auch mehr als die Polizistin. Vielleicht hat er den Täter gesehen? Das wäre natürlich grandios … aber nur, wenn es jemand vom Club ist. Mist. Jemanden von außerhalb … da kann ich dann auch nichts damit anfangen. Nein, nicht gleich schwarzsehen.

Und ich muss kontrollieren, ob mit Nummer Zwei alles gut läuft. Wobei – das kommt mir erst jetzt. Mist. Es wäre doch ein wenig auffällig heute. Bei der ganzen Polizei im Haus. Soll ich die Aktion vielleicht verschieben? Verdammt, das habe ich mir bei all der Aufregung so noch gar nicht überlegt. Aber es ist alles auf Schiene, und man sollte im Leben diszipliniert sein …

Nein, alles fließt. Ich muss es spüren. Ich muss … absichtslos. Das Gegebene annehmen.

Ich bin selbst mein schlechtester Schüler.

Mist, was tu ich jetzt?

Mit Sascha und dem Glatzkopf werde ich mich trotzdem ein bisschen näher befassen. Man weiß ja nie.

MAYER / 11

Mayer strich über die gewachste Oberfläche des Vollholztisches. Der dazu passende Sessel war angenehm hart, der Blick aus den Fenstern, die zum Platz gingen, höchst erfreulich, lag doch eine Art riesiger englischer Garten vor ihr – mit Grün in allen Schattierungen, mit Pflanzen in allen Höhen und Umfängen und mit vielen Farbklecksen. Wie ein Bild von Monet. Und der Duft der Rosen drang von der Terrasse bis zu ihr hinauf. Sehr leiwand. In diesem Besprechungszimmer ließ es sich wahrlich besprechen und besprechen und besprechen und besprechen. Ein Seufzer entfleuchte ihr. Am liebsten hätte sie jetzt einen Fast-forward-Knopf, der ihr all die uninteressanten Aussagen ersparte. Aber sie war nicht Adam Sandler und konnte nicht mit einer göttlichen Fernbedienung *Klick* machen.

Also kontrollierte sie nochmals das Aufnahmegerät und aktivierte ihr Notebook. So kamen die Notizen gleich ins System, was Kevin ermöglichte, unmittelbar mit den Hintergrundrecherchen weiterzumachen. Beziehungsweise konnte sie während der Einvernahmen neue Details von ihm erhalten. Hoffentlich kam bald etwas zu den drei Feinden von Teutschnigg.

Der Mann ihr gegenüber wischte sich zum mindestens zehnten Mal in zwei Minuten mit einem Stofftaschentuch – so etwas gehörte anscheinend zur Grundausstattung eines Golfers – über die bis zum Haarkranz verlängerte Stirn. Er strömte auch einen leicht säuerlichen Geruch aus. Hatte er noch nichts von schweißhemmenden Deodorants gehört? Mayer selbst fand diese Dinger zwar entbehrlich, wohl auch, weil sie aufgrund ihrer regen Sporttätigkeit kaum ungesunden Geruch entwickelte, wie ihr immer wieder versichert wurde, doch für manche Menschen schienen diese Hämmer tatsächlich erfunden worden zu sein. Sie sollte wohl ihn und sich selbst erlösen.

»Nun, Herr …«, sie studierte Kevins Schummelzettel. Der Mann musste nicht wissen, dass sie bereits die wichtigsten Eckdaten seines Lebens auf dem Display hatte: zweiundfünfzig Jahre, wohnhaft in Nussdorf am Attersee, ehemaliger Besitzer einer Firma für Farben und Lacke, jetzt Privatier. Anscheinend hatte er das Geschäft zu einem guten, nein, sehr guten Preis verkauft.

Der dickliche Mann platzte in ihre künstliche Nachdenkpause. »Rainer. Engelbert Rainer.« Er faltete das Taschentuch zusammen und zerknüllte es zwischen den Händen. Jetzt lehnte er sich auch noch zu ihr! Und prompt wurde der säuerliche Geruch sehr intensiv. Mayer hielt unbewusst die Luft an. Das konnte aber nicht lang gut gehen, also zwang sie sich, ganz flach durch den Mund zu atmen. Manchmal war ihr Job echt heavy.

»Machen wir es kurz«, fuhr er fort. »Ich war das Wochenende hier einquartiert. Man will ja einmal sehen, wo ein weiteres PGA stattfinden darf, nicht wahr? Hier in Österreich.«

Teutschnigg hatte also mit dem drohenden Verlust des Werbeeffekts nicht übertrieben.

»Man erlebt es ja nicht alle Tage, dass es einen neuen Platz gibt, wo die Weltelite spielt, nicht wahr?« Sein Lächeln glich dem Zähnefletschen eines Hundes. Dieser Herr Rainer hatte überhaupt eine gewisse Ähnlichkeit mit einer Bulldogge.

»Das verstehe ich, lieber Herr Rainer, ist wirklich aufregend.« Puh, sie machte megageile Fortschritte im polizeilichen Small Talk. Endlich einmal kein lapidares *Aha*.

»Eben, eben. Und man gönnt sich ja sonst nichts, nicht wahr? Denn billig … also preiswert, nein, günstig ist es hier nicht.« Und während Mayer noch über die offensichtlich drei verschiedenen Bedeutungen der Wörter nachdachte, setzte er fort: »Und da will man seine Ruhe haben, nicht wahr?«

Mayer nickte pflichtschuldigst.

»Eben. Aber da war heute Morgen so ein Krawall.«

»Krawall?«

»Krawall. Man wacht auf, torkelt zum Fenster, reibt sich den Schlaf aus den Augen und sieht nichts.«

Alter! Strapazier net meine Nerven!

»Doch dann habe ich« – oh, er nahm sich selbst also doch noch als Ich wahr – »den Gucker in die Hand genommen und …«

»Gucker?«

Engelbert Rainer senkte den Kopf und studierte die Ecken seines Taschentuchs. »Das Fernglas.«

»Aha?«

»Ja, man will doch lernen. Und so stellt man sich manchmal ans Fenster und beobachtet.«

Die Frage war nur, was. *Nein!* Mayer rief sich zur Räson. Sie waren hier nicht auf einem Tennisplatz, wo ein Spanner unter die kurzen Röckchen der Spielerinnen linsen wollte. Soweit sie bislang beobachten konnte, trugen hier die Damen ebenfalls lange Hosen oder zumindest Bermudas. Sie hatte noch keine einzige mit Rock gesehen.

»Ja, man beobachtet. Welcher Schläger, welcher Griff, welche Stellung, welcher Ball. Verstehen Sie?« Jetzt hechelte er sie wie eine um eine Streicheleinheit bettelnde Bulldogge an.

»Äh, ja. Aber das können Sie doch auch, wenn Sie in einem Flight gehen.«

»So viele Flights kann man gar nicht gehen.«

Waren das hier alles Spinner? Hoffentlich nicht. Sonst war sie irgendwann so verwirrt, dass sie den Wald vor lauter Bäumen nicht mehr sah, sprich den gefährlichen unter den harmlosen Irren.

Sie nahm aus ihrer Handtasche einen der Zahnstocher, die sie im Restaurant gefladert hatte, und schälte ihn langsam aus der Plastikhülle. »Gut, Herr Rainer, how ever. Und was haben Sie nun mit Ihrem Fernglas gesehen?«

»Ein rotes Auto auf einem Feldweg, dem fast der Motor explodiert ist. Man kennt das ja. Wie in so Comicfilmen. Tuff! Tuff!«

»Welchem Feldweg?«

Bulldogge Rainer grinste. »Dem Feldweg, der in der Nähe des Dreier ist. Dann war die Explosion. Sieben Uhr einundzwanzig. Und ein Mann ist in dieses Auto gesprungen und davongerumpelt.«

Mayer erwiderte das Grinsen. »Ein rotes Auto? Okay. Marke vielleicht?«

Rainer schüttelte den Kopf. »Klein. Wohl billig. Und offensichtlich alt. Ich kenne mich mit Autos nicht aus. Man hatte nie die Gelegenheit, den Führerschein zu machen.«

Es gab auch Führerscheinlose, die Narren auf Automarken waren, doch so eine Diskussion war jetzt unproduktiv. »Vielleicht das Kennzeichen? Sie scheinen ja ein sehr guter Beobachter zu sein.« *Schleim, schleim.* Mit Katz offiziell an ihrer Seite müsste sie das nicht, denn dann wäre das seine Rolle.

Rainer schüttelte den Kopf. »Zu verschmutzt.«

Das war es sicherlich nicht von ungefähr gewesen, wenn es stimmte, dass der Mörder ein Profi war, wie Helge mutmaßte. »Und der Mann? Sie hatten doch ein Fernglas.«

»Durchschnitt.«

Super. Da existierte wie ein Gottesgeschenk ein Zeuge, und dann war der unbrauchbar!

»Knapp über einssiebzig, dunkler Haaransatz unter einer schwarzen Baseballkappe, schmale Schultern, lange Beine wie ein Storch, als Ganzes eher schlaksig, schwarz gefärbter Tarnanzug, dunkle Raulederhandschuhe, Militärstiefel. Sein Gesicht habe ich leider nicht gesehen. Wenn man vom rechten Bunker auf der Drei zu diesem Feldweg läuft, tut man das vom Hotel abgewandt.«

Mayer starrte den Typen ihr gegenüber an. *Okay, mehr von diesen Freaks bitte!* »Wieso wissen Sie die Größe des Mannes?«

»Man kommt auf dieser Strecke bei einem Haselnussstrauch vorbei. Der werte Herr Plibitz, Sie werden ihn noch kennenlernen, er sitzt unten bei den anderen, hat am Freitag in ebendiesen Haselnussstrauch geschlagen beziehungsweise dahinter. Und bei ihm hat sich, als er in den Hohlraum dahinter geschlüpft ist, ein gewisser Ast genauso gebogen wie bei diesem Mann.«

»Aha.« Mayer knickte den Zahnstocher. »Tarnanzug?«

»Ja. Man konnte trotz des Schwarz' noch die Flecken erkennen. Die Struktur, nicht wahr?«

»Sie haben aber Argusaugen.«

»Nein, ein gutes Fernglas.«

Mayer notierte sich die Angaben. »Und der Mann ist vom rechten Bunker weggelaufen? Nicht vom linken?«

»Wenn er beim linken gewesen wäre, hätte er das Weglaufen nicht mehr vermocht.«

Das stimmte auch wieder. Auf jeden Fall mussten sich Helge und seine Leute diesen Bunker ansehen, wenn sie es nicht ohnehin schon getan hatten.

»Vielleicht haben Jeremias Walter und seine Leute das Gesicht besser gesehen«, fuhr er fort. »Oder den Wagen. Die Greenkeeper waren ja auch bereits tätig, und nicht leise, zu meinem Leidwesen … Allerdings auf dem Zwölfer. Das ist am anderen Ende vom Platz. Nun, probieren können Sie es ja.«

»Gut.« Mayer schloss die Augen und versuchte, sich den Lageplan der Anlage vorzustellen. Das Hotel lag ungünstig zum Terrassenbereich des Clubhauses. Aber versuchen konnte man es. Sie sah Rainer an. »Und haben Sie noch jemanden beobachtet? Wer war alles unterwegs? Vielleicht hat ja noch jemand was gesehen.«

»Man steht nicht ständig am Fenster …«

»Nein, natürlich nicht.« Sie schob ihre Hand in seine Richtung und lächelte.

Rainer nickte knapp. »Kurze Zeit später kam dieser Caddiemeister zum Haus gelaufen. Er hat sich mit dem Kellner auf der Vorterrasse unterhalten. Zwei weitere Männer standen bei ihnen, einer mit Glatze und Stiernacken« – das war wohl Josef Lang – »und einer mit etwas schütterem Haarkranz.«

Rainer wischte sich neuerlich mit dem Taschentuch über die verlängerte Stirn und schaute zum Fenster, als würde dort ein Souffleur sitzen. »Dann war Stella Dielenhoff mit ihrem Trainer auf dem Green auf dem Einser. Die beiden müssten etwas gesehen haben.« Er strahlte sie an.

Mayer deutete mit dem Finger auf ihn und notierte es sich.

»Auf dem Putting Green war eine Dame. Etwas mollig mit Kraushaaren.« – Konnte das Regina Haas sein? – »Ach ja, und da war noch ein junger Mann, mit blondem Pagenkopf, beim Achtzehnergreen. Er …«

»Ja?«

»Er war versteckt hinter den Bäumen. Er benahm sich seltsam. Zuerst hat er Richtung Explosion geschaut, doch dann hat er sich wieder zum Boden gebeugt. Als suche er etwas.«

»Er hat etwas gesucht?«

»Ja, wie man das so tut. Man scharrt mit dem Fuß im Gras, bückt sich manchmal, um unter einem Blatt oder so nachzusehen.«

»Und den kennen Sie nicht?«

»Nein. Man ist ja hier kein Stammgast. Aber er trug auch keine Golfkleidung.« Er steckte sein Taschentuch ein. »Ja, das war es.«

Wohl jemand vom Personal. Mayer notierte sich auch diesen Hinweis. »Sagen Sie …«, fast war ihr die Frage peinlich – lächerliche Anwandlung, »Putting Green, was ist das genau?« Sie wusste zwar, dass Putten Einlochen war, aber das reichte nicht.

Rainer lächelte sie breit an. »Man hilft gerne. Das ist der Übungsplatz zum Einlochen. Viele, viele kleine Löcher auf einem kurz geschnittenen Rasen.« Es fehlte gerade noch, dass er ihr den Kopf tätschelte, so milde und zugleich belehrend war sein Ton gewesen.

Abrupt setzte er sich aufrecht hin. »Und ich müsste jetzt wirklich …«

»Natürlich. Eine kurze Frage noch, Herr Rainer. Wie können wir Sie für Eventualitäten erreichen? Wohin fliegen Sie?«

»Nach Dallas«, meinte er und blies seine Brust auf.

»Aha?«

»Man sollte doch einmal Streelman und Stenson live gesehen haben, nicht wahr? Nicht nur Woods und Nicklaus.«

Er konnte wohl kaum die Serie aus den Eighties meinen oder einen entsprechenden Vergnügungspark, wie es sie in den Staaten wie Sand am Meer gab, denn dann hätte er J. R. und Bobby Ewing gesagt, wie sie seit dem Evergreen-Anfall ihrer Ex-Freundin Carmen aufzuzählen wusste. »Sie fliegen zu einem Golfturnier?«

»Ja doch!« Er klang so ungeduldig wie der Lehrer mit seinem missratenen Schüler. »Die Crowne Plaza Invitational at Colonial in Fort Worth.«

»Fein. Und wann kommen Sie wieder zurück?«

Rainer richtete den Blick auf den Plafond. Dann passierte lange nichts. Von der Terrasse unterhalb des Fensters drang Lachen herauf. Alex' Lachen. Es schaffte den weiten Weg vom Inneren des Restaurants über die Terrasse zu ihr in den ersten Stock. Sehr leiwand. Er und Katz machten sich einen großen Spaß, und sie frettete sich mit Spinnern ab.

»Fünfundzwanzigster Juni. Rechtzeitig zum Turnier hier. Man hofft ja, dass der Mord keine wesentlichen Auswirkungen hat.«

»Wie bitte? So lang dauert das Turnier in Dallas? Das sind ja glatt fünf Wochen!«

»Aber nein!« Rainer wedelte mit der Hand, wodurch das Säuerliche nochmals in voller Stärke auf Mayer eindrang. »Nach Fort Worth Dublin, Memphis und Ardmore. In Irland tritt übrigens auch Tiger Woods an." Er sprach den Namen dieses, zumindest für Normalsterbliche berühmtesten Golfers mit einem seligen Lächeln wie eine Jungfrau vor dem Altar aus.

»Aha.«

Sie schauten sich in die Augen. Jene ihres Gegenübers glänzten, als hätte der Mann gerade eine Prise Koks genommen.

»Sagen Sie, Herr Rainer, nur, weil es mich persönlich interessiert, Sie müssen nicht antworten: Spielen Sie auch selbst? Haben Sie da überhaupt Zeit dafür?«

Er senkte den Blick. »Derzeit nicht. Man will ja noch lernen, nicht wahr?«

KATZ / 12

Katz nahm mit Nicken und Lächeln das zweite Glas Sekt an, das ihm, als dem *Buddy von Sascha*, der Chef des Restaurants offerierte. Vielleicht half es, den Beelzebub mit dem Teufel zu besänftigen, denn der schwindende Restalkohol potenzierte mit jedem diffundierenden Promille seine ohnehin schon katastrophalen Kopfschmerzen.

Manchmal war es wirklich von Vorteil, mit Alex unterwegs zu sein. Er war einfach mit Gott und der Welt gut Freund, was automatisch auf seine Begleitung abfärbte. Ja, Katz kannte niemanden, der so, wie Alex, hunderttausende Hobbys hatte und in allen so weit firm war, dass man ihn ernst nahm, und der dadurch brauchbare Kontakte aufbaute. Sein Buddy. Wenn er, so wie heute, nach zwei durchzechten und einem nicht viel nüchterneren Tag seine sentimentale Phase hatte, war er richtig stolz, diesen Alexander Ritter zum Freund zu haben. Selten genug machte man sich ja die Besonderheit von lieben Menschen bewusst. Man gewöhnte sich an sie. Aber heute … war diese Arschgeige an die Schmerzgrenze gegangen.

Wieso hatte ihn Alex durch diesen Unterton als seinen Lover einführen müssen? Diese Ratte! Ab und zu die Umgebung mit ein bissel schwulem Getue herauszufordern und zu Akzeptanz zu zwingen, war das eine. Es über Tage hinweg darzustellen, ja, zu verkörpern, wenn notwendig, das andere. Großartig. Es lag nicht daran, dass es ihm peinlich wäre, von diesen Leuten für schwul gehalten zu werden, den Spaß an sich würde er schon mitmachen – nein, es hatte viel mehr mit dem Damenangebot in diesem Club zu tun. Diese Freundin von der Zicke, die Mayer gefragt hatte, wie lange denn die Einvernahme dauern würde, ja, die könnte ihm gefallen. Die dunklen kurzen Locken! Und genügend auf den Rippen, nicht so runtergehungert wie die Dritte im Bunde, die mit der blonden Löwenmähne.

Katz merkte, wie er in die Richtung der dunklen Kraushaarigen grinste. Das durfte er nicht! Er war offiziell der Lover von Alex. Verdammte Scheiße. Endlich einmal, nach all den Jahren seit seiner Scheidung, regte sich bei ihm etwas, und dann durfte er nicht in die Vollen gehen. Das Schicksal meinte es wahrlich böse mit ihm. Okay, ein, zwei Mal hatte sich in all den Jahren schon etwas geregt. Aber dieses Mal pulsierte es förmlich. Eben genau sein Typ. Und in seinem Alter war so eine Regung ein Geschenk. Die Begegnung mit solch einer Frau an sich. Noch dazu, wenn die Regung mit so einem Herzklopfen verbunden war. Das musste man …

Und aus. Er war beruflich hier.

Katz setzte sich gerade hin. Überschlug die Beine und sah möglichst verunsichert drein. Er, der Neuling, durfte sich nicht wohlfühlen. Er musste wegen des Mordes Angst haben, und er sollte die anderen schüchtern betrachten. Kontakt aufnehmen, sie ausfratscheln. Das war die Aufgabe eines Undercovers.

Doch niemand registrierte ihn. Die anderen plauderten miteinander oder starrten Alex an. Sein Freund musste in der aktiven Zeit hier wahrlich einen bleibenden Eindruck hinterlassen haben. Naja, wenn man vom heutigen Auftritt – und anders konnte man die Eingangsshow nicht bezeichnen – rückschloss, dann war es kein Wunder. Viel erstaunlicher war es, dass die Golfer das Getue von Alex goutierten. Waren die nicht erzkonservativ? So wurde es zumindest immer kolportiert.

Katz stand auf und schlenderte zur Theke. Ein Mann

mit Bauch und hellem Haarkranz saß einen leeren Barhocker von den anderen entfernt. Auch die Leute von den benachbarten Tischen kommunizierten nicht mit ihm. Kein Wunder, schien er doch in das Zählen der Kohlesäurebläschen seines gespritzten Apfelsafts tranceartig versunken zu sein. Aber solche einsamen Typen waren oft die besten Auskunftsbüros. Irgendwie würde er es schaffen, mit ihm ins Gespräch zu kommen.

Katz hielt dem Restaurantchef das Glas hin – die dritte Ration. Aber in diese Flöten passte höchstens ein Fingerhut, drei davon vertrug er mit links. »Darf ich noch? Ist schon alles ein bissel viel.«

Der Wirt lächelte und schenkte ein. »Klar, ein Freund von Alex darf immer.«

Da war ein Unterton. Handelte es sich bei ihm etwa auch um einen Schwulen, der in kleinen Gesten seine Zugehörigkeit zu Alex zeigte?

Er streckte Katz die Hand entgegen. »Bertram. Bertram Ichner. Ich sorg für die Stärkung hier.«

»Karl Maria Katz. Ich soll hier Golf lernen.«

»Schlechter Zeitpunkt.«

»Na, das wird sich doch bald aufklären, oder glaubst du nicht?«

Ichner zuckte mit den Schultern. »Was weiß man schon. Der Hohenfellner war … wie soll ich sagen? Also, ganz ehrlich, der war kein besonders angenehmer Zeitgenosse. Wenn es wirklich ihm gegolten hat, dann ist es eine einfache Übung. Da brauchst nur alle Clubmitglieder verhören und ihre Alibis checken. Aber …« Ichner holte einen Korb aus dem Geschirrspüler, stellte ihn über die Abwasch, nahm einen weiteren Korb und begann, schmutzige Tassen und Gläser einzuschlichten.

»Aber?«

»Der Hohenfellner hatte auch so einen Job.«

»Aha?« Katz unterdrückte ein spontanes Lächeln. Jetzt hatte er sich wie Mayer angehört. *Aha?*

»Und ich überlege die ganze Zeit, ob das damit zu tun haben könnte.«

»Wieso?«

»Naja, er war Vertreter für eine Düngemittelfirma. Dünger, wie man ihn für einen Golfplatz braucht. Und wir beziehen ihn auch von dort. Natürlich nehmen wir hier nur den besten, knapp biologisch, aber es gibt ja diese Leute …«

»Welche Leute?«

Ichner schob den Korb etwas abseits und widmete sich nun dem Einordnen der sauberen Gläser in die Regale. »Okay, du bist Neuling, du hast davon noch keine Ahnung. Aber warte nur, bis sich herumspricht, dass du Golf spielst, du wirst dich wundern. Denn da gibt es Menschen, die hassen Golfplätze, weil sie glauben, dass die die Umwelt kaputtmachen. Was natürlich ein vollkommener Mist ist. Gute Architekten«, Ichner nickte gewichtig, »legen den Platz immer so an, dass er sozusagen aus dem Gelände herauswächst. Alles andere wäre ja auch blödsinnig. Weil wenn du schon alte Bäume am Platz hast, dann lässt du sie auch stehen, heben ja nur das Rating. Und beim Düngen sind wir ganz brav. Aber komisch ist dieser Konnex schon, findest nicht?«

»Mmh. Stimmt. Und du glaubst …?«

»Gar nichts. Ich sage nur. Also wenn ich die Polizei wäre, würde ich da einmal ein bissel nachforschen.«

Katz beugte sich zu Ichner. »Sag ihr das.«

Er zuckte zurück. »Wer bin ich denn?«

Katz sinnierte in sein Glas. »Klar. Ständig hat man nur Ärger mit denen, und dann soll man ihnen helfen.«

»Du sagst es.«

Sie mussten diesen Ichner scannen. Der hatte anscheinend ein paar dunkle Punkte in seiner Biografie.

»Wobei«, er wandte sich wieder Katz zu, »diese Mayer scheint ja eine nette, kompetente Person zu sein.« Sein Blick fixierte ihn.

Offensichtlich wollte er Katz' Reaktion ganz genau beobachten. Hoffentlich hatte er nichts mitbekommen. Aber da war nichts gewesen. Er war sich sicher, weder mit Blick noch mit Geste seine Zugehörigkeit zu den Kieberern verraten zu haben.

Katz nickte. »Scheint mir auch so.«

Ichner lächelte, nahm seinem Rollenbild entsprechend ein Geschirrtuch zu Hand und polierte ein Weinglas. Schade, Wirte waren normalerweise ergiebige Tratschn. Der gehörte wohl eher zur Austernabteilung.

Irrtum! Er schenkte Katz ein Lächeln und schien sich eine Frage zu überlegen, denn seine Lippen zuckten. Er öffnete den Mund – und schloss ihn wieder. Sein Blick huschte auf die rechte Seite von Katz.

Da hatte der Mann mit dem hellen Haarkranz geseufzt und den Kopf gehoben. Er sinnierte den Plafond an. »Wir können ja von Glück reden, dass der Cerny nicht mehr ist.«

»Cerny?«, wandte sich Katz ihm zu.

»Unser Hausgrapscher. Dem seine Frau …«

»Geh, Wolfgang, nicht. Er kann sich nicht mehr wehren.« Ichner legte seine Hand auf den Arm des Mannes. Der Wirt schien der Erzieher des Clubs zu sein, denn vorhin hatte er ja auch diesen stiernackigen Ätzer wegen dessen despektierlicher Meldung gemaßregelt.

Wolfgang zog den Arm weg und drehte sich zu Katz. »Dem seine Frau ist vor ein paar Jahren an Brustkrebs gestorben. Und dann war kein Halten mehr bei ihm. Jeder Rock war ihm zu langsam, wennst weißt, was ich meine. Und diese Mayer wäre genau sein Typ gewesen. Klein, zierlich und auch noch rotblond. Hat ja schon die Stella«, er wies mit dem Kopf auf die junge Frau, die Alex noch immer betüdelte, »immer im Visier gehabt, aber eigentlich ist ihm die zu dunkel gewesen. Blond muss sie sein. So wie die Loreley.« Er nickte und brummte zu seiner Aussage eine Bestätigung.

Ichner unterbrach sein Polieren. »Und ich glaub, das reicht jetzt, Wolfi.«

Katz beschloss, den Wirt mit seinem Schamgefühl zu ignorieren. »Wieso Glück?«

Er hörte, wie Ichner das Weinglas etwas zu heftig ins Regal stellte, denn es klirrte.

Wolfgang schwenkte sein Apfelsaftglas. »Na, weil es doch wahnsinnig peinlich wäre, wenn er die Polizistin angestiegen wäre, oder net?«

»Und was ist mit ihm passiert? Ist er jetzt in einem anderen Club?«

»Geh, wo denkst denn hin? Keiner wechselt den Club, wenn er nicht gerade ausgeschlossen wird. Du musst echt noch was lernen. Einmal bei einem Club, immer bei einem Club.« Wolfgang lachte. »Also insofern starten wir beide gerade eine lange Freundschaft.« Er stieß mit Katz' Sektglas an, ohne auf eine entsprechende Bewegung von ihm zu warten. »Nein, der Cerny hat einen Herzinfarkt gehabt. Bumm. Tot. Einfach umgefallen. Vor vier Wochen oder so. Schad um ihn. War ein netter Kerl. Auch wenn er immer gegrapscht hat. Also zumindest in letzter Zeit.«

Katz trank das neue Glas leer. »Na, servas. Zwei Tote hintereinander. Habt's es auch nicht leicht.«

»Nein, wirklich net. Und das alles jetzt, wo es ums Turnier geht. Dem Sponsor wird das echt aufstoßen.«

Katz überlegte kurz, was er theoretisch alles schon wissen konnte. Alles. Von Alex. »Und glaubst, dass sich der Sponsor zurückzieht? Ich mein, das wär doch furchtbar.«

»Und wie! Aber am schlimmsten wäre es für die Stella«, warf Ichner ein.

»Aha, und wieso?«

Wolfgang geruhte endlich, sich ihm auch körperlich zuzuwenden. »Na, die könnte bei dem PGA bei uns den großen Reibach machen. Muss ja noch die Matura bestehen. Und dann wird sie echter Profi. Ist sie ja jetzt schon. Aber sie kann halt nur ein paar wenige Turniere machen, bis sie diese Scheißprüfung hat. Nicht so viele, wie sie sollte, damit sie im Ranking gut genug ist. Und ob sie eines gewinnt? Ich mein, jenseits von dem unsrigen?« Wolfgang wiegte den Kopf. »Versteh mi net falsch, sie ist gut. Weltklasse. Aber erst siebzehn.«

»Ja, auf die Stella muss man aufpassen«, warf Ichner ein. »Und jetzt das!«

Katz beschloss, so zu tun, als ob er verstünde. Er lümmelte sich mit dem linken Arm auf die Theke, um beide Männer im Visier zu haben. »Also. Wir haben da zwei Todesfälle, ein Supertalent, das dadurch gefährdet ist, und die zweite Leich ist einer, den niemand leiden konnte und dem vielleicht ein Umweltschützer an den Kragen wollte. Symbolisch.«

»Jetzt redest du wie ein Kieberer.« Ichners Lachen klang nicht locker.

Also beugte sich Katz zu dem Wirt und grinste. »Echt?

Lässig. Ich steh nämlich auf Detektivromane.« Er tippte auf einen imaginären Krempenhut. Dann hielt er ihm das Glas zum Nachschenken hin. Fingerhut Nummer vier.

Der Wirt kam seiner nonverbalen Aufforderung nach und studierte dabei Zentimeter um Zentimeter Katz' Gesicht.

Wolfgang zog ein noch unbenütztes Sektglas zu sich und hielt es Bertram ebenfalls hin. »Naja, vielleicht können wir ja mehr checken als diese Mayer. Is ja no sehr jung.«

Katz drehte sich wieder zu dem Golfer. »Und was meinst damit?«

Der schwenkte sein nun volles Glas. »Na, dass da irgendwer Arschlöcher beseitigt. Wenn ich's nicht besser wüsst …«

»Arschlöcher?«

»Der Cerny a Grapscher, der Hohenfellner ein widerliches Häferl.«

»Geh, du hast doch gsagt, dass der Cerny einen Herzinfarkt … und der Bertl hat erzählt, dass der Hohenfellner bei dieser Firma …«

Wolfgang zuckte mit den Augenbrauen. »Das weiß man doch. Ein bissel ein Pflanzensaft … Oleander oder was waß i?« Sein Blick tauchte ab ins Glas. »Des hab ich einmal in einem Krimi gelesen.«

Katz grinste ihn an, so verschwörerisch er es irgendwie schaffte. »Ah, du auch?« Und zum Wirt gewandt: »Er auch.« Er führte sein Glas mit weit ausholender Geste zum Mund. »Na, dann sind wir ja schon fast eine Detektei.«

Wolfgang lachte. »Zufall. Les ich ja sonst nie, so was. Hat eine Bekannte geschrieben.« Er schob das Glas weg und beugte sich zu Katz. »Ja, also irgend so ein Gift, und schon ist alles in Ordnung.«

Das war eine interessante Interpretation. »Geh, du spinnst.« Katz lehnte sich zurück und schüttelte demonstrativ sein Haupt. »Blödsinn. Wer sollte denn so was …?«

»Irgendein Wahnsinniger, dem es nicht passt, dass die Golfwelt verschludert?« Wolfgang hatte seine Stimme erhoben. Jetzt fiel es ihm offensichtlich auf, denn er sah sich um. Doch obwohl mindestens zehn Leute in Hörweite saßen, reagierte kein Mensch. Es schien also niemand zu lauschen.

»Die Golfwelt *verschludert*? Geh, was redst denn da?«

»Na hör mal! Okay, du kannst das net wissen, und auch nicht der Sascha, so lang, wie der schon nicht mehr da war. Aber in letzter Zeit, seit ma Breitensport sind, wie man so schön sagt, da kommen plötzlich so Gruppen und schreiben sich ein. So Gruppen, wie wenns alle miteinand bei an Fußballverein Mitglied werden wollten. Und dann führen sie sich auch so auf, verstehst mi? Gell, Bertl?«

Der Wirt nickte. Die Adern auf seinen Schläfen waren angeschwollen. Anscheinend waren ihm so aufrührerische Reden unangenehm.

»Früher sind's einzeln gekommen, da haben sie sich dem Druck beugen müssen«, fuhr Wolfgang fort. »Haben die Regeln gelernt. Aber jetzt? Da platzen sie sich breit her und scheißen auf jedwede Etikette. Führen sich auf, als wären's auf irgendeinem Rübenacker.«

Katz lachte auf. »He, aber ein bissel weniger Konsi kann ja auch nicht schaden, oder?«

»Konsi?« Wolfgang blähte die Nasenflügel. »Konsi?« Er schaute Bestätigung heischend zu Ichner, der brav auflachte, und dann wieder zu Katz. »Nein, mein Freund, wir hier wissen, wie man sich zu benehmen hat. Und glaube mir, manch einem von außerhalb täte es gut, wenn er die

Regeln kennen würde. Das hat nämlich noch etwas mit Anstand und Respekt zu tun.«

»Da redet der Richtige«, warf Ichner ein. Er presste die Lippen zusammen, wirkte, als würde er sich ärgern, etwas gesagt zu haben.

»Was meinst damit?«, fuhr ihn Wolfgang an.

»Na, du legst ja auch deine Füß auf die Sessel. Und so. Redest von Etikette und benimmst dich wie ein Schweindl.«

»Es kann halt net a jeder so perfekt sein wie du.«

»Naja«, wagte sich Katz vor, »Füß auf die Sessel sind ja nicht unbedingt …«

»Willst du dich vielleicht«, unterbrachen sie ihn nun beide und absolut synchron. Sie sahen einander an. Wolfgang deutete Ichner den Vortritt an.

»Willst du dich vielleicht auf einen verschmutzten Sessel setzen? Gar mit einer hellen Hose?« Katz schüttelte brav den Kopf. »Na eben.« Der Wirt nickte befriedigt.

Wolfgang klopfte mit dem Zeigefinger auf die Theke. »Nein, hast schon recht, Bertl, ’tschuldige. Ich werd mir’s abgewöhnen, aber manchmal san meine Füß so schwer …«

Katz verkroch sich in sein Sektglas. Es war jetzt definitiv besser, den beiden nicht zu widersprechen, sie schienen bei dem Thema in völligem Gleichklang zu schwingen. In was hatte er sich da bloß freiwillig hineinbegeben? In die Erwachsenenabteilung der Pfadfinder? Oder zu den Musterschülern vom Elmayer? Etikette und gutes Benehmen! Das klang doch nach dem neunzehnten Jahrhundert. Und ein bissel nach dem zwanzigsten. Aber sicher nicht nach der heutigen Zeit. Wo, bitte, waren diese Leute stecken geblieben?

»Und wenn man das eben so betrachtet …«, fuhr Wolfgang flüsternd fort.

»Wie?«

»Na, hab ich ja schon gsagt. Der Cerny – gebrochenes Herz. Herzensangelegenheiten. Herzinfarkt. Und jetzt der Hohenfellner. Ein Choleriker, und es hat ihn zerrissen.«

Katz starrte den Mann an. In der Wiederholung klang das alles gar nicht so blöd, irgendwas kribbelte da in seinem Bauch … Ja, der Restalkohol, der den frischen Sekt begrüßte. Lächerlich, das Ganze. Die viel heißere Spur war eindeutig diese Umweltschutzüberlegung.

Der eilige Hotelgast kam von seiner Befragung durch Mayer zurück und packte seinen Trolley.

»Und? Darf man wissen, was Sie gesehen haben?«, fragte ihn dieser stiernackige Mensch. Lang, genau, als Herrn Lang hatte ihn Dani angesprochen.

Der Angesprochene blieb im Türrahmen stehen und streckte den Rücken durch. »Man sollte der Polizei nicht ins Handwerk pfuschen. Wenn die Frau Kommissarin es mitteilen will, wird sie es tun.«

»Na, geh, seien S' net a so! Vielleicht fallt ja einem von uns was dazu ein, hm?«

»Finde ich auch«, warf Ichner ein, »wir kennen hier alles, also die Gegebenheiten, ja besser als Sie.«

Jetzt sollte sich aber schleunigst …

»Herr Lang, ich bitte Sie, nicht in den Zeugen zu dringen«, meldete Kevin mit erstaunlich fester Stimme hinter seinem Laptop hervor.

Braver Junge. Auf seine Truppe konnte er sich schon verlassen.

Katz hielt Ichner nochmals das leere Glas hin. Es ging eh nur um einen Fingerhut.

MAYER / 13

Karin Schinkels meinte, der zweite eilige Hotelgast, dieser Japaner, hätte ohnehin schon seinen Flieger versäumt, also hätten sie getauscht, denn sie würde doch schon sehr gern möglichst bald den Ort des Schreckens verlassen. Und es sei ohnehin nur eine Formsache, denn sie kenne das Opfer kaum. Nur ein einziges Mal wäre sie mit ihm in einem Flight gewesen, danach hätte sie ein weiteres Zusammentreffen tunlichst vermieden. Und bei ihrer Ankunft, so etwa fünf vor halb acht, sei ihr auch nichts aufgefallen. Sie wisse nicht, wer da schon im Club gewesen sei, denn alle wären wie aufgescheuchte Hühner herumgerannt, da ja kurz zuvor die Explosion gewesen sei. Und auf Farben von Autos achte sie nicht, schon gar nicht bei Wagen auf dem Feldweg. Ende der Durchsage.

Während des Redeschwalls, für den Mayers Fragen nur Stichworte waren, strich sie die ganze Zeit eine Strähne ihrer kurzen brünetten Haare auf der rechten Schläfe glatt.

Mayer zerbrach unterdessen zwei komplette Zahnstocher, um die Frau nicht anzubrüllen. Zuerst null Reaktion auf den Hinweis, dass die leitende Ermittlerin die Reihenfolge der Befragungen festlegte. Dann ein inhaltloser Schwall an Wörtern, mit keiner Frage auch nur in irgendeine Richtung lenkbar.

Diese Schinkels war eindeutig ein Fall für Katz. Er konnte mit so redseligen, wichtigtuerischen Damen umgehen. Kevins erste Rechercheergebnisse verrieten auch nichts Aufregendes – die Dame stammte aus Salzburg, war seit acht Jahren geschieden, hatte eine einundzwanzigjährige Tochter namens Simone und leitete ein Privatlabor –, also schickte sie ihrem Chef eine SMS mit der nötigen Info und entließ die Zeugin.

Schinkels Flightpartnerin Tanja Leibenfrost hatte anscheinend hinter der Tür gewartet, denn sie stürmte in den Raum, während ihn Schinkels verließ, und schwafelte sofort los. Mayer gab sich geschlagen.

Leibenfrost war vom selben Kaliber wie ihre Freundin, nur die gelangweilte Variante – aus Neusiedl am See, dreimal geschieden, kinderlos und Boutiquebesitzerin. Das Aktivste an ihr war ihr linker Zeigefinger, der sich ständig in eine blonde Locke der Mähne einwickelte. Nein, man habe keinen Kontakt gehabt, auch nichts gesehen und verstünde auch nicht, was man da noch immer solle. Und wenn überraschenderweise doch noch Fragen auftauchten, dann bitte sie nur mehr unter ihrer Privatadresse zu kontaktieren – *was denn sonst, Mylady?* – denn: »Ich denke, ich werde den Club wechseln. Ich werde nie mehr das Dreier spielen können, ohne an den armen Mann zu denken. Und jetzt wird es mit dem *Three Oaks* ohnehin bergab gehen.« Sie erläuterte noch alle Fehler, die Teutschnigg in ihren Augen jemals bei der Vermarktung des Clubs gemacht habe. Die Einschreibegebühr sei viel zu niedrig, ebenso die Jahresmitgliedschaft, und vom Greenfee erst gar nicht zu reden.

»Greenfee?«

Leibenfrost sah Mayer an, als hätte sie gerade eben erst mitbekommen, dass sie einem behinderten Kindchen gegenübersaß. »Die Gebühr, die Auswärtige zahlen müssen, um am Platz spielen zu können.«

»Aha.« Sie zerbrach den letzten Zahnstocher.

Ja, und das alles ziehe natürlich dann *solche* Menschen an – *Unter* klang da irgendwie mit, fand Mayer –, gegen die jemand etwas habe und die dann so unschön von dieser Welt gingen. Sie jedenfalls bereue es jetzt zutiefst, nicht doch den frei gewordenen Platz in der Freudenau angenommen zu haben.

Mayer verstand diese spezielle Logik und die Andeutungen zwar nicht wirklich, verzichtete aber angesichts ihres steigenden Blutdrucks auf weitere Ausführungen von Tanja Leibenfrost.

Als diese bereits bei der Tür war, fiel ihr aber noch eine kleine Schikane ein, die noch dazu ermittlungstechnisch absolut ihre Berechtigung hatte. Sie bat Leibenfrost, gemeinsam mit Schinkels ein Bewegungsdiagramm aller Anwesenden bis zum Eintreffen der Polizei zu erstellen. Nachdem sie ihr erklärt hatte, dass sie damit die Aufzeichnung aller Begegnungen und Beobachtungen von anderen Personen und auch ihr selbst meinte, verschwand die Dame mit einem Stöhnen.

Die zweite SMS an Katz, noch eine Kandidatin für ihn.

Jetzt stand noch die Dritte des Kleeblatts am Programm, die Wichtigste, wenn es sich bei der Frau am Putting Green wirklich um Regina Haas handelte. Danach musste sie unbedingt eine Pause machen. Zu viele unverständliche Ausdrücke, zu viele anstrengende Leute. Nein, eigentlich waren sie ganz normal, durchschnittlich beinahe. Sie selbst war das Problem. Es war für eine Polizistin echt nicht von Vorteil, ausuferndes Reden zu hassen. Vielleicht lag ihre miese Laune aber auch nur am Knurren ihres Magens. *Reiß dich zusammen, dafür können die alle nichts.*

Regina Haas grüßte freundlich, als sie den Raum betrat – das war der erste Pluspunkt für sie –, und sie legte eine Packung Zahnstocher vor Mayer auf den Tisch. Eine Nachfüllpackung, das hieß, sie musste sie extra vom Restaurantchef organisiert haben.

»Wieso …?«, hörte sich Mayer stammeln.

»Ich hab auch einmal zum Rauchen aufgehört«, meinte Haas lächelnd.

Mayer klärte sie über den Irrtum nicht auf, denn ein, wenn auch nur vermeintlich gemeinsames Schicksal schmiedete zusammen. »Vielen Dank. Sie sind sehr aufmerksam.« Und breites Lächeln hintennach. Katz wäre stolz auf sie.

Nach dem obligaten Festhalten der Persönlichkeitsdetails – denn natürlich wusste Mayer bereits, dass die geborene Wienerin Model für die Kollektionen für reifere Damen war und im dritten Bezirk wohnte, unverheiratet – fragte sie: »Kannten Sie den Toten?«

»Nur ansatzweise. Er war nicht sehr beliebt. Auch nicht bei mir.« Grübchen beim Lächeln. Diese Frau wäre genau der Typ für den Alten. Er liebte Grübchen und Rundungen, wie er ihr einmal bei einem Nach-der-Arbeit-Bier gestanden hatte.

»Haben Sie irgendeine Idee, wer Markus Hohenfellner den Tod gewünscht haben könnte?«

»Alle. Zum Beispiel hat er mich beim Hausturnier vor zwei Wochen so genervt, dass ich derart schlecht gespielt habe, dass ich dann von einundzwanzigacht auf einundzwanzigneun gefallen bin.« Auf Mayers offensichtlich ratlosen Blick hinauf erklärte sie: »Das Handicap. Ich habe so schlecht gespielt, dass mein Handicap schlechter wurde. Jedes Turnier zählt. Und seitdem weiche ich ihm aus. Heute zum Beispiel. Bis vor einer Woche sind immer am Montag Karin, Tanja und ich um sieben auf die Runde, weil sich das mit den Arbeitszeiten von den beiden besser ausgeht. Haben alle gewusst und darauf Rücksicht genommen. Aber der Herr Hohenfellner muss sich natürlich den Abschlag krallen. Und obwohl er andere anpfeift, wenn sie brodeln, ist er selbst auch nicht der Schnellste. Also müssen wir eine halbe Stunde später los, damit wir ihm ja nicht in die Quere kommen. Sonst erschlagen wir ihn noch einmal …« Sie lachte und stoppte sich in der nächsten Sekunde. »Ja. Das dann wohl nicht mehr.« Sie sah Mayer an, als erwarte sie eine Reaktion, und meinte dann mit finalem Tonfall: »Ja, so oder so ähnlich ging es wahrscheinlich den meisten mit ihm.«

»Verstehe. Etwas konkreter vielleicht?«

Haas zuckte mit den Schultern. Dann beugte sie sich zu Mayer. Sie schickte, im Gegensatz zum Golfvoyeur zuvor, eine angenehme Duftwelle mit, wohl etwas in der Richtung von Patschuli. »Warum fragen Sie mich nicht, was ich gesehen habe?«

»Und was?«

Haas lehnte sich zurück. »Ein rotes Auto. Einen schlanken Mann. Mittelgroß. In einer Art Arbeitskluft. Also so Overall und dicke Stiefel.«

Die Aussage deckte sich mit jener von Rainer. Gegencheck. »Wann haben Sie diesen Mann gesehen? Sie haben um zehn nach halb acht den Abschlag gehabt. Zu dieser Zeit? Später? Und wo haben Sie ihn gesehen, denn abgeschlagen haben Sie ja nicht mehr.«

»Ich war ab viertel acht auf dem Putting Green. Üben. Ich habe da momentan so eine Phase …« Ihr Blick wanderte zum Plafond. »Ich glaube, es sind Yips. Es kann nur das sein, denn Putten war bislang immer meine Spezialität.«

Okay, Regina Haas war die beobachtete Frau. Aber wo war das Putting Green? Und was waren Yips? Klang wie eine Krankheit.

Aber sie musste nichts fragen, denn Haas beugte sich schon wieder zu ihr. »Entschuldigen Sie, ich war nur kurz …« Sie lächelte. »Meine Spielprobleme werden Sie nicht sonderlich interessieren. Jedenfalls ist das Putting Green neben dem Feldweg, der auch beim Dreier vorbeiführt.«

»Ein Auto ist also den Feldweg Richtung Dreier gefahren und Sie wollen gesehen haben, wie der Fahrer aussieht?«

»Ja, er ist ausgestiegen und hat etwas sehr Seltsames getan.«

»Aha?«

»Er ist im Gebüsch verschwunden.«

»Aha?«

»Im Gebüsch! Verstehen Sie nicht? Er wird kaum einen Golfball gesucht haben. Um diese Uhrzeit. Außerdem schlägt da nie jemand hinaus, denn Richtung Zaun sind das Green vom Einser und der Abschlag vom Zweier, aber kein Fairway. Nein, er wird viel mehr …« Sie wackelte mit dem Kopf und deutete vage in die untere Region ihres Körpers.

»Und was ist daran so seltsam? Jeder muss einmal pinkeln.«

»Ja, aber Männer tun das für gewöhnlich am Straßenrand. Ganz offensichtlich.«

»Vielleicht ist dieser Mann gschamig?«

Haas schüttelte heftig ihr Haupt. »Ich kenne keinen Einzigen, der so wäre. Die pieseln alle im Stehen und voll einsehbar.«

»Aha. Und was wollen Sie mir damit sagen?«

»Dass der Typ seltsam war.« Sie grinste. »Am besten, Sie suchen einen Sitzpinkler. Denn nur so einer versteckt sich, wenn er wischerlt.«

Mayer atmete tief durch. »Sehr hilfreich.« Sollte sie jetzt aller Verdächtigen bitten, doch geschwind einmal vor ihr zu pinkeln? »Und wie hat der Mann ausgesehen?«

Es kam dieselbe Beschreibung wie von Rainer, nur etwas vager.

Haas musterte sie. »Sie tun die Idee gar nicht ab. Wenden nicht ein, dass das doch irgendein Passant gewesen sein könnte, der, sagen wir, Brennnesseln gepflückt hat oder so.« Sie grinste. »Hat Ihnen der Hotelgast vorhin auch schon so etwas erzählt? Der hat mit seinem Gucker doch sicher alles beobachtet.«

»Sie kennen ihn besser? Wissen um seine Eigenheiten?«

»Nein, aber das mit dem Fernglas war in den letzten Tagen einfach sehr auffällig.«

Mayer stand auf und trat ans Fenster. Sie sah, dass sich Helge mit seinen Leuten mittlerweile am rechten Bunker zu schaffen machte – er war ihr für den Tipp dankbar gewesen. Hm, ein junger Mann, der im Gebüsch etwas suchte. Hm. Ein rotes Auto und ein schlaksiger Mann, der im Gebüsch urinierte. Sie hatte plötzlich das Gefühl, als wollte sie jemand absichtlich verwirren. Da stimmte einiges nicht zusammen. Rein gefühlsmäßig. Mist, jetzt dachte sie schon wie Katz in Gefühlskategorien. Jedenfalls brachte sie beides im Grunde nicht weiter. Der junge Mann war bestenfalls ein Zeuge, der wahrscheinlich wegen Nase auf Grund nichts gesehen hatte. Und der Tarnanzugmann … Gut, sie konnten nun alle roten Autos des Clubs überprüfen, im Speziellen alle alten roten Autos, aber ein Beweis war da nicht einmal im Ansatz zu finden. Obwohl – die meisten Fahrzeuge waren mittlerweile grau oder silbern, vielleicht hatten sie eine Chance. Gelb wäre natürlich noch besser, solch eine Lackierung war wirklich selten. »Und sonst?«, fragte sie über die Schulter die Frau hinter ihrem Rücken.

»Nichts. Also schon. Die Explosion natürlich. Dann kam Franz und hat wie wild telefoniert. Das war es aber auch schon. Ich weiß nicht einmal, um welche Uhrzeit die Detonation war. Denn ich war, wie gesagt, auf dem Putting Green, da nehme ich nie das Handy mit, und eine andere Uhr habe ich nicht. Aber es war ziemlich bald, nachdem ich angefangen habe. Karin und Tanja wollten mich abholen. Naja, so gesehen muss es zwischen zwanzig nach und halb acht gewesen sein, sonst wären sie schon bei mir gewesen. Ich bin jedenfalls zum Clubhaus zurück, da habe ich dann von dem Toten erfahren. Währenddessen hat Franz schon das meiste organisiert gehabt. Dass die Polizei kommt, dass alle da bleiben, und so etwas eben.«

Mayer lehnte sich mit dem Blick auf Haas an die Fensterbank. »Und wer war da aller anwesend, als Sie zurückkehrten?«

Die Frau zog die Mundwinkel nach unten. »Darauf habe ich nicht geachtet. Tut mir leid. Josef Lang weiß ich sicher, denn der hat Franz die ganze Zeit gute Ratschläge gegeben. Und Gogo natürlich, der Kellner. Er hat mir ein Glas Wasser gebracht, weil ich angeblich so weiß im Gesicht war. Mir ist ja auch fast der Kopf geplatzt, weil ich ständig an den Mann im Gebüsch denken musste.«

Klassische Orientierungslosigkeit mit Tunnelblick bei großer Aufregung. Da musste man nachhelfen. »Und Stella Dielenhoff mit ihrem Trainer?«

»Ja, die waren dann auch da. Aber wann genau …« Sie zuckte mit den Schultern. »Stella hat wie Espenlaub gezittert. Das arme Mädchen.«

Mühsam das Ganze. Es war nicht gut, Zeugen mit der

Nase auf etwas zu stoßen, aber in dem Fall blieb ihr nichts anderes übrig. »Ist Ihnen vielleicht ein junger Mann mit blondem Pagenkopf aufgefallen?«

Haas zog die Augenbrauen hoch und blies Luft aus. »Ein junger Mann mit ... wer soll das sein?«

»Vielleicht ein Angestellter?«

Ein Leuchten ging über ihr Gesicht. »Ah, Sie meinen Lukas! Der war noch da? Der hat doch gerade Frühdienst mit der Putzkolonne, und da ist er immer schon weg, wenn wir kommen.«

Das klang nach einer anderen Person als jener, die Rainer beobachtet hatte. Kevin musste sich trotzdem im Sekretariat nach ihm erkundigen. Vielleicht hatte dieser Mann ja vor seiner Suche und weit vor der Öffnung des Clubs etwas beobachtet und wusste noch gar nicht, wie relevant das war.

»Und Sie waren allein am Putting Green? Wieso waren Ihre Freundinnen eigentlich nicht mit Ihnen ...?«

»Das sind nicht meine Freundinnen. Und ich war allein dort.«

Etwas am Unterton der Haas ließ Mayer sich zu ihr setzen. »Sie kennen die Damen nicht gut?«

Haas zuckte mit den Schultern. »Wie man sich halt so kennt. Wir haben gemeinsam die Platzreife hier im Club gemacht, das verbindet. Seitdem gehen wir ein oder ab und zu auch zwei Mal in der Woche gemeinsam auf eine Runde. Mehr nicht.«

In Mayers Augen war auch das schon sehr viel. Leute, die sie ein bis zwei Mal pro Woche traf, gehörten unabdingbar zu ihrem engsten Freundeskreis. Eigentlich war das schon bei ein Mal pro Monat der Fall. Aber gut, die Frauen betrieben ja Sport miteinander.

Für ein Bewegungsdiagramm hatte Haas eindeutig zu wenige Beobachtungen gemacht – also zurück zum möglichen Bombenleger. »Können Sie schätzen, wann Sie den Mann am Feldweg gesehen haben?«

Haas drehte die Augen zum Plafond. »Direkt, wie ich hingekommen bin. Ich hab den Schläger noch gar nicht herausgeholt gehabt.«

Mayer setzte sich wieder. »Und wenn dieser Mann …« Sie wusste nicht, woher diese Idee plötzlich kam, aber sie sprach sie einfach aus. Man musste alle Eventualitäten prüfen. »Wenn dieser Mann eigentlich eine Frau war? Von wegen Gebüsch und so.«

Haas riss die Augen auf. »Eine Frau?« Sie lachte. »Schwachsinn. Entschuldigen Sie das harsche Wort. Aber welche Frau käme denn auf die Idee, jemanden zu sprengen? Da gibt es doch Gift. Wissen wir von diversen Fällen, die in der Zeitung gestanden sind.«

»Sicher is gar nix. Und warum glauben Sie so sicher, dass es keine Frau sein kann?«

»Der Gang«, kam es wie aus der Pistole geschossen. »So ein Furchengang mit ein bissel Orang-Utan.« Sie rollte die Schultern nach vorne, zog den Nacken ein und schlenkerte mit den Armen. »Keine Frau geht so.«

KATZ / 14

Katz betrachtete am Display seines Handys Mayers Aufforderungen mit den beiden Namen, und er warf einen kurzen Blick auf Schinkels und Leibenfrost. Manchmal hatte man Pech, bei der Dritten im Bunde wäre ihm sofort etwas zur Kontaktaufnahme eingefallen. Aber er war ja zum Arbeiten hier und nicht zum Vergnügen.

Die Blondmähnige, also Tanja Leibenfrost, sah auf ihre goldene Armbanduhr, flüsterte ihrer Freundin etwas zu und stand auf. Die folgte ihrem Beispiel und zückte ihre Geldbörse. Sie lehnten sich an die Theke und fixierten Bertram Ichner, doch der war schwer im Gespräch mit einem Mann mit dunkler Löwenmähne. Und der Kellner verteilte gerade Tabletts mit belegten Brötchen, und zwar gemeinsam mit einem Hilfsschakel, der Katz hinlänglich bekannt war: der junge Blonde vom Parkplatz. Nachdem er zum Personal gehörte, war klar, dass er wohl nur etwas holen gefahren war.

Das Zahlen jedenfalls konnte dauern. Was ihm Zeit brachte, sich etwas zu überlegen, denn dass die beiden Damen offensichtlich nur auf das Ende von Regina Haas' Befragung warteten und danach abrauschen wollten, war klar.

Und genau das war ein möglicher Einstieg.

Katz begab sich in die Eingangshalle und platzierte sich vor den Toiletten. Zufällig herauskommen und ihnen die Golftaschen tragen helfen, das musste bei dem Etiketteanspruch in diesem Verein den Damen gut gefallen. Nein, Regina Haas würde ihn als Erste sehen, denn sie kam ja aus der gegenüberliegenden Tür, die in den ersten Stock führte. Und dann war es nicht mehr zufällig sowie die Position vor dem Klo dämlich. Bei der Terrassentür stehen und voller Sehnsucht auf den Platz schauen, das wäre eine Variante. Aber da hatte er sie alle im Rücken und konnte unter Umständen nicht schnell genug …

»Schade, dass Ihr erster Besuch gleich so umschattet ist.« Regina Haas.

Katz drehte sich um und lächelte pflichtschuldig sein bedauerndstes Lächeln. »Ja, jetzt habe ich mich endlich breitschlagen lassen und mich … darauf eingestellt … Es ist ja nicht so leicht, sich zu entschließen, was Neues …« Er runzelte die Stirn und hoffte, dass er so ganz, ganz arm aussah.

Sie kam vier Schritte zu ihm. »Wollten Sie mit Sascha eine Runde gehen und einmal zusehen?«

»Auch.« Er strahlte sie an. »Aber auch ein paar Schläge auf der … der …«

»Driving Range«, kam es prompt vollkommen gönnerhaft von ihr.

»Ja, Driving Range. Und einlochen wollten wir auch. Halt alles einmal so irgendwie.«

»Ja, aber abschlagen und putten können Sie ja wahrscheinlich trotzdem. Die beiden Plätze sind vom Dreier weit genug weg.«

Katz deutete mit dem Kopf zur Restauranttür. »Sascha ist beschäftigt.« Er seufzte. »Wer weiß, ob es sich noch einmal ergibt.« Dann lächelte er. »Wenn man an Zeichen glauben würde, müsste man meinen, ich sollte erst gar nicht damit anfangen.«

Was redete er da? Nein, nur nicht nachdenken, meist blubberte schon das Richtige aus ihm heraus.

Haas erwiderte immerhin sein Lächeln und folgte seinem Blick.

»Vielleicht könnten ja Sie …?«, setzte er nach. Sie reagierte mit aufgerissenen Augen, also versicherte er: »Nein, nein, entschuldigen Sie. Sie kennen mich ja gar nicht. Darf ich Sie als Abbitte für meine Frechheit auf ein Glas …«

Die Tür vom Restaurant wurde aufgestoßen. Schinkels und Leibenfrost betraten forsch die Eingangshalle und steuerten auf drei Golfbags zu, die in der gegenüberliegenden Ecke beim Pro-Shop abgestellt waren.

Schinkels winkte ihrer Freundin. »Da bist du ja. Komm, wir haben schon für dich bezahlt.«

Haas sah zwischen ihnen und Katz hin und her. »Mädels, dehnt die Schultern und schwingt euch ein«, meinte sie schließlich und ging ebenfalls zu den Bags.

Leibenfrost deutete mit dem ausgestreckten Arm via Terrassentür zum Platz. »Hast irgendwie was nicht mitgekriegt, Regi?«

»Nein, aber ich für meinen Teil begehe jetzt die gute Tat des Tages.«

Die waren doch Pfadfinder hier.

Haas lachte in die ratlosen Gesichter ihrer Freundinnen: »Der Freund von Sascha hier …«

»Karl.«

»Freut mich«, lächelte sie ihn an. »Regina.«

Er deutete eine Verbeugung an. Oh, dieses Blitzen in ihren Augen, ihm wurde es ganz eng im Hals. Er hätte doch einfach nur die Taschen ihrer Freundinnen zu den Wagen tragen sollen.

»Ja, der Karl war heute ganz spitz auf Golf. Und Sascha tröstet ja unsere liebe Stella. Also werde ich jetzt mit ihm ein paar Abschläge üben. Und ein bissel putten. Schadet uns ja auch nicht. He, habt ihr keine Lust? Ist doch besser, als die Schläger überhaupt nicht auszupacken.«

Jetzt war es an ihren Freundinnen, hin und her zu schauen. Sie taten das mit einem ziemlich unattraktiven Gesichtsausdruck, man könnte sogar sagen, sie sahen wie sinnierende Schafe aus.

Schinkels fing sich als Erste und beugte sich zur Haas. »Aber du weißt schon, dass er … also der Freund von Sascha ist?«

»Der wird nur froh sein, wenn wir Karl infizieren.«

Die Leibenfrost kippte ihr Bag in Rollposition. »Aber dann lasst uns doch gleich nach Süßenbrunn fahren. Es hat doch gar keinen Sinn, dass er sich hier noch eingewöhnt.« Sie strebte zum Ausgang.

Die beiden anderen waren auf die Länge von Luftholen sprachlos, was Katz beinhart ausnützte: »Also, ich muss schon sagen … Danke sehr. Das ist wirklich sehr, sehr nett von Ihnen. Und ich nehme Ihr Angebot wirklich gern … aber ich würde lieber hier bleiben und … Wieso eigentlich soll ich mich hier nicht mehr eingewöhnen?«

Leibenfrost blieb in der offenen Tür stehen. »Weil der Anschlag ihn ruinieren wird. Den Teutschnigg, meine ich. Der *Three Oaks* ist bald Geschichte.«

»Wir wissen, dass du ihm das wünschst«, bemerkte Schinkels, wobei ihr Ton sehr spitz war.

Jetzt wurde es interessant – so schnell, damit hatte Katz gar nicht gerechnet. »Und warum wünschen Sie ihm das?«

»Das geht Sie einen feuchten Kehricht an.«

Ja, er hatte die Frage etwas plump gestellt, da war wohl der Ermittler in ihm ein wenig zu vorlaut geworden.

Haas packte nun ebenfalls ihr Golfbag. »Ja, selbst wenn diese Geschichte dem Ronald auf den Kopf fällt – der Club wird weiter bestehen, ihr werdet sehen. Dann wird ihn halt jemand anderer übernehmen. In diesem Sinne«, wandte sie sich an Katz, »auf ein schönes Spiel.« Sie ließ ihm mit großer Geste den Vortritt auf die Terrasse.

In dem Moment krachte die Restauranttür auf. Kevin rannte heraus und zur Tür, von der es in den ersten Stock ging. Zu Mayer. Sein Blick blieb auf Katz hängen, er öffnete den Mund – und schloss ihn wieder. Offensichtlich war ihm eingefallen, dass es, was immer er auch so dringend mitzuteilen hatte, seinen Chef im Moment nichts anging.

Katz' Magen und Hände krampften, was laut Alex eine ganz schlechte Voraussetzung für einen lockeren Schwung war.

MAYER / 15

Während Mayer die zusammenfassenden Gesprächsnotizen in ihr Notebook tippte und gedanklich die Aufträge an Kevin auflistete, prallte die Tür gegen die Wand. Ihr junger Kollege starrte sie an, seine Augen waren aufgerissen.

»Na? Hat dich die Stella auf einen Kaffee eingeladen?«

Er wurde rot und schüttelte heftig den Kopf. »Der Waller vom *Kurier* hat uns angerufen. Bekennerschreiben. Die haben ein Bekennerschreiben!«

Mayer speicherte die Daten ab und memorierte das Wort, bis sie wieder ruhig atmete. Sie lehnte sich zurück und überschlug die Beine. »Okay? Mail? Brief? Videobotschaft? Al-Qaïda?« Ihr Lachen hintennach war schon wieder von der gackernden Fraktion. Sie hatte sich also noch nicht wieder vollkommen im Griff. Erneut durchatmen!

»Mail.« Kevin deutete mit dem Kinn zu ihrem Notebook.

Mayer startete den Posteingang. Und da war auch schon das rote Rufzeichen neben Kevins Weiterleitung. Sie klickte die Nachricht an. *Wir von der Schwarzen Hand bekennen uns zum Anschlag auf die Umweltsünde Three Oaks. Das war erst der Anfang! Stoppt den Raubbau an der Natur!*

»Schwarze Hand«, wiederholte Mayer. »Simma da in der Kinderbuchabteilung?«

»Unsere Leute checken bereits, woher die Mail gekommen ist.«

»Das kann ich dir jetzt schon sagen: aus einem Internetcafé.«

»Hoffentlich hat es eine Überwachungskamera.«

»Ja, und auch, dass unser Bekenner so blöd ist und das nicht bemerkt hat.«

Kevin setzte sich ihr gegenüber und schwieg.

Also sah sie ihn an. »Was ist? Noch irgendeine Überraschung?«

Er zog den Siegelring von seinem kleinen Finger und steckte ihn wieder an. »Das ist doch ein Durchbruch, oder?«

Da war ein Unterton, so was wie *Warum freust du dich nicht?* Oberflächlich betrachtet hatte Kevin recht. Teutschnigg hatte erwähnt, dass Hohenfellner bei einer Düngemittelfirma gearbeitet hatte. Er wäre also als Opfer ein wunderbares Symbol. Aller Wahrscheinlichkeit nach war die Bombe sein Ball gewesen, also zumindest einer mit seiner Markierung, sonst hätte er nicht mit ihm gespielt – wenn sie Rössler richtig verstanden hatte. Und wenn das immer den Tatsachen entsprach. Aber Hohenfellner konnte auch nur als praktisches Opfer gedient haben, weil seine Bälle eben leicht auszutauschen gewesen waren. In dem Fall wäre der Symbolgehalt zufällig. Wie auch immer. Die Hauptfrage war: Gingen Umweltschützer wirklich so weit? Was war so schlecht an einem Golfplatz? Bestand doch eh alles aus Gras und Bäumen und Wasser. Und außerdem: Nannten sich solche Freaks tatsächlich nach einer Kinderbuchserie?

Mayer gab den Begriff im Internet ein. Als Erstes kam ein Wikipedia-Eintrag mit dem Titel *Schwarze Hand*. Und dabei handelte es sich um einen Geheimbund, der mit terroristischen Mitteln für ein Großserbien gekämpft hatte und angeblich am Attentat von Sarajevo beteiligt gewesen war. Terror stimmte, aber Serbien? Gleich das zweite Suchergebnis war der Wiki-Artikel über die Kinderbuchserie von Press, die sich allerdings *schwarze hand* schrieb, um eben genau nicht mit dem Geheimbund verwechselt zu werden. Dann so eine echte schwarze Hand in irgendeinem Schloss in Deutschland, mumifiziert und ein Relikt aus dem Mittelalter. Ein Krimi, in dessen Titel der Begriff vorkam, eine Webdesign-Agentur in Berlin, ein Spielforum, noch irgendein Buch mit dem Untertitel *Tätern auf der Spur*, noch irgendein Spielerforum, und dann fing es an, sich zu wiederholen.

Mayer schob Kevin das Notebook zur Ansicht. Er scrollte und studierte.

»Weißt, ich hab jetzt nicht nach einer Bekennerplattform gesucht, solche Leute outen sich kaum so offensichtlich. Ich wollte nur einmal schauen, was es da so gibt. Und es ist doch komisch, dass sich jemand so einen prägnanten Begriff nimmt und dann uneindeutig bei der Schreibweise ist, oder nicht? Ich meine, dass sich Umweltaktivisten nach einem serbischen Geheimbund nennen. Oder nach einem interaktiven Spiel. Und falls sie die Kinderbücher gemeint haben, von wegen Umweltdetektive, sich dann falsch schreiben.«

In ihrer Ausbildung hatte sie gelernt, dass Attentäter, falls sie sich einen Namen gaben, den immer äußerst sorgsam auswählten, weil sie mit den Bedeutungsebenen spielten. Sie musste unbedingt mit Katz darüber reden. Manchmal waren die fünfundzwanzig Jahre, die er schon länger auf der Welt war, gar nicht so schlecht. Er hatte einfach schon mehr erlebt. Da konnte man schon einmal über den ganzen Hype zu diesem Siebziger-Stuff hinwegsehen.

»Wo ist eigentlich der Chief?«

»Golfen. Mit den Damen Schinkels, Leibenfrost und Haas.« Kevin sah sie mit gerunzelter Stirn an.

»Ja, ich hab ihn auf sie angesetzt. Ist schnell gegangen. Die Annäherung.«

»Schlag vom Fairway aufs Green, mit dem man sich der Fahne annähert.« Kevin grinste und zückte sein Smartphone. Er wischte nur ganz kurz darauf herum und hielt ihr dann das Display unter die Nase.

Ein Golflexikon. Genial. Mayer tippte die Adresse in ihr eigenes Smartphone und speicherte sie ab. Vor der nächsten Einvernahme würde sie sich kurz darin versenken und dann nicht mehr wie ein Vollidiot dastehen.

Sie zog das Notebook wieder zu sich. »Okay, unsere Leute sind dran. Da können wir also akut nichts unternehmen. Bitte sag dem Wallner vom *Kurier*, dass er das alles noch für sich behalten soll. Deute vielleicht an, dass er ansonsten unter Umständen auf einen Spinner hereinfällt. Alles ganz vorsichtig und …«

»Geheimnisvoll, hilfreich.«

»Exactly. Wir melden uns am Nachmittag bei ihm. Und das Schreiben ist echt nur an den *Kurier* gegangen?«

Kevin zuckte mit den Schultern.

»Okay, dann finde heraus, ob noch andere Medien denselben Schrieb bekommen haben. Und falls – the same procedure. Versprich ihnen meinetwegen eine PK mit Überraschungen, und sag das alles bitte auch dem Rössler. Der muss sich dann ja vor sie hinstellen. Katz schreibe ich selber eine SMS.«

Kevin stand auf. »Und du willst nicht selber …?

»Nein, wir machen hier weiter. Vielleicht finden wir noch Zeugen. Der Anfang war ja schon vielversprechend.« Sie fasste für ihn die bisherigen Aussagen zusammen.

Kevin zuckte mit den Augenbrauen. »Na, dann beten wir, dass der Bekenner die Kameras im Internetcafé, die da hoffentlich sind, nicht gesehen hat. Und schon können wir ihn identifizieren lassen. Bei zwei Augenzeugen!«

»Ein bissel viel Unbekannte in der Gleichung. Ja, aber wer weiß. Auf jeden Fall suchst du einmal alle roten Autos. Zuerst einmal natürlich die von den Clubmitgliedern, sonst wird es unübersichtlich.«

Er nickte mit einer knappen Bewegung. Nein, jetzt war er beleidigt, weil sie nicht auf seinen scherzhaften Einwurf eingestiegen war – okay, eine Spur freundlicher konnte sie sein. »Bitte.«

»Klar.«

»Und wir brauchen unbedingt noch mehr Hintergrund von Hohenfellner. Vielleicht ist ja irgendwer schon einmal auffällig geworden. Hat ihn bedroht oder so. Check bitte alles, was du finden kannst.«

Kevin zog ein Schnoferl wie ein kleiner Bub. »Hab ich doch schon.« Er nickte zu ihrem Notebook.

Und da war in der Akte tatsächlich schon Material. Katz ging ab. Wenn er statt ihr mit den Zeugen herumsüßelte, hätte sie schon gemeinsam mit Kevin alles rundherum erledigt. Knallharte Fakten recherchiert, eben das, was sie konnte. Aber wenn sie sich derart auf die Gespräche konzentrieren musste … *Fuck off.* Eine blöde Idee war das mit dem Undercovereinsatz. Wenn sie dabei blieben, benötigten sie ganz schnell noch jemanden an der vorderen Front. Und sie brauchte dringend ein Abstimmungsgespräch mit dem Chief. Aber erst nach seinem Einsatz mit den drei Damen. Erstaunlich, wie er es so schnell geschafft hatte, ihr Vertrauen zu gewinnen. Sie beschloss, ihm eine Bitte um ein Gespräch zu schreiben, und sah dadurch, dass von ihm eine Nachricht eingetrudelt war. *Ein Cerny an Herzinfarkt gestorben. Ein Wolf-*

gang sieht Zusammenhang. – Aha? Sie überflog den Spickzettel. Das konnte nur Wolfgang Böck sein. – *Wirt glaubt aber, dass mit Umweltschutz wegen Job von H.* – Nicht dumm, der Ichner. – *Und Leibenfrost hasst Teutschnigg. Checke noch Grund.* – Das hatte sie auch nicht bei ihrer Einvernahme verheimlicht. Sie schickte ihm ihre Nachricht mit den Aussagen von Rainer und Haas und der Frage nach einem Brainstorming. Dann widmete sie sich dem Dossier von Kevin.

Goodie, Markus Hohenfellner, geboren neunzehnhundertfünfundsechzig in Wien, Matura in der Rahlgasse, ab dem Zeitpunkt sozialversichert als Angestellter, nie arbeitslos, ein paar Geschwindigkeitsübertretungen, einmal Alkohol am Steuer, kein Facebook-Eintrag, aber dafür in Xing, der geschäftlichen Spielart von social media. Aber auch da nicht rasend viele Kontakte und das letzte Mal vor acht Monaten aktiv. Keine Heiratsurkunde, kein Kind auf seinen Namen, also ein Eigenbrötler – nicht verwunderlich, wenn er so ein Choleriker gewesen war. Und laut Kevin auch sonst keine Ergebnisse auf Google und Konsorten, bis auf einen Bildeintrag in Varianten: Vor drei Jahren wurde er von *GrowFlow* zum Mitarbeiter des Jahres gewählt. Also ein guter Vertreter.

Mayer schaute sich seinen Xing-Eintrag genauer an. Sie klickte seine Kontakte durch, und da war er, der Name, der klingelte: Karin Schinkels. Thanks, eine Verbindung, die noch nicht zur Sprache gekommen war. Wie gut, dass der Alte mit den Damen golfte.

»Kevin?«

Er sah sie wie ein Hund vor dem Schlag an. He, sie war bloß ein paar Jahre älter und außerdem – ZBV!

»Gute Arbeit.« Und jetzt lächeln. Mitarbeiterführung –

die Kollegen im West waren nicht so zart besaitet gewesen. »Er war auf Xing mit der Schinkels befreundet. Pass sie bitte ab und schick sie mir dann noch einmal. Aber lass sie zuerst mit Katz – das fertigmachen, was die auch immer treiben. Und check mir bitte das Umfeld von der Schinkels. Freunde, Verwandte, die Tochter, Arbeitskollegen.«

Kevin stand auf und wandte sich zum Gehen.

»Und sicherheitshalber auch von den anderen beiden.« Er sah sie an. »Bitte.« Er strahlte sie an und ging zur Tür, wobei sein Gang beschwingt wirkte. Was so ein kleines Wort doch bewirken konnte.

Als sie wieder ihre Notizen am Notebook vor sich sah, fiel ihr ein, was sie Kevin noch auftragen wollte. »Stopp!« Er blieb wie ein Zinnsoldat stehen und schlug die Handkante an die Schläfe. »Finde bitte heraus, ob es einen Lukas unter den Angestellten gibt. Vielleicht bei der Putzkolonne. Er hat so …«

»Steindl. Zweiundzwanzig Jahre. Mädchen für alles hier. Student der Architektur. Angehender Trainer. Lässt sich die Arbeitsstunden mit den Golfstunden verrechnen.«

»Wow. Und wenn du mir jetzt noch sagst, dass er einen blonden Pagenkopf hat …«

»Den kannst du unten im Restaurant bewundern. Er hilft aus, weil der zweite Kellner wegen des Mordes gar nicht erst gekommen ist. Sein normaler Dienstschluss ist derzeit zwischen halb und dreiviertel sieben. Er ist schon komplett in den Akten.«

Kevin war ein noch größeres Arbeitsviech als sie. Respekt. Ach ja, vielleicht nicht nur denken, sondern auch sagen. »Respekt. Ich brauche ihn dann relativ bald. Aber vorher hätte ich gern den Chefgreenkeeper. In ein paar Minuten. Bitte.« Ein Lächeln hintennach.

Jetzt machte Kevin sogar einen Diener. Dabei funkelte er sie so freudig an, dass Mayer meinte, er schicke ihr gleich einen Luftkuss.

MÖRDER / 16

Was wollen die von Lukas? Der ist doch so ein netter Junge. Aber er war heute früh die ganze Zeit da. Okay, vielleicht hat er ja etwas gesehen, an das habe ich noch gar nicht …

Mist, jetzt kommt der …

Massageraum. Bitte sei nicht abgeschlossen! Knapp, knapp, knapp, knapp. – Puh, das hab ich total verschlafen, dass die mit ihrem Gespräch … sehr unkonzentriert, sehr unkonzentriert. – Kannst du bitte weitergehen? Gsch, gsch. Was machst du da am Gang, Junge? Geh weiter! Nein, jetzt telefoniert er! Das darf doch nicht wahr sein. Ich will da herinnen nicht das Zeitliche segnen. Und ich muss dringend in die Garderobe. Ich muss verhindern, dass es heute die Kriegler erwischt. Es wäre einfach zu auffällig. Sie kommt schon noch dran.

Mein Gott, wie ich diese Person hasse. Sie tritt alles mit Füßen, was uns etwas wert ist, nicht wahr, Stella? Eine Falschspielerin mit jeder Faser ihres Körpers. Und diese Frau ist Buchhalterin der Stadt. Wahrscheinlich frisiert sie die Finanzen, und wir steuern auf einen veritablen Skandal hin. Ich begehe eigentlich eine gute Tat. Denn ihr Nachfolger wird sicherlich wieder alles ins Lot bringen. Und sie ist dann auf dem Platz kein schlechtes Vorbild mehr. Sie radiert so offensichtlich auf ihrem Score herum, dass sich Neulinge denken, das ist Usus. Diese Person hat wirklich keinen Genierer.

Letztens hat mich die Tochter meiner Nachbarin gefragt, warum wir nicht einfach mit Kugelschreiber eintragen. Dann könne man nicht mehr schummeln. Die Kleine hat natürlich recht, aber nichts verstanden. Golf ist ein Gentlemanspiel, wie wir beide wissen. Jeder, der unehrlich ist, desavouiert vor allem sich selbst. Nur das verstehen die meisten nicht. Du schon, meine Göttin, du schon. Ich weiß noch, wie du das erste Mal die Geschichte von diesem Schotten erzählt hast. Deine Augen haben geleuchtet, deine Wangen wurden rot vor Begeisterung. Ja, dieser Mann ist eine Zierde für uns. Niemand hat seinen Abschlag am Wasser gesehen, keine Fernsehkamera war auf ihn gerichtet, alle sind schon Richtung Green. Und dann macht er den Schlag übers Wasser, kürzt dermaßen edel das Dog-leg ab – und lässt sich einen Strafschlag eintragen, weil er beim Ansprechen das Grasbüschel berührt und sich dadurch der Ball bewegt hat. Einfach nur Klasse.

Die Kriegler ist echt das Gegenteil. Trotzdem muss sie noch warten. Der Böck hat diesem Charles, diesem Karl Maria Katz … was für ein bescheuerter Name … Moment. Was haben die beiden da gerade geredet? Dass der Chief mit den drei Ladies spielen ist? Die habe ich doch zum Putting Green marschieren sehen. Und da war dieser Karl bei ihnen. Die meinen doch nicht den, oder? Das würde ja bedeuten, dass er von ihrer Truppe ist. Ihr Chef wahrscheinlich. Interessant. Die schleusen einen Undercover ein. Und Sascha ist mit von der Partie. Sehr interessant. Und gar nicht gut. Jetzt heißt es aufpassen. Extrem aufpassen.

Und der Böck hat ihm bereits vom Cerny … das heißt, die Polizei weiß mittlerweile Bescheid. Und auch wenn sie sich vielleicht jetzt noch nichts dabei denken … drei Todesfälle so kurz hintereinander werden sie misstrauisch machen und vielleicht auf meine Fährte bringen. Das ist jetzt überhaupt nicht gut. Und einen Todesfall unter ihren Augen werden sie doppelt genau untersuchen. Ganz schlecht.

Mein Gott, jetzt telefonierst du noch immer, Junge. Kannst du das nicht bitte unten machen? Lieber Gott, bitte lass die Kriegler nicht in ihre Garderobe gehen! Bitte, lass sie ihren üblichen Schnaps im Restaurant trinken. Fällt eh nicht auf heute. Und außerdem weiß es ohnehin jeder. Bitte! Sie muss ja damit rechnen, dass sie jederzeit zum Verhör gerufen wird. Bitte, sie muss sitzen bleiben!

Stella – wir haben so eine starke Bindung zueinander. Hör mich. Geh zur Kriegler und verwickle sie in ein Gespräch! Bitte! Geh. Jetzt. Zur. Kriegler. – Nein, das wirst du nicht tun, weil du diese Frau verachtest. Deswegen steht sie ja auf meiner Liste. Weil sie dich in deiner Vollkommenheit stört.

Oh, du meine Göttin.

Ich kämpfe für dich und ich werde mich deiner würdig erweisen. Irgendeinen Sinn muss es ja haben, dass ich wieder in dieser Welt bin, die so unperfekt ist. Glaube mir, in der Anstalt hätte es mir gefallen. Und dort habe ich auch verstanden, warum ich dir das angetan habe, was ich ... Schicksal. Es ist einfach Schicksal. Ich musste deinen Vater töten, um auf dich aufmerksam zu werden. Ja, ansonsten wären wir beide einander nie nahe gekommen. Sonst könnte ich dir nicht helfen, und zwar viel besser, als es dein Vater je gekonnt hätte. Ich statt ihm. So einfach ist das. Das hat Gott oder dein Schutzengel oder das Universum oder wer auch immer beschlossen. Leider wird dir dein Schmerz die Sicht auf diese Wahrheit vernebeln. Aber deswegen arbeite ich ja daran, deiner würdig zu werden. Denn angesichts meiner Taten musst du erkennen, dass ich für dich wertvoller bin als dein Vater. Viel wertvoller. Und du verzeihst mir.

Schleich dich endlich, Bulle!!!!

Dieses Bekennerschreiben … Interessant. Von Umweltaktivisten. Schwarze Hand. Das ist schon einmal eine Spur. – Nein, eigentlich gar nicht, denn kein Golfer würde dem Platz was antun, also muss es jemand von außerhalb sein. Bitte, wie kann ich den je finden, ohne den Apparat, den die Polizei hat? Vielleicht sollte ich doch ihnen die Abrechnung überlassen? Nein, allein für den Schreck, den er dir, meine Göttin, zugefügt hat, braucht er eine härtere Strafe als ein paar Jahre Gefängnis. Ha, in den USA argumentieren ja ein paar Leute, dass Gefängnis viel schlimmer als die Todesstrafe wäre, Hinrichtungen also ein Art Gnadenakt darstellten. Die waren selber noch nie in so einer Situation, wo du weißt, jetzt ist es aus. Wenn dich die Hoffnungslosigkeit packt und damit die Panik. Willst du einen Menschen zerstören und somit so richtig bestrafen, nimm ihm die Hoffnung, und das machst du, wenn du ihm die Nadel setzt, von der er weiß, dass in ihr in den nächsten Minuten das Gift durchfließt. Beim Gefängnis kann er hoffen, sein Leben lang. Auf einen Ausbruch, ein Erdbeben oder zumindest ein paar schöne Jahre als alter Mann.

Ich muss zugeben, liebe Stella, dass mich genau diese Überlegung am Anfang etwas unrund gemacht hat. Doch als ich mich dann für das Gift entschieden habe, ging's mir besser. Sie merken ja nichts, es ist wie ein Herzinfarkt, der jedem passieren kann. Sie sind nicht hoffnungslos, sondern nur überrascht. Sie leiden also nicht. Und die Menschheit leidet auch nicht mehr – unter ihnen.

He, du Bastard da draußen! Kannst du bitte endlich zum Herumschwafeln aufhören? Rotes Auto, rotes Auto. Wie wollt ihr denn das richtige unter den Millionen in Österreich finden? Hä?

Moment … alt? Der Lukas fährt so einen alten ….

Quatsch. Der ist ein lieber Junge aus gutem Haus. Was sollte der damit zu tun … aber wieso war der heute noch da? Hab ihn gar nicht gefragt. Ich muss dringend mit ihm reden. Sehr eigenartig das alles.

Nein, der Lukas ist ein ganz Lieber. Und gerade wirklich mit was anderem beschäftigt. Jungverliebte haben keine Gewalt im Kopf. Und außerdem, warum sollte er? Im Studium läuft alles bestens, beim Golf auch, bald hat er die Pro-Prüfung. Wird sicher einmal ein guter Trainer. Nein, das passt alles nicht. Vergiss es. Wobei … man kann nie wissen. Allerdings ist er ein Gescheiter. Er wäre, falls er etwas damit zu tun hat, doch nicht da geblieben. Oder vielleicht erst recht? Ich werde ihn dann …

Neeeein, was faselst du jetzt wieder, Herr Polizist? Toll, wirklich, jetzt kommt auch noch Jimmy zur Befragung. Na gut, aber irgendwann ist er drin, und du musst wieder hinunter.

Mist, wenn es sich nicht ausgeht … denken sie, die Kriegler hat eine Herzattacke wegen der ganzen Aufregung. Genau. So wird es sein. Die werden nie davon ausgehen, dass der Mörder so frech ist und zuschlägt, während sie da sind. Und außerdem weiß man doch, dass Täter niemals ihre Vorgehensweise ändern. Eben. Sie werden denken, es ist ein unglücklicher Zufall.

Hoffentlich.

Sie dürfen mich nicht erwischen, ich muss doch auf dich aufpassen. Ich habe noch so viel zu erledigen.

MAYER / 17

Jeremias Walter hatte einen jener Ohrringe, die ein Loch zum Durchschauen bildeten und das man mit der nächstgrößeren Nummer immer mehr weiten konnte, bis man ein Hängeohr wie ein Mitglied von jenem afrikanischen Stamm hatte, von dem die Sitte abstammte. Auf der anderen Seite trug er zwei Flinserl, deren Form Mayer nicht erkennen konnte, ohne sich vorbeugen zu müssen – was sie natürlich unterließ. Wäre ja extrem peinlich. Der Nacken war bis zum halben Kopf hinauf kurz geschoren, wodurch er wie ein Hitlerjunge wirkte. Daran änderte auch die schlammgrüne Baseballkappe, die farblich auf die Hose abgestimmt zu sein schien, nichts.

»Darf ich Sie Jimmy nennen?« So taten es alle hier, und *Herr Walter* kam ihr ein wenig eigenartig vor, nicht nur wegen des Vornamencharakters, sondern weil der Chefgreenkeeper in ihrem Alter war und diese Anrede nach alter Mann klang.

Jimmy nickte und fuselte weiter an seinem weißen Poloshirt herum, auf dem ein winzigkleiner schwarzer Fleck prangte.

Mayer ließ ihn kletzeln und schaute sich nochmals seine Daten an. Neunzehnhundert-einundachtzig in Tulln in Niederösterreich geboren, also doch ein paar zerquetschte Jahre älter als sie, Absolvent der Gartenbauschule in Wien. Ein Kind namens Samuel mit einer Lebensgefährtin namens Leila Konrad. Die seltsame Konstellation mit schrägen Vornamen und üblichen Vornamen als Familiennamen zog sich also durch die ganze Familie. *Okay, such dir den Plauderton! Schaff Vertrauen!*

»Jimmy, wie sind Sie eigentlich Greenkeeper geworden? Haben Sie es nicht zuerst bei der Stadt oder beim Bund versucht?« Bei den entsprechenden Gartenabteilungen kamen viele von diesen Absolventen unter, das wusste sie von einem Cousin ihrer Ex, der als Friedhofsgärtner am Zentralfriedhof arbeitete.

»Durch ein Buch.« Er fuzelte weiter an seinem T-Shirt.

»Ein Buch?«

»Ich bin Buddhist.« Er sagte das mit so einer Selbstverständlichkeit, als wäre dadurch alles klar.

Das war es nicht. Der Hitlerjunge war Buddhist und deswegen Greenkeeper. Mit so einer Aussage konnten sich die Gehirnwindungen nur verhaspeln. »Äh … ja?« Immerhin kein *Aha*.

Jetzt sah er sie endlich an, allerdings ohne die verschmutzte Stelle auf dem Shirt auszulassen. »Zen.«

Mayer nickte wissend und spulte gleichzeitig vor ihrem inneren Auge alles ab, was sie jemals darüber gelesen hatte. Das war nicht viel. Eigentlich nur das, was ihr angesichts des gesprengten Menschen im Bunker und den regelmäßigen Wellen im Sand eingefallen war. Nichts und Ruhe und Ausgeglichenheit.

»Alles ist die Gegenwart ist nichts ist alles ist das Universum.«

»Aha.«

Jimmy nickte befriedigt und widmete sich wieder seinem Fleck. Er war definitiv in der Gegenwart und im Nichts. Vielleicht mit graslicher Unterstützung? Hare Krishna, Hare Rama und give peace a chance. Nein, das konnte er sich bei seiner Arbeit sicher nicht leisten. »Und was hat das mit Golf zu tun?«

Er sah sie und dann den Platz vor dem Fenster an. »Du

willst den Ball nicht irgendwohin oder irgendwie oder sonst was, sondern du bist der Ball, der in den Flug gleitet und sein Ziel findet.«

»Aha.«

Er seufzte. »Du kannst beim Golf nur gut sein, wenn du absichtslos bist. Wenn du dich mit dem Ball vereinst. Übrigens wie bei jeder Zielsportart. Schießen, Darten, Bogenschießen, Kegeln, wurscht was. Wenn du willst, hast du verloren. Es gibt kein Vorher und kein Nachher. Es gibt nur das Jetzt. Es ist somit das Spiegelbild für das Leben.«

»Aha.« Das hatte man ihr beim Schießunterricht tatsächlich auch einmal gesagt, also das mit dem Absichtslosen, nicht das mit dem Leben.

»Ja, weil wenn du willst, verkrampfst du dich. Wenn du eins wirst mit deiner Aufgabe, dich also mit dem Hier und Jetzt vereinst, dann bist du die Aufgabe.«

Denk nicht, will nicht, tu hatte man ihr im Schießkeller eingebläut. Und dann hatte es tatsächlich geklappt. Schien derselbe Ansatz zu sein.

Okay, wie auch immer. Genug des Small Talks. »Das klingt gut, Jimmy, aber irgendwer hat in diese Meditation von Herrn Hohenfellner hineingepfuscht.«

»Und meinen Platz ruiniert.«

»Ist ja nur *ein* Loch.«

Er sah sie an. Seine Absichtslosigkeit dürfte noch nicht perfektioniert und daher in heftiges Wollen umgeschlagen sein, denn er wirkte wie ein Tiger am Sprung, mit der Vorfreude aufs Zerfleischen.

Unwillkürlich hob Mayer die Handflächen. »Ich mein ja nur, dass es am Bunker passiert ist, und den wird man doch leicht wieder … oder nicht?« Sie hörte ihr Piepsen am Ende des Satzes und räusperte sich.

Jimmy setzte sich auf die Sesselkante und legte die Unterarme auf den Tisch. Dabei funkelte er sie an. Sie hielt seinem Blick stand. Nach ein paar Sekunden glätteten sich seine Gesichtszüge. »Sie haben keine Ahnung von Golf, oder?«

Da war er wieder, der Satz. Er war ihr schon abgegangen.

»Natürlich kann ich den Bunker wieder herrichten. Aber die Frage ist, ob das Turnier stattfinden wird, wenn …«

Mayer winkte ab. »Ich weiß. Herr Teutschnigg hat mir das Problem ausführlich geschildert. Und deswegen müssen wir jetzt so schnell wie möglich …«

Er nickte und knotzte sich wieder in den Sessel, das rechte Bein über das linke gelegt. »Ich kann Ihnen aber leider nichts sagen, ich kenn die Spieler nicht. Also kaum. No idea, wer den Hohenfellner auf dem Gewissen haben könnte.«

Jimmy schien die Sache für sich abgehakt zu haben, denn eine Art Schleier legte sich über seine Augen, als würde er mit offenen Augen schlafen. Vielleicht doch ein wenig Marihuana? Dennoch sprach sie ihn auf seine Arbeit am zwölften Loch an – und erfuhr in einer blumigen Schilderung, dass jemand wohl seinen Schläger aufs Green gedonnert hatte, wodurch ein eingedrückter Streifen in der Größe von mindestens sechzig Pitchmarken entstanden war. Während Jimmy weiter seine umfangreichen Sanierungsarbeiten beschrieb, denn es hatte auch jemand rücksichtslos seinen Golfwagen über das Vorgrün gezogen und so einen Acker hinterlassen, aktivierte sie das Golflexikon und fand heraus, dass eine Pitchmarke jener Abdruck war, den ein Golfball beim Landen auf dem Green hinterlässt. Spieler waren verpflichtet, diesen Abdruck mit einer speziellen Pitchgabel wieder zu entfernen – was ihr auch

Jimmy gerade zornentbrannt erklärte, als sie sich wieder auf ihn konzentrierte.

»Es hinterlässt ja auch niemand seine Fußabdrücke im Bunkersand«, polterte er. »Das sagt einem doch der Hausverstand. Oder wollen Sie auf einem Misthaufen spielen?«

Brav schüttelte Mayer den Kopf.

»Eben. Aber es gibt immer wieder so Schweine, egal, ob die Rechen direkt daneben liegen. Ich frage mich, wie es bei denen zu Hause aussieht. Wahrscheinlich haben sie irgendeinen Trottel, der alles hinter ihnen herräumt. Ich mein, das ist doch das Mindeste, dass man den Platz so verlässt, wie man ihn vorfindet, oder nicht?«

Brav nickte Mayer. Und erinnerte sich, so einen Spruch schon einmal auf einem Klo gesehen zu haben, wo sie diese Regel – und im Grund nicht nur hier – für äußerst angebracht hielt. Diese Golfer wurden ihr echt langsam sympathisch. Moment …

»Äh, Bunker werden also immer gerecht, nachdem man sie betreten hat?«

Nun nickte Jimmy.

»Und viele Leute tun das nicht?«

»Anfänger vergessen oft darauf. Sind es nicht gewohnt, dass man zusammenräumt. Aber sie gehen ja nie allein, die anderen erziehen sie dann schon. Und manche von den großkotzigen Checkern, weil sie sich dafür zu gut sind. Oder weil sie es für lustig halten. Oder was weiß ich.« Er ließ die Finger auf seinem Unterschenkel tanzen. Glücklicherweise war Jimmy Greenkeeper und nicht Marshal, sonst hätte es hier schon ein paar Morde mehr gegeben.

»Aha. Und muss der immer an derselben Stelle liegen?«

Jimmy schüttelte den Kopf. »Der liegt dort, wo man aus dem Bunker nach dem Rechen raus ist.«

Mayer stand auf und streckte sich durch. Schaute auf den Platz hinaus. Der Himmel war inzwischen milchig, was den Umriss der Pflanzen diffus machte. Es schien auch so, als würden die Bäume ihre Äste hängen lassen, aus Trauer, dass heute niemand unter ihrer Krone einen Ball oder ein wenig Schatten suchte. Es sah alles sehr einsam aus. Und die Bunker wirkten plötzlich nicht wie harmlose Hindernisse, sondern wie Wundmale nach einem Angriff.

War ihr Mörder einfach ein höchst disziplinierter, umsichtiger Mensch, der den Rechen für ihn zum Glück rechtzeitig gesehen und entsprechend verwendet hatte, oder war er ein Insider, der das Werkzeug bewusst eingeplant hatte? Wenn sie sich vorstellte, dass sie selbst jemanden auf einem Golfplatz umbrachte, ohne das ganze Wissen, das sie seit mittlerweile drei Stunden intravenös bekam, sie würde den Rechen nur dann in ihren Plan einbauen, wenn sie im tatsächlichen Sinn des Wortes über ihn stolperte. Lag er auch nur fünf Meter entfernt auf der anderen Seite, und so groß waren diese Sandbunker mindestens, sie würde ihn in ihrer Aufregung und Anspannung nicht registrieren.

Ja, das war Logik und nicht nur Gefühl, was vorhin in ihrem Bauch gekitzelt hatte. Es war absolut okay, sich zuerst einmal auf die Golfer und ihr Umfeld zu konzentrieren. Gerade von den Angehörigen musste nicht jeder fanatisch für den Sport, ja, konnte sogar aufgrund seines Insiderwissens vehement bis kämpferisch dagegen sein.

Auf einmal wurde Mayer heiß. Sie sah Helge am Tatort vor sich, hörte ihn *Fernzündung* sagen. Wenn diese seine Vermutung stimmte, inklusive des ins Bag geschummelten präparierten Balls, dann waren diese Sandspuren auf dem Vorgrün im Grunde uninteressant, denn vom Mörder mussten sie nicht stammen. Sie hatten da völlig falsch gedacht. Der Täter hatte überhaupt keine Veranlassung gehabt, sich auf dem dritten Loch herumzutreiben. Von wem stammten sie aber dann? Wer hatte sich vor Spielbetrieb in einem Sandbunker herumgetrieben? Die Greenkeeper und Franz Ruttner waren es offensichtlich nicht gewesen. Mayer machte sich eine Notiz, um das später in Ruhe durchzudenken, und startete eine Runde durch den Raum.

»Entschuldigen Sie, aber die ewige Sitzerei macht mich ganz wuschi.«

»Verstehe ich. Nur im Lotussitz wird der Fluss nicht unterbrochen.«

»Äh – ja. Sagen Sie, hatten Sie schon einmal Probleme mit Umweltschützern?«

Zuerst hörte Mayer nur ihre Schritte auf dem Parkettboden, dann ein Schnaufen von Jimmy.

Er drehte sich zu ihr um. »Ja schon, aber ich hab das bis jetzt nicht so … Wie kommen Sie drauf?«

»Später. Und?«

»Auf Facebook gehen mich Leute immer wieder deppert an. Dass ich mit meinem Dünger das Grundwasser versau, und dass Golfplätze unberührte Natur vergewaltigen und so Schrott halt. Aber zeigen Sie mir in Österreich irgendwo unberührte Natur, also so echt, außer in den paar Urwäldern, die wir haben. Nicht einmal die Naturparks sind unberührt. So ein Blödsinn.«

»Ja und das mit dem Dünger und dem Grundwasser?«

Jimmy fuhr mit dem kleinen Finger in das Loch in seinem Ohrläppchen. »War sicher früher ein bissel ein Problem. Oder ist es manchmal heut noch. Kommt auf den Besitzer und auf den Architekten an. Aber der Trend geht in die andere Richtung, weil sich eben so viele aufregen. Und unser Architekt, der Trent Jones, der schaut drauf.« Er lachte. »Trend. Trent.«

Mayer lächelte pflichtschuldig.

»Ja, da ist alles abgesichert wegen dem Grundwasser, da gibt's Drainagen, und außerdem schau ich beim Dünger auch auf Bio. Ist zwar mühsam, aber mir ist das lieber so.«

»Aha.«

Er stellte den Fuß ab und deutete mit dem Zeigefinger auf sie. »Und ich entwickle auch grad ein gescheites Sammelsystem fürs Regenwasser. Eine kleine Tonne reicht da nämlich nicht.« Er machte mit der Hand eine Bewegung, also wolle er etwas glatt streichen, mit dem Handrücken und der Fläche. »Alles eins, verstehen S'? Ich bring den Ronny auch noch dazu, dass wir Sonnenkollektoren installieren.«

Mayer setzte sich auf die Tischkante neben ihm. »Wir brauchen die Namen von den Leuten, die Sie angegangen sind. Und zwar zügig. In der nächsten Stunde. Geht das?«

Jimmy verschränkte die Arme. »Ich will da niemanden denunzieren.«

»Aber doch sicher den Menschen, der Ihren Platz ruiniert hat?«

Der Chefgreenkeeper hielt die Luft an und seufzte dann.

»Gut. Und jetzt noch einmal zurück zu Ihrem Morgeneinsatz. Haben Sie irgendetwas Ungewöhnliches bemerkt?«

Kopfschütteln.

»Okay, konkret: einen Mann beim Dreier, der weggerannt ist? Oder hatte jemand von Ihren Leuten dort zuvor zu tun?«

Kopfschütteln.

»Hm. Ein rotes Auto vielleicht? Irgendwo?«

»Auf der Tangente, wie ich hergefahren bin«, grinste er. Als er bemerkte, dass Mayer nicht lachte, wurde er wieder ernst. »Hören Sie, wissen Sie eigentlich, wo das Zwölfer ist? So ziemlich am anderen Ende vom Platz. Net einmal die Explosion war richtig laut bei uns.«

»Wann sind Sie und Ihre Leute in den Club gekommen?«

»Um sechs. Wir sind eine Runde gefahren und haben dabei die Sauerei am Zwölfer entdeckt. Irgendeiner von den Jungs muss da gestern Abend geschlampt haben, weil in der Nacht spielt ja kaum einer Golf. Und ich weiß auch schon, wer da geschludert hat. Der Raffi. Er ist echt schlampig, seit er Vater geworden ist. Er hätte die Sauerei am Zwölfer nämlich gestern bei der Schlussinspektion schon entdecken müssen. Jetzt haben wir heute Früh den totalen Stress gehabt. Aber wir sind gut, es wäre sich aufs Arschlecken mit dem Hohenfellner seiner Runde ausgegangen. Also dass der wieder ein ordentliches Green hat.«

In Mayer klingelte es – das war ebenso rätselhaft wie der Sand beim Dreier. »Und er schwört …?«

Jimmy nickte. Seine dicken Stirnfalten zeigten, dass er schon wieder nicht hundertprozentig ausgeglichen war. »Aber er wird es schon noch zugeben. Ich will einfach nur, dass er einsieht, dass das so nicht geht. Dann haben wir einmal was Gröberes, was sich nicht bis zur ersten Runde ausgeht, und schon ist das Gerede da.«

Mayer klimperte mit den Augen. »Verstehe ich, verstehe ich.« Sie machte sich eine Notiz mit Rufzeichen. »Und sonst? Wer war noch da? Die Putztruppe?«

»Logo. Ist wie immer um halb sieben verschwunden.«

Sie bemühte sich um einen lockeren Ton. »Auch der Lukas Steindl?«

Jimmys Oberarmmuskeln spannten sich. »Der Luky? Wieso fragen Sie nach ihm?«

»Weil wir versuchen, ein Bewegungsdiagramm zu erstellen, um so mögliche Zeugen leichter zu finden.«

»Und den Mörder.« Seine Augen verengten sich.

»Natürlich«, lächelte ihn Mayer an. »Wenn wir so leicht den Täter überführen könnten, wäre das schön. Aber wir reden jetzt ja einmal von Lukas Steindl.«

Seine Muskeln entspannten sich wieder. »Ja, der war da. Auch später noch. Der hat irgendwas gesucht. Weiß aber nicht, was. Vielleicht hat der Raffi was mitkriegt. Der ist kurz zurück, weil ich mein Privathandy im Spind vergessen gehabt habe.«

Sie musste gleich Kevin schreiben, dass er mit diesem Raffi ein Bewegungsdiagramm erstellte. Und den Chefgreenkeeper entließ sie.

An der Tür drehte sich Jimmy noch einmal um. »Sie suchen nach einem Umweltschützer? Warum?«

»Wir haben Gründe.«

»Okay …« Er schien nachzudenken, denn er steckte wieder den Finger in den Ohrring. »Na, dann net …« Er griff auf die Klinke.

»Was?«

Jimmy schüttelte den Kopf. »Nein, der ist ein netter Mensch. Und nicht unbedingt ein Umweltschützer, der mit seiner Rostlauben.« Er gab ein Geräusch von sich, das wohl ein Lachen sein sollte.

»Wer?«

Er holte tief Luft. »Der Piblitz. Irrsinnig oft hab ich den in letzter Zeit beim rechten Bunker vom Dreier gesehen. Beziehungsweise bei den Bäumen dort. So oft verschlagt man nicht auf dieselbe Stelle. Vor allem er nicht. Er ist ein Einstelliger.«

»Piblitz.« Sie erinnerte sich, dass auch dieser Rainer den Namen erwähnt hatte. »Das ist ein Spieler. Ich hab geglaubt, die kennen Sie nicht?«

»Den schon. Der hat mir den Tipp mit dem Hohenfellner seiner Firma gegeben und dem Biodünger. Wir haben ein paar Mal was trunken zusammen. Ist zwar keiner von uns, aber irgendwie auch erleuchtet.«

Mayer stellte sich vor ihm hin. »Ja, aber wenn er ein Netter ist, wieso erwähnen Sie ihn dann? Nur weil er oft beim Dreier in den Bunker geschlagen hat? Das glaube ich nicht.«

Jimmy reckte den Kopf nach vorn – mehr überhebliche Angriffsstellung als Ausgeglichenheit. »Hab ich doch grad gsagt. Er fährt so eine alte rote Rostlaube.«

KATZ / 18

Das Loch war so schrecklich winzig und die Strecke bis dahin mindestens die Route 66. Kein Mensch konnte über eine solche Distanz – okay, über bloße zwei Meter, aber das reichte auch! – einen derart eigenwilligen Ball versenken. Das Damen-Trio hatte zwar gemeint, nicht der Ball sei eigenwillig, sondern der Wuchs des Grases, das Grain, sei schuld an seinen Torkeleien, aber Katz war sich mittlerweile sicher, dass diese Golfbälle nur äußerlich weiß waren. Wenn sie einen Spieler nicht kannten, zeigten sie ihm wie Kobolde die lange Nase.

Seit einer halben Stunde puttete er. Alles tat ihm weh, ihm, der vor bissel mehr als einem Monat einen Marathon geschafft hatte und der sicherlich auch sonst nicht zur untrainierten Fraktion gehörte. Allein schon der Stand, den er einnehmen musste – wie in die Hose geschissen. Knie leicht angewinkelt – »Locker, locker, Karli, quasi jederzeit bereit«, hatte die Schinkels mit einem anzüglichen Lachen empfohlen; den Hintern leicht hinausgestreckt, die Schultern hängend – »Ganz, ganz entspannt«, schnurrte die Leibenfrost immer wieder; der Griff – »Leicht, wie wenn du ein Vögelchen halten würdest«, empfahl ihm Regina Haas ein ums andere Mal. Dann noch die Füße parallel. Wenigstens das fiel ihm nicht schwer. Das breite, männliche Ausdrehen von Beinen und Füßen hatte er sich bei den Wochenendausflügen mit Alex abtrainiert. Und zu allem Überfluss war es mittlerweile so schwül, dass ihm der Schweiß in die Augen rann und die Jeans an Hintern und Beinen klebten. Er ahnte, dass die Etiketteregel, beim Golfen nur Stoffhosen zu tragen, jenseits irgendeiner geschichtlichen

Bedeutung ihren ganz praktischen Sinn hatte. Er konnte sich einfach nicht so bewegen, wie er wollte.

Immerhin gab es auf diesem Schläger in der Mitte einen Strich. Er musste bloß den Ball in der Mitte mit dieser Linie treffen und dabei keine drehende Handbewegung machen, also gerade bleiben. War doch nicht so schwierig. Na, eben. Konzentration.

Er schlug.

Der Ball rollte.

Rollte. Und blieb liegen. Einen halben Meter schräg hinter dem Loch. Das Trio sah ihn bedauernd an, wie ein Kind, das gerade lernt, ohne Stützräder zu fahren und das es ständig niederlegt. Genau diese Reaktion brauchte er wie einen Stein im Schuh.

»Zwei Meter ist ja auch schon wirklich sehr weit«, tröstete ihn die Haas. »Nichts für Anfänger.«

Für *Anfänger.* Was, bitte, war daran so schwer, einen blöden Ball mit einem Schläger in ein Loch zu befördern?

Schinkels trat an ihn heran. »Man sieht richtig dein Hirn rauchen.« Sie klopfte ihm auf die Stirn. Durch die Berührung merkte er, dass er sie extrem gerunzelt hatte und dass sein Kiefer angespannt war.

»Weißt du, was John Updike, der Schriftsteller, gesagt hat?«

»Oh, jetzt zeigt sie wieder, wie belesen sie ist«, ätzte Leibenfrost und ließ den Schläger zwischen Mittelfinger und Daumen baumeln, während sie ihr Gesicht in die milchig verhangene Sonne reckte.

Schinkels schloss kurz die Augen und lächelte ihn an: »Er hat gesagt: *Nur ein geschenkter Putt ist ein todsicherer Putt.* Man kann also maximal die Glücksrate steigern, aber nie perfekt werden, alles klar?«

Katz nickte, schulterte den Schläger und schlenderte zur Bank, drei Meter entfernt am Rande des Platzes, wo sich auch ein Mistkübel mit einem großen Aschenbecher befand. »Ich brauch jetzt einmal eine Zigarette. Und dabei werde ich die Damen beobachten. Vielleicht lerne ich es dann. Oder zumindest, wie ich mit dem Versemmeln umgehe.«

Er grinste sie an, denn er wusste ganz genau, dass die meisten Menschen versagten, wenn sie etwas vorzeigen mussten, erst recht, wenn sie als Lehrer fungieren sollten, ohne einer zu sein. Leistungsdruck nannte man das. Er visualisierte sämtliche Bälle, die nun über das Loch hüpfen oder an seinem Rand entlang und dann wieder heraus sowie komplett vorbei rollen würden – und grinste noch breiter.

Schinkels und Leibenfrost suchten sich jeweils ein Übungsloch, wobei sie sich auf eine Trainingsmethode einigten, die vorsah, dass der Ball nach jedem gelungenen Putt zehn Zentimeter weiter entfernt aufgelegt wurde. Haas wühlte unterdessen in ihrem Golfbag herum. Ein Ball schien verschwunden zu sein. Ob ihre Freundinnen ihn gesehen oder gar sich ausgeborgt hätten? Was diese vehement abstritten. Haas suchte noch intensiver. So ein Getue wegen eines kleinen Balls. Aber sollte ihm recht sein.

Katz nützte die Aufmerksamkeitspause der Damen, um endlich sein Handy zu kontrollieren – denn auch das hatte er inzwischen gelernt: Beim Spiel war Telefonieren unerwünscht, und weil es praktischer war, sah man Handys in Betrieb auf der Runde oder den Übungsplätzen generell nicht gern. Höchstens in einer Pause. An diese Regel könnte er sich gewöhnen, ihm gingen die Menschen, die ständig am Smartphone herumschmierten, ohnehin auf die

Nerven. Wenn man sie ansprach, kam ein *Äh?*, die Versicherung *Gleich!* und zehn Minuten später stand man noch immer wie bestellt und nicht abgeholt daneben.

Eine lange Nachricht von Mayer. Bekennerschreiben von Umweltterroristen, ein rotes Auto – ihn durchzuckte Alex' und seine Beobachtung am Parkplatz – ein schlaksiger Mann in Tarnkleidung, wie der Hotelgast ausgesagt habe. Und er sei Sitzpinkler. Naja, anscheinend schon ein bissel übermüdet, die Gute. Sitzpinkler. Woher wollte sie denn das schon wieder wissen? Ah, da stand es ja, von Regina Haas. Sie habe den Mann auch gesehen. Beobachtet, wie er ins Gebüsch verschwunden war. Interessant. Weil sie putten üben wollte. Noch interessanter. Während des Vorzeigens hatte sie immer getroffen. Yips wären angeblich schuld, wobei er selber rausfinden solle, was das sei. Hohenfellner mit Schinkels auf Xing befreundet, obwohl sie angeblich nichts mit ihm zu tun gehabt habe. Schließlich noch die Vermutung, dass es ein Insider sein könnte, weil er mit dem Rechen hantiert hatte – was immer Mayer auch damit sagen wollte. In dem Moment leuchtete eine zweite SMS auf. Ein gewisser Piblitz, der angeblich auch eine rote Rostlaube fuhr und sich verdächtig oft beim Dreier herumgetrieben habe. Mittleres Alter und dunkle Mähne. Also nicht der Bursch vom Parkplatz mit dem blonden Pagenkopf.

»Na, vermisst Sie Sascha schon?«

Diese Frau hatte eine Stimme zum weiche Knie bekommen … Katz starrte aufs Display, um sich zu beruhigen. Es war so verdammt ungerecht, dass er Regina Haas nicht anbaggern durfte. Hätte er doch bloß weiter auf der Couch dahinvegetiert, dann wäre er nicht in den Fall involviert, also sie für ihn keine Zeugin, und er könnte ihr als Hetero gegenübertreten und sie bezirzen. Blödsinn. Er würde sie dann ja gar nicht kennen, denn nie, ja wirklich nie, hätte er sonst freiwillig einen Golfplatz betreten. Kismet.

Aber sie hatte etwas Wesentliches ausgesprochen: Alex wusste nicht, wo er sich aufhielt.

Während er an Mayer ein *Verstanden* und an Alex ein *Bin am Platz* schickte, hörte er sich flöten: »Nein, nein, wir sind nicht so eng, wie es scheint.« *Bitte verzeih mir, Alex!* »Ich hab nur was kurz nachgeschaut, hab es aber nicht gefunden. Weil mir ist eingefallen, dass … Sascha im Zusammenhang mit dem Putten einmal etwas gesagt hat, nämlich dass er Yips hat. Vielleicht hab ich das auch, weil ich so gar nichts treffe? Ich weiß nur nicht genau, was es ist.« Er schenkte ihr das liebevollste und zugleich neutralste Lächeln, das er zustande brachte.

Sie erwiderte es. »Yips sind unkontrollierte Muskelzuckungen, wenn man unter großer Anspannung steht. Deshalb vergeigt man dann die Schläge.«

»Ah! Wohl ein Anfängerproblem, denn von euch leidet ja offensichtlich keine drunter.«

Sie hielt ihm die offene Hand entgegen. Er runzelte die Stirn.

»Wollten Sie nicht eine rauchen? Ich würde Sie gerne anschnorren.«

Er kramte die Packung aus der Hose und gab ihr eine Zigarette, die er auch gleich befeuerte. Und während er die Prozedur für sich selbst wiederholte, fragte er: »Sind wir jetzt per Du oder per Sie?«

Sie lachte – glockenhell. Scheißwort, klang nach *Hannerl Matz.* Und so unschuldig wie die Fünfzigerjahre-Filmikone war Regina Haas hoffentlich nicht.

»Ja, Karl natürlich. Du. Wir sind hier alle per Du. Aber

du gehörst für mich noch nicht wirklich dazu, deswegen wahrscheinlich der Versprecher.«

Sie drehte sich zum Platz, und ein paar Züge lang schauten sie schweigend den beiden anderen Frauen beim Putten zu. Die auch tatsächlich bei mittlerweile eineinhalb Metern Entfernung noch problemlos einlochten. Der Neid könnte einen fressen. Zugleich waren das regelmäßige *Klong* und die weichen Bewegungen ohne Hast sehr beruhigend. Er ertappte sich dabei, wie seine Gedanken an Gestalt verloren und er nur mehr im Anblick der beiden Frauen versunken war. Der war noch dazu ganz ansehnlich. Vor allem Leibenfrost wirkte in ihrer Konzentration wie eine in sich ruhende Lady, gar nicht mehr wie eine übertrieben blondierte Magersüchtige.

»Sag«, Katz hörte, dass seine Stimme belegt war, also räusperte er sich. »Was hat die Tanja eigentlich gegen den Chef hier?«

»Wieso interessiert dich das?«

Ausrede! Ausrede! »Bin eine Tratschn«, brummte er. »Du weißt ja, *wir*«, er betonte das letzte Wort und schämte sich zugleich für das völlig falsche Klischee, das er sogleich aussprechen würde, »sind da ein bissel wie ihr Frauen.« Breites Grinsen hintennach.

Sie sah ihn an. Ihre Mimik lachte, aber ihr Blick war ernst. »Weißt, du kommst mir gar nicht so schwul vor. ’tschuldigung. Geht mich nichts an.« Sie wandte sich wieder dem Spiel zu. »Lassen wir das.«

Diese Frau war nicht zu unterschätzen, hoffentlich flog seine Tarnung nicht auf. Er musste seine Hormone schleunigst in den Griff bekommen, anscheinend sendete er zu viele unbewusste Signale aus.

Und sie beantwortete seine Fragen nicht. Weder die

nach Leibenfrosts Hass auf den Clubbetreiber noch nach ihren Yips. Und er hatte nicht das Gefühl, dass er plötzlich sein Talent zum Ausfratscheln verloren hatte.

Er stieß sie mit einem sanften Stupser in die Seite. »Na geh, sag doch. Man will doch wissen, wo man vielleicht Mitglied wird.« Wieder ein sehr breites Grinsen hintennach.

Sie sah ihn an und schlug dann die Augen nieder – genauso wie eine Darstellerin in einem Kostümschinken, der im neunzehnten Jahrhundert spielte. »Sie hatte ein Gspusi mit ihm, und er hat sie sehr … uncharmant abserviert.«

Er pfiff pflichtschuldigst. »Und wieso spielt sie dann noch hier?«

»Man wechselt den Club nicht – wenn man nicht gerade weit weg übersiedelt. Oder stirbt.« Sie lachte.

Er stimmte ein. »Hab ich schon gehört.« Brummte dann: »Aber wenn ich auf jemanden so einen Pik hab, dann – ich mein, das ist doch nicht der einzige Club in Wien.«

Sie seufzte. »Sie glaubt, dass ihre Anwesenheit ihm wehtut.«

»Auch ein Ansatz.«

»Ja, ein kindischer.« Sie seufzte erneut und nuckelte dann intensiv an der Zigarette.

Wenn er jetzt Kieberer in charge und nicht undercover wäre, würde er nachbohren. Ihre Bemerkung hatte verdammt persönlich betroffen geklungen. Aber so schwieg er nach einem verstehenden *Aha* lieber wieder einen Zug lang. Sich nur nicht verraten!

Dann fragte er: »Und kennst du jetzt Yips oder nicht?« Dabei versuchte er, so schelmisch wie möglich zu klingen.

Sie schwieg einen Wimpernschlag zu lang, und zwar ein

Schweigen, das nichts mit Peinlichkeit zu tun hatte, sondern viel mehr mit der Überlegung des Ausformulierens. Irgendetwas störte ihn daran.

»Ja, derzeit total, und zwar nur beim Einlochen«, lachte sie. »Du hast es nicht mitbekommen können, weil ich das hier«, sie fuhr mit dem ausgestreckten Arm über das Putting-Green, »nicht ernst nehme. Aber auf einer Runde, wenn ich angespannt bin, ist es die Katastrophe. Also nützt üben eigentlich nichts, aber, wie sagt man so schön? Die Hoffnung stirbt zuletzt.«

Das klang wiederum echt. Vielleicht bildete er sich ja alles nur ein.

Sie inhalierten und schwiegen wieder.

Dann fragte sie: »Du? Darf ich dich um deine Meinung fragen?«

Er brummte eine aufmunternde Zustimmung.

Sie zog die Schultern ein. »Ich … es ist mir unangenehm … und deswegen will ich von dir … also, weißt, die Tochter von der Karin …«

»Ja?«

»Also die ist … und weil ja der Hohenfellner von dieser Firma … Also die Tochter von der Karin, die Simone, die ist bei *Greenpeace.* Und er arbeitet bei einer Düngemittelfirma, die unter anderem Golfplätze wie den hier beliefert.« Sie atmete endlich aus. »Verstehst du?«

»Nein.« Obwohl bei ihm die Ganglien heiß liefen.

Und während sie ihm ausführlich den Zusammenhang zwischen Umweltschutz und Golfplätzen erklärte, leuchteten in ihm die Worte *Bekennerschreiben, Insider, schlaksig* und *Sitzpinkler* auf.

»Glaubst, soll ich das noch der Polizistin sagen?«, schloss Regina ihre Suada. »Ich mein, Karin ist … eine

Freundin von mir.« Der Zusatz hatte ihr offensichtlich viel Überwindung gekostet.

»Na klar doch. Die sind doch auf so etwas angewiesen, oder nicht? Ich mein, wie sollen die das sonst wissen?« Er musste dringend eine Nachricht schreiben! *Schleich dich zu deinen Freundinnen!* »Wenn wir da fertig sind, gehst am besten noch einmal zu ihr.«

Regina schüttelte lachend ihren Kopf. »Nein, nein, so schnell kommst du nicht aus. Die Polizistin ist noch länger da, bei den vielen, die sie noch befragen muss. Und ich hab auch noch frei«, setzte sie mit Augenaufschlag und Lächeln nach. »Die wöchentlichen Honneurs in meiner Agentur kann ich auch morgen noch machen. Viel wichtiger ist, dass du endlich einmal abschlägst.«

»Äh … ich …«

Sie wandte sich an die beiden anderen. »Mädels, was haltet ihr davon? Driving Range?«

Schinkels holte weit aus und schlug knapp über dem Boden ab. »Hervorragende Idee. Ich muss mich jetzt eh ein bissel ausarbeiten.«

Und Leibenfrost bückte sich bereits zu den Bällen, um sie einzusammeln. »Ich würde aber lieber ein bissel pitchen. Vor allem bergauf aufs Green, da hapert's in letzter Zeit.«

Haas verstaute bereits den Schläger im Bag. »Können wir auch. Eins nach dem anderen.« Sie grinste Katz an.

Abschlagen, pitchen. Er spürte sofort wieder den Muskelkater in seinem Hintern. Parallel, leicht gebeugt, ganz locker – angschissen!!!!!!

MAYER / 19

Links von ihr der große Teich, dessen Wellen über den sanft abfallenden Sandstrand blubberten, dahinter die unendliche Weite der Anlage, rechts ein zwei Meter hoher und mindestens ebenso breiter Rosenbusch in Gelb, dahinter der Wellnessschuppen, dessen Holzteile sich in der Sonne zu rekeln und bis hierher zu riechen schienen, neben ihm eine riesig große Platane, weißer Kies zu ihren Füßen, geradeaus das Clubhaus im Design eines Pilcher-Films und genügend Zahnstocher in der Hand, um sämtliche Probleme der Welt durchstehen zu können – die Bank, auf der sie saß, erschien Mayer als der schönste Ort der Welt.

Und dabei war alles gerade wirklich sehr anstrengend. Dieses Dreier-Loch-Phantom Piblitz war verschwunden, trotz Dableiben-Befehls seitens der Polizei – man konnte nur hoffen, dass er sich irgendwo am Gelände herumtrieb, weil er allein sein wollte, und dass er zeitgerecht wieder auftauchte, denn gleich mit einer Suchmeldung hinauszufahren, kam ihr angesichts der vagen Andeutungen und Vermutungen als leichter Overkill vor –, und ihr alter Partner Oppitz wollte sie unter allen Umständen sprechen, musste aber gerade in *dem* Moment seit zehn Minuten dringend aufs Klo.

Egal, Pause war Pause. Natürlich hätte sie sich inzwischen einen anderen Zeugen in den Konferenzraum schicken lassen können, aber sie hatte nicht gewollt. Sie wollte genießen – eine höchst eigentümliche Anwandlung. Wenn sie ehrlich war, gingen ihr diese Leute hier gar nicht mehr so sehr auf die Nerven, wie sie am Beginn des Tages befürchtet hatte, denn sie waren jenseits ihrer Konsi-Uniform wenigstens nicht glattgebürstet. Also zumindest jene, die sie bisher besser kennengelernt hatte. Die Atmosphäre hier gefiel ihr zunehmend, denn was sie bislang von den ansonsten belächelten Regeln gehört hatte, unterstrich sie doppelt rot. Man ging respektvoll miteinander um, auch wenn vielleicht und unter Umständen ein wenig das Individuelle … Nein, so konnte man das nicht sehen. Die waren hier alle Individualisten. Irgendwie.

»Servus, Ella, sorry. Die Susi hat gestern Indisch gekocht. Und des vertrag i net.« Oppitz ließ sich neben ihr auf die Bank fallen.

»Und warum isst du es dann?«

»Weil sie sich so freut«, kam es ohne Überlegung. Und nach einer kurzen Nachdenkphase: »Und weil es mir schmeckt. Da geht man gern schon einmal ausgiebig scheißen, oder nicht?« Er lachte polternd.

Mayer betrachtete ihren Ex-Partner von der Seite, denn sie hatte ihn lange, mindestens vier Wochen, nicht mehr gesehen, nur gehört. Johannes Oppitz vom Kommissariat West war tatsächlich und noch immer ein Shar-pei. Ihre Definition damals – mein Gott, *damals*, es war noch nicht einmal zweieinhalb Monate her, dass sie mit ihm regelmäßig durch die Westbezirke gestromert war – jedenfalls hatte sie ihn nicht nur aufgrund von Nähe und liebevollem Gefühl so eingeschätzt, nein, er war wirklich wie dieser Hund: Familienmensch bis zur Selbstaufgabe, bösartig, wenn genau dieser Familie jemand was tat, faltig, kernig bis zur Pummeligkeit und stoppelig.

»Was gibt's? Warum bist du da zu uns heraus?«

»Ich hab die Meldung gehört und dann im System ein bissel gnasert. Weißt eh, dass mi alles interessiert, was ihr so treibt.«

Er lächelte sie an, und Mayer fühlte sich, als wäre endlich wieder einmal ihr großer Bruder bei ihr, obwohl sie ja einst Oppitz' Chefin gewesen war.

»Neugierdsnase«, flachste sie.

Er lachte erneut polternd, dann wurde er ernst. »I hab da in meinem Archiv nachgeschaut.«

»Du hast echt einen Knall«, sagte sie und sie meinte es auch so. Der Kontrollfreak Oppitz konnte es einfach nicht lassen, alle Mordfälle sofort mit seinem Geheimarchiv von harmlosen Unfällen und natürlichen Todesfällen abzugleichen. Ja okay, diese seine Manie hatte ihr schon einmal sehr geholfen, weil er den Marathonmörder als Serienkiller entlarvt hatte, aber seine Fixierung auf die vielen Aktenordner in allen Regenbogenfarben in seinem Privatbüro war doch etwas bedenklich.

»Soll sein. Aber ich hab was gfundn.«

Mayer quälte sich in eine aufrechte Haltung und sah ihn an.

»Ja«, bekräftigte er. »Die haben da letzten Monat einen Herzinfarkt gehabt.«

»Aha.« Das war auch in der Mitteilung von Katz gestanden. Mal schauen und horchen.

»Ja, ein gewisser Leopold Cerny.«

»Aha.« Als von Oppitz nichts kam: »Und?«

Ihr Ex-Partner runzelte die Stirn und zog dann ein Schnoferl, was den Effekt hatte, dass eine *La Ola* über sein Gesicht zu laufen schien. Er entfaltete einen Computerausdruck und reichte ihn ihr. Das Protokoll des Todesfalls wies zwei bekannte Namen auf: Restaurantchef Bertram Ichner und das Mädchen für alles Lukas Steindl hatten Leopold Cerny im Vorratsraum aufgefunden. In der Speis? Ein Golfer hatte dort sicher nichts zu suchen. Ah, hier stand es: Er hatte sich verlaufen. Nun, wer das glaubte … Mayer beschloss, ihre Neugierde bei der Befragung von Ichner zu stillen, aber verdächtig war an der ganzen Angelegenheit nichts.

Mayer steckte das Papier ein, lehnte sich wieder zurück und streckte die Beine weit aus. »Sei mir net bös, aber ein Herzinfarkt ist nichts Besonderes. Wenn es zehn im letzten halben Jahr gewesen wären, okay. Aber selbst dann muss das noch lange nichts mit unserem Bombenbastler zu tun haben.«

Oppitz knurrte.

»Trotzdem danke.« Sie schenkte ihm ein Lächeln.

Er brummte versöhnt. Waren alle ein bissel sensibel heute. Vielleicht lag das am Wetter, die Schwüle drückte, alles schien aufgeladen. Hoffentlich kam bald das Gewitter. Mittag war es ja schon, aber von regenfetten Wolken noch keine Spur. Die Milchglasscheibe vor dem Himmel war nur noch undurchsichtiger geworden.

Ihr Handy läutete einmal, das verabredete Zeichen, dass Katz ihr eine Mitteilung geschickt hatte – es war schon irgendwie mühsam, dass Smartphones den Eingang einer SMS nicht mehr automatisch und eindeutig mit Piepsen anzeigten. Man musste die Einstellung genau auf Mail, SMS oder Anruf spezialisieren und überhaupt. Einfacher war da dieses Anläuten als Zeichen. *Tochter Simone von Schinkels bei Greenpeace* stand in der Nachricht. Immer wieder Karin Schinkels. *Und L. Exhase von Boss.* Okay, bloß eine Eifersuchtsgeschichte.

»Sag, Oppitz, irgendwer von deinen Leuten ist doch bei Greenpeace, oder?«

»Mein Neffe, der Jonathan. Wieso?«

»Kannst ihn fragen, ganz inoffiziell natürlich …«

Oppitz knurrte erneut. Okay, es war auch eine Frechheit gewesen, das extra zu betonen.

»Ja also, ob es bei ihnen eine gewisse Simone Schinkels gibt, Tochter von Karin Schinkels. Und wenn ja, wie die so drauf ist?«

Er sprang auf und zückte sein Handy.

»Du weißt ja gar nicht, was ich genau …«

Er hob die Hand, um sie zu stoppen, und fing zu reden an. Dabei umkreiste er ein circa sechs Meter langes Waschbecken, das an die zehn Meter entfernt an der Seite des Clubhauses stand und mit einem Holzdach geschützt war. Es gab auf diesem befestigten Platz auch Hochdruckschläuche und Eisengitter. Wohl der Ort, um seine Ausrüstung zu reinigen. Er war ihr, trotz der Nähe, bislang nicht aufgefallen. Eigenartig. Als würde sich ihr Auge nur die Versatzteile für ein perfektes Paradies auswählen.

Oppitz drehte einen der Wasserhähne auf und wieder zu. Auf und zu. Dabei nickte er.

Ohne nachzufragen und ohne ein Wort der Widerrede, half er ihr. Das war nicht nur Freundschaft. Und dennoch hatte er immer wieder beteuert, auf keinen Fall Karriere machen zu wollen, seine Familie sei ihm wichtiger. Allerdings würde er verdammt gut ins Team passen.

Er beendete das Telefonat und stellte sich vor sie hin. »Gruppeninspektor Oppitz zum Rapport.« Er verschränkte die Hände am Rücken. »Simone Schinkels zählt zur Einsatzgruppe von Greenpeace, also jenen, die sich auch schon einmal irgendwo anbinden und bedrohen lassen. War auch schon zwei Mal im Gefängnis.«

Das musste ihrer Mutter Karin extrem unangenehm sein – so konsi, wie die sich gab.

»Heute Morgen hatten sie eine Einsatzbesprechung, von

der sie plötzlich verschwunden ist. Seitdem ist sie nicht mehr erreichbar. Und …«

Sein Handy piepste. Er hatte noch ein old fashioned-Teil.

Oppitz öffnete die SMS und grinste. »Und das ist ihre Nummer.« Er drückte auf seinem Telefon herum. »Ist jetzt bei dir.«

»Und das hat dir der Jonathan alles gleich … wieso?«

»Weil er ein guter Junge ist und seinen Onkel liebt.« Er pfiff ein paar Töne.

Mayer zog die Augenbraue hoch.

»Okay, weil es ihm komisch vorgekommen ist, dass sie bei den Neunuhrnachrichten so heftig reagiert hat. Er hat sich die Meldungen dann noch einmal in der Mediathek angeschaut und hofft seitdem, dass eins und eins nicht zwei ist. Weil die Truppe braucht wirklich keine Negativnachrichten. Und eine von einem Bombenattentat wäre definitiv mies.«

»Aber wieso bringt er Simone so eindeutig damit in Zusammenhang?«

»Weil sie sich auf eine Firma eingeschossen hat, die Düngemittel herstellt, auch solche für Golfplätze. Und erst kürzlich hat diese Firma irgendeinen Prozess gewonnen, worauf dieses Fräulein gemeint hat, sie müssten jetzt endlich mit härteren Bandagen kämpfen. Und wenn sie das ankündigt, sagt Jonathan, dann zieht sie das meistens durch. Auch schon einmal, ohne ihre Kameraden davon zu informieren. Um sie zu schützen, wie sie sagt.«

»Hm, ein echtes Früchterl. Fast eine Anarchistin.« Sie deckte die Augen mit der Hand vor der Sonne ab, weil Oppitz im Gegenlicht stand. »Und das alles hat er dir jetzt in der kurzen Zeit erzählt?«

Oppitz stellte sich links von ihr, wodurch sie ihm wieder in die Augen schauen konnte. »Wasserfallmodus. Er ist echt nervös, weil sie sich eben seit der Sendung tot stellt. Und das macht sie sonst nur im Feldeinsatz, meint er.«

Das ging sich aus mit dem Zeitpunkt, an dem das Bekennerschreiben beim *Kurier* eingetrudelt war. Doch wenn Simone Schinkels mit dem Attentat zu tun hatte, hätte sie nicht so spontan reagiert. Vielleicht war sie ja nur eine Trittbrettfahrerin. Aber um das herauszufinden, mussten sie sie befragen und ihre Wege am Vormittag überprüfen. Ging nicht. Wenn sie sich schon bei ihrem Kumpel nicht zurückmeldete, tat sie es, als alte Kämpferin, bei der Polizei schon gar nicht. Sie mussten etwas gegen sie in der Hand haben, um sie aus der Reserve zu locken. Auf jeden Fall war das einmal ein Ansatz, mehr als dieser ominöse Mann in dem roten Auto, den sie wahrscheinlich unter all den Zulassungen in Österreich wie eine Nadel im Heuhaufen suchen mussten. Denn dass ein Clubmitglied so blöd war, mit dem eigenen Auto in Sichtweite der Anlage zu einem Attentat zu fahren, konnte sie nicht glauben. Und die Identität von irgendeinem Besitzer eines roten Wagens herauszufinden, dauerte endlos lang beziehungsweise war es ein Ding der Unmöglichkeit. Aber irgendetwas musste sie Rössler geben, damit er vom Fortschritt der Ermittlungen überzeugt war, dafür bot sich so ein vager Aktivistenverdacht bestens an.

Mayer lächelte Oppitz an. »Du solltest echt bei uns mitarbeiten. Weißt eh, ZBV geht immer.«

»Ich will dich doch nicht von deinem mühsam erkämpften Posten verdrängen«, flachste er zurück.

Sie deutete mit dem Finger auf ihn und rief Rössler an. Unterdessen schmiss sich Oppitz neben sie auf die Bank und holte aus der Seitentasche seiner Ranger-Hose einen Bogen Kabanossi heraus. Genüsslich biss er in die Wurst und ließ seinen Blick über das Gelände schweifen. »Schön hier. Vielleicht sollte ich auch damit anfangen.«

Während Mayer dem Staatsanwalt erklärte, warum sie absolut dringend eine Netzeinwahlkontrolle benötigte, streckte sie ihrem Ex-Partner die Hand entgegen, der ihr auch sofort ein Stück der Wurst abbrach. Mayer biss hinein und merkte erst in diesem Moment, dass sie vor Hunger schon ganz schwach gewesen war. Und als hätte die Kabanossi nicht nur ihr, sondern der ganzen Ermittlung Kraft gegeben, bat Rössler sie, ihm einmal zur Sicherheit die bewusste Nummer zu senden. Er werde sehen, was sich machen ließe – auch wenn die Faktenlage sehr, sehr dünn wie Biersuppe in der Fastenzeit sei.

Zufrieden lehnte sich Mayer zurück und schnabulierte die harte Dauerwurst.

Ein Schrei drang aus dem Clubhaus herüber.

STELLA / 20

Geht alle weg. Ihr seht doch, dass ich schreibe. Geht alle weg, ich will mit niemandem reden. Dampf ab, Bertl, ich höre dich nicht, das siehst du doch. Ich brauche jetzt niemanden, der mich betüdelt.

Ich will nicht!!!!!!!!!!!!!!!!

Lasst mich allein, verdammt. Es ist nicht die Leiche an sich, es ist – ach, wenn ihr wüsstet!!!!!! Weg. Weg. Weg. Ich bin gefährlich. Weg mit euch.

Ich muss denken.

Ma, wenn nur Sascha da wäre, aber der hängt da mit dieser Polizistin herum, und Lisa ist noch immer nicht erreichbar. Echt, muss die ausgerechnet heute Bauchweh bekommen? Oh, mein Gott! Es ist so furchtbar. So echt und total und überhaupt furchtbar.

Die Kriegler ist tot.

So, jetzt habe ich es hingeschrieben.

Ja! Die Kriegler ist tot.

Und ich bin schuld. Natürlich bin ich schuld. Wer sonst? Mir ist schlecht.

Der Bertl jammert und jammert. Ja, ist gar nicht gut für den Club. Er sagt aber auch, dass es kein Wunder ist, bei all der Aufregung. Sie ist da ganz verkrampft gelegen in der Garderobe. Liegt da noch immer. Zugedeckt haben sie sie. Also die Polizistin, nachdem sie alles fotografiert hat. Und gleich sind ein paar von denen mit den weißen Overalls, die bis jetzt am Dreier waren, hereingestürmt. Untersuchen jetzt die Garderobe. Bertl wundert sich darüber, weil jeder, der sie gesehen hat, gemeint hat, ganz eindeutig Herzinfarkt.

Ich weiß nicht. Vielleicht. Wahrscheinlich.

Trotzdem bin ich schuld. Weil vorhin habe ich ja noch ganz böse Gedanken über sie gehabt. Wieder ein Mensch, der mir auf die Nerven gegangen ist. Und der jetzt tot ist. Scheiße. Das kann kein Zufall sein.

Mama hat zurückgerufen. Ich hab nicht abgehoben. Sie glaubt jetzt, dass ich spiele. Aber ich kann nicht mit ihr reden. Denn ich kann sie nicht anlügen. Und dann sage ich ihr das alles – und sie sagt dann nur, dass ich nicht so hysterisch sein soll. Sie schiebt so Sachen immer auf meine Hormone. Teenager und so. Super. Ich bin doch keine pickelige Dreizehnjährige mehr. Ich weiß schon, was ich sage und denke.

Und so viele Leichen sind kein Zufall!!!!!!!!!!!!!!!!

Okay, okay, okay, okay. Ganz ruhig. Durchatmen. Jede schwierige Situation ist eine Herausforderung und kein Problem.

Stella, wir gehen das jetzt analytisch durch.

Drei sind in einem Monat gestorben. Einer davon eindeutig, weil jemand nachgeholfen hat. Zwei an einem Herzinfarkt. Und die eine, nachdem sie sich so wegen dem Mord aufgeregt hat. Eben. Das hat alles nichts miteinander zu tun. Das ist Zufall.

Alle drei waren total nervig. Wirklich ungut waren aber nur der H. und die K. Aber jeder hat so von ihnen gedacht wie ich. Jeder. Nicht nur ich. Es hat nichts mit mir zu tun. Es gibt keine magischen Gedanken. Die Magie beim Golf ist nur Aberglaube und Stärkung des Selbstbewusstseins – *pimp up yourself*, wie Jeff sagen würde.

Ich habe also keine besonderen Kräfte, ich bin nicht Harry Potter. Auch kein blöder Vampir, der Menschen das Leben aussaugt. Alles Quatsch.

Trotzdem ist es komisch. Das sagt auch Jimmy gerade. Ob da nicht vielleicht doch wer nachgeholfen hat. Die anderen fahren ihm drüber. Klar, wer will schon den Gedanken zulassen, dass es da einen Mörder gibt, der uns der Reihe nach abschlachtet.

Wenn es allerdings Morde sind, frage ich mich, warum zweimal Herzinfarkt, also wahrscheinlich irgendein Gift, und einmal Bombe. Eben, das wäre unsinnig.

Mist, jetzt fällt mir ein, neben der K. ist ihr Flachmann gelegen. Offen. Sie hat also daraus getrunken. Wahrscheinlich. Und das ist jetzt echt komisch, fast ein Beweis. Denn wenn die Alkohol nur aus einem Kilometer Entfernung riecht, wird sie normalerweise springlebendig. Das passt nicht.

Das passt nicht. Das passt nicht.

Vielleicht sollte ich das der Polizistin sagen? Nein. Nur, weil die K. wie ein Loch gesoffen hat, heißt das noch nicht …

Aber komisch ist das schon.

Okay, gehen wir einmal von der Annahme aus, dass es kein Zufall ist. Dass wirklich irgendwer alle drei umgebracht hat. Ma, klingt das ekelhaft. Komm, Stella, ist ja nur eine Annahme. Ich will, dass Sascha zurückkommt. Mit ihm kann man so etwas reden, ohne dass er einen gleich für verrückt erklärt.

Wer hätte ein Motiv? Wer hat alle drei besser gekannt? Was verbindet die drei? Haben die irgendwelche krummen Geschäfte miteinander gemacht? Nein, jetzt geht meine Fantasie mit mir durch. Die passen doch überhaupt nicht zusammen. Was sie verbindet, ist, dass sich alle drei schlecht benommen haben. Aber das kann doch kein Grund sein, sie umzubringen.

Egal. Ich denke es jetzt einmal durch. Wer wusste von ihren schlechten Eigenschaften?

Das mit dem Cerny jeder. Denn jeder hat gesehen, dass er mich und die Lisa und auch die Kathi angegrapscht hat. Sie haben ihn alle deswegen auf der Schaufel gehabt. Mit dem H. hat auch jeder Zoff gehabt. Allerdings bin ich die Einzige, die mit ihm echt einen Streit hatte. Und über die K. haben alle gelacht. Was ich nicht verstehe. Wie kann man das einfach so hinnehmen? Die hat ja das ganze Spiel mit ihrer Betrügerei infrage gestellt. Okay, wenn man es so betrachtet, bin ich die Einzige, die wirklich böse auf sie war. Also zumindest, soweit ich weiß. Stimmt nicht. Der Wolfi hat auch über sie gelästert. Und der Piblitz und der Bertl. Okay, doch mehr, fast alle. Der Harald hat ihr auch einmal die Leviten gelesen. Also alles nicht so eng.

Trotzdem: Ein Erzfeind von mir ist tot. Und zwei, die nicht gerade beliebt waren. Stimmt auch nicht. Der Cerny – aber ich, ICH bin über alle hergezogen.

Das klingt gar nicht gut, wenn es da so schwarz auf weiß steht. Mir ist echt total schlecht. Wenn ich nicht wüsste, dass ich es nicht war, würde ich mich verdächtigen.

Stopp! Ich WEISS, dass ich es nicht war. Aber wissen es die anderen auch? Und vor allem: Wer dann? Jemand, der meine Gedanken kennt?

Sei nicht so egozentrisch, würde Mama sagen. Aber ich habe in all den Jahren auch gelernt, dass man keine Überlegungen verdrängen darf. Man muss sie zu Ende denken und je nach Resultat verschwinden sie dann, weil sie sich als unsinnig herausgestellt haben, oder man setzt eine entsprechende Handlung. Eben. Wenn also ständig dieses Gefühl auftaucht, es könnte etwas mit mir zu tun haben, dann sollte ich das einmal durchdenken. Bis zur letzten

Konsequenz. Und dann werde ich sehen, was übrig bleibt. Was herauskommt. Nur allein ist das so schwer, man verrennt sich so leicht. Egal. Es ist niemand da, dem ich vertraue. Also los.

Wer weiß von meinen Gedanken? Die Lisa. Vergiss es. Der Jeff. Und dann – irgendwer, der Lisa und mich belauscht haben könnte. Der Franz. Der ist als Caddiemeister ja ständig irgendwo, und man bemerkt ihn gar nicht. Die Kellner, nein, die wechseln ständig, wobei sich der Gogo jetzt schon lange hält, zwei Monate. Würde auch passen, weil bald darauf der Cerny ... okay, halber Punkt auf der Liste. Dann der Bertl. Und natürlich die ganzen Stammspieler, die fast jeden Tag hier herumhängen. Das sind aber viele, der Böck, der Liebkind, die Haas, der Kogler, der Schmidt, der Stöger, vielleicht auch die Leibenfrost und die Schinkels, der Piblitz. Eigentlich alle, die heute da sind.

Aber die Regina und ihre Freundinnen sind schon weg, und der Piblitz ist auch schon gegangen, die fallen also einmal aus. Und der Bertl war auch grad irgendwo unterwegs, wie das mit der K. passiert ist. Wobei ... hm, das Gift, falls es Gift war, hat der Täter sicher schon wesentlich früher hineingegeben in den Wodka. Der ist nicht neben der K. gestanden und hat gefragt, darf ich bitte kurz einmal? Damit ist wieder alles offen. Nein, damit ist das sogar eindeutiger, denn zeigt Flucht nicht, dass man sich schuldig fühlt? Gift würde so gesehen natürlich zu einer der drei Frauen passen, wenn das stimmt, was die im Fernsehen immer sagen. Aber bitte, die sind so lange Mitglied. Und die Susanne ist immer wahnsinnig lieb zu mir gewesen, und die Regina auch ... Nein. Der Piblitz? Werner ist ein schräger Typ. Hm. Immer belehrend. Manchmal eingekrampft. Und dann immer mit seinem Jazz. Wirkt auch ständig so, als wäre er mit den Gedanken ganz woanders, in einer eigenen Welt. Aber solche Leute sind normalerweise harmlos. Das hat der Polizist damals Mama erklärt, wie sie den Stalker geschnappt haben und wir uns gewundert haben, dass er so durchschnittlich ausschaut. Der Kommissar hat gemeint, die Bestie lauert immer in der Normalität, weil sie sich verstellen muss, um nicht aufzufallen. Und Durchschnitt ist leichter zu faken als etwas Exzentrisches. Der wird es ja wissen.

Also ist der Werner nicht so wahrscheinlich. Und der Bertl? Der wird sich kaum seine eigenen, besten Kunden umbringen. Warum sollte er? Außerdem ist er so ein Lieber. Kein Mensch kann sich so verstellen. Der kümmert sich immer um alle.

Nein, das sind alles absolut schwachsinnige Überlegungen. Keiner von hier schaut so aus, als würde er der Reihe nach Leute abmurksen.

Es ist alles Zufall. Und Schluss. Ich werde jetzt das Glas Sekt trinken, das mir Jeff gerade hergestellt hat. Mit Trainieren wird es heute eh nichts mehr. Hoffentlich holt mich die Polizistin bald zu sich, denn wenn ich schon nicht spielen kann, werde ich eben Mathe stucken. Ich muss mit ihr reden, denn wenn sich das Ganze jetzt durch den Tod von der K. noch mehr verzögert, ist der ganze Tag für A und F.

Es ist nur Zufall. Kann gar nicht anders sein.

Aber komisch ist es schon. Und schwindelig wird mir jetzt auch. Ich will nicht kotzen. Tief durchatmen.

MAYER / 21

Alex zog an seiner Zigarette, nein, er saugte sie aus. »Ich hab noch nie … das ist so furchtbar. Merde! Wieso bin ich nur …?« Er streckte die offene Handfläche zum Golfplatz, als wolle er diesen um Antwort bitten.

Mayer sah sich auf der Terrasse um. Es war niemand hier außer Kevin, der an der Scheibe der Eingangstür lehnte und mit geschlossenen Augen sein Gesicht in die Sonne hielt. Er schlief im Stehen, ganz sicher. So korrekte, effiziente Menschen wie Draganovič beherrschten derartige Geheimkünste, um nur ja nie unangenehm aufzufallen.

Ihre Großmutter war auch von diesem Kaliber gewesen. Erst nach Jahren voller qualvoller Stunden mit Gedichtvorträgen in einem verstaubten Kellerlokal hatte Mayer geknissen, dass ihre Oma all die Dichter mit offenen Augen angeschlafen hatte. Auf die Frage, warum sie sich denn das antäte, meinte sie nur: *Es hören ihnen doch nur so wenige zu. Sie freuen sich, wenn ich da bin.* Und so saß sie eisern ohne den geringsten Seufzer. Wenn etwas kaputt ging, meinte sie: *Es kommt, es geht.* Wenn jemand anders ihr vor der Nase die letzte Zeitung wegkaufte: *Man kann nicht alles haben im Leben.* Und auf Mayers Frage, warum sie sie denn nicht stattdessen im Internet läse: *Man muss nicht von allem haben.* Und selbst beim Tod ihrer Schwester blieb sie stoisch: *Ein jedes hat seine Zeit.* Mayer war auf einmal klar, warum ihr heute beständig ihre Oma einfiel: Sie wäre eigentlich der Paradetypus einer Golferin gewesen. Im Moment leben, und das höflich und respektvoll, voller Contenance.

Alex war da etwas anders gelagert. In einem mantragleichen Murmeln beklagte er noch immer sein Schicksal, so ein guter Mensch zu sein, der jedem zu Hilfe eilen wollte, um dann mit einer Leiche konfrontiert zu werden. Seinem aufgewühlten Seelenzustand musste sie ein Ende setzen, sonst gefährdete er noch mit einer unbedachten Äußerung Katz' Tarnung. Irgendwas zur Beruhigung …

Mayer stellte sich neben ihn. »Geh, schau, wie du sie gefunden hast, war sie ja noch gar nicht richtig tot. Quasi noch warm. Du hast doch auch schon Ohnmächtige gesehen. Stell dir einfach vor, sie war ohne Bewusstsein und ist erst nachher … also …«

Alex hatte ihren Mund angestarrt. Jetzt stöhnte er umso lauter auf. »Noch *warm*! Wie kannst du nur …?« Er wickelte sich in seine Arme ein und drückte die Hand mit der Zigarette auf den Mund. Ständig sog er an ihr.

»Komm bitte, reiß dich zusammen, Alex. Du bist ja kein Baby mehr.« Er blitzte sie an. »Entschuldige. Aber ist ja wahr. Entweder du bist jetzt für uns im Einsatz und benimmst dich wie ein Polizist …«

Er wandte sich ab. Theatralische Zicke. Und das mit fast Fünfzig. Da durfte man doch wirklich annehmen, dass ein Mensch bereits ein etwas entspannteres Verhältnis zum Tod hatte. Naja, aber vielleicht gerade deswegen nicht? Immerhin sah er ihn deutlicher vor sich als noch vor ein paar Jahren.

Jedenfalls konnte sie ihm offensichtlich nicht helfen. Er ihr auch nicht mehr. Alles, was im ersten Moment relevant war, wusste sie. Alex war in die Garderobe gegangen, um sein mit Sekt durchtränktes T-Shirt zu wechseln. Irgendein Idiot hatte ihn angerempelt. Und dort hatte er dann plötzlich einen unterdrückten Schrei und Poltern gehört. War in die Damenabteilung gelaufen. That's it. Dem Gerichtsmediziner war auf den ersten Blick auch nichts Besonderes aufgefallen, die Leiche und ihre Habseligkeiten waren auf dem Weg zur Untersuchung. Niemand hatte etwas bemerkt, Susanne Kriegler keinerlei alarmierende Anzeichen gezeigt. Sie war wie üblich ohne Kommentar in die Garderobe verschwunden, und jeder hatte gewusst, dass sie sich ihren Wodka gönnte.

Einfach bloß ärgerlich das Ganze, denn es hatte Mayer Zeit gestohlen. Hätte die Dame nicht nach Hause fahren und dort ihren Herzinfarkt bekommen können? Nein, hätte sie nicht, denn sie war noch nicht von ihr befragt worden. Eben. Stress. Es war mittlerweile ein Uhr am Nachmittag, und viele leere Kilometer an Befragungen kamen noch auf sie zu. Auf die sie null Bock hatte – was sie natürlich nicht einmal denken durfte.

Mayers Beine gingen zur Brücke über den großen Teich … Okay, ein kleiner Spaziergang zum Auslüften war jetzt das Vernünftigste, denn sie selber in dem Zustand eine Zumutung für ihre Umgebung. Und die Zeugen benötigten auch sicher noch ein paar Minuten, um wieder für eine vernünftige Einvernahme bereit zu sein. Derzeit kauerten sie sich im Restaurant wie eine verschreckte Herde zusammen. Und erstaunlicherweise ohne Ausnahme, keiner der Spieler musste dringend wohin. Bei Böck und Lang hatte sie mitbekommen, dass sie beruflich etwas organisiert hatten, aber die anderen schienen es sich frei einteilen zu können. Wie auch immer, jedenfalls hatte wohl ein Gemisch aus Betroffenheit, Schock und Neugier gewonnen. Ihr sollte es recht sein, so musste sie den wichtigsten Zeugen wenigstens nicht nachlaufen.

Sie benachrichtigte Kevin von ihrer kurzen Verschnaufpause. Dann verließ sie den Weg und durchquerte die nächstgelegene Wiese, von dort kämpfte sie sich durch ein Gebüsch, das eine Lichtung verbarg. Hier war es so still und friedlich wie auf einem der Hausberge von Wien. Mayer hatte immer geglaubt, dass Golfen bloß etwas mit ewigem Traben auf nackten, sprich blumenlosen Wiesen zu tun hatte. Aber die Lichtung leuchtete gelb vor Löwenzahn. Dazwischen reckten die Gänseblümchen ihre Köpfe in die Sonne. Am anderen Ende der Freifläche standen zwei Büsche wilder Flieder, die ihren Duft bis zu ihr her verströmten. Sie knackte sich durch das anschließende Wäldchen, um dann wieder auf einem dieser Fairways zu stehen. Eigentlich sehr passender Name: fairer Weg.

Mayer kicherte und schlenderte weiter. Ihr fiel ein gerahmtes Plakat ein, das sie in der Damengarderobe gesehen hatte: *Golf ist ein Spaziergang mit Hindernissen.* Mark Twain soll das gesagt haben. So kam es ihr auch langsam vor. Die Ruhe und die Natur machten sie entspannt, sie fühlte sich beinahe so ausgeglichen wie bei ihrer Kletterpartie auf der Hohen Wand am Wochenende.

Sie streckte sich auf der Wiese aus und schaute in den Himmel. Sie konnte sogar ohne zu blinzeln in die Sonne sehen, weil der dünne Wolkenschleier wie ein Filter wirkte. Und dahinter war nichts, zumindest so weit die Wissenschaftler bislang schauen und horchen konnten. Als Kind hatte sie sich vorgestellt, dass irgendwo da draußen ihr Vater auf einem Stern saß, so wie der Kleine Prinz, und auf sie aufpasste, ihrer Mutter vielleicht ab und zu einen Auftritt vermieste. Jetzt visualisierte sie manchmal, dass da absolute Menschen- und Seelenleere waren. Sie wusste nicht, welche Vorstellung ihr lieber war. Auf jeden Fall war in ihren Fantasien immer alles komplett still. So eine gedankliche Reise war dann wie ein Kurzurlaub.

Eine Biene umsummte sie, und eine Ameise erklomm

ihren Unterarm. Sie schnippte sie weg. Mark Twain. Crazy irgendwie, der war doch aus dem vorvorigen Jahrhundert, dass es da schon Golf gegeben hatte? Mayer aktivierte die Suchmaschine auf ihrem Smartphone – und staunte. Seit dem dreizehnten Jahrhundert schlug man angeblich mit irgendwelchen Schlägern auf kleine Bälle, und im achtzehnten wurde in Schottland der erste Golfclub gegründet, in St. Andrews. War inzwischen Kult.

Und während sie sich von einer Seite zur anderen surfte, bekam sie langsam das Gefühl, diesen Sport ein bissel falsch eingeschätzt zu haben. In den Staaten wurde er sogar an den Colleges unterrichtet, jeder spielte dort, wie auch in England und Schottland, dort hatte es nichts mit Elite und Verschrobenheit und Pensionisten zu tun. Sie kam auf eine Seite mit Golfaussprüchen und staunte ein weiteres Mal. Da waren nämlich auch Jack Lemmon zitiert oder Ronald Reagan und dieser amerikanische Schriftsteller John Updike, ja, sogar Alice Cooper, der Alt-Punk-Rocker, den sie inzwischen durch Alex' und Katz' Schule bestens kannte.

Sie legte sich wieder ausgestreckt hin und lauschte dem weit entfernten Summen der Großstadt. Sehr leiwand. Vielleicht sollte sie auch einmal – nein, das konnte sie vergessen. Die Schinkels hatte doch ungefähr vier Stunden für so eine Runde veranschlagt, das ging sich nie mit ihrem Dienst aus, schon gar nicht während eines Falls. Denn in der Nacht konnte man ja schwerlich spielen. Und billig war die Chose sicher auch nicht, wenn sie an Leibenfrosts Bemerkungen von wegen Mitgliedsbeitrag und Greenfee dachte.

Aber erkundigen konnte sie sich trotzdem einmal. Sie musste ja nicht gleich übertreiben und jeden Tag …

Wahnsinn! Diese Ruhe, fast wie da oben hinter der Sonne. Wenn es nicht so schwül wäre … god, war sie müde. Ein bisschen nur die Augen schließen, sie war ja nicht weit weg vom Clubhaus, sie benötigte nicht viel Zeit, um … Sitzpinkler. Affengang. Den machte man nach. Das Sitzpinkeln auch? Wenn es sich doch um eine Frau …? Muss dann militärischen Hintergrund oder technischen Beruf … bullshit. Internet. Da fand man alles. Trotzdem, Frauen nützten eher selten solche Methoden … und außerdem ein Spezialding, hatte Helge … aber Kevin würde ohnehin bald … und die Kollegen in der Berggasse checkten auch … diese Ruhe. So geil.

KATZ / 22

Nur schwingen, nicht schlagen. Katz wiederholte den Satz zum x-ten Mal, während er den kleinen weißen Teufel anstarrte. *Lass die Schwerkraft für dich arbeiten*, hatte Leibenfrost gemeint. Einfach den Schläger durchschwingen lassen. Alles ganz einfach, ja, ja. Aber wie sollte das bitte funktionieren? Man musste dem blöden Ding da doch Energie mitgeben, damit es sich endlich einmal nicht nur hoppelnd über das Gras bewegte. Angeblich war an diesen missglückten Abschlägen ja nicht seine mangelnde Kraft schuld, sondern sein Kopfheben. Er hatte den Ball getoppt, wie es so schön genannt wurde, nur flog er dann nicht top, sondern hüpfte wie ein lahmes Kaninchen.

Neben ihm klopfte Karin Schinkels einen Ball nach dem anderen hinaus, immer an die hundertfünfzig Meter. Hatte nicht einmal Schweißflecken. Widerlich. Anfänger sollten das Recht zugesprochen bekommen, allein auf der Driving Range üben zu dürfen. Und dann die Argusaugen von Leibenfrost und Haas – echt, wie sollte man sich da entspannen?

Verdammt, wann kapierte er es endlich? Es war nicht wichtig, ob er gut war oder nicht, er hatte ja bloß seinen Undercover-Job zu erledigen. Jedoch musste er für den immerhin so tun, als würde er sich bemühen. Eine Zwickmühle. Doch das Bild des eifrigen Schülers schaffte Vertrauen, und er konnte die Damen nachher beim Kaffee umso leichter aushorchen. Denn viel tratschten die drei bislang nicht. Er hatte ihnen auf dem Weg vom Putting Green zur Driving Range immer wieder Hölzel hingeworfen, denn dass die Tochter von Schinkels tatsächlich etwas mit dem Attentat zu tun hatte, konnte er sich nicht vorstellen. Haas' Befürchtung war sicherlich nur die verschobene Sicht von saturierten Erwachsenen auf das Engagement von Jugendlichen. Und in so einem Zirkel wie einem Golfclub gab es sicher mehrere Sümpfe. Doch sie hatten nur gemeint, dass Reden vom Spielen ablenke. Okay. Er hatte noch alle harten Nüsse geknackt.

Also nochmals: einfach durchschwingen, immer die Augen am Ball, zuerst rechts eindrehen beziehungsweise die linke Ferse ausdrehen, dann beim Abschluss umgekehrt. Und das Ganze schön locker, leicht in den Knien. Und vor allem – nochmals – niemals, niemals aufschauen. Ja, wie sollte er denn dann wissen, wohin der Ball flog? Als wenn das von Interesse wäre, er stieg ohnehin nicht in die Lüfte.

Katz betrachtete seinen Feind. Der Ball wurde immer größer, er selbst ruhiger, das letzte Echo seiner Gedanken verhallte – und auf einmal ertönte ein *Ping!*, und die kleine weiße Kugel war weg. Sein Blick flog auf den Rasen vor ihm, kein Ball, er hob sich, er fokussierte in die Ferne. Und da sah er ihn. Er flog noch immer, war jetzt allerdings schon im Sinkflug. Kurz danach kam er gute hundertdreißig Meter entfernt auf und rollte weitere zehn aus.

»Das war er.« Leibenfrost klopfte ihm auf die Schulter.

»Was war das?« Katz hörte sich kieksen.

Leibenfrost ließ den nächsten Ball vor ihm fallen. »Du hast brav nur durchgeschwungen, den Kopf nicht gehoben und dich wahrscheinlich entspannt, daher also den Sweet Point getroffen, den idealen Punkt. Passiert auch Anfängern.«

Katz wäre am liebsten zu dem Ball gelaufen, um sich zu überzeugen, dass er auch tatsächlich dort lag, wo er ihn fallen gesehen hatte. Dass das alles keine Sinnestäuschung gewesen war. Und das Ärgste war, dass er den Abschlag nicht einmal gemerkt hatte. Als hätte jemand anderer das getan. Er konnte sich nicht erinnern, beschlossen zu haben: jetzt! Er konnte sich nicht ans Ausholen erinnern und schon gar nicht ans Durchschwingen. Da war nur dieses *Ping!*, ein dermaßen geiles Geräusch, dass er es nie mehr vergessen würde.

Wahnsinn.

Ein unglaubliches Gefühl. So leicht ging das also. Er stellte sich sofort wieder in Position, wackelte ein wenig mit dem Hintern, um sich in den klebenden Jeans zu lockern, holte aus und schlug. Der Ball pfiff in dreißig Zentimeter Höhe ungefähr vierzig Meter über den Boden dahin und grub sich dann in den Rasen.

»Jetzt wolltest du wieder«, kommentierte Regina Haas.

»Ja, sicher«, keifte er zurück. »Was sonst?«

»Eben. Das war bei meinem Mann auch immer dasselbe. Kaum hat er alles richtig gemacht, wollte er mit aller Kraft angeben. Golf ist das Spiel von Demut.« Sie grinste ihn an.

Karin Schinkels senkte ihren Schläger und wandte sich an Regina Haas. »Du warst verheiratet? Das hast du uns noch gar nicht erzählt. Echt? Wann? Wie lang? Mit wem?«

Jetzt tratschten sie auch noch, wie sollte man sich da konzentrieren können?

Also: Atem fließen lassen.

»Naja, nicht richtig, also so mit Trauschein. Wir haben nur zusammengelebt. Wir waren ja noch jung. Aber ich …«

Katz lugte zu Haas. Sie zuckte mit den Schultern und schien Tränen in den Augen zu haben. Offensichtlich litt sie noch immer unter der Trennung, auch nach den vielen Jahren, denn *noch jung* hieß wohl, dass sie höchstens dreißig gewesen war. Na bravo, da konnte er sich seine

Chancen bei ihr gleich abschminken – die sowieso nicht vorhanden gewesen waren.

Also: Du bist der Ball.

»Und wie lange?« Schinkels kam zu ihnen.

»Vier Jahre.«

»Na, das geht ja noch. Ich mein, da ist eine Trennung«, beeilte sich Leibenfrost zu präzisieren, »noch nicht so … also man hat sich noch nicht so sehr aneinander gewöhnt, oder? Wieso habt ihr euch eigentlich getrennt? Eine andere?«

Es kam keine Antwort. Also schaute Katz wieder zu Haas. Sie starrte den Boden an und flüsterte nach endlosen Sekunden: »Er ist gestorben.«

Das auch noch. Da war er längst Golfprofi, bis er eine Chance auf Eroberung der Haas hatte.

Also: Ich stelle mir jetzt die Flugbahn vor. Ja, da hinten bei den Büschen soll er landen.

»Oh«, meinte Leibenfrost.

»Tut mir leid«, die Schinkels.

»Ist lange her. Vierzehn Jahre. Aber manchmal macht es mich … ist es halt noch … egal.« Sie atmete durch. »Jedenfalls war der Pepe auch so ein Ehrgeizling wie unser neuer Kollege hier.« Grinsen schwang in ihrer Stimme mit.

»Eigentlich wie alle Männer«, meinte Leibenfrost. »Wenn der Abschlag nicht weit genug ist, glauben sie, es schrumpft ihnen der Schwanz.«

Sie kicherten alle drei.

Katz richtete sich auf. »Na, na, na, meine Damen, schön sprechen, vielleicht ein bisschen weniger direkt. Wir sind auch sensible Wesen.«

Haas trat an ihn heran und schaute ihm tief in die Augen. »Dann zeig es uns, Karl. Mit Gefühl zum Zweihunderter. Das ist der weiße Pflock dort vorne.«

Sie wusste, dass er nicht schwul war. Anders war dieser Blick nicht zu erklären. Frauen akzeptierten normalerweise die Homosexualität von Männern – im Gegensatz zu den Männern, die Frauen meistens umdrehen wollten, weil sie genau der Richtige waren, um die verlorene Schöne endlich auf den Geschmack und damit den richtigen Weg zu bringen. Auf den Streifzügen mit Alex hatten ihn nur Betrunkene im Morgengrauen so richtig angebaggert, und dann auch mehr aus Spaß.

Er grinste sie an und hoffte, dass es möglichst selbstbewusst und frech wirkte. Dann fokussierte er den weißen Pflock, der sehr, sehr weit weg im Boden steckte. Aber vorhin war ihm ja auch ein Wunderwuzzischlag gelungen. Er stellte sich in Position.

Also: Atem fließen lassen.

»War er so viel älter als du? Ich mein, in dem Alter stirbt man doch normalerweise nicht. Oder war's ein Autounfall?«, fragte nun Karin Schinkels.

Wie sollte man sich bei dem Gebrabbel bitte konzentrieren können? Er hörte Haas *Psst* machen und war dankbar. Schlug ab. Aufstieg in den Himmel und nach vierzig Metern Punktlandung.

Katz ließ den Schläger fallen. »Verdammt, was habe ich so anders als vorher gemacht? Das ist ein Scheißspiel. Wie soll man das je lernen?«

»Na, na, na«, äffte ihn Schinkels nach, »schön sprechen. Weißt du, was Ben Hogan gesagt hat?«

»Der war der erste Golfer, der in einem Jahr drei Majors gewonnen hat«, warf Leibenfrost mit ehrfürchtigem Ton ein. »Das war neunzehndreiundfünfzig.«

»Ich glaub nicht, dass der Karl auch noch Geschichtsunterricht haben will.« Schinkels grinste ihre Freundin an. »Er ist schon genug gefordert.« Und wieder zu ihm gewandt: »Er hat gesagt: *Widersetz dich jedem Instinkt und mach genau das Gegenteil von dem, was dir natürlich erscheint, und du wirst dem perfekten Golfschwung sehr nahe kommen.*«

Haas hob belehrend den Schläger. »Und was hat unser big, the only one Mister Alice Cooper gesagt?«

Mein Gott, sie stand auch noch auf Alice Cooper! Es war ein Wunder, solche Frauen zu treffen! Dank, Dank, Dank!

»Zu viel denken ist das Schlimmste, was man beim Golf tun kann«, fuhr die Wunderbare fort.

Nicht nur beim Golfen, da fiel Katz spontan noch etwas ganz anderes ein. Den Frauen wohl auch, denn sie sinnierten alle drei und grinsten dabei.

»Okay«, er stellte sich erneut in Position. »Klingt jetzt komisch, und ich weiß inzwischen, dass man das nicht tut – aber würden die Damen so nett sein und weiterplaudern? Das lenkt mich ab, dann denke ich nicht daran, was ich tun sollte.« Er lächelte sie an.

Sie lachten – und schwiegen.

Nun ja, dann also wie gehabt: Ich bin der Ball.

»Und? Wie ist er jetzt gestorben?«, bohrte Schinkels erneut nach.

Danke! Also: Der Schwung geht durch den Ball durch, ich schlage nicht, ich schwinge durch ihn hindurch.

»Er hat … er ist abgestürzt. Beim Wandern.«

»Wie furchtbar«, meinte Leibenfrost. »Und war er ein guter Golfer? Kennt man ihn?«

»Liebe Tanja, vor vierzehn Jahren hast du noch nicht einmal gewusst, dass es Golf gibt. Wie willst du ihn dann kennen?«, meinte Schinkels.

»Deine Beine stehen zu breit«, machte ihn nun Haas aufmerksam.

Er korrigierte und starrte wieder den Ball an. Langsam kam er sich wie George Clooney vor, die Ziege in dem Film war auch weiß gewesen.

»Ein Riesentalent«, fuhr Haas fort. »Noch zwei, drei Jahre, und er wäre bei den Profis gelandet. Ich bin immer mit ihm mit, auf jede Runde. Habe ihm die Tasche getragen und die Schläger ausge…«

»Wieso denn das?« Schinkels Stimme war jetzt eindeutig bei einer Kreissäge angesiedelt. »Wenn, dann doch wohl umgekehrt.«

»Ich wollte nicht spielen, ich dachte immer, ich kann es nicht. Bin ja auch nicht besonders.« Haas lachte. »Aber weil wir so viel Zeit wie möglich miteinander verbringen wollten, bin ich eben so mit ihm mitgegangen.«

»Wie süß.« Aus Schinkels Stimme troff mindestens ein Liter Lebertran.

»Naja, Caddie ist ja auch ein ehrenwerter Beruf«, scherzte Leibenfrost. »Und wie man sieht, hat es dir überhaupt nicht geschadet. Du bist nämlich gar nicht so schlecht, wie du tust.«

»Weil ich an ihn denke«, flüsterte Haas. »Peter führt mich.«

Adieu, liebe Hoffnung, adieu, du Wunderbare. – Wieso war da ein *Ping!* gewesen? Geil, er hatte es schon wieder getan. Genau auf den Sweet Point.

Katz nahm den Schläger in beide Hände und streckte ihn über den Kopf, während er Schinkels, dann Leibenfrost und schließlich Haas anstrahlte … Peter? Vierzehn Jahre? Da hatte doch Dani irgendetwas erzählt, im Zusammenhang mit dem Clubchef …

MAYER / 23

Sie sprang auf und versuchte, sich zu orientieren. Zeitlich – ein Blick auf das Handy zeigte ihr, dass sie zwanzig Minuten gedöst hatte – und örtlich, denn ihr Hirn war zu Melasse zusammengeschmolzen. Da waren Bilder von Dickichten, Wiesen und freien Flächen, von denen sie jetzt akut nicht wusste, ob sie sie tatsächlich gesehen oder nur von ihnen geträumt hatte. Am besten war es wohl, sie folgte dem Fairway bis zum Green, dort war dann sicher ein Wegweiser, der ihr erklärte, wie sie wieder zum Clubhaus zurückkam. Allerhöchste Zeit für weitere Einvernahmen. Sie absolvierte die Spielfläche im Laufschritt, und dennoch schien diese kein Ende zu nehmen. Erst nach ein paar Minuten sah sie hinter einer Baumgruppe die Fahne vom Loch auftauchen.

Und am Übergang von dieser Spielfläche zur nächsten saß ein Mann auf einer Bank. Mit einer dunklen Mähne. Schlagartig war sie wach.

Werner Piblitz. Der Gesuchte.

Er hatte die Augen geschlossen und Kopfhörer im Ohr. Seine wallende Mähne und die hohe Stirn erinnerten sie ein wenig an Beethoven. Nur das Gesicht war schmaler als jenes des Komponisten. Die Zehen an den ausgestreckten schlanken Beinen wippten im Takt der Musik, die offensichtlich sehr gemächlich war.

Mayer blieb weit genug entfernt stehen, damit er sie nicht bemerkte, und kramte aus ihrer Gesäßtasche den Spickzettel von Kevin: siebenundvierzig Jahre, freier Journalist. Was es sonst noch zu sagen gab, stand auf ihrem Notebook im Besprechungszimmer.

Fein. An der Hand packen und unter Gekeppel zurückschleppen? Er wirkte so harmlos. Offensichtlich hatte er bloß einmal seine Ruhe gewollt, das konnte sie nur allzu gut verstehen. Aber sitzen lassen konnte sie ihn auch nicht, dringend gehörten das rote Auto und die Schläge in den Bunker geklärt.

Sie stellte sich neben ihn und wartete. Keine Reaktion. Sie schob sich zwischen ihn und die Sonne.

Er blinzelte sie an und nahm ohne jegliche Hektik die Ohrstöpsel heraus. »Oh, sind Sie schon mit allen fertig? Bin ich schon dran?« Er stand auf und reichte ihr die Hand. »Piblitz, mein Name, Werner Piblitz. Tut mir sehr leid, sehr geehrte Frau Kommissarin. Ich wollte rechtzeitig wieder zurück sein, aber ich dachte nicht, dass Sie so schnell sind. Gab's nicht viel zu erzählen? Von den anderen, meine ich.« Er deutete auf die Bank. »Wollen Sie sich nicht einen Moment setzen? Sie sehen erschöpft aus. Kein Wunder bei dieser Schwüle. Aber natürlich nur, wenn Sie das nicht aufhält. Aber ein paar Minuten hier und Sie fühlen sich wie neugeboren. Ist doch eine himmlische Ruhe hier, oder nicht?«

Er vollzog mit dem Arm einen großen Bogen und lächelte die Landschaft an. Als sein Blick eine Eiche ein paar Meter entfernt streifte, bekam sein Gesicht einen verklärten Ausdruck. »Und hier hat die letzten drei Jahre ein Blaurackenpärchen gebrütet. Ganz selten. Im gesamten mitteleuropäischen Raum gibt es nach optimistischen Schätzungen vielleicht noch neunhundert Brutpaare. Leider haben sie sich heuer noch nicht blicken lassen.« Er seufzte.

Der Mann war mit seinem Redeschwall knapp an der Grenze zur Lärmverschmutzung, doch im Prinzip sprach er Mayer aus der Seele. Wenn sie in sich hineinhorchte, hatte sie noch immer wenig Lust, ins Clubhaus zurückzukehren. Wenn sie bloß an den Besprechungsraum dachte, bekam sie schon Lagerkoller und das taube Gefühl eines platt gesessenen Hinterns. Normalerweise war der Beginn einer Ermittlung viel mehr von Bewegung und Ortswechsel geprägt. Aber sie hatte ja ihr Smartphone mit, also konnte sie seine Zeugenaussage auch hier aufzeichnen.

Sie setzte sich und streckte ihm ihr Handy entgegen. »Aber wir plaudern hier offiziell.«

Er nahm einen halben Meter neben ihr Platz. »Aber natürlich, Frau Kommissarin, ich stehe Ihnen …«

»Mayer. Gruppeninspektorin.«

Piblitz deutete eine Verbeugung an, ganz alte Schule. Komischer Kauz. Sicher aus einem konservativen Stall.

»Wie lange sitzen Sie da eigentlich schon?«

»Schwer zu sagen.« Er sah auf die Armbanduhr. »Oh, schon so spät! Naja, sicher eineinhalb Stunden. Wenn nicht länger. Vielleicht können Sie es besser einschätzen. Ich habe mich zurückgezogen, als unser guter Jimmy zu Ihnen gegangen ist. Denn dann habe ich gesehen, wie viele vom Personal noch fehlen, habe hochgerechnet … Und wissen Sie, wenn ich Duke höre, vergesse ich immer die Zeit.«

»Duke?«

»Ellington.« Er lächelte. »Nicht ganz Ihre Generation. Nun ja, meine auch nicht, aber ich habe eine gewisse Vorliebe für Jazz. Als ich noch so jung war wie Sie, gab es für mich auch nur Rock.«

Der Typ tat ja so, als stünde er schon mit einem Fuß im Grab, dabei war er nicht einmal so alt wie Katz.

»Wollen Sie einmal?« Er hielt ihr die Ohrstöpsel hin.

Sie nahm das lange Ende des linken Lautsprechers. *Smooth* war das Erste, was sie empfand. Die Nummer wirkte wie die musikalische Übersetzung der Landschaft. Zwischen den Blumen und Bäumen herumhüpfen und die Seele schwingen lassen, das wäre es jetzt. »Wie heißt es?«

»*It don't mean a thing.*« Er streichelte den steinzeitlichen MP3-Player, den gleichen, den auch Katz besaß, und fügte sinnierend hinzu: »*If it ain't got that swing.*« Er drückte auf dem Gerät herum. »Warten Sie, da gibt es auch eine tolle Version von Thelonious Monk oder von Ella Fitzgerald. Und Nina Simone ist natürlich hörenswert. Irgendwo muss ich auch die Version von Carmen McRae und Betty Carter haben und …«

Mayer nahm den Stöpsel aus dem Ohr. »Herr Piblitz, das heißt, Sie wissen noch nicht, dass wir einen weiteren Todesfall haben?«

Er riss die Augen auf. »Nein. Um Gottes willen, noch ein Anschlag?«

»Nein, Susanne Kriegler ist offensichtlich an einem Herzinfarkt gestorben. In der Damengarderobe.«

Er ließ die Schultern hängen. »Sie war in meinem Alter. Nun ja, wahrscheinlich hatte sie eine Disposition.« Er atmete durch.

»Das werden wir bei der Obduktion herausfinden.«

Piblitz presste die Lippen zusammen. Das böse Wort vom Leichenaufschlitzen rief meistens so eine Reaktion hervor. »Ich dachte, es sei ohnehin klar, dass es … oder haben Sie daran Zweifel?«

»Nein, im Grunde nicht. Aber wenn wer quasi unter den Augen der Polizei einen Abgang macht, dann werden wir schon aktiv. Immer.«

»Verstehe.« Er rieb mit dem Daumen über das Gehäuse des Players. »Sie hat Duke Ellington auch gemocht. Aber das ist schon das Einzige …« Er sah Mayer an und hob die rechte Handfläche. »Entschuldigen Sie. Nihil nisi bene de mortui.«

»Sie mochten sie nicht?«

Er ließ ein paar Sekunden verstreichen. »Wie kann man einen schlechten Menschen mögen? Ja ich weiß, niemand ist durch und durch schlecht. Das war Susanne auch nicht, immerhin mochte sie den Duke.« Er strich erneut mit dem Daumen über den Player. »Aber ansonsten … eine unfassbar unehrliche Frau. Mit keinerlei Ansatz zu schlechtem Gewissen.«

»Unehrlich?«

»Sie hat in jedem Bereich geschummelt, der möglich war. Von der Anlage her eine lupenreine Betrügerin. Ich mag solche Menschen nicht. Ich weiß, dass es mittlerweile in der Gesellschaft nahezu zum guten Ton gehört, sich durch Fehlverhalten einen Vorteil zu verschaffen. Wenn man es nicht tut, wird man für blöd gehalten, denn die anderen tun es ja auch. Aber ich mag das nicht.«

Er wickelte nun mit schnellen Bewegungen die Kabel der Stöpsel um den Player herum und dann wieder herunter.

»Sehen Sie, Frau Mayer, wie soll man auf irgendwelche Leistungen in seinem Leben stolz sein, wenn man sie sich erschlichen hat? Und ich meine jetzt nicht nur Doktorarbeiten, was gerade in aller Munde ist, nein, ich meine auch Absprachen vor Ausschreibungen und dieses ganze Gemauschel. Steuerhinterziehungen et cetera. Und wenn sich jemand falsch verhalten hat, man ihn darauf aufmerksam macht, kann er es nicht mehr zugeben. Zuerst leugnet er, dann klagt er auf Rufschädigung, und wenn man ihm es dann beweist, sagt er: Naja, probieren wird man es ja wohl noch dürfen. Widerlich. Selbst verurteilte Politiker bleiben auf ihren Abgeordnetensesseln kleben. Was hat das denn für eine Vorbildwirkung, frage ich Sie?«

»Hm.« *Immer reden lassen*, hatte Katz ihr eingebläut.

Jetzt drehte er den Player an den vier Kanten. »Und Susanne war eine von diesen. Sie hat den Score regelmäßig verändert. Wenn ein Ball im Rough oder im Gebüsch verschwunden war, hat sie ihn plötzlich *gefunden*, deswegen hat sie auch immer Hosen getragen.«

»Aha?«

Er legte den Player ab und fuhr sich mit beiden Händen durch die Mähne. »Alter Trick. Loch in der Hosentasche, und der Ball fällt plötzlich dort hin, von wo man ihn wieder gut zurück auf den Fairway schlagen kann. Sie hat vergessen, Strafschläge einzutragen und wollte immer, dass man ihr einen Putt aus einem halben Meter Entfernung schenkt.« Er nickte, dabei mahlte sein Kiefer. »Und nicht einmal ihren Alkoholismus hat sie zugegeben. Regelmäßig ist sie in der Garderobe verschwunden und hat sich bei ihrem Flachmann bedient. Aber gleichzeitig hat sie spitze Bemerkungen gemacht, wenn jemand eine Runde einmal mit mehr als zwei Bier gefeiert hat. Eine verlogene, bigotte Betrügerin. Widerlich. Und so eine machte die Finanzen der Stadt. Ich möchte gar nicht wissen, was da noch auf uns zukommt.« Mit einem Lächeln drehte er sich zu ihr. »Aber sie ist ja nicht unser Thema, oder?«

Mayer erwiderte das Lächeln. »Wenn es nicht Herzinfarkt wäre, hätten Sie einen Fixplatz ganz oben auf meiner Liste der Verdächtigen.«

»Und die wäre sehr, sehr lang.« Er zuckte mit der linken Augenbraue. »Nun ja, vielleicht doch nicht. Die meisten sehen das nicht so tragisch.« Er seufzte. »Die Welt nimmt Einzug beim Golf. Glauben Sie mir, wenn umgekehrt der Golfkodex die Welt beeinflussen würde, stünden wir besser da.«

Manches klang ja nicht so unrichtig, was dieser Piblitz da von sich gab, aber er war eindeutig von der Hardcorefraktion. Ein bissel selbstgerecht, der Typ. »Und Sie? Sie benehmen sich immer richtig?«

»Touché.« Er lächelte sie wieder an und legte den linken Arm auf die Banklehne, hielt aber die Hände verschränkt. Ganz aufmerksamer Zuhörer.

»Okay, Herr Piblitz. Was fällt Ihnen zum Thema Markus Hohenfellner ein?«

Er ließ erneut ein paar Sekunden verstreichen, dann meinte er überartikuliert: »Dasselbe.«

»Aha?«

»Nihil nisi bene de mortui.«

»Inzwischen weiß ich, dass Sie Latein können.« Sie hob kurz die Hand. »'tschuldigung.« Obwohl sie es so nicht meinte, denn diese Angeberei mit Zitaten nervte sie echt.

Ihre Hand tastete automatisch auf die Sitzfläche neben ihr – doch die Tasche mit den Zahnstochern hatte sie ja im Besprechungsraum liegen lassen. Die nächsten Minuten würden hart werden.

Sie überschlug die Beine und setzte sich schräg, damit sie Piblitz geradeaus ansehen konnte. »Vielleicht ein bissel präziser?«

Umfangreicher, weil mit ein paar gesellschaftsphilosophischen Exkursen ausgeschmückt, aber im Prinzip mit demselben Inhalt wie die anderen, beschrieb er nun den miesen Charakter des Opfers. Cholerisch, »und ständig hat er jedem ungefragt zu Schlägen, Verhalten, Kleidung und was ihn sonst noch gestört hat, seine Kritik und Vorschläge mitgeteilt. Dabei steht es sogar in unserer Etikette, dass ungefragte Meinungsäußerung, vor allem während des Spiels, aber auch sonst, unerwünscht ist.«

Diese Vorschrift würde so manchem Klugscheißer in der realen Welt auch gut tun.

»Ich könnte mir aber denken«, schloss er, »dass es den Mann vielleicht nur zufällig getroffen hat. Denn wer hat durch diesen Anschlag, außer ihm selbst natürlich – aber es gibt eben manchmal Kollateralschäden –, die meisten Probleme? Der Club, respektive Herr Teutschnigg. Und unser Manager ist ein altgedienter Geschäftsmann. Da wird schon die eine oder andere Leiche seinen Weg pflastern.«

Er sah ihr intensiv in die Augen. Auf einmal kam sich Mayer als die Befragte vor. Der Typ wollte sie doch nicht … Er wollte sie aushorchen. Putziger Versuch.

»Wissen Sie da irgendwelche Geschichten, Herr Piblitz?«

Er streckte kurz die Daumen aus den verschränkten Händen und zog die Augenbrauen hoch, wie das perfekte Unschuldslamm, das danach schreit, in die Befragungsmangel genommen zu werden.

»Also?«

»Er hat seinen Partner ausgebootet, mit dem er das hier aufgebaut hat.«

»Harald Breitner. Er steht als Nächster auf meiner Liste.«

Er nickte. »Und zu seinem Reichtum kam er auch nicht korrekt, also menschlich. Geschäftlich schon, sonst würde er ja bereits gesiebte Luft atmen.«

Wiederum nickte Mayer. Hoffentlich hatte Kevin bald genügend Hintergrundmaterial zu den Feinden von Teutschnigg. »Wieso wissen Sie das?«

»Harald hat es mir einmal in einem nicht ganz nüchternen Zustand erzählt.« Er beobachtete eine Biene auf seinem Knie, wedelte sie nicht weg, sondern wartete seelenruhig, bis sie wieder aufstieg. »Und wissen Sie auch schon, dass dieser Peter König, dem er sozusagen seinen Reichtum zu verdanken hat, dass dieser Mann Selbstmord begangen hat?«

Sie schüttelte den Kopf. *Kevin! Turboboost, bitte!*

»Ja, ja. Er war Alleinerzieher eines kleinen Kindes. Er wollte das Mädchen mitnehmen, so verzweifelt war der Mann, aber es hat überlebt. Wie durch ein Wunder.«

Ein Elektrocar bog um die Ecke. Der Chauffeur war Harald Breitner, der Marshal und Gedemütigte. Wiederum einmal auf Stichwort. »Ihr Kollege sucht Sie.«

Sie bestiegen das Gefährt. Und während sie beinahe lautlos durch die Landschaft rollten, fragte sich Mayer, ob sie wirklich so viel Energie auf die Umweltschutzspur verschwenden sollten. Der Täter war schlaksig und ein Sitzpinkler. Die Tochter von König heute eine junge Frau – wenn sie noch lebte und nicht an irgendwelchen Spätfolgen krepiert war. Aber kannte sich so jemand mit Bomben aus? Ein Helfer.

Sie schielte zu Breitner.

Aber wie und warum sollten sich die beiden … Warum nicht? Die junge Frau musste nur das Leben von Teutschnigg recherchiert haben und schwupps, schon landete sie bei dem Marshal. Es hatten schon losere Interessensgruppen ein Gemeinschaftsverbrechen begangen.

Allerdings hatte Piblitz sehr viel sehr freiwillig erzählt. Das war für Zeugen untypisch. Vielleicht wollte er sie nur ablenken.

MÖRDER / 24

Ich ertrage es nicht, dich so zu sehen. Wie du dich krümmst, als würde ein Schwert in deinen Bauch schneiden. Ich darf nicht hinschauen. Ich darf dir nicht helfen, sonst verrate ich mich noch.

Du musst es so sehen wie ich: Es sollte sein. Ihre Bigotterie ist daran schuld. Hätte sie sich im Restaurant ein Glas bestellt, würde sie noch leben. Am wichtigsten ist, dass die Polizei die Sache nicht wirklich ernst nimmt. Herzinfarkt hat der Mediziner bestätigt. Wenn die immer so schlampig arbeiten, wird es wohl eine Menge unentdeckter Morde geben. Bin ja nicht der Einzige, der auf die Idee kommt, sich über Gifte zu informieren. Darf mich jetzt nur nicht durch Überaktivität verraten. Angeblich tun das manche Mörder. Sie wollen beflissen der Polizei helfen und machen sich dadurch verdächtig. Mit mir nicht.

Ich habe ohnehin mit dir genug zu tun, meine Göttin. Du bist einfach zu sensibel für zwei Todesfälle an einem Tag. Du siehst entsetzlich aus, eigentlich gehörst du mit Schlaftabletten ins Bett.

Es war deine erste Leiche, die du gesehen hast, hast du gesagt. Finde ich eigenartig, denn dein Vater damals, der hat doch auch tot ausgeschaut. Gut – er war es nicht, er ist sogar noch einmal kurz zu Bewusstsein gekommen, als die Sanitäter ihn an den Tropf angeschlossen haben. Aber gewirkt hat er wie tot. Und du hast das auch geglaubt. Ich hab dich doch beobachtet, wie du geschrien und geweint hast. Wie dich die Nachbarn wegzerren mussten von ihm, damit ihn der Arzt untersuchen konnte. Er hatte keine Chance gegen meinen Cherokee, Liebste, einfach keine

Chance. Und auch wenn ich stehen geblieben wäre und sofort den Notruf … Sie haben nachher gesagt, dass es zu viele und zu heftige innere Verletzungen waren. Die Brüche hätte man in den Griff bekommen, aber nicht die Lunge und die Milz und …

Ich bin kein böser Mensch, ich bin ja zurück zu euch. Nur als ich dich da so schreiend am Boden gesehen habe, wusste ich, das war's. Was hätte es gebracht, mich der Polizei zu stellen? Gar nichts. Also habe ich mich im Hintergrund gehalten. Als Vorbestrafter findest du in dieser Welt, die derart von Vorurteilen durchdrungen ist, keine Arbeit mehr. Ich musste meine Schwester unterstützen, sie war noch mitten in der Ausbildung. Das verstehst du doch?

Ja, ich weiß, dass du das alles verstehen wirst, wenn ich es dir einmal erkläre. Bald ist es soweit. Wenn die Aufregung heute vorbei ist, wirst du ganz befreit sein und dich vollkommen auf deine Aufgaben konzentrieren können. Und alle anderen, die dich behindern, werde ich weit weg von hier ausschalten. Du darfst dich nicht mehr aufregen. Ich war bislang viel zu egoistisch. Wie ein Kater, der die erlegten Mäuse dem Frauerl vor die Füße legt. Ganz falsch, so wirklich ganz falsch. Ich war viel zu eitel.

Gott sei Dank ist bis jetzt alles gut gegangen, und Gott sei Dank fällt die Kriegler nun mit dem Hohenfellner zusammen – also quasi nur eine singuläre Aufregung für dich. Nur ein furchtbarer Tag. Keine Doppelbelastung, denn es wird für dich zunehmend verschwimmen.

Es tut mir so leid, liebste Stella.

Und es tut mir weh, dass du auf nichts von mir reagierst. Den ganzen Tag schon. Denn weißt du, der Weg hierher war nicht leicht. Ich bin zuerst an meiner Schuld dir und deinem Vater gegenüber fast verzweifelt. Tiefe Nacht. Viele

Medikamente. Immer wieder habe ich mir vorgestellt, dass ich bei der einen Ampel nicht noch bei Orange drübergefahren wäre. Denn dann wäre ich erst später bei eurem Haus vorbeigekommen, und dein Vater wäre schon in seinem eigenen Wagen gesessen. Oder gar schon unterwegs gewesen.

Wenn. Wäre. Hätte.

Erst durch Gottfried habe ich verstanden, dass es so sein musste. Dein Vater hätte deine Golfkarriere nur behindert. Es war Schicksal, dass sich niemand mein Kennzeichen gemerkt hat. Und auch, dass ein leidenschaftlicher Golfer wie ich deinen Vater umgefahren hat. Die Puzzlesteinchen haben zusammengepasst.

Das tun sie bei dieser blöden Geschichte mit dem Hohenfellner überhaupt nicht. Lukas wird den ganzen Tag da sein. Ich muss ihn aushorchen. Und ich muss dringend jemanden finden, der mehr über Teutschniggs Vergangenheit weiß. Ich hab so das Gefühl, dass da der Schlüssel liegt. Denn je länger ich über die Angelegenheit nachdenke, umso mehr bin ich überzeugt, dass ihm jemand schaden will. Ihm. Nur hat er nicht daran gedacht, dass es auch dich trifft … Oh. So habe ich das noch gar nicht betrachtet. Es muss jemand sein, der mit Teutschnigg eine Rechnung offen hat, aber über die Sachlage hier nicht genau Bescheid weiß. Denn dich lieben alle hier. Jemand, der dich gut kennt, hätte die Folgen von so einem blöden Anschlag mitbedacht. Skandal, kein Sponsor, kein Turnier, Gefährdung deiner Karriere. Es muss jemand sein, der einen Hass auf Teutschnigg und Golf hat. Da war doch diese Geschichte damals …

Und irgendetwas muss mir einfallen, damit du dich beruhigst. Irgendein Zeichen.

MAYER / 25

Sie wurden an der Seite des Clubhauses, die zum Spa-Haus wies, abgesetzt. Breitner fuhr das E-Car zu einer Art Garage, die hinter den beiden Gebäuden lag, und die Mayer noch nicht aufgefallen war. Klar, irgendwo mussten die Wägelchen ja aufgeladen werden.

Am Rand der Terrasse stand gekrümmt diese Stella. Anscheinend hatte sie gekotzt. Böses Mädchen, denn sicherlich wurde auf dem gepflegten Rasen Erbrochenes nicht gern gesehen. Dielenhoff richtete sich auf und visierte das Restaurant an.

Piblitz stiefelte in ihre Richtung, Mayer setzte ihm mit vier großen Schritten nach und hielt ihn am Arm zurück. »Sie wurden des Öfteren am rechten Bunker des Dreiers gesehen. Genau genommen am Dickicht dahinter, durch das es zum Zaun geht, auf dessen anderer Seite das Auto des Attentäters gesehen wurde.«

»Ach ja?«

»Was haben Sie dort getan?«

»Den Ball gesucht, liebe Frau Mayer. Was sonst?«

»Der Mann, der vom Tatort weggelaufen ist, hatte dieselbe Größe wie Sie.«

»Da hat aber jemand ganz genau beobachtet.«

»Hat er. Nur das Gesicht fehlt uns.«

»Oh, der Mann hatte genau so eine Mähne wie ich?« Er lächelte.

Ertappt. »Er hatte eine Kappe auf. Aber lenken Sie nicht ab. Ich kann mir nicht vorstellen, dass man immer ins selbe Gebüsch schlägt.«

»Spielen Sie Golf?«

Schon wieder diese Frage mit diesem Unterton von wegen *Wenn nicht, dann können Sie nicht mitreden.*

»Also nicht. Kann ja noch werden.« *Dass du ein ganzer Mensch wirst.* »Auf jeden Fall kann man sich plötzlich so eine Eigenart zuziehen. Manche Golfer reden von Magie. Wenn einem zum Beispiel das erste Mal ein kleiner, dünner Baum mit, sagen wir, zwei Metern Höhe und sechs Zentimetern Stammdicke auffällt, dann können Sie sicher sein, dass Sie ihn ab nun regelmäßig treffen, als würde er wie in einem Trickfilm die Rinde schürzen und genau dorthin laufen, wohin Sie schlagen.«

»Reden Sie mich nicht nieder, Herr Piblitz. Was haben Sie tatsächlich in diesem Gebüsch gemacht?«

Er lächelte breit und beugte sich zu ihrem Ohr. »Mich mit einer Frau vergnügt.«

Sie trat einen Schritt zurück. »Lassen Sie den Blödsinn.«

»Die Wahrheit wollen Sie ja nicht hören.«

Mayer verdammte sich dafür, mit ihm die Einvernahme quasi auf offenem Terrain begonnen zu haben, hinter einem Tisch fühlte sie sich sicherer. Sie wandte sich ab und zählte bis fünf. Zahnstocher. Nie wieder durfte sie ohne die Dinger irgendwohin gehen.

Sie fixierte ihn wieder. »Welches Auto fahren Sie?«

Jetzt zuckte sein Mund, endlich war die Selbstsicherheit ein wenig am Bröckeln. »Einen alten Mazda. Einszweieins. Warum?«

»Rot?«

Er nickte. »Der Wagen auf dem Feldweg, von dem Sie gesprochen haben?«

Nun nickte sie.

»Ich bin nicht der einzige Mensch mit einem roten Auto.« Er strich mit der Hand über den Kopf, berührte ihn jedoch nicht. Als würde er etwas wegwischen. Dabei schloss er für einen Augenblick die Augen. Schließlich atmete er durch. »Aber ich verstehe jetzt, warum unsere angenehme Unterhaltung so einen scharfen Unterton bekommen hat. Sie machen nur Ihre Arbeit. Doch ich bin nicht der, den sie suchen. Diese Bemerkung ist natürlich sinnlos, denn warum sollten Sie mir glauben, aber sie entspricht den Tatsachen. Ich war bei der Explosion auf der Terrasse. Da können Sie alle fragen.«

Das würde sie tun. Und wenn sie dann ein genaues Bewegungsdiagramm aller Anwesenden hatten …

»Wenn Sie erlauben, gehe ich jetzt etwas trinken. Diese Schwüle …« Er schlenderte zum Seitenaufgang der Terrasse.

»Herr Piblitz!«

Ihr Befehlston ließ ihn sofort umkehren. »Ja?«

»Eins noch: Haben Sie heute Morgen etwas beobachtet?«

Sekundenlang keine Reaktion, schließlich schüttelte er den Kopf.

»Wann sind Sie gekommen?«

»Um fünf nach sieben. Ich wollte noch in Ruhe frühstücken. Hier serviert man hervorragendes Müsli.« Er deutete mit einer wischenden Bewegung hinter sich Richtung Terrasse, die mittlerweile verlassen vor sich hinbrütete, und zum Restaurant, aus dessen geöffnetem Fenster ebenfalls kein Laut drang. Waren wohl noch immer alle in der Schockstarre. Nicht einmal die Spurensicherer wuselten herum. An diesem Ort war irgendwie alles langsamer und unaufgeregter, als würde jeder automatisch chillen.

»Okay, Herr Piblitz, draußen oder drinnen? Wen haben Sie gesehen? Wann?«

»Gut, gut, gut, ich habe verstanden. Alle Aussagen werden miteinander abgeglichen. Also gut, ich war da auf der Terrasse. Und gesehen habe ich Jeff Gardener, der hat neben mir Zeitung gelesen. *The Independent*. Er lässt sie sich liefern. Hat Stil, der Mann. Ja, dann einen von den Greenkeepern, der Richtung Zwölfer gelaufen ist. Die anderen waren schon dort, hat er in einem kurzen Diskurs mit Jeff erwähnt.« Er schloss die Augen. »Auch der Franz ist weggegangen, allerdings Richtung Sechser. Gehört habe ich die Marshals, die haben etwas in der Eingangshalle beredet. Habe es aber nicht verstanden.«

»War Harald Breitner dabei?«

Er nickte. »Sein Lachen ist unverkennbar. Ach ja, und beim Hereinkommen war ich natürlich bei Sissi drin in der Anmeldung. Dann kam Josef Lang. Er hat die Füße auf den Stuhl gelegt.« Piblitz' Unterton war missbilligend. »Zu ihm hat sich dann Wolfgang Böck gesetzt und ebenfalls die Füße raufgelegt. Hat sofort nach dem Kellner gebrüllt.« Er schüttelte den Kopf, noch immer mit geschlossenen Augen. »Und gleich nach ihm ist Jonas Liebkind aufgetaucht.« Er sah sie an. »Jonas ist in unsere Stella verliebt und immer am Platz, wenn sie übt. Ein netter junger Mann. Dennoch hoffe ich, dass er sie in Ruhe lässt, denn sie hat gerade jetzt ohnehin genug um die Ohren, wie Sie wahrscheinlich bereits wissen. Aber er ist sehr schüchtern, die Gefahr also gering.«

»Das war alles noch vor der Explosion?«

Er sinnierte erneut. »Ja, definitiv. Es war sehr friedlich. Warten Sie, und es ist auch wieder jemand weggegangen. Stella ist kurz nach mir gekommen, hat sich aber gar nicht gesetzt, sondern ist gleich mit Jeff auf die Runde. Das muss also so zehn, zwölf nach sieben gewesen sein. Sie haben dann lange am Abschlag vom Einser diskutiert, das konnte ich noch beobachten. Und genau bei ihrem Drive war dann die Explosion. Wie eine Ehrensalve.« Letzteres hatte er beinahe andächtig gesagt, und Mayer fragte sich, ob dieser Jonas der Einzige war, der Stella verehrte. Man wusste ja, dass so manche Männer im Midlife-Crisis-Alter auf junge Frauen standen.

»Und die Damen Leibenfrost und Schinkels? Beziehungsweise Frau Haas?«

»Die beiden Ersten nach der Explosion in der Eingangshalle. Sie haben nur mehr die Hektik danach mitbekommen. Und vom Putting Green kam dann Regina … Was mir allerdings unverständlich ist. Sie hätte lieber auf der Driving Range üben sollen, denn Einlochen kann sie. Und sie muss lange geübt haben, denn Hingehen habe ich sie nicht gesehen.«

Mayer notierte sich, die anderen im Speziellen danach zu fragen.

»Und Susanne Kriegler?«

Er drehte den Kopf nach links und nach rechts. »War irgendwann da. Das kann ich nicht genau sagen. Irgendwann kurz nach der Explosion.«

»Bertram Ichner?«

»Definitiv erst, als Sie, also die Polizei, schon hier waren. Er ist gemeinsam mit Ronald Teutschnigg gekommen. Franz wird die beiden wohl angerufen haben.«

Bislang stimmte zumindest die Anzahl der Aufgezählten mit den Namen auf Kevins Liste überein, natürlich plus der beiden Hotelgäste und dem Koch. Langsam bekam die Szenerie ein Bild. Jetzt musste sie nur noch bei Böck und Lang sowie natürlich bei Gardener den Gegencheck machen.

Und eine Figur des Tableaus fehlte noch. »Sonst wirklich niemand?«

Piblitz schloss wiederum die Augen.

Zwei Männer in schwarzen Hosen und Hemden traten auf die Terrasse und zündeten sich Zigaretten an. Mayer kamen die Gesichter bekannt vor. Sie tippte auf den Leichenabholdienst und nickte ihnen zu. Die beiden erwiderten den Gruß. In Zeitlupe sahen sie zum Himmel, sie folgte ihrem Blick. Ein weißer Blitz, der zu einem Flugzeug wurde. Wohl die Spiegelung der Sonne. Es wurde beständig größer, peilte also Schwechat an. Der Golfvoyeur, dieser Rainer, schwebte jetzt auch schon in anderen Sphären …

»Doch, einer fällt mir noch ein.«

Mayer schreckte sich, sie hatte nicht mehr mit einer Antwort von Piblitz gerechnet. »Ah ja?«

»Lukas, der Chef von der Putztruppe. Den Nachnamen weiß ich nicht, aber sicher Sissi vom Sekretariat.«

Na bitte, nun war das Bild komplett. Bislang keine sich widersprechenden Aussagen.

»Also derzeit. Er ist Student und hilft mit, wo Not am Mann ist. Dafür zahlt er keinen Clubbeitrag. Und das nützt er weidlich aus, er macht gerade seine Ausbildung zum Pro.«

»Zum Trainer?«

»Ja. Und wenn er bei der Putztruppe aushilft, geht er immer als Letzter, deswegen bin ich wohl mit ihm beim Hereinkommen zusammengestoßen. Er ist, glaube ich, zu seinem Auto.«

»Was für ein Auto?« Sie hatten alle Wagen auf dem Parkplatz zuordnen können – klar, die anderen waren ja auch noch alle da gewesen.

»Alt, klein. Rot.« Piblitz lächelte. »Ich sagte ja, ich bin nicht der Einzige.«

»Aha.« Mayer spürte, dass ihre Hände von einer Sekunde auf die andere feucht wurden – wie immer, wenn sich da plötzlich etwas auftat. Hoffentlich hatte sie ihre Mimik im Griff gehabt und Piblitz nichts von ihrer Aufregung verraten. Aber wenn er zu seinem Auto gegangen war, wieso hatte ihn dann Rainer nach der Explosion beim achtzehnten Loch gesehen? Vielleicht handelte es sich um zwei verschiedene Männer? Sie hatte von Haas ja nur die Vermutung, dass es sich um Lukas Steindl handelte.

»Und ist er weggefahren?«

»Das weiß ich nicht. Wenn, dann nur kurz. Er ist ja bereits den ganzen Tag da und hilft im Restaurant aus.«

»Ich weiß, er hat nach der Sache mit Frau Kriegler gemeinsam mit dem Kellner Sekt verteilt. Und belegte Brötchen.« Die alle mit erstaunlichem Appetit verschlungen hatten.

Sie sah Piblitz intensiv an. »Bitte denken Sie nach. Ganz genau. Haben Sie ihn vielleicht vor seinem Restauranteinsatz noch einmal gesehen?«

Er wich zurück. »Warum ist das so wichtig? Lukas ist doch nicht verdächtig, oder?«

Schon wieder einer, der meinte, den Burschen schützen zu müssen. Sie spulte neuerlich ihr Sprüchlein von wegen Bewegungsprofil und Gesamtbild herunter. Dass jeder ein potenziell wichtiger Zeuge sein könnte.

Piblitz nickte, wandte sich ab und ließ seinen Blick über den Platz streifen. Dabei klopfte sein Daumen gegen die Hosennaht. Schauen und Klopfen. Mindestens eine halbe Minute lang. Schließlich lächelte er: »Wie ungenau Erinnerungen doch sind, wenn man sich nicht diszipliniert.«

»Ja?«

»Er war dort drüben am Achtzehner. Schien etwas gesucht zu haben.«

Also doch ein und dieselbe Person. Ein junger Bursch, der überraschend seinen Dienst verlängert sowie etwas gesucht hatte und der Besitzer eines alten, roten Autos war.

Definitiv der Nächste auf ihrer Liste.

KATZ / 26

Er schlüpfte durch die Tür und drückte sie hinter sich zu. Wie ein lächerlicher Einbrecher oder Whistleblower musste er sich ins Besprechungszimmer schleichen, um mit seinem Team fallrelevante Punkte besprechen zu können. Eine Scheißidee war dieser Pseudo-Undercovereinsatz. Nein, war er nicht, denn immerhin …

Nur Draganovič saß am Tisch. Danis Notebook war zugeklappt, ihre Handtasche lag daneben.

»Wo ist Mayer?«

Der Junge sprang auf wie zum Appell. »Kurze Pause. Am Platz. Ich lasse sie bereits suchen, Chief.«

Diese Anrede hatte er von Mayer übernommen. Er war überhaupt so angepasst. Trotzdem würde er irgendwann, nach ein paar Rückschlägen und aufgrund der daraus entstandenen Scharten, ein guter Ermittler werden. Denn er beobachtete genau und war äußerst gewissenhaft.

Katz klappte das Notebook von Mayer auf. Passwort. Das er nicht wusste. »Alles vernetzt?« Er merkte, dass er mit dem Unterton seiner Frage Kevin anschnauzte. Der konnte nichts dafür, dass Dani nicht da war. Sie hatte ihn sicherlich nicht um Erlaubnis gefragt, sondern ihn mit ihrer Auszeit vor vollendete Tatsachen gestellt. »Ich meine …«

»Wir schreiben alles in ein Dokument, ja, Chief.«

»Such mir bitte heraus, was dieser Teutschnigg in der Befragung durch Mayer über seine potenziellen Feinde gesagt hat.«

Kevin tippte eifrig und schob dann seinen Laptop zu Katz. Da war es. Er hatte einen Peter König vor fünfzehn Jahren um ein Einkaufszentrum gebracht. Zu den anderen beiden Feinden von Teutschnigg gab es von Kevin bereits Dossiers, zu König noch nicht. Er bat ihn, die Datenbanken zu diesem Mann abzusuchen, und stellte sich ans Fenster.

Traumhafte Aussicht. Wie im Paradies. Jetzt war er knapp fünf Stunden auf einem Golfplatz, das erste Mal in seinem Leben, und er erwog ernstlich, tatsächlich einmal mit Alex auf eine Proberunde zu gehen. Oder so einen Platzreifekurs zu machen. *Ping!* Unglaublich leiwandes Geräusch. Das jeden Tag zu hören, dabei durch diese ganz nette Landschaft zu hatschen, mit den Mitspielern ein bissel Spaß zu haben, vielleicht mit Regina … nein, natürlich nicht mit ihr. Wenn ihr Pepe und dieser Peter wirklich identisch waren … Quatsch, das wäre ein zu großer Zufall. Außerdem war er abgestürzt. Doch sie hatte bei der Todesart gezögert … Nein, sie wirkte nicht wie eine … Obwohl sie einen Grund für Rache … Und sie sagte nicht alles. Sie hatte Geheimnisse.

»Oh!«, erklang es hinter seinem Rücken.

»Was?« Katz schnellte herum.

Kevin sprang wieder auf. Das musste er ihm endlich abgewöhnen, war ja wie auf dem Exerzierhof.

Der Junge machte große Augen. »Es tut mir leid, Chief, dass ich Peter König noch nicht … aber es war so viel gleichzeitig und …«

»Passt schon. In Ordnung. Also?«

»Peter König hat sich ein Jahr danach suizidiert.«

Katz' Mund wurde trocken. »Wie? Details, bitte, Details.«

»Pistole.« Er setzte sich und tippte wieder auf dem Gerät herum.

Katz beherrschte sich, ganz fest beherrschte er sich. Alles brauchte seine Zeit.

Kevin sprang wieder auf. »Zweites Opfer seine Tochter. Damals acht Jahre alt. Er hat auf sie geschossen, sie hat überlebt. Kann auch bei einem Kopfschuss passieren. Selten, aber doch. Eintrag von dem Kollegen, der das damals bearbeitet hat. War wohl persönlich berührt von dem Fall.« Er verzog die Mundwinkel.

Katz sah ihn nur starr an.

Sein Lächeln verpuffte. »Hat auch festgehalten, dass sie bei ihrer Tante in St. Pölten aufgewachsen ist.« Er scrollte weiter, seine Augen wurden groß. »Eine Regina Haas wollte das Sorgerecht. Hat sie nicht bekommen. War nur die Freundin von König.«

Der Name waberte von Kevin zu Katz und wieder zurück, tanzte ein wenig durch den Raum und legte sich dann auf den Tisch. Sie betrachteten ihn.

Die Tür schwang auf.

Mayer starrte ihn an wie eine Erscheinung. »Bist du nicht mit den Damen da irgendwo draußen? Hat dich wer hereingehen gesehen?«

»Regina Haas war mit Peter König liiert, der nach der Geschichte mit Ronald Teutschnigg ein Jahr später Selbstmord begangen und dabei versucht hat, seine Tochter mitzunehmen. War acht. Sie wollte das Sorgerecht, hat es aber nicht bekommen.«

Die ganze Welt schien zu schweigen.

Mayer nickte endlich. »Tut mir leid für dich.«

»Was meinst du damit?«

»Ist doch genau dein Typ, oder?« Damit ging sie zu Kevin und las sich selbst die Einträge durch.

Woher wusste sie das schon wieder? Hatte er sich einmal bei einem Nach-der-Arbeit-Bier verplaudert? Sie war so verdammt aufmerksam und – kontrolliert. Und er, nicht Alex, ein altes Waschweib.

»Meldeamt«, schnauzte er wieder Kevin an.

»Und Zulassungsstelle«, fügte Mayer hinzu.

Der Junge fuhr sich mit dem Unterarm über die schweißnasse Stirn und klopfte wie wild auf die Tastatur.

Sie schnappte sich ihre Handtasche und holte Zahnstocher heraus. Wie ein Mikado ließ sie die Holzstäbchen auf den Tisch fallen und fischte sich dann eines heraus. Mit offensichtlichem Genuss knackte sie es entzwei. »Wir haben hier in diesem Club zumindest zwei Personen, die einen alten roten Kleinwagen fahren. Das ist auffällig, da es in solchen Umgebungen eher Menschen mit großen Angeberschaukeln oder praktischen Dingern gibt, in denen man Golfbags locker transportieren kann. Und Rot ist mittlerweile sowieso selten bei Autos. Beide Personen sind Männer.« Sie wandte sich an Kevin. »Oder hast du noch jemanden gefunden?«

Er schüttelte den Kopf und zeigte auf. »Julia König, dreiundzwanzig Jahre, wohnhaft im fünften Bezirk, übrigens gerade arbeitslos gemeldet.« Er tippte nochmals. »Kein Auto.«

»Und Regina Haas?«

Kevin sah sie beide indigniert an. Nach ein paar Sekunden Suche vermeldete er, dass sie einen alten Mercedes fuhr. Wie er schon kontrolliert hätte, Anderslautendes hätte er ja schon vermeldet. Mayer bat ihn, Julia König noch genauer zu durchleuchten.

Katz zündete sich eine Zigarette an. »Alex hat da etwas beobachtet.«

Sie sahen ihn beide an. Mit leicht vorwurfsvoller Miene, schien es ihm. Einbildung.

»Wie wir gekommen sind, ist ein junger blonder Mann mit Pagenkopf am Parkplatz gestanden, hat sich mit gefalteten Händen verbeugt«, er machte es vor, »und ist dann weggefahren. In einem Renault. Alt und rot.«

»Interessant. Ihr seid so um neun herum gekommen, oder?«

»Es wird doch leicht herauszufinden sein, wer das ist, wenn ihr eh schon beide Halter von roten …«

»Lukas Steindl«, unterbrach ihn Mayer. »Ein Traineranwärter und Mann für alle Fälle hier. Student. Er wird gleich bei uns sein. Aber das mit der Verbeugung ist crazy.«

»Woher weißt du das alles?«

»Weil erstens dieser Hotelgast einen Burschen, auf den die Beschreibung von Steindl passt, beim achtzehnten Loch etwas suchen gesehen hat. Direkt rund um die Explosion herum. Und weil zweitens mein bislang Hauptverdächtiger, der Werner Piblitz, der übrigens der zweite mit einem roten Auto ist, mit Lukas Steindl beim Hereinkommen zusammengeprallt ist. Dabei sollte er schon weg sein. Er war heute beim Putztrupp eingeteilt, der verschwindet, bevor die Spieler kommen. Das hat mir gerade Bertram Ichner bestätigt. Er hat sich auch gewundert. Und Lukas ist deswegen noch da, weil er auf Ichners Bitte hin aushilft. Denn der zweite Kellner, der eigentlich ab zehn Uhr Dienst hat, ist gar nicht erst erschienen, weil er mit Mord nichts zu tun haben will, wie er Ichner am Telefon gesagt hat. War seine letzte Meldung zu ihm, hat Ichner gemeint. Lukas hat die Baguettes geholt, die eigentlich der andere hätte mitbringen sollen, und dann dem Koch geholfen, die Brötchen zu machen. Die übrigens super waren. Aber das kannst du ja nicht wissen, weil du dich mit Damen im Heu herumtreibst.« Sie grinste ihn an.

»Fass ihn wegen ein bissel Mayonnaise auf Lachs bitte nicht zu sanft an«, grinste Katz zurück. Gutes Essen machte Dani schnurrig, also wahrscheinlich auch der Zubereiter desselben.

Wie auf Kommando setzten sie sich in einem engen Dreieck zusammen.

»Okay«, begann Mayer, »ich werde jetzt einmal diesen Steindl abklopfen. Dann holen wir uns Regina Haas. Oder ist sie schon weg?«, wandte sie sich an ihn.

Er schüttelte den Kopf. »Wir sind noch auf einen Campari Orange verabredet. Alle drei. Regina hat heute keine Termine, und sowohl Tanja als auch Karin lassen ihre Angestellten länger arbeiten. Sie sind Neugierdsnasen.«

»Nein, du bist gut. Echt gut«, lächelte Mayer ihn an. Im nächsten Moment war sie wieder ernst. »Die soll uns dann einmal ein bissel was über die Geschichte damals und über Königs Tochter erzählen.«

»Und uns den Grund nennen, warum sie bei einem Mann Golf spielt, der schuld am Tod ihres Freundes ist«, ergänzte Katz. Er fühlte sich ganz mies bei dem Gedanken, dass diese wunderbare Frau irgendwas mit all dem zu tun hatte.

»Genau«, meinte Mayer. »Und Schinkels ist gleich die Nächste auf der Liste.«

»Wegen ihrer Tochter? Ist das nicht ein bissel übertrieben?« Katz lehnte sich zurück und legte die Füße auf den Nachbarsessel. Besser, aber noch nicht optimal. Er schob die Schuhe von den Füßen und wackelte mit den Zehen. Ein Stöhnen entschlüpfte ihm, weil alles zog und brannte. Er packte den rechten Fuß und massierte ihn. Erst jetzt fiel ihm auf, dass ihn Dani und Kevin beobachteten.

Mayer grinste dabei. »Na, großer Sportler, ein bissel Ballgeklopfe und schon gemma ein?«

»Ich geb dir gleich ein Geklopfe auf dein Hinterteil, Mayer. Zuerst ausprobieren, und dann vielleicht keck reden. Golf ist Höchstleistungssport.«

»Sicher.« Jetzt kicherte sie auch noch, die Nuss.

»Ich muss dem Chief recht geben«, mischte sich Kevin ein. »Stella Dielenhoff trainiert sechs Stunden an sechs Tagen pro Woche. Außerdem macht sie Dauerlauf, Krafttraining und Yoga.«

Katz sah seinen jungen Adlatus an, dessen Kopf rot wie ein Paradeiser war. »Hamma uns zum Fan entwickelt?«

»Nicht, lass ihn«, warf Mayer mit gespielter Empörung ein. »Er ist doch nur beruflich sehr korrekt.«

Kevin versank in seinem Gewand. Der arme Bub.

»Ist okay, Draganovič«, bemühte sich Katz nun um seinen väterlichen Ton. »So schlimm wie bei dieser Stella war es bei mir heute zwar noch nicht, aber es strengt echt an. Ein wahnsinnig komplexer Bewegungsablauf, Dani. Du musst das wirklich einmal ausprobieren.«

»Okay, okay.« Sie hob die Handflächen. »Ich gebe mich geschlagen. Aber erst, wenn wir diesen Wirrwarr hier entknotet haben. Und zu deiner Frage bezüglich Schinkels Tochter: Die ist von der Hardcore-Fraktion.« Sie klärte ihn über Simones Verhalten nach dem Fernsehbericht und die polizeilichen Maßnahmen auf. »Lässt Rössler die Einwahl nachverfolgen? Weißt du was?«, schloss sie mit einem fragenden Blick zu Kevin.

Der Junge nickte. »Wir sind dran, ist durchgegangen beim HR. Ein bissel dauert es aber noch mit den Standorten.«

Katz wechselte mit seiner Massage auf den anderen Fuß. »Verstehe, die Umweltschutzvariante ist also eine ernsthafte Option geworden.«

Mayer wiegte den Kopf. »So ernsthaft, dass wir ihr ernsthaft nachgehen müssen, um sie ernsthaft ausschließen zu können. Aber da wir dabei zum Warten verurteilt sind, schauen wir uns inzwischen die anderen Kandidaten an.« Sie wandte sich erneut an Kevin: »Gibt's noch was zu Verzetnitsch und Breitner?« Und mit einem Seitenblick zu ihm ergänzte sie: »Die beiden anderen Feinde von Teutschnigg. Hast du die Gesprächsnotizen überflogen?«

Er nickte und versuchte, das Lächeln, das sich in seinem ganzen Körper breitmachte, gedeckt zu halten. Er hatte recht mit ihr gehabt. Sie war gut. Alles im Blick.

»Karl Verzetnitsch«, rapportierte Kevin, »arbeitet inzwischen für das Aidshaus in Wien. Er nimmt gerade an einem Kongress in Nairobi teil. Und«, er machte eine dramatische Pause, »er ist den Adventisten beigetreten. Laut seiner Chefin besteht sein Leben aus Arbeiten und Beten.«

Mayer beugte sich über seinen Laptop. »STA oder Zeugen?«

»Auf jeden Fall heilig«, fühlte sich Katz bemüßigt, die Bibelstunde abzukürzen. »So einer wird kaum ein Sprengattentat verüben. Noch dazu, wenn er gerade in Afrika hockt. Und das ist sicher, Kevin?«

»Die Chefin skypt mit ihm zweimal am Tag. Mit Video. Also wenn er keine Kulisse aufgebaut hat …« Er zuckte mit den Augenbrauen. Der Junge entwickelte langsam Witz.

Mayer las noch immer, bewegte dabei die Lippen, als könne sie sich so die Information besser einverleiben. »Okay, und der Breitner scheint nach der Hochzeit mit einer Heurigenwirtin aus Stammersdorf solide geworden zu sein. Erstaunlich, dass ihm da gelingt, trocken zu bleiben.«

»Vielleicht hat er es ja bloß in den Griff bekommen und gönnt sich immer vor dem Schlafengehen brav nur ein Achtel.«

»Oder er setzt sich bewusst ständig Besoffenen aus, damit ihm für den Rest seines Lebens davor ekelt«, feixte

Mayer. »Jedenfalls singt er sogar mit einem Quartett Wienerlieder. Süßes Foto.« Sie drehte den Laptop so, dass Katz das Bild auf dem Monitor sehen konnte.

Der Marshal strahlte ihm gemeinsam mit den anderen Musikanten in weißem Hemd und schwarzer Hose entgegen – ein Roy Black viennois für die Vorstadt. Zur Wirtin daneben fiel ihm nur der klischeehafte Ausdruck *resch und fesch* ein. »Kann natürlich auch alles Tarnen und Täuschen sein, aber ich würd sagen …«

»Wir konzentrieren uns jetzt einmal auf die König-Geschichte«, ergänzte Mayer.

Er nickte. So ein traumatisiertes Kind, nunmehr arbeitslose junge Erwachsene hatte wesentlich mehr Brisanz als ein trockengelegter Neo-Heurigenwirt, der die blühenden Bäume im Prater besang und unter der Kuratel einer starken Frau stand.

Mit einer energischen Bewegung lehnte sich seine Partnerin zurück. Ebenso dynamisch verschränkte sie die Arme hinter dem Kopf. Dann starrte sie den Plafond an. »Oppitz ist da.«

Was meinte sie damit?

Sie strahlte Kevin an. »Sag, könntest du so lieb sein und mir einen Kaffee holen? Mit viel, viel Zucker? Ich hab da gerade so einen wahnsinnigen Einbruch.«

Er strahlte zurück und verschwand eilig aus dem Raum.

Katz setzte sich in ihre Blickrichtung. »Was darf er nicht hören?«

Sie wiegte den Kopf, ihre Mundwinkel zuckten. »Er hat wieder in seinem Archiv nachgeschaut.«

Tätäratä! Endlich gab sie es zu. Natürlich wusste er seit ihrer ersten Zusammenarbeit, dass ihr Ex-Partner da etwas leicht Illegales aufbaute, sonst hätten sie damals nicht diese brisanten Informationen bekommen, doch sie hatte es nie zugegeben, wohl um Oppitz zu schützen. Und natürlich wusste sie, dass er wusste. Aber endlich – endlich!!! – hatte sie genug Vertrauen zu ihm.

»Und?« Wow, konnte er cool sein, wenn er sich beherrschte.

»Freu dich nicht so. Ich weiß eh, dass du es weißt.«

Kröte. Langsam wurde ihm diese Daniela Mayer unheimlich.

»Er hat mir dasselbe erzählt wie du. Cerny. Herzinfarkt. Und jetzt diese Kriegler. Das gibt mir zu denken.«

»Kriegler?«

Sie schenkte ihm einen Blick, als wäre er etwas geistig behindert. »Der Herzinfarkt vor etwa zwei Stunden?«

»Davon weiß ich … ich war abschlagen. Und dann bin ich gleich da heraufgeschlichen, ohne mit jemandem …«

Sie setzte ihn ins Bild, sich selbst dabei aufrecht wie eine Königskobra hin, und meinte abschließend: »Irgendwie sind mir da zu viel Tote auf einmal. Aber ich habe nicht den Dunst von einer Ahnung, wie das zusammenhängen könnte, weil Mörder ja selten ihre Vorgehensweise ändern. Noch dazu so schnell in zeitlicher Abfolge.« Sie brummte. »Nur ein Hirngespinst. Aber ich hab es einfach einmal aussprechen müssen. Weißt, einfach nur lächerlich. Der Arzt hat auf den ersten Blick auch nichts Verdächtiges bemerkt. Sie liegt natürlich bereits am Tisch, hat absolute Priorität, aber ich glaub nicht, dass da etwas herauskommt.«

Er beugte sich zu ihr. »Dieser Wolfi …«

»Wolfgang Böck.«

»Wie auch immer. Der hat da so eine Theorie. Dass jemand Ungustln umbringt.«

Mayer lachte auf.

»Ja wirklich.« Das Girlie nahm ihn nicht ernst. Führte sich tatsächlich wie die Chefin auf. »Echt. Der Cerny hatte quasi Herzschmerzen und ist an einem Herzinfarkt gestorben. Den Choleriker Hohenfellner hat es zerrissen.«

Sie beugte sich zu ihm. »Ja, und die Kriegler hatte auch Liebesschmerzen, weil Herzinfarkt. Klar. Weißt was, und nimm es mir bitte nicht übel: Aber trink bitte weniger Sekt. Deine Fahne riecht man zehn Meter gegen den Wind.«

Er fühlte aus seinem Bauch einen Sattelschlepper voll wütender Worte heraufdonnern – und ungefähr bei dessen Passage der Gurgel fiel ihm ein, dass sie recht haben könnte. Er schluckte den Truck voll Ärger hinunter. »Ich bin undercover.«

»Leider.«

Wie sie das auch immer meinen mochte. Er lehnte sich zurück und verschränkte die Arme. »Okay. Du checkst jetzt einmal diesen Pagenkopf.«

»Ich meine das ernst mit dem *leider*, Chief. Erstens bist du in der psychologischen Kriegsführung viel besser als ich …«

Sie stoppte ihn mit erhobener Hand beim Luftholen.

»… und zweitens benötigen wir an vorderster Front unbedingt drei Leute. Mindestens. Das sind zu viele Zeugen, zu viele Details in den Aussagen, die miteinander abgeglichen gehören. Das Bewegungsdiagramm, Halbsätze, die Bedeutung haben könnten …«

Ihr Mund redete und redete. Die Wangen waren leicht gerötet und die Augen ganz groß wie jene von einem kleinen Mädchen, das mit der Altklugheit seiner acht Jahre den nachlässigen Vater dazu verdonnert …

»Hörst du mir eigentlich zu? Hast du verstanden, was ich gesagt habe?« Jetzt standen ihre Augenbrauen ganz eng.

So ungefähr. Aber das durfte er nicht zugeben. Sie hatte recht mit dem Sekt. Eigentlich würde er jetzt am liebsten mit Regina Haas in einer Doppelhängematte liegen und dem Zwitschern der Vögel zuhören.

Katz stellte die Beine auf den Boden und straffte sich. »Okay. Und was willst du von mir? Dass ich die Tarnung beende?«

»Nein, dass du Oppitz für heute ZBV stellst. Er hat seinen freien Tag und lässt sich sowieso nicht vertreiben. Dann kann er sich mit mir die offiziellen Zeugeneinvernahmen teilen, und Kevin hat die volle Konzentration auf die Organisation. Abgleiche herstellen, Diagramm zeichnen, Hintergrundmaterial einpflegen. Und mit deinen Schnüffelergebnissen kommen wir sicher total schnell voran. Urschnell, das schwöre ich dir!«

Er ließ bewusst ein paar Sekunden verstreichen, bevor er fragte: »Aber du weißt schon, dass das LKA noch mehr Beamte als dich und mich hat. Wir diese Position also hausintern besetzen könnten.«

Der Unterton war angekommen, denn sie verzog den Mund, als hätte sie in eine verdorbene Wurst gebissen.

»Warum Oppitz?«

Sie wich seinem Blick aus. »Er denkt so wie ich.« Zerknackte einen Zahnstocher. »Und die anderen kenne ich noch nicht so gut.«

Mayer sank in sich zusammen und studierte die Maserung ihrer Miniwaffe.

»Das ist kein Argument.«

Sie warf den Kopf herum, stöhnte auf, was ihn an einen Teenager erinnerte, der gerade Ausgehverbot bekommen hatte.

Ein bisschen musste er sie noch zappeln lassen, es war

zu putzig, ihr beim Bitzeln zuzusehen. »Du musst dich endlich damit abfinden, dass du zu uns gehörst. Und auf deine neuen Kollegen zugehen.« Bestens, wie ein Arbeitstherapeut.

Prompt zog sie ein Schnoferl, das aber in der nächsten Sekunde von einem ganz, ganz kleinen Lächeln abgelöst wurde. »Danke.« Und nach einem weiteren zerbrochenen Zahnstocher. »Ich werde … das schon checken. Versprochen.«

Sie seufzte und zog Kevins Laptop zu sich. »Okay, also dann werde ich jetzt …«

»Oppitz Bescheid geben. Ich informier Rössler.« Er beugte sich zu seinen Schuhen, um sich wieder zu adjustieren. Ihre Reaktion musste er nicht sehen, er wusste, dass sie ihn nun mit weit aufgerissenen Augen anschaute, dann anstrahlte und schließlich ihre coole Maske aufsetzte.

»Danke.«

Ihre Stimme war noch ein wenig rau, aber schon wieder in der offiziellen, seriösen Altlage. Er wunderte sich noch immer, dass so ein kleines Persönchen so tief sprach.

»Okay. Ich instruier die beiden, und du tratschst mit dem Rest. Irgendwer weiß sicher noch was. Ist ja wie ein Sumpf hier.«

»Wie jeder Verein. Deswegen bin ich bei keinem. Wobei … weißt du, wenn du da stehst, mit dem Schläger in der Hand, und vor dir …«

MAYER / 27

Wie lange noch?, fragte sich Mayer, als Katz immer neue Ausreden fand, um nicht wieder hinausschlüpfen zu müssen und stattdessen von seinem *Ping!*-Erlebnis erzählen zu können. *Und wenn Sie nun ein bisschen in diese Welt eintauchen, einmal einen Abschlag machen, werden Sie auch infiziert.* Rössler hatte es vorausgesagt, wenn auch für die falsche Person. Bald schon würde Katz regelmäßig in den *Three Oaks* pilgern und auch Vereinsmeierei in Kauf nehmen, nur um sich die Chance auf einen weiteren perfekten Schlag aufrechtzuerhalten.

Wie lange noch würde er sie von den Ermittlungen abhalten? Für die sie jetzt wieder die volle Energie hatte. Mit Oppitz an ihrer Seite wurde der Berg an Worten, der noch zu bewältigen war, wesentlich weniger einschüchternd. Und natürlich hatte Katz recht mit seiner Kritik an ihrem Unvermögen, mit den neuen Kollegen im Landeskriminalamt Kontakt zu knüpfen. Also über das absolut Notwendige hinaus. Aber genau dieses ein bisschen mehr war für eine gute Zusammenarbeit wichtig. Man musste wissen, wie der andere tickte und dachte. Ja, sie hatte verstanden. Sie würde das angehen. Bei nächster Gelegenheit.

Jetzt aber hatte sie zuerst einmal die heikle Aufgabe, einen zwar tollen, aber etwas beschwipsten Chef wieder auf Spur zu bringen. Er benahm sich wie ein kleines Kind – kein Wunder, bei dem Alkoholkonsum. Die Denkhälfte des Gehirns war dadurch blockiert. Aber da ja bei seiner Aufgabe als Ausfratschler mehr die Intuition gefragt war, stellte er sich wie immer gut an. Eigenartigerweise hatten immer alle Leute sofort Vertrauen zu ihm. Wieso bislang keine Frau zum Heiraten? Er wäre prädestiniert für eine Familie. Sie musste einmal bei Alex nachbohren.

Erst als Kevin mit dem Kaffee kam und für Katz die Vorhut machte, damit ihn ja niemand sah und somit in Zusammenhang mit der Polizei bringen konnte, kehrte Ruhe ein. Zumindest so lange, bis Kevin mit Oppitz zurückkehrte. Was auf sich warten ließ.

Mayer legte zwei Zahnstocher senkrecht hin, zwei waagrecht und betrachtete das Quadrat. Hoffentlich fühlte er sich nicht overruled. Sie hatte ihn nicht gefragt. Nein, er war ein derart ausgeprägtes Trüffelschwein, dass er sich nach anfänglichem …

Poltern an der Tür. Sie krachte auf. »Was ist dir denn da wieder eingfallen?«

Mayer legte die Hände übereinander und atmete möglichst unauffällig durch. »Keine Angst, Oppitz. Du machst keine Karriere beim LKA. Aber wir brauchen dich heute dringend. Und du bist, im Gegensatz zu den Kollegen von der Berggasse, schon in der Szenerie eingelebt, oder nicht? Volle zwei Stunden am Platz, da entwickelt man doch ein Gespür.« Lächeln hintennach.

Keine Reaktion außer einem beinahe gespuckten »So a Schmafu.«

Mist, jetzt mussten sie doch …

Er lachte lauthals auf. »Das nächste Mal bei so einer Aktion will ich was Besseres hören. Du lasst nach. Bist wohl a bissl überarbeitet.« Er zwinkerte ihr zu. »Und da kann dich dein alter Oppitz ja nicht hängen lassen.«

Sie hatte es gewusst, auf ihren Freund konnte sie sich verlassen. Strahlend bat sie die beiden, Platz zu nehmen. Strahlend verteilte sie die Aufgaben. Oppitz sollte sich um die Aussagen der Marshals kümmern sowie um jene der Greenkeeper mit Ausnahme dieses Raffi. Den wollte sie sich selber vornehmen. Es galt zu klären, ob der die Verwüstung am Zwölfer wirklich übersehen hatte, oder ob die in der Nacht vielleicht vom Mörder angerichtet worden war. Den jungen Jonas Liebkind setzte sie auf seine Liste, wobei dessen Beobachtungsgabe zu bezweifeln war, da er ja nur Augen für Stella Dielenhoff hatte. Und abhängig von der Zügigkeit der Gespräche konnte Oppitz sich auch noch den Japaner, Wolfgang Böck und Josef Lang vornehmen.

Kevin sollte unterdessen die Hintergrundrecherchen vervollständigen – vor allem jene zu dieser Julia König, schärfte sie ihm nochmals ein –, außerdem ständig alle Aussagen miteinander in Verbindung setzen und in Diagramme verwandeln sowie die Front Simone beobachten. Und ihr als Ersten Lukas Steindl schicken, Haas und Schinkels auf Stand-by stellen.

»An Raum werd i brauchn«, warf Oppitz ein.

»Da gibt es ein Billardzimmer.« Kevin marschierte zur Tür.

Oppitz folgte ihm, ging hinaus. Knapp bevor er schloss, steckte er nochmals den Kopf herein. »Klass. Wieder einmal wir zwa.« Er zwinkerte ihr zu und verschwand.

Mayer ließ sich auf den Sessel fallen und streckte alles von sich. Yeah. Jetzt! Es wäre doch gelacht. Also volle Konzentration auf die Fährte König.

Okay, diese junge Frau gab es wirklich. Sie war nicht an etwaigen Spätfolgen gestorben oder in der Psychiatrie gelandet, sondern ganz normal in der Stadt gemeldet. Und sie hätte allen Grund, Teutschnigg zu hassen und ihn mit dem Attentat in den Ruin zu treiben. Aber wieso erst nach all den Jahren? Und die Rolle von Regina Haas war sehr undurchsichtig. Immerhin hatte sie die Spur auf einen Sitzpinkler gebracht, also den Fokus auf die weibliche Komponente gelegt. Wenn sie theoretisch unter einer Decke mit der Tochter von König steckte, warum hatte sie dieses Detail nicht verschwiegen? Nein, ganz anders: Warum hatte sie überhaupt von dem roten Auto mit dem Mann gesprochen? Um keinen Verdacht zu erregen. Denn jeder wusste, dass sie von ihrer Position aus etwas gesehen haben musste. Trotzdem, sie hätte gar nicht auf den Platz kommen müssen und wäre vollkommen aus dem Schneider. Viele Fragen, die die Dame hoffentlich bald beantwortete. Doch zuerst war Lukas Steindl dran.

Der nicht auftauchte.

Mayer öffnete das Fenster weit. Ein kühler Lufthauch wehte herein, eine dieser Schwaden, die sich im Vorfeld eines Gewitters bilden, aber noch keine echte Abkühlung bringen. Der Himmel vor ihr war noch immer eine Milchglasscheibe, jetzt bereits sehr undurchsichtig. Sie ging auf die andere Seite des Raums und öffnete dort das Fenster, wodurch ein kräftiger Durchzug entstand. Ja, da hinten hatten sich die Wolken bereits aufgetürmt. Trotzdem viel zu spät – die Meteorologen waren auch mehr Hellseher als Wissenschaftler.

Entweder war Regina Haas sehr gewieft oder sie wusste nichts von den Taten der Tochter ihres Ex-Freundes. Wenn die denn überhaupt Taten gesetzt hatte. Alles nur vage, vage, ohne klare Konturen.

Mayer ließ ihren Oberkörper mit den Armen voran aus dem Fenster baumeln und streckte ihr Kreuz durch. Der Boden zwischen Magnolienbusch und Hausmauer zoomte zu ihr herauf. Er war mit Moos bedeckt. Ein zusammengeknülltes Papier lag wie eine Steckblume in dem Immergrün. Bei der Perfektion rundherum war es eine wohltuende Störung.

Es klopfte, sie rief »Herein« und schloss das Fenster. Als sie sich umdrehte, stand Regina Haas vor ihr.

Sie hatte die Finger ineinander verschränkt und knetete sie. »Ich hab mitbekommen, dass Sie gerade frei sind. Und mir ist noch etwas eingefallen … es dauert nicht lang.«

Oh doch, das wird es. Aus welchem Grund auch immer Steindl nicht auftauchte, er konnte warten, denn die zweite mysteriöse Person war Mayer ebenso willkommen. Sie bat Haas, sich zu setzen, schrieb Kevin eine Nachricht und startete demonstrativ die Aufnahmefunktion des Smartphone. Dann nickte sie der Frau zu.

Haas knotete erneut ihre Finger und schien jede einzelne Falte auf den Händen zu studieren, so lange dauerte der Überwindungsprozess. »Ja, ich … vielleicht haben Sie es ja schon von jemand anderem erfahren …?« Sie lächelte Mayer an, dabei war ihr Körper angespannt. Sie saß auch nur halb auf dem Sessel. Flucht.

»Wenn Sie mir sagen, was Sie meinen, kann ich Ihnen sagen, ob wir es schon wissen.« Mayer lächelte zurück.

Haas holte tief Luft, ihre Augen wanderten durch den Raum. »Karin Schinkels hat eine Tochter, die bei Greenpeace arbeitet.« Nun kullerten die Worte nur so aus ihr heraus. »Und Simone ist ziemlich renitent. Und Karin hat Kontakt mit Markus, also mit Hohenfellner aufgenommen, außerhalb, meine ich, wegen des Biodüngers. Zufällig, weil sie in Xing über ihn gestolpert ist. Und weil er ja bei uns nicht so beliebt ist und nur ein Gerede begonnen hätte, hat sie das lieber extern mit ihm geklärt. Weil sie hat eine Alm geerbt, und die will sie biologisch … Verstehen Sie?« Erst jetzt holte sie Luft.

Mayer hatte schon Phantomatemnot gehabt.

»Und *GrowFlow* ist aber auf der Liste von Greenpeace, trotz des Biodüngers noch immer, und Simone hat das irgendwie mitbekommen, und weil sie ja eine von denen ist, die gern … also sie ist eine, die auch schon einmal ins Gefängnis geht, wenn Sie verstehen, was ich meine. Und da hat sie sich fürchterlich aufgeregt. Weil sie weiß Gott was vermutet hat. Sie wird ja bei jedem Mann in der Nähe von Karin fuchsteufelswild, weil eben niemand so ist wie ihr Vater.« Haas zog den Mund breit, was wie Hecheln und nicht wie Lachen wirkte.

Mayer knackte einen Zahnstocher. »Wir überprüfen sie bereits.«

Haas riss die Augen auf, blieb kurz regungslos – wahrscheinlich war sie von der Effizienz der Polizei erstaunt, die meisten Leute glaubten ja, dass alle Kieberer jenseits von den Fernsehbullen verschlafene Beamte waren – und stand dann auf. »Gut, gut, dann kann ich da wieder …«

»Bitte setzen Sie sich, Frau Haas.«

Das Reifere-Damen-Modell hielt mitten in der Bewegung inne und starrte Mayer an. Ihre Augenbrauen zogen sich zusammen. In Zeitlupentempo ließ sie sich nieder. Ihr Blick irrlichterte über den Tisch und blieb beim Zahnstocher-Quadrat hängen. »Darf ich?«

Mayer nickte. »Wieso spielen Sie hier in diesem Club, Frau Haas?«

Die Frau hielt den Zahnstocher zwischen ihren Zeigefingern und drückte fest zusammen. »Weil er derzeit der schönste in Wien ist. Gut gelegen und halbwegs leistbar. Aber warum wollen Sie das wissen? Was tut das zur Sache?«

»Also nach reiflicher Überlegung oder auf Empfehlung oder zufällig?«

Haas lehnte sich zurück und verschränkte die Arme, den Zahnstocher wuzelte sie zwischen Zeigefinger und Daumen wie einen Propeller. »Was wollen Sie von mir? Kaum einen Kaffeetratsch. Also warum fragen Sie nach so etwas Uninteressantem?«

Mayer sah sie nur an.

Sie knallten sich gegenseitig Schweigen ins Gesicht.

Haas stieß wie ein Roboter mit dem Zahnstocher in ihren Oberarm.

»Sie werden einen blauen Fleck bekommen.«

»Ist ja nicht Ihr blauer Fleck.«

Wunderbar, die Dame war bereits im Trotzstadium. Die Methode, eine scheinbar sinnlose Frage zu stellen, quasi nichts zu sagen und damit ein großes Geheimnis anzudeuten, funktionierte doch immer wieder. Gleich würde sie wütend werden.

»Ihnen muss ja ungemein fad sein, wenn Sie an so einem Herumgeplänkel mit mir Spaß haben. Kommen Sie im Fall nicht weiter?« Hämischer Unterton.

Na, bitte, da war sie, die Wut. Mayer lehnte sich nun auch zurück, positionierte aber ein Bein auf dem Knie des anderen und legte die Hände ganz locker in den Schoß.

Das ließ Haas sich wieder vorlehnen. Sie schmiss den Zahnstocher auf den Tisch. »Ich muss jetzt aber leider. Meine Freundinnen warten.«

»Das ist aber schnell gegangen«, Mayer grinste sie an, »das mit dem Freundinnen werden, meine ich.«

Sie legte die Hände nun flach auf den Tisch – mühsame Beherrschung. »Was habe ich Ihnen getan, dass Sie mich jetzt auf einmal so blöd angehen?«

»Sie haben mir nicht alles gesagt.«

»Was hätte ich Ihnen denn sagen sollen? Dass ich

Hohenfellner einmal hinter seinem Rücken ein Arschloch genannt habe?«

Sie hatte nun rote Flecken im Gesicht, war also reif.

»Wie lange kennen Sie Ronald Teutschnigg?«

Wie vorausgesehen, hob und senkte sich ihr Brustkorb nun im Rekordtempo. Aber die weitere Reaktion war anders, als Mayer es erwartet hatte, denn Regina Haas sprang nicht auf, brüllte sie nicht an, grinste auch nicht schief, sondern starrte nur und starrte, bis ihr Tränen in den Augen standen.

Sie wischte sich mit beiden Händen übers Gesicht und legte dann das Kinn auf die gefalteten Hände. »Woher wissen Sie es? Hat Ronald …?«

Mayer lehnte sich nun auch wieder auf den Tisch. »Er hat uns von seinen Feinden erzählt, also den Menschen, die einen Hass auf ihn haben könnten. Wir haben unsere Hausaufgaben gemacht. Und ein eifriger Beamter hat damals in den Akten Ihre Rolle vermerkt.«

»Gut. Und?«

Sie schob das Handy in ihre Mitte. »Erste Frage: Wieso spielen Sie ausgerechnet in dem Club des Mannes, der quasi schuld am Tod Ihres Lebensgefährten ist?«

Haas lächelte ein kleines Lächeln. »Fast biblisch, der Grund. Gehe zu deinem Feind und du wirst ihn lieben?«

»Sie waren mit ihm zusammen?«

»Nein, so weit ist es Gott sei Dank nicht gekommen. Ist ja außerdem gar nicht mein Typ. Nein, aber ich habe alles verstanden.«

»Aha?«

Sie nahm wieder einen Zahnstocher, drehte ihn im Kreis und schaute sich dabei zu. »Wissen Sie, so eine Leiche im vertrauten Bereich zu finden, auch wenn es seine vier

Wände waren und nicht meine, daneben das Kind … alle haben sich immer gewundert, dass ich keinen Nervenzusammenbruch bekommen habe. Konnte ich nicht, denn ich war ab dem Zeitpunkt erstarrt. Tot. Für viele Jahre. Und weil das ein paar soziale Probleme nach sich bringt, man ist so ohne Emotionen nicht unbedingt beliebt …«

Durch Mayer ging ein Zucken. Sie saß zu lange, zu wenig Bewegung den ganzen Tag, das war es.

»… habe ich eine Therapie gemacht und dort festgestellt, dass ich Ronald mit all meinem Hass konfrontieren muss. Er hat sich darauf eingelassen, was ich ihm nie vergessen werde. Hat mich schreien lassen … Es hat mich gewundert, wie viel Schreien sich da all die Jahre in mir angesammelt gehabt hat, und dann hat er erzählt. Er hat gar nicht zu beschönigen versucht, dass er der glücklichere Arsch gewesen ist, aber eben nur der glücklichere, denn Peter war auch ein Früchtchen. Ich hab das damals, wie ich mit ihm zusammen war, nicht wahrhaben wollen. Wissen Sie, so ein alleinerziehender Vater geht irgendwie ans Gemüt, trauernder Witwer, weil seine Frau mit dem frisch geschenkten Jaguar ein bissel zu schnell unterwegs gewesen ist … halt alles verklärt. Woher er sein Geld genau hat, habe ich nie gefragt.«

»Und Ronald Teutschnigg ist der gewieftere Gauner gewesen.«

»Genau.« Jetzt sah sie Mayer an. »Und wissen Sie, was bei all dem auch herausgekommen ist? Dass ich unglaublich sauer auf Peter gewesen bin. Denn Julia hat er mitnehmen wollen, mich nicht. Mir hat er nur den Dreck hinterlassen. Sozusagen.« Ihre Augen blitzten.

»Selbstmörder sind meistens rücksichtslos. Und das mit voller Absicht.«

»Das hat auch meine Therapeutin gesagt.« Ihre Schultern sackten ab. »Wir haben viel geredet, der Ronald und ich. Irgendwann konnte ich an ihm auch seine guten Seiten akzeptieren. Und dadurch auch jene von Peter. Denn einen Menschen, den man einmal sehr geliebt hat, komplett zu verlieren, ist, wie einen Teil seines Lebens zu verlieren. Das geht nicht. Hat sich zum Glück alles gut aufgelöst.« Sie lehnte sich zurück und überschlug die Beine. »Sie sehen also, alles ganz harmlos, wenn auch nicht unaufregend. Fragen Sie Ronny, er wird Ihnen bestätigen, dass wir seitdem … naja, nicht Freunde, aber einander wohlwollende Schicksalsgenossen sind.«

Mayer vervollständigte das Zahnstocherquadrat wieder. »Und da ist wirklich nichts mehr? Kein bisschen Zorn?«

»Nein, und Ronny hat sich inzwischen auch gebessert.«

Weil er das Fegefeuer fürchtete. »Julia?«

Haas zuckte zusammen. »Was hat das alles mit dem Tod von Markus zu tun?«

Mayer setzte ein Dach auf das Quadrat, wodurch die Figur zugleich ein Pfeil wurde, der auf die Frau ihr gegenüber zeigte. Haas bemerkte es und knotete wieder ihre Finger. Ihre Lippen waren nun fest zusammengepresst.

»Schauen Sie, Frau Haas, wir untersuchen alles und jeden, der etwas gegen den Club und/oder Ronald Teutschnigg haben könnte. Wenn Sie mir jetzt nicht erzählen, was ich wissen will, muss ich Sie morgen in die Berggasse bestellen. Ersparen Sie also sich und mir unnötigen Energieaufwand und beantworten Sie einfach meine Fragen. Wir Polizisten sind nämlich wie Pitbulls, einmal in etwas verbissen, lassen wir nicht mehr los, bis sich alle Puzzlesteine auf den richtigen Platz gelegt haben. Wir sind da ganz anders als die Kollegen im Fernsehen, wir lassen uns nicht abschasseln, nur weil der Schreiberling die Geschichte etwas in die Länge ziehen musste.« Mayer war über ihren sanften Ton erstaunt. Lag wohl an den schwindenden Kräften. Sie hatte definitiv zu wenig gegessen.

Haas seufzte, beugte sich wieder zum Tisch und stützte den Kopf nun an Schläfen und Kinn. »Sie hatte Glück damals. Durchschuss durch den Kopf, was man überleben kann. Wusste ich bis dahin nicht. Ich dachte immer … egal. Jedenfalls wollte ich das Sorgerecht, weil ich sie ja schon vier Jahre miterzogen hatte, sie war schon fast meine Tochter. Aber ich war damals ja tot, irgendwie ferngesteuert, das hat man mir angesehen. Und deswegen hat das Gericht anders entschieden. Sie kam zu Peters Schwester, ich bin mit meinem Job in der Welt herumgegondelt.«

»Haben Sie nie zu ihr Kontakt gesucht?«

»Nein. Mit der Therapeutin habe ich dann herausgefunden, dass ich eifersüchtig auf sie war. Habe ich ja vorhin schon gesagt. Sie wurde mitgenommen, ich nicht.« Haas lachte etwas zu heftig auf. »Unfassbarer Irrsinn, oder? Wie krank man sein kann.«

»Sie wissen also nicht, wie es ihr geht, was sie treibt?«

Haas sprang auf und marschierte zur Tür. Drehte zackig um und rannte ans andere Ende des Raumes. Dort wieder flotte Kehrtwende und alles retour. Hin und her. »Ich weiß, warum Sie das fragen. Weil ich von einem Sitzpinkler erzählt habe. Sie glauben ja, es war eine Frau. Aber der Gang!« Nur kurz hielt sie inne, um Mayer anzublitzen, dann tigerte sie weiter.

»Einen Gang kann man nachmachen. Vor allem, wenn man weiß, dass man eventuell beobachtet wird und man falsche Spuren legen will.«

Sie lachte auf. »So intelligent sind Mörder?«

»Wenige. Aber wer so eine Bombe baut, vielleicht schon.«

Haas schüttelte den Kopf, immer und immer wieder, während sie rannte und rannte.

»Und Sie könnten das natürlich absichtlich gesagt haben, um uns zu verwirren.«

Sie blieb stehen, horchte in den Raum. »Haben Sie gerade angedeutet, dass ich eventuell mit dem Mörder unter einer Decke stecke?«

Mayer legte weitere Stäbchen ans Quadrat, sodass ein Stern entstand. Vermied jeglichen Blickkontakt.

Haas riss die Tür auf und knallte sie hinter sich zu.

Mayer informierte Katz und Kevin über den Stand der Dinge und gab Zweiterem den Auftrag, Haas nicht aus den Augen zu lassen.

STELLA / 28

Die Regi ist aber aufgebracht. Richtig wütend. Was ist denn mit der los? Mist, was hat die Polizistin mit ihr gemacht? Vielleicht sollte ich lieber doch nicht …? Nein, ich muss. Jetzt muss ich. Weil ich bilde mir nichts ein, ich habe recht. Da ist ein Wahnsinniger, und irgendetwas hat es mit mir zu tun. In meinen Händen halte ich den Beweis. Ma, am liebsten würde ich den Typen KO schlagen und anbrüllen. Was erlaubt sich der eigentlich?

Scheiße, jetzt wird mir wieder schlecht. Hoffentlich bekomme ich keinen Anfall. Ich hab auch Angst. Nicht nur Wut. Angst. Irgendwer hat ein Auge auf mich. Scheiße.

Und ich halt das alles nicht mehr aus. Okay, ich klopfe da jetzt. *Stella, komm, klopf an die Tür. Komm. Sie werden dir helfen.*

Na bitte, geht ja. Durchatmen. Gleich ist alles vorbei.

»Herein.«

»Hallo, ich bin Stella Dielenhoff.«

»Ich weiß. Was kann ich für Sie tun? Ist es dringend? Ich warte nämlich auf einen Zeugen.«

Immerhin lächelt diese Frau Mayer. Aber eigentlich ist sie sehr … vielleicht sollte ich doch lieber mit diesem süßen …? Nein, sie ist die Chefin. Reiß dich zusammen, Stella. Gib ihr das Papier.

»Was ist das?«

»Vielleicht sollten Sie Handschuhe … so wie die im Fernsehen.«

Jetzt wirkt sie ein bissel freundlicher. Puh, ist das eine Strenge.

»Okay, Frau Dielenhoff …«

»Stella bitte.«

»Stella. Ihre Fingerabdrücke sind ja schon drauf. Also entfalten Sie es bitte vorsichtig an den Rändern und legen Sie es mir da her auf den Tisch.«

Gut, sie nimmt mich doch ernst. Mal schauen, was sie sagt, wenn sie den Text liest.

»*Hab keine Angst. Bald ist es vorbei. Ich beschütze dich.* Was ist damit gemeint?«

Schau mich nicht so durchdringend an, wenn ich doch auch nichts weiß. Also nichts Genaues.

»Darf ich mich …?«

Sie nickt, kein Wort zu viel redet die. Wie fange ich an? Ich kann ihr ja kaum sagen, dass ich glaube, dass jemand meine Gedanken liest und dann genau die Leute umbringt, die mich stören. Die hält mich doch für total durchgeknallt.

»Wollen Sie einen Schluck Wasser?«

Jetzt kann ich nur nicken. Mein Mund ist verdammt trocken. – Besser. »Ich weiß, das klingt jetzt alles furchtbar blöd …«

»Für mich klingt zuerst einmal gar nichts blöd. Erzählen Sie einfach.«

Atme tief durch, Stella. Jeff sagt immer, in Anspannung geht gar nichts. Da ist man nicht auf Linie. »Also, ich hab das Gefühl, dass jemand weiß, was ich denke. Und dann Dinge tut, die ich mir wünsche.«

Scheiße!!!! Das war jetzt total falsch, die glaubt ja noch, ich bin ein Monster!!!!

»Nein, nicht wirklich, also nicht genau, nur so in etwa.«

Red nicht so einen Schwachsinn. Konzentrier dich!!!! Stottere nicht so herum.

»Was meinen Sie damit?«

Am besten, ich fange von vorne an. »Also gestern am

Abend, da habe ich angefangen, Tagebuch zu schreiben, eh total peinlich, aber der Jeff will es, mein Pro. Das ist …«

»Ihr Trainer. Ich weiß.«

»Ja, und da habe ich auch über den Cerny geschrieben und den Hohenfellner, also der Cerny ist …«

»Weiß ich auch. Wer er ist, meine ich. Herzinfarkt vor etwa vier Wochen.«

Wow, sind die flott.

»Ja, und da hab ich geschrieben, dass es lieber den Hohenfellner anstatt von dem Cerny hätte erwischen sollen, weil der Cerny eigentlich ein Netter war, obwohl er mir total auf die Nerven gegangen ist mit seiner Grapscherei. Ja, und heute ist der Hohenfellner tot.«

Puh, war ja gar nicht so schwer. Geht ja.

»In dem Punkt kann ich Sie beruhigen, Stella, der Bau einer solchen Bombe dauert länger als eine Nacht. Im Normalfall. Vor allem das Planen eines solchen Attentats benötigt wesentlich mehr Zeit.«

Sie hält mich für eine naive Nocke. Blöde Kuh.

»Ja, logo. Aber die Kriegler ist auch an einem Herzinfarkt gestorben. Und die habe ich ebenso gehasst. Und das ist doch komisch. Und dann der Zettel da. Welcher Irre schreibt mir das? Dass er mich beschützt? Was will der von mir? Ich weiß von keinem Beschützer. Da macht sich einer wichtig. Und man kennt das ja. Stalker und so. Die tun dann die komischsten Sachen.«

»Wir haben bislang keinen Anhaltspunkt, dass Susanne Kriegler nicht an einem Herzinfarkt verstorben ist.«

Die nimmt mich nicht ernst. Scheiße. Aber irgendwie verstehe ich sie, klingt ja alles total bescheuert. Wenn da nicht dieses Gefühl wäre. Aber ich kann der Tante doch nicht mit Gefühl daherkommen. Die wollen doch immer nur Fakten, die Bullen. Jetzt klingelt auch noch ihr blödes Handy. Nein, ist eh gut so. Dann kann ich mir wenigstens überlegen, wie ich ihr … die schaut auf einmal so komisch. Und jetzt zu mir. Was ist da los? Sag was, frag was. Ich will wissen, was du da gerade erfährst. Nein, leg nicht einfach auf. Und sie schaut mich jetzt direkt an. Hilfe, was ist da …?

»Sie haben Susanne Kriegler gehasst?«

Der Unterton von der Alten gefällt mir gar nicht. Der ist auf einmal so scharf.

»Ich hab sie einfach nicht leiden können. Sie hat immer geschummelt.«

»Wer aller wusste davon?«

»Jeder. Sie hat es ja ganz offen gemacht.«

»Nein, dass Sie eine …«, jetzt lächelt sie, die falsche Sau, »… besondere Abneigung gegen sie hatten.«

»Auch alle.«

»Das hilft uns nicht weiter.«

Warum steht sie jetzt auf? Was hat sie da gerade erfahren? Wieso redet sie nicht mehr mit mir? Glaubt die echt, dass ich da was damit zu tun habe? Jetzt lehnt sie sich ans Fensterbrett wie die Schubert, wenn sie eine ganz fiese Mathefrage aus dem Hut zaubert.

»Wir müssen das anders anlegen, liebe Stella.«

Liebe. Das klingt gefährlich.

»Wieso meint jemand, Sie beschützen zu müssen?«

Okay, jetzt klingt sie ehrlich interessiert. Andere Gangart. Und die kommt mir nicht gefährlich vor. »Das glauben ein paar. Weil, die kennen mich ja so lange. Haben mitgekriegt, wie ich groß … also wie ich Scratchspielerin geworden bin. Ich bin hier quasi aufgewachsen. Und dann, wie mein Vater gestorben ist, da haben eben ein paar …

eigentlich auch vorher schon, weil Papa auch immer viel zu tun … ist aber ganz okay. Sie kümmern sich halt um mich. Früher haben sie auch aufgepasst auf mich, wenn Mama auf Tournee musste.«

»Auf Tournee?«

Jetzt schaut sie aber ernst. Was issn daran so schlimm?

»Ja, sie ist Geigerin und fährt viel herum. Ja, und wenn sie weg ist … Der Bertl hat zum Beispiel immer mit mir gelernt. Seit der Ersten Gymnasium. Und der Wolfi hat mich in den Yogakurs gebracht. Tut er noch immer. Das liegt so arg weit weg. Aber die dort sind die Besten. Also für mich.«

»Bertram Ichner? Der Restaurantchef?«

»Ja, wieso?«

»Ich dachte, der sei erst seit Kurzem Restaurantchef.«

»Ist er auch. Aber früher war er auch schon Spieler. Kurz war er weg. Ich weiß nicht wo. Ist ihm irgendwie nicht gut gegangen. Aber niemand weiß was Genaues. Und wie er dann wieder aufgetaucht ist, hat ihn der Ronny zum Restaurantleiter gemacht, weil er so ein Korrekter ist. Weil er hat da vorher mit so einem Typen Probleme gehabt, der hat immer in die Kassa gegriffen.«

Was erzähle ich ihr das alles? Und vor allem, wieso interessiert sie das?

»Okay, also Wolfgang Böck … den meinen Sie doch? Gut. Und Bertram Ichner. Sonst noch wer?«

»Die Regina Haas. Die hat mir auch manchmal in Chemie Nachhilfe gegeben.«

Jetzt schaut sie aus wie ein Panther auf dem Sprung. Scheiße, hoffentlich habe ich da nichts Falsches gesagt. Ich will nicht, dass der Regina da irgendwas …

»Chemie? Aber Frau Haas ist doch Modell.«

»Schon. Neben dem Studium hat sie den Job gemacht, um Geld zu verdienen. Und dann ist sie dabei hängen geblieben.«

»Noch wer? Und gehen Sie bitte nur einmal die Personen durch, die heute da sind. Den Rest besprechen wir später.«

Irgendwas Urwichtiges ist da passiert, und sie sagt es mir nicht. Sie ist jetzt ganz anders als am Anfang. »Nein, niemand. Oder schon. Der Ronny natürlich. Und manchmal der Werner. Piblitz. Eigentlich helfen mir immer alle. Wie ich zum Beispiel einmal so Probleme mit dem Kreislauf gehabt habe, da hat die Karin, also die Frau Schinkels, gleich bei ihr im Labor eine Blutuntersuchung gemacht.«

Jetzt nickt sie, als hätte sie alles verstanden. Gar nichts hat sie verstanden. Das ist da meine Familie hier … oh, so habe ich das noch nie gesehen. Ist aber so. Arg.

Jetzt setzt sie sich wieder, schaut mich so verdächtig lieb an. Das bedeutet nichts Gutes.

»Liebe Stella, sagen Sie, wie ist eigentlich Ihr Vater …«

Sag es nicht. Frag nicht. Bitte nicht. Das ist mir heute zu viel. Morgen. Ja, morgen können wir gern drüber reden. Aber nicht nach all dem heute.

»… gestorben? Und wann?«

Scheiße, jetzt kommen die Tränen.

»Oh, ´tschuldigung. Tut mir leid. Ich hab nicht gewusst, dass es erst so kurz …«

»Ist schon okay. Ist nur wegen dem allem da hier. Vor vier Jahren. Einer hat ihn direkt vor unserem Haus zusammengeführt. Fahrerflucht.«

»Sie haben …?«

»Ich hab ihn gehört. Bin raus. Hab geglaubt, dass er tot ist. Dann war da die Rettung. Er ist munter geworden. Ich hab ihm versprochen, die Matura zu machen.« Scheiße, jetzt fange ich auch noch zu weinen an. »Und jetzt hab ich die Tour-School geschafft. Und das ist meine Chance. Also dass ich Proette werde. Und …«

Wenigstens schiebt sie mir ein Taschentuch rüber. Ist doch ganz okay, die Tante. Ma, so peinlich, die Heulerei. Echt peinlich.

»Ich weiß. Alle haben mir davon erzählt, dass das Turnier hier am Platz für Sie sehr wichtig ist. Sie sind alle sehr stolz auf Sie.«

Mist, jetzt hat es mich richtig. Wieso muss ich jetzt so furchtbar weinen?

»Wissen Sie, ich kann mir nicht vorstellen, dass irgendjemand, der Sie mag, diesen Anschlag begangen hat. Denn der gefährdet Ihre Karriere. Wie hat es Herr Teutschnigg so prägnant formuliert? Ein Mörder ist gleich kein Sponsor ist gleich kein Turnier ist gleich weniger Werbung und so weiter. Kein Turnier heißt aber auch, dass Sie umso mehr um Punkte bei anderen Turnieren kämpfen müssen, soweit ich verstanden habe. Denn das hier könnten Sie vielleicht gewinnen.«

»Das hat also alles nichts mit mir zu tun?«

Jetzt schweigt sie. Klar, der Zettel. Und das blöde Telefonat. Über das sie noch immer nichts gesagt hat.

»Der Anschlag hat nichts mit Ihnen zu tun.«

Jetzt wird mir schlecht. Sie … oh mein Gott. Sie fixiert mich. Sie schaut genauso drein wie der Arzt damals, der mir gesagt hat, dass Papa gestorben ist.

»Wir haben gerade erfahren, dass Susanne Kriegler an einer Vergiftung gestorben ist.«

»Ich hab's gewusst. Scheiße. Entschuldigung.«

Oh, das ist jetzt nicht wahr. Das ist nicht wahr. Die sagt

das nur, um mich zu provozieren. Weiß zwar nicht warum. Aber irgendeinen Grund wird sie schon haben. Nein, es ist nicht wahr. Nicht wahr. Nicht wahr.

»Bitte beruhigen Sie sich wieder. Hören Sie auf zu wippen, das hilft nicht. Tief durchatmen. Kommen Sie, tief durchatmen.«

Die hat leicht reden. Ich will das alles nicht. Ich will nicht. He! Was soll das? Das ist ein Übergriff! Jetzt hockt sie sich auch noch vor mich hin, als wäre sie eine liebe Oma …

»'tschuldige, Stella, falls ich dir mit dem Rütteln wehgetan habe. Ich möchte nur nicht, dass du in eine Hysterie kippst. Alles easy, alles im grünen Bereich. Okay? Cool down, wir haben alles im Griff.«

Na, ich weiß nicht.

»Komm, bitte konzentrier dich. Wir brauchen deine Hilfe. Okay? Also, warum sagst du, du hast es gewusst?«

»Na, wegen dem Wodka.«

»Aha?«

»Der Flachmann ist doch bei ihr gelegen. Offen. Und normalerweise ist sie ganz speedy geworden, wenn sie den Alk nur gerochen hat.«

»Ah ja.«

Bitte, wie kann man nur so cool bleiben, wenn man gerade erfahren hat, dass da ein Mensch vergiftet worden ist? *He Stella, sie ist Polizistin.* Die nachdenkt. Was kommt jetzt?

»Wer wusste das von dem Wodka?«

»Alle.«

»Das bringt uns nicht weiter.«

Jetzt springt sie auf und rennt herum. Gar nicht easy und cool. Das bedeutet nichts Gutes. Es ist auch nichts im grünen Bereich.

»Ich will jetzt nicht sagen, liebe Stella, dass Susanne Krieglers Tod etwas mit Ihnen zu tun hat. Ich kann leider bloß den Anschlag ausschließen. Alles andere werden wir sehen. Frage: Jonas Liebkind?«

Was will sie denn mit dem? »Ein neuer Spieler. Wird aber höchstens einstellig. Kenn ihn nicht wirklich.« Warum grinst sie jetzt so dämlich?

»Lukas Steindl?«

»Auch Scratcher. Wird Pro. Okay, der Typ.«

»Ist einer der beiden vielleicht ein … steht einer von denen auf Sie?«

Ma, wie peinlich. Wie kann sie so was fragen? Okay, sie ist Polizistin. Hoffentlich hört das niemand. Hm. Aber eigentlich habe ich keine Ahnung. Und außerdem, die beiden … von dem Gedanken muss ich sie wegbringen. Allerdings … »Der Jonas, der hat mich schon ein paar Mal auf ein Mineral eingeladen. Vielleicht. Keine Ahnung. Aber der Lukas sicher nicht. Der hat grad eine Freundin, auf die er total steht. Und das weiß ich sicher, weil sie meine Freundin ist. Die Lisa. Sie stecken ständig zusammen, also wenn er gerade Zeit hat, der checkt ja so viel gleichzeitig, das Studium, die Arbeit da, und Pro wird er auch noch. Und natürlich, wenn wir nicht gerade zusammen spielen.«

Was scrollt sie da jetzt auf ihrem Notebook herum?

»Aha. Die Lisa ist aber heute nicht da, oder?«

»Nein, sie hat Bauchweh. Wir wollten jetzt am Nachmittag … aber …«

Da fällt mir gerade auf … wann werde ich denn wieder trainieren können? Ich muss sie das unbedingt fragen. Wenn die da zu lange herumtun, muss ich ausweichen.

»Und wie heißt Ihre Freundin mit Nachnamen?«

»Kaiser.«

Jetzt schaut sie aus wie einer von diesen Vögeln, die sich von hoch oben auf eine Maus stürzen. Adler oder Habicht oder so. Bitte, was ist jetzt wieder los?

»Kaiser.«

»Ja, Kaiser. Ist doch ein ganz normaler Name, oder?«

»Ja natürlich.«

Die starrt auf ihr Notebook, als wäre da die Übertragung von den US-Open.

»Sag, Stella, kennst du ihre Eltern?«

»Wieso wollen Sie das wissen?«

»Beantwortest du bitte meine Frage?«

In den Filmen wird es immer gefährlich, wenn die Bullen zum Duzen anfangen, also so mittendrin, nicht wie vorher bei meinem Anfall. Scheiße. Ich will keine Probleme. Aber was will sie von Lisa? Verdammt, was mache ich jetzt? Es ihr sagen. Ist ja nichts dabei.

»Die sind tot. Sie ist bei Adoptiveltern aufgewachsen. Aber zu denen hat sie keinen Kontakt mehr.«

»Aha.«

Das ist alles? Einfach nur *Aha*? Und deswegen das Böser-Bulle-Getue? Die tickt ja wohl nicht richtig. He du! Schaust du mich bitte wieder an? Was ist so interessant am Plafond? Ich hab da ... ich bin zu dir gekommen, du Schnalle! Weil mir da jemand komische Nachrichten schreibt, der eindeutig eine Schraube locker hat. Weil ich eine Scheißangst habe. Ich will wissen, was er mit *bald ist alles vorbei* meint? Dass noch mehr sterben? Und wieso sagt er das mir? Geht mich doch nichts an. Ich will das alles nicht.

Okay, jetzt betrachtet sie zumindest wieder den Zettel, murmelt was von *handgeschrieben*.

»Den werden wir untersuchen. Und ich danke Ihnen

sehr, dass Sie mir das alles erzählt haben. Bleiben Sie aber bitte noch ein wenig da. Vielleicht haben wir noch Fragen an Sie.«

»Ich muss noch Mathe lernen.«

»Ich verrate Ihnen was: Sascha ist super in Mathe. Und im Netz gibt's ganz tolle Übungsprogramme.«

Nichts wie raus. Ich muss nachdenken. Irgendwas stimmt da ganz gewaltig nicht. Ich muss meine Yogaübungen machen. Ich bekomme Panik. Echte Panik. Ärger als vor jedem Turnier. Und ich hab das Gefühl, dass sie überhaupt nicht weiß, was das … also der Zettel. Hätte ich ihr sagen sollen, dass er in meinem Spind … aber sie hat nicht gefragt. In meinem Spind!!!!

»Äh, Stella!«

Was denn jetzt noch? Gleich schreie ich. »Ja?«

»Was macht Lisa denn beruflich?«

Jetzt reicht es langsam. Irgendwas stinkt da echt. Wieso weiß sie, dass sie älter ist und schon arbeitet? Hab ich mit keinem Wort erwähnt. Langsam bekomm ich ein richtig ungutes Gefühl, was Lisa betrifft. Und sie ist doch meine Freundin. Nein, die Polizistin hat einen Knall. Einfach cool darüber hinweggehen. »Sie ist arbeitslos. Hat immer so herumgejobt.«

»Aha.«

Wenn ich dieses Wort noch einmal hör, hole ich das Siebenereisen und … tief durchatmen. Emotionen in den Griff bekommen. Langsam ein. Langsam aus.

MAYER / 29

Ihr schwirrte der Kopf. Die Konzentration auf die Gesprächsführung mit Stella Dielenhoff hatte ihr, vor allem wegen der neuen Leiche, die Übersicht vernebelt. Zu viele korrespondierende Mosaiksteine. Alles zu eng. Alles zu sehr miteinander verwoben. Lisa Kaiser. Eltern tot. Arbeitslos. Also wohl in einem ähnlichen Alter wie Julia König, ansonsten würde sie sich nicht mit einer Siebzehnjährigen befreunden. Fünf Jahre Abstand gingen gerade noch.

Das konnte nicht sein.

Lisa Kaiser. Julia König.

Sie war geistig überhitzt und litt unter hungerbedingten Wahnvorstellungen.

Sie musste herausfinden, ob man sich in so einem Club mit oder ohne Ausweis eintragen ließ.

Nun gut, man konnte Ausweise auch fälschen. Aber Kevin musste das gleich checken, zumindest die Adresse … konnte man dann auch unrichtig angeben.

Mayer rubbelte sich das Gesicht.

Außerdem jetzt noch dieser zweite Mord. Vielleicht sogar ein dritter, denn natürlich mussten sie nun, unter diesen neuen Umständen, Leopold Cerny exhumieren. Dem würde der HR sicher zustimmen.

Bitte, in was für ein Rattenloch waren sie da geraten? Irgendwo in Kevins Aufzeichnungen hatte sie gelesen, dass dieser Club über achthundert Mitglieder hatte. Zusammengezählt hatten aller Wahrscheinlichkeit nach rund zweihundert regelmäßig Kontakt zueinander, und nur eine Handvoll kannte einander wirklich gut. So verlangte es die Statistik. Wieso waren die alle ausgerechnet heute am Platz?

Mayer legte sich mit dem Oberkörper auf den Tisch. Das Holz war angenehm kühl.

Weil sich rund um einen Mord immer alles zuspitzte. Logisch waren dann alle Betroffenen in der Szene. Selten nur gab es Morde wie bei Patricia Highsmith, wo sich zwei Fremde im Zug verabredeten, für den jeweils anderen einen Mord zu begehen, was absolut sicher war, weil es zwischen Opfer und Mörder keine Verbindung gab.

Und so gingen sie ja auch immer vor: Sie suchten das Muster und das Netz. Aber hier waren die Verbindungen schon sehr eng und vielschichtig. Verein halt. Nur so war das zu erklären. Und sicher auch durch das Golf. Anscheinend trat man mit Ausübungsbeginn einem Lebens-, Seelen- und Geistesbund bei, der wie ein Schwarzes Loch alles zu sich zog.

Mayer reckte sich und zog das Handy heran. Sie musste Kevin informieren, dass sie von allen Anwesenden Schriftproben benötigten, er Lisa Kaiser checken sollte und dass sie sofort nochmals mit Regina Haas reden musste. Jetzt war ihr Aufspringen bei der Frage nach Julia noch verdächtiger. Es wirkte zwar alles völlig abstrus … Der Chief hatte eine Mitteilung geschrieben. *Habe gerade interessantes Gespräch geführt. Hier wartet jemand auf dich. Sitze auf der Bank auf der anderen Seite der Brücke.* Was meinte er damit?

Sie lief zu dem Fenster, das zum großen Teich hinausging. Und auf der Bank auf der anderen Seite der Brücke lümmelte tatsächlich Katz. Neben ihm saß ein junger Mann mit blondem Pagenkopf.

Sie nahm immer zwei Stufen auf einmal ins Erdgeschoß, wedelte Kevin weg, der ihr offensichtlich auch etwas mitteilen wollte, und stürmte hinaus auf die Terrasse, raste zurück, teilte dem noch immer verdutzt dastehenden Kevin ihre Wünsche bezüglich Schriftprobe, Lisa Kaiser und Einvernahme Haas mit, fragte ihn, ob irgendetwas superwichtig Fallrelevantes geschehen sei, worauf ihr Kollege den Kopf schüttelte, und rannte wieder hinaus zur Brücke.

Als Lukas Steindl sie erkannte, sprang er auf. *Bitte, jetzt nicht auch noch eine filmreife Flucht.*

Katz legte die Hand auf den Arm des Burschen, worauf der sich wieder setzte.

Sie stellte sich vor ihn hin. »Wo waren Sie? Wir müssen Sie einiges fragen.«

»Er hat a bissel Luft gebraucht«, sagte Katz.

»Und Sie haben ihn zufällig gefunden? Woher wissen Sie überhaupt, dass wir ihn zu sprechen wünschen?« Ihr Ton war ihr etwas zu scharf geraten, stellte sie fest. Das würde Steindl misstrauisch machen.

»Er weiß, dass wir ein Team sind. Ging nicht anders ab einem gewissen Zeitpunkt. Ist nicht blöd, der junge Mann. Aber er wird den Mund halten. Oder, Lukas?«

Der nickte und starrte die Spitzen seiner weinroten Turnschuhe ohne Schuhbänder an.

»Ja, er ist da vorn in dem Gebüsch gesessen«, Katz deutete Richtung Achtzehnerloch, »und hat Gras ausgerissen. Wie ein Roboter. Der Arme ist ja ganz durcheinander.«

»Das kann ich mir vorstellen. Bin ich auch.«

Katz runzelte die Stirn, sie zuckte mit den Schultern und formte ein lautloses »Gleich«. Doch ihr Chef schüttelte den Kopf und rollte die Augen Richtung Clubhaus. »Bevor da ein Gerede entsteht, werde ich euch alleine lassen.«

Sprach's, überließ ihr mit einer weit ausholenden Armbewegung den Platz auf der Bank und schlenderte davon. Dabei hätte sie noch so gern mit ihm ihre Überlegungen besprochen.

Sie setzte sich und nahm dieselbe Haltung wie Lukas Steindl ein. Die Spitzen ihrer Turnschuhe waren weiß, passend zu ihrer hellgrauen Leinenhose.

»Ist ihre neue Lieblingsstelle da drüben, oder? Heute in der Früh schon die ganze Zeit und jetzt wieder.«

Lukas schnaufte einen Lacher. »So ähnlich hat das Karl auch gefragt. Worauf ich von ihm wissen wollte, woher er das weiß. Weil er doch erst gekommen ist, wie ich gerade um die Baguettes gefahren bin. Tja, da hat er mir dann seinen Dienstgrad gesagt.«

Er war wirklich nicht blöd, vor allem aufmerksam.

»Alles klar.« Sie zeigte ihm ihr Smartphone. »Ich muss das jetzt aufzeichnen. Wie alle Gespräche hier, okay?«

Er nickte und umschlang sich mit den Armen. Sein Blick war geradeaus auf den Teich gerichtet, der, nun eine dunkle, sich kräuselnde Lacke, gar nicht mehr zum Faulenzen einlud. Ein Windstoß fuhr über sie hinweg, und auf Mayers Oberarmen stellten sich die Härchen auf. Aber ihre Jeansjacke lag im Besprechungszimmer. Sie begutachtete die Wolken, die sich mittlerweile direkt über dem Clubhaus aufzutürmen schienen. Es wäre klüger, nach drinnen zu wechseln – analytisch, aber nicht emotional. Also vergrub sie sich genauso in sich selbst wie Lukas.

»Bringen wir es hinter uns, Herr Steindl. Was bringt Sie so durcheinander?«

Für ein paar Sekunden blieb er starr sitzen, dann zog er mit einer heftigen Bewegung die Beine zu sich, stützte die Arme darauf und verbarg sein Gesicht in den Händen.

»Gut, also step by step. Wann haben Sie heute Ihren Dienst angetreten?

»Wie immer. Um fünf.«

»War irgendetwas ungewöhnlich?«

Er schüttelte den Kopf und rieb sich die Stirn.

»Wann waren Sie fertig? Wann wollten Sie fahren?«

»Um dreiviertel sieben.«

»Was hat sie abgehalten?«

»Deautoschllwrwg.«

»Wie bitte?«

Er drehte den Kopf zu ihr, hatte dabei die Augen geschlossen. »Der Autoschlüssel war weg.«

»Von Ihrem …«

»Renault. Twingo. Rot.« Er schnaufte wieder so ein komisches Lachen.

»Was ist daran so lustig?«

Er ließ die Hände zwischen den Beinen baumeln und betrachtete erneut den Teich. »Ich weiß vom Werner, also dem Piblitz, dass Sie nach einem alten roten Auto fahnden, weil so eins am Tatort gesehen worden ist. Ich war es nicht, bei der Explosion war ich beim Achtzehner, wie Sie schon wissen. Und er war's auch nicht, er hat auf der Terrasse gefrühstückt.« Sehr aggressiver Unterton.

Der wand sich wie ein Wurm, obwohl er nicht verdächtig war. Mühsam. Er wollte also offensichtlich etwas nicht sagen oder sogar selber nicht wahrhaben. Konnte es sein, dass sie wirklich auf der richtigen Spur war? Einfach behutsam weiterbohren.

»Goodie, Herr Steindl, dann wissen wir ja alle dasselbe. Was das betrifft. Aber jetzt will ich hören, was Sie gemacht haben, als Sie entdeckt haben, dass Ihr Autoschlüssel weg ist.«

»Ich hab ihn gesucht.«

Jo eh! My god, war der Typ mühsam. »Wo überall?«

»Überall.«

Mayer stand auf. »Okay, Herr Steindl, das wird nichts. Sie scheinen die lockere Atmosphäre von unserem Gespräch hier nicht zu schätzen. Wir gehen jetzt ins Besprechungszimmer hinauf. Und wenn Sie dort noch immer so einsilbig sind, dann fahren wir in die Berggasse. Vielleicht macht sie eine polizeiliche Umgebung ja mitteilsamer.«

Null Reaktion.

»Wobei ich nicht verstehe, warum Sie so herumzicken. Sie stehen ja nicht unter Verdacht, wie wir festgestellt haben. Also?« Sie machte einen Schritt zur Brücke hin.

»He! Nicht!« Er schwang seine Beine auf die Bank und umklammerte sie. »Nicht da rein. Ist ja alles voll … peinlich. Ich brauch das echt nicht, dass die mich da drin anglotzen.«

»Was ist daran peinlich? Alle werden befragt.«

»Okay, okay.« Er hob kurz die Handflächen, um im nächsten Augenblick mit vollster Konzentration an einem Pflaster auf seinem Daumen herumzuzupfen. »Ich hab ihn zuerst im Billardraum gesucht.«

»Aha?«

»Ja, weil ich dort gepennt hab.«

»Aha?« Jetzt wurde es langsam interessant. »Wieso?«

»Ich war gestern noch einmal da. Also eigentlich heute. So ab eins in der Nacht.« Er presste die Augen zusammen, als wolle er Tränen zurückhalten.

»Und?«

»Ich war dann nicht mehr nüchtern. Und es war spät. So drei circa. Also habe ich mir gedacht, bevor ich da blöd in der Gegend herumgurke, weil ich nach dem Heimkommen eh gleich wieder losdüsen muss, kann ich gleich auf der Couch schlafen.«

Mayer setzte sich im Schneidersitz ihm gegenüber auf die Bank. »Soweit alles klar. Aber wieso sind Sie extra in der Nacht hierher, um sich anzutrinken?«

Er nickte mit offenem Mund. Vier Mal holte er Luft, bis er sagte: »Ich war nicht allein.« Er warf den Kopf zurück. »Shit, das darf Ronny echt nicht erfahren. Sonst war's das hier für mich.« Berechtigte Angst, aber nicht der wahre Grund für seine Panik.

Ihre Hände wurden feucht. Sie fuhr sich über die Unterarme und merkte, dass ihr kalt war. Nicht nur wegen des mittlerweile ruppigen Windes. Tief durchatmen, ihm nur nicht ihre Aufregung zeigen.

»Wir werden sehen, was sich machen lässt. Wer war noch bei Ihnen?«

»Wissen Sie das echt noch nicht?«, blaffte er sie an.

Mayer suchte nach ihrem sanftesten Ton. »Sie erzählen. Ich frage nur. That's the game.«

Jetzt zuckte es in ihm, der Krampf schien von einem Körperteil zum nächsten zu hüpfen. Und wie die Atmosphäre nach der Entladung durch ein Gewitter, war er schlagartig ruhig.

Er sah sie an. »Okay. Lisa war bei mir.«

»Ihre Freundin.«

»Ja, sie wollte unbedingt einmal auf dem Golfplatz … unter dem Sternenhimmel … also …« Er zuckte mit den Augenbrauen.

»Ich verstehe.«

Er lächelte. »Wir haben uns sogar Austern besorgt. Schlatziges Zeug. Und echt guten Sekt mitgenommen.

War sehr schön.« Sein Blick tauchte in die Nacht zuvor ein. »Yepp. Auf jeden Fall bin ich dann in die Bibliothek. Sie ist heim. Mit dem Fahrrad.«

»War das vor oder nach dem Regen?«

Verwunderung blitzte in seinen Augen auf, aber er beantwortete die Frage ohne weitere Zickerei: »Vorher natürlich.»

Damit waren die beiden auch keine Kandidaten für die Spuren am Zwölfer und am Dreier. Nun gut, weiter.

»Und heute Früh war der Autoschlüssel weg. Sie haben ihn natürlich dort gesucht, wo Sie gepennt haben, aber auch dort, wo Sie … also am achtzehnten Loch. Und dann?«

»Dann war die Explosion. Und ich hab kurze Zeit später am Feldweg ein Auto gesehen, das so ähnlich wie meines ausgeschaut hat. Ich hab mir halt eingeredet, dass es so ähnlich ist. Aber dann bin ich doch irgendwann auf den Parkplatz raus, und es war nicht da.«

»Aha. Und wieso haben Sie nicht gleich die Polizei verständigt? Dass Ihr Wagen gestohlen worden ist?«

Schulterzucken. Er wollte es noch immer nicht wahrhaben. Und vielleicht war ja wirklich alles ganz anders.

Er kletzelte erneut an dem Pflaster. »Ich war noch nicht wieder ganz da. War zu viel Sekt.«

»Nach viereinhalb Stunden Abbau? Da müssen Sie eine halbe Kiste getrunken haben.«

»Ja, zwei Flaschen, weil Lisa kaum was getrunken hat. Und ich vertrag echt nicht viel.« Er wirkte schon wieder wie ein trotziger Bub, der glaubte, mit einer blödsinnigen Ausrede durchzukommen, wenn er sie nur vehement genug vortrug.

»Okay, lassen wir das. Ich nehme an, Sie haben Lisa angerufen und ihr von dem Attentat erzählt?«

Nicken.

»Und? Was hat sie gesagt? Wie hat sie reagiert?«

»Gar nicht. Da war nur eine SMS, dass sie Bauchweh hat. Das Handy ist abgedreht. Schon den ganzen Tag.«

Dieselbe Aussage wie von Stella. Das konnte natürlich immer noch sein. Dass Lisa Kaiser tatsächlich im Bett lag und von alldem noch nichts mitbekommen hatte und schon gar nicht daran beteiligt war.

Lukas seufzte. »Ja, und wie mich dann der Bertl um die Baguettes geschickt hat, die ich mit seinem Cherokee holen sollte, da war plötzlich mein Autoschlüssel wieder da. Sissi hat ihn auf dem Absatz vor der Eingangstür gefunden und mir gleich gebracht. Sie kennt meinen Anhänger. Ein Foto von Einstein. Wir haben einmal lange über ihn geredet. Ja, und dann bin ich raus. Und da stand es wieder. Wie wenn es nie weg gewesen wäre.«

Mayer faltete die Hände und verbeugte sich – soweit das im Schneidersitz möglich war.

»Davon hat Ihnen Karl auch erzählt? Ja, das war einfach ein spontaner Dank.«

Mayer entwickelte ihre Beine. Und während sie die Ameisen wegmassierte, spürte sie einen Klatsch auf der Stirn. Sie griff danach. Ein Tropfen. Sie schaute zum Himmel. Die Wolkentürme hatten sich inzwischen zu einer dunkelgrauen Matte verwandelt. Eine Windböe umkreiselte sie, fuhr zwischen T-Shirt und Hosenbund. Schlagartig war ihr eiskalt. Ein zweiter Tropfen landete auf Mayers Stirn, dann einer auf Lukas' Wange. Er wischte ihn ab. Die Bewegung war heftig, fast selbstverletzend.

Sie stand auf. »Herr Steindl, wir sollten einen Gang zulegen. Sie sind doch so durcheinander, weil Sie das

Gefühl haben, Lisa könnte mit all dem etwas zu tun haben. Warum?«

Keine Reaktion.

Mayer stellte sich vor ihn hin. »Herr Steindl, schauen Sie mich an.«

Nichts.

»Los. Sonst hole ich gleich zwei uniformierte Kollegen und wir plaudern in der Berggasse weiter.«

Mit einer unglaublich schnellen und geschmeidigen Bewegung stellte der die Beine ab. Er setzte sich aufrecht hin, legte die Hände auf die Oberschenkel und sah sie an, Marke: Musterschüler beim Rapport.

»Okay. Sie gelten derzeit nicht als tatverdächtig. Das ist gut. Sie könnten aber als Mitwisser beziehungsweise Helfer eingestuft werden. Das ist weniger gut. Denn dann ist es wahrscheinlich mit Ihrer Karriere als Trainer aus. Und mit der als Architekt auch. Deswegen sollten Sie jetzt einfach reden.«

Mit steinerner Miene sagte er: »Ja, ich habe an Lisa gedacht.«

»Wieso? Nur wegen des Autoschlüssels? Den können Sie wirklich verloren haben. Oder, weil Sie das Auto am Feldweg als Ihres erkannt haben und es großer Zufall wäre, wenn ein x-beliebiger Täter für den kurzen Weg zum Tarnen und Täuschen der Zeugen genau Ihren Wagen ausgesucht hätte?«

Shit. Das konnte es natürlich auch sein. Daran hatte sie noch nicht gedacht. *Shit, Shit.* Sie hatte sich durch die vielen Verbindungen hier derart einlullen …

»Nein. Nicht nur.« Großes Ausatmen. »Lisa war beim Heer.«

»Was?«

»Sie war Freiwillige beim Bundesheer. War sogar schon für die Blauhelme auf dem Golan.«

Bundesheer? Natürlich konnten seit Jahren Frauen freiwillig zum Bundesheer, aber Mayer hatte noch keine in real kennengelernt, die dann tatsächlich auf Einsatz war.

»Und sie kennt sich mit Sprengstoff aus«, fuhr Lukas wie ein Roboter fort. »Also nehme ich zumindest an, denn sie ist ein totaler Chemiefreak, seit ihr jemand als kleines Mädchen so einen Baukasten geschenkt hat.«

Mayers Beine sackten ein wenig ein. Und ihr Magen knurrte. Laut und vernehmlich. Außerdem hatte sie schlagartig das Bedürfnis, die Couch im Billardzimmer zu testen. Sie rubbelte sich das Gesicht und schüttelte sich.

»Okay, Lukas, wir brauchen Lisas Handynummer … wobei, die hat eh das Sekretariat. Auch die Adresse …«

»Fünfter Bezirk. Ramperstorfferstraße fünfzehn Tür zwölf.«

Mayer spürte, wie ihr Herz galoppierte. Tief durchatmen. Auch der fünfte Bezirk konnte noch Zufall sein – Mist, dass sie vorhin Kevin nicht um die genaue Adresse von Julia König gefragt hatte. »Danke. Aber auch sonst alles, was Sie von ihr wissen.«

Er nickte. Seine Augen glitzerten.

»Muss ja noch nichts heißen. Nicht wirklich. Aber nachgehen müssen wir dem. Okay?«

Wiederum Nicken.

»Auf jeden Fall hätten wir das alles auch einfacher haben können.« Sie streckte ihm die Hand entgegen. Zog sie zurück, denn natürlich konnte er allein aufstehen. Bot sie ihm erneut an.

Er zog sich an ihr auf und behielt ihre Hand in der seinen. »Ich hab sie sehr lieb.«

»Ich weiß. Tut mir leid.«

Wie ein kleines Kind führte sie ihn an der Hand auf die Brücke. An deren Mitte blieben sie stehen und schauten ins Wasser. Die Tropfen schlugen wie kleine Granaten ein. Einzelne Künder eines Bombardements.

KATZ / 30

Die Terrasse war vereinsamt, die Stühle lehnten gekippt an den Tischen. Windböen fuhren unter die zusammengefalteten Sonnenschirme.

Katz reckte die Nase in die Luft. Eine erste Ahnung von Frische blitzte in der feuchtdicken Wärme auf, die einem den Brustkorb einengte. Gleich ging es los, das seit Mittag heiß ersehnte Gewitter. Ein Tropfen landete genau auf den Wimpern seines Auges. Er klimperte mit ihnen und erfreute sich an ihrer Schwere.

Als er wieder den Durchblick hatte, erkannte er auf der Brücke die Silhouetten von Mayer und Steindl. Der Junge war zu bemitleiden, denn er liebte diese Lisa. Naja, vielleicht war es auch noch mehr der erste Hormonrausch, denn sie waren ja nicht länger als ein halbes Jahr zusammen. Da liebte man meistens noch nicht, da mochte und begehrte man. Er war jung, er würde es irgendwann verschmerzen. Natürlich ein bissel mühseliger als ein normal Enttäuschter, denn immerhin war seine Freundin ja eine Mörderin, aber er würde. Also falls sie es war. Wenn nicht, dann würde er ein wenig an seinem mangelnden Vertrauen kiefeln, aber das legte sich dann sicherlich bald. Der Betrug an sich selbst war noch immer der effektivste.

Dennoch, vieles machte diese Lisa verdächtig. Das Bundesheer, die Liebe zu Chemie, das Bedrängen von Lukas, mit ihr doch die Nacht hier zu verbringen. Aber welchen Grund hätte sie theoretisch? Das mussten sie noch herausfinden. Der Tod der Eltern konnte es allein nicht sein. Vielleicht eine furchtbare Zeit bei den Adoptiveltern? Oder es gab eine Verbindung zu Teutschniggs oder zu Hohenfellners Vergangenheit, von der sie noch nichts wussten.

Als Katz sich wieder zum Clubhaus umdrehte, streifte sein Blick eine einsame Gestalt auf der Bank in der Nähe des Spa-Bereichs. Regina Haas reagierte null auf die immer dichter fallenden Tropfen, sie starrte einfach nur vor sich hin und rauchte dabei nachlässig eine Zigarette. Die sie jetzt mit dem Fuß abdämpfte. Den Stummel ließ sie am Boden. Ihre Hand fuhr in die Zigarettenpackung, die neben ihr auf der Bank lag, und kam ohne Beute wieder heraus. Haas studierte den anscheinend nicht vorhandenen Inhalt der Packung, zerknüllte diese und warf sie hinter sich. Offensichtlich hatte ihr jemand eine fast leere Schachtel geschenkt. Sie versank wieder in Regungslosigkeit.

Er hatte sie überall gesucht, und da saß sie nun. Hm. Er musste seine Gedanken auf Linie bringen, bevor er die Offensive startete.

Sie hatte laut Mayer unwirsch auf die Frage nach Julia reagiert. Nein, sogar hektisch. Das legte den Verdacht nahe, dass da noch mehr war. Dass doch Julia König die Person war, nach der sie suchten, und Regina Haas etwas wusste. Dass die Sache mit Lisa nur eine blöde Zufälligkeit war. Dem Jungen wäre es zu wünschen. Er selbst hätte es lieber andersherum.

Katz steckte die Hände in die Hosentaschen und schlenderte von der Terrasse hinunter Richtung Haas. Das verabredete Klingeln für eine SMS von Mayer. *Begründete Idee: Lisa Kaiser ist Julia König. Ihr beide bitte dem nachgehen, ob möglich. Muss demnächst was essen. Kann erst dann wieder.*

Katz starrte das Display an. Konnte seine neue Partnerin Gedanken lesen? Er sinnierte über das fehlende Motiv von Lisa, über die Geheimnisse von Julia, und sie schickte ihm prompt eine mögliche Erklärung.

Auf die er auch selber hätte kommen können.

Nun war endgültig Schluss mit dem Sekt. Mit Alkohol überhaupt. Vier Wochen Abstinenz waren angesagt. Seine Leber würde es ihm danken. Er schrieb *Bin an Haas dran* zurück und schlenderte weiter zur Bank.

Sie sah ihn erst an, als er direkt vor ihr stehen blieb. Ihr Blick war sehr traurig und tief. »Setz dich.«

»Wollen wir nicht …?« Er fing einen Tropfen auf und zeigte ihr seine nasse Handfläche.

Sie lächelte ihn an. »Okay, Zuckerpuppe.« Im nächsten Augenblick zog sich ihr Gesicht zur Nase hin zusammen. »Aber nicht da hinein«, was sie mit einem Kopfnicken Richtung Clubhaus unterstrich. Sie sah sich um und blieb mit dem Blick auf dem Spa-Bereich hängen. Mit der Selbstverständlichkeit einer Freundin nahm sie seine Hand und schleppte ihn zu dem Holzbau, in dessen Erdgeschoß ihnen der Swimmingpool entgegenleuchtete. Kobaltblau bis Lindgrün, was normalerweise nur bei Naturgewässern der Fall war. Die Erklärung verbarg sich in bunten Scheinwerfern.

Haas zog sich die Golfschuhe aus und stellte sie parallel ab, die Socken legte sie gefaltet auf die Schuhe. Sie setzte sich an den Poolrand und ließ die Beine ins Wasser baumeln.

Nun gut, wenn sie es wollte, dadurch mitteilsamer war. Er entledigte sich seiner Mokassins, krempelte die Jeans auf und setzte sich neben sie. Das Wasser war überraschend kühl. Sportlich, wie es so schön in der Wellnesswelt hieß.

»Dürfen Polizisten eigentlich mit Verdächtigen noch per Du sein?«

Wieso … allgemeine Frage oder wusste sie, dass er …?

»Keine Ahnung.«

»Solltest du aber haben. Du bist doch sicher nicht frisch bei dem Verein.«

»Was meinst du …?«

»Komm, lass es. Ich habe euch bei eurer Besprechung am Parkplatz gesehen. Ich weiß die längste Zeit, dass du ein Kieberer bist.« Sie lächelte ihn von seitlich unten an.

Mein Gott, diese Frau hatte ein Lächeln … das ihn nichts anging. Völlig selbstständig begannen seine Beine, ins Wasser zu planschen. Immer wieder landete auf den Oberschenkeln von ihnen beiden Sprühregen, doch Hass beschwerte sich nicht über die Flecken auf ihrer Bermuda. Viel mehr fing sie nach einer Weile selbst zu strampeln an. Sie erzeugten Strudel. Das Wasser schien zu kochen. Immer schneller und schneller wurden sie, bis Haas die Beine hochstreckte und herzlich lachte. Er stimmte ein.

Synchron ließen sie ihre Beine wieder ins Wasser sinken. Das Vordach des Panoramafensters hallte von leichtem Regen wider, dazu mischte sich das Gurgeln der Poolpumpe.

Scheiß auf die Idylle! Sie hatte ihn die ganze Zeit an der Nase herumgeführt. Deswegen die tiefen Blicke, deswegen die zögerlichen Antworten – weil sie sich immer bewusst gewesen war, erstens mit einem Bullen und zweitens wahrscheinlich mit einem Hetero zu reden.

»Wissen es Tanja und Karin auch?«

»Nein. Natürlich nicht.«

»Wieso *natürlich*?«

Sie seufzte. »Auch wenn ich Hohenfellner nicht wirklich leiden konnte, so hab ich doch von Anfang an gewollt, dass ihr den Mörder erwischt. Natürlich. Und ich weiß ja nur von mir absolut hundertprozentig, dass ich unschuldig bin. Also halte ich meinen Mund.«

Katz zog seine Beine aus dem Wasser, drehte sich um hundertachtzig Grad und rutschte sich so zurecht, dass er ihr ins Gesicht sehen konnte. »Womit wir beim Thema wären.«

Jetzt produzierte sie mit ihren Beinen Achterschleifen. »Oh, jetzt wird es offiziell.« *Scheiß Unterton. Ich liebe süffisante Frauen.* »Und? Sind wir jetzt per Du oder per Sie?«

»Wir können uns weiterhin duzen. Ist erklärbar, weil ich ja undercover war.«

»Sehr schön.« Sie starrte noch immer ins Wasser, das zauberhafte Lichtpunkte auf ihrem Gesicht reflektierte.

»Aber du tendierst ja sowieso mehr zum Sie.« *Alter! Hör auf, mit der Frau rumzuflirten!*

Sie schenkte ihm ein Lächeln, wieder so entzückend von seitlich unten. Es war so schade um diese … Wunderbare.

»Lass es uns hinter uns bringen. Und dann schauen wir weiter.« Neuerliches Lächeln.

Er war froh, dass seine Jeans so eng waren und nichts verrieten. Zur Sicherheit musste er jetzt … ja, die hässliche Nullachtfünfzehn-Liege anstarren. Metallgestänge mit weißer Kunststoffbespannung.

Er zog sein Smartphone heraus und zeigte es ihr. Sie nickte.

Katz startete die Aufnahme. »Okay, Regina, warum bist du bei Mayers Frage nach Julia nervös geworden?«

Sie lachte auf. »Süße Untertreibung. Ich hatte eine beschissene Panik.«

»Gut. Und warum?«

Nun überschlug Haas die Beine, gleichzeitig stützte sie die Hände auf den Boden. Fast bereit zum Absprung.

Interpretier nicht so viel! »Ich glaube, ich sollte ein bisschen weiter vorne anfangen.«

»Hm.«

»Ich hatte mit Ende zwanzig ein Geschwür an den Eierstöcken. Seitdem kann ich keine Kinder mehr bekommen.«

»Das tut mir leid für dich.«

Sie lachte auf, jetzt eher trocken. »Ja, mir auch. Und dann kam Peter in mein Leben. Extrem fesch, sehr sportlich, immer guter Laune …«

Lieber Karl, finde dich damit ab, dass deine Felle nicht davonschwimmen, sondern dass sie nie da waren. Gegen einen Idealmann konnte keiner was ausrichten.

»… großzügig. Ich hab nie vorher und nie nachher so viele Geschenke bekommen. Und es waren vor allem die Kleinigkeiten, die mich so … berührt haben. Ein gepresstes rotes Weinblatt, weil ich einmal erwähnt habe, dass ich den Herbst mit seinen Farben so sehr mag. Oder auch so süße Frechheiten wie die Erbsen in diesem goldenen Döschen, weil mich Falten im Leintuch extrem stören.«

Ich hab's kapiert!!!!!!!

»Ja, und das Tollste war natürlich Julia. Vier war sie, als ich sie kennengelernt habe. Und wir haben uns auf Anhieb verstanden. Sie hat dringend eine Mutter gebraucht, und ich eine Tochter. Quasi gesucht und gefunden.«

Katz sprang auf. Er ging eine Runde um den Pool, ohne von Haas dabei mit einer Bemerkung oder Frage gestört zu werden. Er hätte es lieber gehabt, denn der Gedanke an seine Ex-Familie lockte die schwarze Wolke hervor, die ihn das ganze Wochenende eingehüllt hatte. Weg damit, weg!

Er zog eine der hässlichen Liegen zum Pool und setzte sich quer darauf. »Und?«

»Ich durfte vier Jahre ihre Mutter sein. Und dann … ich nehme an, Sie wissen den Rest.«

»Nur, dass sich Peter König umgebracht hat und seine Tochter mitnehmen wollte.«

»Und mich nicht. Kurzzusammenfassung für Sie: Starre, weil Eifersucht, Verlorenheit, Therapie, Lösung. Leider nicht komplett, wie ich jetzt vor Kurzem feststellen musste.«

»Wo war noch ein Haken?«

Jetzt sprang sie auf. Sie ging auf dem Platz vor ihm im Kreis, bis sie sich ebenfalls eine Liege heranzog und sich niedersetzte.

Sie sah ihn geradeheraus an. »Natürlich bei Julia. Ich habe mich nie mit ihr ausgesprochen. Ich wusste nicht, wie es ihr geht. Ich habe mich nie erkundigt, was sie so treibt. Dabei wusste ich doch, wo sie war. Aber ich habe um sie einen riesengroßen Bogen gemacht. Also war eigentlich die Therapie für die Nüsse.« Sie nickte ein paar Mal. »Ich sollte mein Geld zurückverlangen.«

»Wusste?«

»Hm?«

»Sie haben *wusste* gesagt. Das heißt, Sie wissen jetzt, wie es ihr geht.«

»Sagen wir so … wenn ich es weiß, dann wüsste ich es lieber nicht. Und wenn ich es nicht weiß, dann ist alles gut, und ich werde es bald wissen.«

Alles in ihm drängte, ihre Hände zu nehmen und beruhigend zu streicheln – ganz schlecht in dieser Situation und völlig tabu. Er räusperte sich. »Lassen wir das Sie und lassen wir das Herumgerede.«

Sie musterte sein Gesicht. »Weißt du, es wäre schön, wenn wir uns unter anderen Umständen kennengelernt hätten.«

Ganz seine Meinung. »Ist nun einmal so.« Moment, das

war positiv gewesen. Vielleicht hatte er ja doch noch … Er sah ihr in die Augen. *Es ist ja noch nicht vorbei. Gehen wir auf einen Kaffee, gleich nachdem …?* Er biss sich auf die Lippen.

Sie nickte. Er nickte.

Sie nickte nochmals und betrachtete dann intensiv den Fliesenboden. »Vor einem halben Jahr ist Lisa aufgetaucht, da hier bei uns im Club. Du kennst sie nicht. Sie fällt sofort auf. Langgeschossen, dünn, extrem durchtrainiert und mit schwarzen kurzen Haaren. Dabei ein süßes Gesicht, auch komplett ohne Schminke. Sie geht, als gehöre ihr jeder Quadratmeter. Sie schaut die Welt an, als fragte sie ständig *Was ist? Irgendwelche Probleme?* Oder aber auch *Willst du Probleme?* Und man will keine Probleme mit ihr. Man will sie in den Arm nehmen und ihr ins Ohr flüstern *Es wird alles gut.* Also wenn man erwachsen ist zumindest. Lukas will ihr natürlich ganz was anderes ins Ohr zwitschern. Wobei ich mir nicht sicher bin, ob bei ihm nicht auch so ein Beschützerinstinkt mitspielt.«

»Und?«

Statt einer Antwort legte sie sich auf die Liege. Sie verschränkte die Arme hinter dem Kopf und starrte den Plafond an.

»Und? Was willst du mir sagen, Regina?«

»Ich habe ihr ins Gesicht geschaut … und fast einen Herzstillstand gehabt.«

Er beugte sich zu ihr. »Warum? Sag es mir, Regina, komm, sag es mir.«

»Kannst du es dir nicht denken?«

»Ich denke nicht, ich höre.«

Sie lachte auf. »Das meinst du nicht ernst. Dein Hirn rennt ständig Amok.«

»Beim Golfen vielleicht.«

»Komm, verarsch mich nicht.«

»Das ist immer so zwischen einem Polizisten und einer Zeugin. Er fragt und sie redet.«

»Ja, ja.« Sie legte die Handflächen auf die Augen. »War ja nur ein Versuch. Ich will es nicht aussprechen.«

»Es tut nur ganz kurz weh. Versprochen.«

Sie bewegte die Hand in seine Richtung, als wolle sie die Seine drücken, bedeckte aber wieder schnell ihre Augen. »Okay. Ich dachte, es sei Julia.«

Jetzt war sie ausgesprochen, die Verbindung. Regina konnte sich natürlich irren …

»Ich habe sie angelächelt. Ich glaube sogar angestrahlt. Alles von damals ist in mir hochgekommen. Also von damals von vor der Sache. Aber …«

»Aber?«

»Bei ihr keine Reaktion.« Sie lachte auf. »Ich bin mir selten so absolut dämlich wie in diesem Moment vorgekommen. Weißt du«, sie stützte sich auf den Ellenbogen auf und sah ihn an, »ich wollte sie schon in den Arm nehmen.« Sie ließ sich zurückplumpsen und bedeckte neuerlich ihre Augen.

»Okay, du hast geglaubt, Julia zu erkennen. Sie hat kein Wiedererkennen gezeigt. Was dann?«

»Ich habe Sissi mit einem Buch von Murakami bestochen. Mister Aufziehvogel. Sie hat mir dann die Anmeldung gezeigt, und da stand schwarz auf weiß Lisa Kaiser.«

Sie schwieg.

Mein Gott, er wollte diese Frau so gern in den Arm nehmen und trösten. Nix da. Das Leben war ungerecht. »Ja, aber wenn du so sehr … wieso hast du dich nicht genauer …?«

Sie fuhr hoch. »Hör mal. Du kennst ein kleines Mädchen, acht Jahre, lange blonde Zöpfe, ein rundes Engelsgesicht, weil es ein bisschen pummelig ist. Und dann stehst du vor einer dünnen, harten Zweiundzwanzigjährigen mit schwarzen kurzen Haaren. Die Augen sind vielleicht ähnlich, okay, aber sonst?«

»Das glaube ich dir nicht.«

Haas ließ sich zurückfallen und lächelte. »Leute, die mit dir in einer Beziehung sind, müssen ständig auf der Hut sein.«

»Nein, ehrlich. Das reicht.«

»Kein Mensch ist immer ehrlich. Das geht gar nicht.«

»Doch. In einer Beziehung geht das. Besser, es tut etwas kurz weh, als man steht dann nach jahrelangem Lügen als Gelackmeierter da. Und wenn eine Beziehung so etwas nicht aushält, ist sie nichts wert.«

»Du hast hohe Ansprüche.«

»Für weniger ist das Leben zu kurz.«

Sie schwieg.

Er schwieg und betrachtete ihr Gesicht, ihren Hals, ihre … und aus. »Also? Was hast du noch unternommen?«

»Ich habe sie beobachtet, bin sogar vor ihrem Wohnhaus im Fünften gestanden. Hab Lukas nach ihr ausgefragt. Dann habe ich mich überwunden und ihre Tante in St. Pölten angerufen. Die hat mir gesagt, dass sie seit Julias sechzehntem Lebensjahr keinen Kontakt mehr zu ihr haben. Damals ist sie nach Wien ausgerissen, und das war's. Die beiden leiden noch immer drunter. Und haben Schiss, weil Julia damals schon mit Drogen herumgetan hat. Davon ist jetzt übrigens nichts mehr zu bemerken. Anscheinend hat ihr das Militär die Flausen ausgetrieben. Also wenn Lisa wirklich Julia ist. Sie haben mir ein

Foto von ihr mit fünfzehn gezeigt ... sehr, sehr dick und quietschblond. Überschminkt. Wie die Parodie einer US-High-School-Göre.«

Katz schob die Liege weg, die ihm nur Kreuzschmerzen verursachte, und setzte sich wieder mit lang gestreckten Beinen neben Haas' Liege auf den Boden. »Hast du ihnen gesagt, was du vermutest?«

Sie schüttelte den Kopf. »Die wären sofort angerauscht. Hätten vielleicht auch ihre Augen erkannt, einen Tango gemacht, vor allem dann, wenn Lisa auch ihnen die kalte Schulter gezeigt hätte.« Sie legte sich seitlich, auf dem Ellenbogen aufgestützt. »Ich hab Lisa dann einmal darauf angesprochen, dass sie mich total an jemanden erinnert. Ganz vorsichtig.«

»Und?«

»Das passiert ihr öfters. Hat sie gesagt. Weil sie ein Allerweltsgesicht hat. Was nicht stimmt. Aber was hätte ich noch machen sollen? Mich zum Affen, indem ich sie anschreie, warum sie es nicht zugibt?« Haas sprach ganz ruhig. »Also habe ich akzeptiert, dass ich mich geirrt habe.«

Ein Blitz erhellte den Raum. Sie sahen zu dem Fenster, das nach Westen ging. Einige Sekunden später folgte der Donner, sehr hart und laut, aber eben noch weit weg.

»Und warum bist du dann so panisch geworden, als Mayer Julia erwähnt hat? Wenn du die beiden Personen für dich getrennt hast?«

Sie senkte den Blick auf den Liegenrand und zupfte an der Bespannung herum. »Weil mir schlagartig klar geworden ist, dass sie mit Abstand den meisten Hass auf Ronny haben könnte. Müsste. Weil mir eingefallen ist, dass ich sie damals mit dem Baukasten, den ich ihr geschenkt habe, zur Chemie gebracht habe. Weil Lisa beim Heer war und das vor allen, bis auf Lukas, verheimlicht hat.« Sie lächelte. »Bei mir ist ihm einmal das stolze, beeindruckte Herz übergegangen. Aber warum hat sie es nicht einfach erzählt?« Nicken wie zur Selbstbestätigung. »Und weil …« Sie seufzte sehr tief.

Erneut blitzte es. Synchron schauten sie wieder, lauschten sie. Der Donner kam eine Spur schneller als vorhin.

Katz rappelte sich auf. »Wir sollten ins Clubhaus. Wenn das losgeht …«

Haas stand auf und starrte noch immer die gegenüberliegende Fensterfront an. Er schob die Liegen auf ihre Plätze zurück, ging zu ihr. »Komm.«

»Weil Julia als Kind immer Theater gespielt hat.« Sie sah ihn nicht an, redete nur für sich. »Wir waren ständig Statisten in irgendeiner Szenerie, die sie sich ausgedacht hatte. Und dann spielte sie alle Hauptrollen selbst, machte die verschiedensten Typen nach. Sie hatte echt Talent. Und ein Typ war der dumme Bauer. Er ging so.«

Sie rollte die Schultern zusammen, ließ die Arme baumeln und watschelte los. Sie wirkte wie ein Orang-Utan.

Noch immer in dieser Haltung drehte sie sich zu ihm um. »Genau so, wie der Typ am Feldweg gegangen ist. Was ich deiner Kollegin gesagt habe, als ich ihr zu erklären versucht habe, warum der Typ in dem roten Auto keine Frau sein kann. Verstehst du?«

Er nickte.

Sie richtete sich auf. »Wie von Zauberhand haben sich alle Mosaiksteinchen auf ihren richtigen Platz gelegt, in Sekundenschnelle. Und das Bild hieß: Lisa ist Julia ist eine Mörderin.«

Zwei kurz aufeinander folgende Blitze sausten durch den Raum. Die dazugehörenden Donner knallten inzwischen wie Peitschen.

Langsam wurde es echt ungemütlich. Mit Gewitter im Freien hatte es Katz nicht so. Er streckte Haas die Hand hin.

Sie ignorierte sie. »Mein Golfball fehlt. Und ich habe bis vor Kurzem, also bis zur letzten Woche noch, immer um sieben Uhr abgeschlagen.«

Er packte sie an den Schultern. »Da interpretierst du jetzt ein bissel viel. Wenn sie wirklich dich gemeint hätte, hätte sie den Ball auch bei dir verstaut. Du wirst ihn verloren haben.«

»Sie hat einfach Pech gehabt. Ich war heute grantig, weil ich wegen der Hitze so schlecht geschlafen habe. Ich bin also nicht wie üblich über die Terrasse auf den Platz. Habe nicht, wie üblich, das Bag beim Pro-Shop abgestellt. Ich bin hinten herum einfach durch, weil ich niemanden sehen wollte.«

»Und was hätte sie für einen Grund? Das ist doch Schwachsinn.«

»Ich hab sie damals allein gelassen.«

Sie ging in die Hocke und verbarg das Gesicht in den Händen.

MÖRDER / 31

Ich hasse diesen Mörder! Er hat dir das Schlimmste angetan, was man dir antun kann. Er hat es geschafft, dass deine Karriere gefährdet ist. Oh, ich versuche die ganze Zeit zu denken, dass er das nicht gewollt hat. Aber das ist keine Entschuldigung! Er hätte sich vorher informieren können! Man muss sich doch der Konsequenzen seiner Taten bewusst sein.

Ich hasse ihn.

Und diese Bagage von *Di Tune* auch. War ja von solchen Halbseidenen nichts anderes zu erwarten. Ich habe immer auf Ronny eingeredet, dass er sich einen anderen Sponsor suchen soll. Und prompt sind nach der Vertragsunterzeichnung ihre miesen Geschäfte ans Tageslicht gekommen. Insofern ist es nicht schade … wenn es nur nicht jetzt wäre. Nach dem Turnier, ja, wenn du gewonnen hast. Aber nicht jetzt! Eine Katastrophe.

Liebste Stella, du meine Göttin du … jetzt verkriechst du dich wieder in den Armen von Sascha. Großartig. Hast du meine Nachricht noch nicht gefunden? Oder konntest du nichts mit ihr anfangen?

Moment …

Was redest du da?

Musste das sein? Ich mein es gut mit dir, versuche, dich zu beruhigen, und du rennst sofort zu dieser Polizistin?! Na, wunderbar. Ich hab ja schon so etwas vermutet, wie du auf einmal verschwunden warst. Du bist nicht der Typ, der sich in die Wiese legt, noch dazu, wenn gleich ein Gewitter losgeht. Und wie du dann wieder da warst, nur vor dich hingestiert hast … ja, ich habe es vermutet, den Gedanken aber nicht zugelassen. Aber jetzt weiß ich es. Jetzt wissen es alle, dank deinem lauten Geplärre gegenüber Sascha.

Super.

Alles super.

Wirklich wahr.

Warum fällst du mir in den Rücken? Ha?

Nein, so darf ich nicht denken. Du weißt nichts von mir, weder von meiner Existenz als dein Schutzengel … nein, das passt nicht zu mir … dein Caddie. Genau. Noch von meinen Motiven. Du hältst mich wahrscheinlich für einen Stalker. Grässlicher Gedanke.

Was ist los? Was hat die Polizistin …?

Nein, das auch noch. Nun gut, war zu erwarten gewesen. Auch wenn ich mir eingeredet habe, dass sie nicht sorgfältig vorgehen werden, weil sie eh mit dem anderen Fall genug zu tun haben. Und es geht schon los, das Gemauschel. Sehr toll, jetzt kann ich mit diesen ganzen Wichsern herumdiskutieren, wer denn wohl der Kriegler das Gift verabreicht hat. Jetzt hat mich der Silver in der Mangel …

Er hat es geschluckt! Ich tippe auf einen enttäuschten Lover, deute an, dass ich da wüsste, dass sie sich in so Szenen herumgetrieben hat, weil da normalerweise die Leute wie die Geier drauf anspringen. Und schon hat sich der Silver daran erinnert, dass sie im Herbst einmal Lackstiefel getragen hat. Ach, es ist so einfach. Idiot.

Es wäre so einfach.

Verdammt, wenn die Polizei nicht so genau hingeschaut hätte. Aber damit habe ich ja zu einem gewissen Prozentsatz gerechnet. Nun gut, jetzt suchen sie ganz einfach jemanden, der einen Grund hatte, die Kriegler zu beseitigen. Da werden sie viel zu tun haben. Und dann müssen sie erst feststellen, wer die Gelegenheit dazu hatte. Viel Spaß, ihr lieben Hüter des Gesetzes. Es hatten alle die Möglichkeit. Jeder wusste von ihrer Sauferei.

Ich muss mich nicht aufregen.

Nein.

Trotzdem. Es muss nur irgendetwas blöd rennen.

Und da ist die Katastrophe auch schon. Verdammt, sie wollen Schriftproben. Von uns allen. Ich bin so ein Idiot! Warum habe ich diese beschissene Nachricht nicht am Computer geschrieben? Wie belämmert kann man sein? Das ist gar nicht gut. Wie konnte ich nur so unüberlegt … das wird gefährlich, meine Göttin. Nein, das ist das Ende. Das Ende.

Stopp, ich darf mich nicht aufregen. Ich muss jetzt im Kopf wieder ganz klar werden.

Nur deinetwegen, nur deinetwegen, meine Göttin.

Wie furchtbar du weinst. Ach, irgendwie mache ich alles falsch. Ich wollte dich wirklich beruhigen. Aber natürlich hat dich die Botschaft aufgeregt, was habe ich erwartet? Ich bin so dumm! Ich würde mir am liebsten den Kopf an der Wand blutig rennen. Eine absolut überflüssige Aktion. Überflüssig und vertrottelt. Und so elendiglich dumm. Du weißt ja nicht, dass dich jemand beschützt. Also muss es dir Angst machen.

So geht das nicht weiter.

Ja, wir müssen in absehbarer Zeit unsere Beziehung verändern. Ich werde dir alles erzählen. Ich werde dich vor mich hinsetzen, das Zimmer gut verschließen, damit du nicht in Panik davonläufst, und dann werde ich dir in Ruhe alles erklären.

Wenn mir noch die Zeit dazu bleibt.

Schriftproben.

Shit.

Wie viel Zeit habe ich noch? So ein Experte wird sicher einen Tag brauchen, vielleicht zwei, wenn ich die Schrift gut verstelle. Oder drei, wenn ich mit der Linken schreibe. Aber spätestens dann haben sie mich. Theoretisch.

Doch vorher gilt es, noch etwas zu erledigen. Ich muss die mir verbliebene Zeit nützen. Und das werde ich, denn langsam zeigt sich mir der Konnex zwischen den Ereignissen. Ja, während du der Polizistin unser Geheimnis verraten hast, habe ich mich umgehört. Es reden ja alle so gern. Vor allem der Franz und der Harald sind unbezahlbare Quellen. Und jetzt weiß ich, wer es war. Wer deine Zukunft gefährdet. Oder sagen wir, ich habe einen starken Verdacht, ich muss nur noch meinen Freund, den Oberstleutnant Pokorny, daran erinnern, dass er mir einen Gefallen schuldig ist. Den musst du unbedingt auch einmal kennenlernen. Ein absolut korrekter Typ, auf unserer Wellenlänge. Ein exzellenter Ausbildner.

Ja, es war gar nicht so schwierig, die Hintergründe herauszukitzeln, sie in Verbindung zu bringen, aber dafür müsste man zielgerichtet miteinander reden. Und das tun die anderen nicht. Die sind wie aufgescheuchte Hühner. Soll mir recht sein.

Ich hab nur ein Problem, ja, ich weiß nicht, ob ich bei meiner Suche schneller als die Polizei bin. Vielleicht haben die auch schon die Spur aufgenommen. Aber ich muss dir dieses Geschenk machen. Der Mensch, der dich gefährdet, muss bestraft werden. Und wenn es das Letzte ist, was ich tu, bevor sie mich …

Aber das wird nicht leicht zu bewerkstelligen sein, denn sie ist verschwunden. Sagt Lukas. Ich muss hier raus. Muss meine Kontakte spielen lassen, und das geht nur persönlich. Ich sag dir, liebste Stella, wenn du einmal in Baumgarten warst, kennst du Gott und die Welt. Wer sich dort schon aller trockenlegen hat lassen … grandios. Wie ich damals kapiert habe, dass ich nicht bei Gottfried und meinen anderen Freunden bleiben kann, habe ich mich wieder aufs Leben draußen vorbereitet. Und das geht schwer in der Abteilung, wo die meisten auf unbestimmte Zeit in Behandlung sind. Also bin ich zu den Süchtlern rüber. Es war so schrecklich. Diese Giftstoffe bringen so viel Elend in die Welt, dass man nur weinen könnte. Eigentlich gehörte da auch etwas unternommen. Wenn ich den Saustall hier einmal aufgeräumt habe, werde ich darüber nachdenken.

Oder auch nicht mehr … Nein, weg mit der schwarzen Wolke. Vorrang hat die Rache für dich, nur die darf ich jetzt im Hirn haben.

Und die Anstalt hilft mir dabei. Da schließt man Freundschaften. Und eine davon ist Harald. Niemand außer ihm weiß, dass ich dort war. Niemand außer mir weiß, dass er eine alte Frau erschlagen hat, um an ein bisschen Geld zu kommen, mit dem er sich was zum Drücken besorgen konnte. Alle glauben, dass er bloß ein Alki war. So etwas verbindet. Und er hat mir den Kontakt zu meinem lieben Pokorny …

Doch dir, meine Göttin, werde ich das alles nie erzählen. Denn du musst rein bleiben, frei von Gedanken an eine böse Welt. Du bist ein Engel, und das soll so bleiben.

Deswegen werde ich mir auch etwas wegen Sascha einfallen lassen, falls er sich hier wieder länger herumtreibt. Seine einzige Chance ist, dass er gemeinsam mit den Bullen wieder abzieht, in deren Lohn er ja offensichtlich steht.

Oh, jetzt beehrt uns die Polizistin mit ihrer Anwesenheit. Diese Mayer. Schaut aus wie eine gebadete Maus. Was will sie von mir? Warum sieht sie mich so an? Ich hab ja noch gar keine Schriftprobe abgegeben. Hm, sie war mit dem Lukas … Was hat der Lümmel ihr erzählt? Was kann er ihr erzählt haben?

Gar nichts.

Ich darf mich nicht so aufregen. Sie schaut ja jetzt auch Silver und Wolfi an. Wahrscheinlich überlegt sie, was wir diesem dicken Aushilfsbullen erzählt haben. Gar nichts, liebe Frau Mayer, gar nichts. Denn wir haben ja nichts gesehen. Ich schon gar nicht. Ich war gar nicht da.

Jetzt starrt sie schon wieder her. Nein … mich schaut sie nicht an. Hm. Bitte, was sieht sie da?

MAYER / 32

Es hing über den Teller und leuchtete sie mittelbraun an. Genau dieses Braun, bei dem man wusste, dass es knusprig, aber noch nicht ausgetrocknet war. Die Erdäpfel daneben schimmerten in zartem Gelb bis Ocker, wetteiferten bei ihrem Leuchten mit der Zitronenspalte um die Wette. Und die Extraschüssel hatte die Größe von einem halben Kinderkopf, war voll mit klein geschnitten Radieschen, Gurken, Paradeisern und Kraut. Keine grünen Blätter. Genau so, wie sie es mochte.

Mayer sah, wie das Schnitzel wuchs und wuchs, langsam quer durch den Raum zu ihr herüber, hörte, wie ihr Magen polterte, spürte, wie das Hirn gegen die Schädeldecke drückte, wusste, dass es nur eine Person gab, die Blattsalat ebenso verabscheute wie sie.

Sie marschierte zur Theke. Die Distanz schien schier unüberwindlich. Hoffentlich kam nicht Gogo, der Kellner, und schnappte es ihr vor der Nase weg. Oder Ichner, der sich auf der Theke aufgestützt hatte, drohend wie ein Lehrer aus dem neunzehnten Jahrhundert auf seinem Pult. Drei Meter noch. Kein Gogo. Keine Bewegung von Ichner. Eineinhalb Meter … das arme Schnitzel, es kühlte ja völlig aus!

Theke. »Herr Ichner, wem gehört denn die Schönheit da?«

Sie war bereit, sich mit wem auch immer zu duellieren, falls sich ihr Verdacht nicht bestätigte. Keine Sekunde länger hielt sie es ohne etwas Vernünftiges zwischen den Zähnen aus. Die Kabanossi zu Mittag war definitiv zu wenig gewesen. Und ihr Genuss inzwischen zu lange her.

»Ihrem Kollegen im Billardzimmer, diesem Herrn …«

»Oppitz. Passt. Machen Sie ihm bitte ein neues?« Sie bleckte die Zähne und hoffte, dass diese Grimasse irgendetwas mit ihrem süßesten Lächeln zu tun hatte.

»Ich kann doch nicht einfach …«

»Sie können. Oppitz und ich sind Freunde. Sehr gute Freunde.« *Wage es, das anzuzweifeln!*

»Aber Sie werden doch …«

»Nicht warten können.« Sie beugte sich zu seinem Ohr. »Gleich nämlich bekomme ich einen Hysterischen, und das wollen Sie den anderen nicht zumuten.« Sie schnappte sich den Teller und die Glasschüssel. »Sagen Sie ihm bitte Bescheid. Auch, dass es für mich ist. Und wenn er auch nur im Ansatz das Gesicht verzieht, dann können Sie es sich wieder holen.«

»Wenn dann noch etwas da ist«, hörte sie noch in ihrem Rücken. Es würde, denn so eine Köstlichkeit musste man genießen, nicht verschlingen wie eine Würgeschlange.

Die Hälfte der Plätze war besetzt. Mayer fixierte den freien Tisch ganz im Eck hinter der Palme. Kevins Laptop und Unterlagen waren verschwunden, wahrscheinlich hatte er inzwischen die Einsatzzentrale in das Besprechungszimmer verlegt. Sollte ihr recht sein. Irgendwo gab es sicher noch einen ungestörten Raum für Einvernahmen.

Jetzt aber war einmal Überleben angesagt. Sie presste die Zitrone auf das Schnitzel aus, drückte mit dem Messer auf die Panier, schnitt ein knuspriges Eck ab und schnupperte daran.

Das Paradies.

Mit den ersten Kaubewegungen wurde ihr Körper munter. Als würden auf Befehl alle Helferchen im Bereich Verdauen mit ihrer Arbeit beginnen. So wie in diesem Film von

Woody Allen, nur waren es da die Sexualorgane inklusive Samen gewesen. Die allerdings durften bei ihr weiterschlafen. Sie schluckte. Zu zwei Prozent war sie wieder Mensch.

Ein Braterdapfel im Ganzen, zwei Gabeln Salat und dann wieder ein Stück …

»Da bist du. Ich suche dich schon überall.« Kevin.

Mayer fixierte den Teller vor ihr, das Stückchen Schnitzel auf ihrer Gabel. »Ich hab ja gesagt, dass ich was essen muss.«

»Ja, aber das ist schon ewig her.«

Der Mensch musste in einem Paralleluniversum mit anderer Zeitrechnung leben, denn sie war doch bloß … mit Lukas im strömenden Regen gestanden. Endlos. Weil er nicht allein sein wollte. Weil er jedoch niemandem von der ganzen Misere erzählen wollte. Und weil er ein ganz armer Typ war und sie ein viel zu weiches Herz hatte. Und erst jetzt spürte sie die Nässe überall am Körper.

Ein Scheinwerfer beleuchtete den Tisch, kurz danach knallte ein Donner. Irgendwo in der Nähe hatte es jetzt wohl eingeschlagen.

Ja, nur der Beginn des Gewitters hatte es vermocht, Lukas aus seiner Starre zu holen. Jetzt wimmerte er in irgendeinem Massageraum vor sich hin.

Noch ein Blitz und noch ein Donner.

Mayer spürte, wie Kevin neben ihr zusammenzuckte. Der Apfelsaft gespritzt in seiner Hand schwappte leicht über, der Laptop unter seinem anderen Arm rutschte in eine gefährliche Position.

»Setz dich doch«, wies sie ihn auf dem Stuhl ihr gegenüber ein.

Sie steckte den zweiten Bissen in den Mund. Und während sie bewusst langsam kaute, spürend, wie ein weiteres Fünkchen Energie in sie zurückkehrte, schaute sie sich im Raum um. Es war beinahe wie vor neun Stunden. Alle saßen sie mit vor Schreck geweiteten Augen da, wohl einer Mischung aus den Ereignissen und dem Unwetter geschuldet, wobei zusätzlich leichte Trauer in der Luft lag. Nur Rainer, Kriegler, Haas und Schinkels fehlten. Letztere war wohl gerade bei Oppitz. Und wie am Morgen kam Mayer Agatha Christie in den Sinn: Showdown beim Gewitter. Es wäre dermaßen geil, wenn sie nun den Mörder präsentieren könnte. Aber erstens war die eine Hauptverdächtige nicht anwesend, und zweitens wussten sie noch nicht einmal im Ansatz, wer der zweite Bösewicht sein konnte, wenn es denn überhaupt eine weitere Person war.

Sie spaltete ihre Aufmerksamkeit – Körper Essen, Geist Kevin – und nickte diesem zu.

»Front Simone Schinkels«, begann ihr Kollege auch gleich mit voller Verve und noch vollerer Stimme, um gegen das Prasseln des Regens anzukämpfen, »nichts Neues. Letzte Einwahl des Handys für heute in der Zentrale von Greenpeace. Kurz nach den Morgennachrichten.«

»Aha. Echter Profi. Hat es gleich totgemacht.«

Er nickte. »Kollegen von uns, und zwar der …« Er sah in seinen Unterlagen nach.

»Keine Details, bitte, das Stück.«

Kevin runzelte die Stirn.

Sie winkte ab. »Nur ein Zitat. Ich mein, bitte bloß keine Details, bis ich wieder voll einsatzfähig bin. Vor allem keine Namen mehr, mir schwirrt sowieso schon der Kopf.«

»Aha ja. Okay. Also Kollegen von uns …« Er musterte sie nochmals, Marke: *Will ich so nah in der Gefahrenzone bei so einer sitzen?*

»Kollegen von uns?«, lächelte Mayer ihn an. Immer dieses Zwischenmenschliche.

»Ja, also die vernehmen gerade ihren Freund. Auch so enge Kampfgenossen. Irgendwer muss ja wissen, wo sie sich theoretisch verkrochen haben könnte. Die Medien sind zurückgepfiffen. Und Karin Schinkels ist gerade bei Kollege Oppitz … 'tschuldigung, kommt nicht wieder vor.«

Mayer legte das Besteck ab. »Komm, verarsch wen anderen. Den kannst natürlich erwähnen. Sei jetzt bitte nicht anstrengend.«

Kevin grinste in sein Doppelkinn. »Zweiter Punkt, die Identitäten von Julia König und Lisa Kaiser. Ist schwer herauszufinden, weil man sich hier im Club nicht ausweisen muss, um einen Mitgliedsantrag stellen zu können. Man füllt das Formular einfach aus, und das war es. Man kann also alles hinschreiben. Die Geburtstage sind nicht identisch. Bei Julia König ist jedenfalls eines komisch: Sie taucht seit sieben Monaten nirgends mehr auf. Die Zieheltern in St. Pölten haben auch keine Ahnung, ob sie im Ausland ist oder so. Wir wissen derzeit also noch nicht, wo sie sich aufhält. Dafür müssten wir in die internationale …«

»Und Lisa ist hier vor einem halben Jahr aufgetaucht.«

»Hm, genau. Aber die scheint auch nirgends auf. Ich habe versucht, den Verwalter von der Liegenschaft im Fünften zu erreichen, die sie hier als ihre Adresse angegeben hat – übrigens dieselbe Straße, aber andere Hausnummer. Ist mir bis jetzt nicht gelungen. Ich hoffe, dass er bald zurückruft. Auf Facebook war Julia offensichtlich, weil ich einen Eintrag gefunden habe, der sie erwähnt, aber ihr Profil ist anscheinend gelöscht. Und auch die sonstigen Listen und Verzeichnisse ergeben wenig bis gar nichts. Bei Lisa überhaupt nada.«

Es war nur mehr die Hälfte des Schnitzels da, und sie

fühlte sich noch immer wie ein ausgehungertes Kind nach einem Nachmittag im Schwimmbad. Vielleicht sollte sie sich gleich ein zweites bestellen? Aber sie hatte noch so viel zu tun. God, was war das bloß für ein Job, bei dem einem nicht einmal gescheit Zeit für ein gutes Essen blieb.

»Check einmal das Bundesheer«, meinte sie kauend zu Kevin. »Lisa war angeblich auf dem Golan. Aber schau natürlich unter Julia …«

»König. Klar.« Er tippte herum und redete währenddessen in der Geschwindigkeit des Regens draußen weiter. Seltener Fall von Multitaskingfähigkeit.

Ja, im Fall Kriegler seien sie überhaupt noch keinen Schritt weiter. Oppitz verzweifle schon. Immerhin hätten sie durch diverse Zeugenaussagen eruiert, dass das Gift, das sich tatsächlich im Wodka befunden hätte, zwischen gestern um einundzwanzig Uhr abends, Krieglers Abfahrt, und heute Morgen halb, dreiviertel acht, Krieglers Ankunft, beigefügt hatte werden können. Denn das Opfer habe den Flachmann immer in ihrem Spind gelassen. Natürlich hätte sie ihn zum Auffüllen mit nach Hause genommen, aber das sei gestern nicht der Fall gewesen, laut Aussage von Stella Dielenhoff, die mit ihr gleichzeitig die Garderobe verlassen habe.

Kevin schaffte es, sogar bei dieser Nebenbeibemerkung des Jungstars zu erröten.

»Wer kann in diese Spinde?«

»Teutschnigg hat einen Generalschlüssel dafür. Der hängt aber offen in seinem Büro, ist also im Prinzip für alle zugänglich, weil er nicht abschließt.«

»Das bringt ihm eine Verwaltungsstrafe. Auf jeden Fall sollten wir nach dem Essen eine Lagebesprechung mit Katz und Oppitz machen. Kannst du das bitte organisieren?«

Kevin reagierte nicht, sondern starrte das Display an. Schließlich gab er ein schlichtes »Wow« von sich.

»Fein. Sie war also beim Heer.«

Er nickte. »Bis vor einem Jahr.«

»Okay, Fahndung. Sofort. Rössler. HR.«

Kevin zückte sein Handy.

Teutschnigg kam ins Restaurant. Sofort sprang Josef Lang auf und legte ihm die Hand auf die Schulter. Als würde er ihm Beileid wünschen. Der Clubchef lächelte auch dieses typische Lächeln, das man in solchen Fällen aufsetzte, tätschelte Langs Hand und strebte zu Stella, die in den Armen von Sascha vor sich hinschniefte, hockte sich vor sie hin und redete auf sie ein. Auf dem Sessel daneben kauerte Jeff Gardener und machte ein Gesicht wie zehn Tage Regenwetter. Irgendwas stimmte da nicht. Mayer betrachtete nun auch die anderen Gesichter genauer. In allen lag eindeutig Trauer. Vorher war ihr das vor lauter Hunger überhaupt nicht aufgefallen.

Als Kevin sein Gespräch mit Rössler beendete, fragte sie ihn: »Du, was ist da eigentlich los? Die schauen alle so betroppezt.«

Er sah sich ebenfalls um, sein Blick blieb auf dem Trauertisch Dielenhoff hängen. »Ach ja, das habe ich vergessen. Der Sponsor ist abgesprungen. Das Turnier wird wahrscheinlich nicht stattfinden. Das wollte ich dir vorhin sagen, als du wie eine Irre rausgelaufen bist.«

Mayer wischte sich den Mund ab und nahm einen Schluck von Kevins Apfelsaft gespritzt. »Jetzt können wir nur froh sein, dass erstens Julia König nicht da ist, und dass zweitens niemand weiß, dass sie wahrscheinlich die Attentäterin ist. Sonst müssten wir gegen einen Lynchmob kämpfen.«

»Ja, das ist für Stella sehr schlimm.« Seine Augenlider und Mundwinkel hingen herab. Echt ein persönlich Betroffener.

Die Tür ging auf. Unbeachtet von allen anderen, die in ihre Gespräche vertieft waren und dazwischen ihre Aufmerksamkeit Stella schenkten, kam eine junge Frau herein. Groß, durchtrainiert, mit schwarzen kurzen Haaren, die am Kopf klebten. Ebenso wie das T-Shirt und die Jeans, beides in ausgeblichenem Blau. Sie hatte eine kleine schwarze Reisetasche bei sich, die abgewetzt war.

»Kevin«, raunte Mayer.

Lisa Kaiser alias Julia König sah sich um und steuerte dann auf Bertram Ichner zu, der irgendwie angespannt wirkte. Ja, eindeutig angespannt, denn die Muskeln an seinen Armen traten hervor und der Brustkorb pumpte im Stakkato.

»Kevin!«

Es riss ihn herum. Sie machte mit dem Kinn eine ganz kleine Bewegung Richtung Theke. Kevins Augen wurden groß. Er bewegte den Mund wie ein nach Luft schnappender Fisch.

Lisajulia sagte etwas zu Ichner, der deutete mit dem Arm zu ihnen in die Ecke. Die Frau beugte den Kopf und marschierte los.

»Kann es sein, mein lieber Draganovič, dass dieser Ort magisch ist?« Blöde Frage. Er wusste ja nicht, was sie sich beim Anruf seiner Freundin am Morgen gedacht hatte.

Kevins Hand fuhr zu den Handschellen an seinem Gürtel, sein Hintern hob sich halb vom Sessel.

Mayer schüttelte den Kopf. »Kein Aufsehen. Und außerdem möchte ich wissen, warum sie da plötzlich auftaucht. Wie sie es ...« Möglichst unauffällig startete sie die Aufnahme am Handy, das neben der Pfeffermühle lag.

Lisajulia stellte die Tasche an ihrem Tisch ab und nahm die Lehne des dritten Sessels in die Hand. »Hi. Darf ich?«

Mayer nickte. Ließ den Blick durch den Raum schweifen. Na bitte, Ichner tuschelte schon mit Böck. Jeff Gardener starrte herüber, sagte etwas zu Stella, worauf die ebenfalls herüberglotzte. Das war gefährlich. Sie und Lukas wussten von ihren Nachforschungen zu Lisa. Und wahrscheinlich inzwischen auch Regina Haas, nachdem sie Katz bearbeitet hatte. Blödsinn. Alle wussten es, sie schauten abwechselnd auf die beiden Tische. Auf die beiden Bühnen.

Kevin beugte sich vor, seine Miene war wieder vollkommen ausdruckslos. »Sie sind …?«

Die junge Frau schwieg. Dann kicherte sie.

Mayer schob den Rest des Essens zur Seite. »Okay, eiern wir nicht herum.« Sie schaute der Wahnsinnigen, die sich in die Höhle des Löwen begeben hatte, in die Augen, bis die sich beruhigt hatte. »Sie sind Lisa Kaiser alias Julia König.«

Nicken. »Julia.«

»Wir suchen Sie.«

Julia rollte die Lippen nach außen, was wohl Anerkennung bedeuten sollte, lehnte sich mit ausgestreckten Beinen zurück und hängte die Daumen in den Gürtel. »Sorry, schneller ging es nicht. Ich wollte sichergehen, dass das Turnier abgesagt wird. Und dann war ich vorher auch noch in Ihrem Büro. Die haben mich dann hierher geschickt.«

Wieso hatte sie niemand vorgewarnt?

»Ich lauf bei denen unter Zeugin.« Ah ja, deswegen hatte man sie am Eingangstor durchgelassen. »Und bei Ihnen?«

»Als Hauptverdächtige.«

Julia wuschelte sich die Haare. Ein Tropfen traf Mayer. Sie grinste. »Lassen Sie mich raten: Lukas.«

»Unter anderem. Aber es war ja auch ein bisschen …«,

Nein, sag nicht blöd!, »unvorsichtig, sein Auto für die Tat zu verwenden.«

Sie wiegte den Kopf. »Naja, er hätte ja auch denken können, dass er den Schlüssel verloren hat. Ist ihm schon öfters passiert. Und dass dann …«

»… zufällig jemand genau diesen Schlüssel nimmt und ein Attentat durchzieht, das man echt lang und gut planen muss? Haben Sie das echt geglaubt, Julia?«

Sie lachte auf. »Nein.« Grinsend betrachtete sie Kevin. »Was ist? Noch nie eine Mörderin gesehen?«

»Doch. Aber noch nie eine, die einfach hereinspaziert und es zugibt.«

Mayer sah, dass sich inzwischen die Aufmerksamkeit des gesamten Restaurants auf ihren Tisch fokussierte. Sie mussten Julia König aus dem Gefahrenbereich bringen.

»Okay, wir sollten in das Besprechungszimmer gehen. Nein, in die Berggasse fahren. Hier ist vielleicht nicht der richtige Ort, um in Ruhe alles …«

»Nein«, sagte die Wahnsinnige vor ihr mit lauter Stimme. »Die sollen alle«, und dabei drehte sie sich in den Raum, »mitkriegen, warum ich das getan habe!«

Gemurmel erhob sich.

»Kevin, hol ein paar Leute. Pronto.«

Er sprang auf und lief aus dem Restaurant.

Julia beugte sich zu ihr. »Das mit Teutschnigg und meinem Vater werden Sie ja schon wissen?«

Mayer nickte.

»Eben. Er ist ruiniert. Und all die anderen wissen jetzt, dass es ganz schnell gehen kann.« Sie hob die Stimme, schickte den Satz in den Raum, während sie Mayer fixierte. »Dass kein Gauner auf Dauer unbestraft bleibt. Dass das ganze Gemauschel nichts nützt.«

Mayer zwang sich zu einem ruhigen, leisen Ton, um Julia wieder in die Intimität des Tisches zurückzuholen. »Hat eine gewisse Logik.«

»Nur eine gewisse?«

»Warum haben Sie Teutschnigg nicht einfach ermordet?«

»Das hätte ihm nicht wehgetan, denn als Toter spürt man nichts mehr.«

Ein spitzer Schrei. Alle Köpfe schnellten zur Eingangstür. Dort standen ein waschelnasser Katz und eine ebenso triefende Haas. Die hatte die Hände vor den Mund geschlagen und starrte Julia König an.

Diese seufzte und stützte lässig den Kopf in die Hand, während sie ihre ehemalige Ziehmama betrachtete. »Mir tut nur leid, dass ich sie nicht erwischt habe.«

»Wie bitte?«

Julia wandte sich wieder Mayer zu. »Sagen Sie nicht, dass Regina nichts bemerkt hat.«

Haas hyperventilierte inzwischen. Stella war auf dem Weg zu ihr. Sascha redete auf das Mädchen ein. Sie ignorierte ihn. Das Publikum konnte sich offensichtlich nicht entscheiden, welchem Geschehen es folgen sollte, denn die Köpfe sausten nur so herum.

»Was soll Frau Haas bemerkt haben?«

»Dass ihr ein Ball fehlt.«

Mayer stellte fest, dass sie wohl wie die berühmte Kuh vor dem neuen Tor dreinschaute.

Denn auf einmal sehr eifrig fuhr Julia fort: »Ich habe ihren Ball präpariert. Aber sie ist heute nicht aufgetaucht wie sonst. Also habe ich ihn beim Hohenfellner, diesem Arsch, hineingeschmuggelt. Geschwind eine neue Markierung und erledigt. Sie verwenden dieselbe Stiftfarbe. Grün.

Er einen Kreis mit einem Kreuz. Sie nur einen Kreis. Beide grün. Babysache. Aber um ihn war es ja auch nicht schade.«

Mayer rutschte das Schnitzel im Hals hoch. Sie würgte es wieder hinunter. Kaltschnäuzigkeit war nicht ungewöhnlich, aber das hier war schon Eiseskälte, die sie sonst nur von Organisierten kannte.

Julia streckte sich mit breitem Grinsen: »Aber alles andere hat wenigstens super funktioniert. Der Jimmy war brav mit seinen Leuten am Zwölfer ...«

»Sie haben das Vorgrün durchgeackert?« Dieser arme Raffi musste so bald wie möglich von seiner Unschuld erfahren.

»Klar, wer sonst? Ich musste ja sichergehen, dass sie nicht in meiner Nähe sind.«

Die Frage nach dem Sand auf dem Dreier beschloss Mayer, auf später zu verschieben, denn zwischen Haas und Dielenhoff war mittlerweile ein Gespräch entbrannt, beide hatten rote Flecken auf ihren Wangen.

»Julia, es wird hier langsam etwas … ungemütlich. Ich glaube, Sie sind hier gerade nicht sehr beliebt. Und ich habe den Verdacht, dass trotz aller Geheimhaltung die meisten spätestens jetzt wissen, dass Sie etwas mit der Sache zu tun haben könnten.« Sie stand auf. »Kommen Sie.«

Keine Reaktion. Trotziger Blick.

Kevin kam mit vier Uniformierten herein.

Die Königstochter folgte ihrem Blick und zuckte mit den Augenbrauen. »Is ja eh alles im grünen Bereich.«

Das war es gar nicht. Denn die Anwesenheit der Kollegen ließ die Menge erst so richtig wogen. Man stand auf, man schaute, man ging zum einen, man ging zum anderen.

»Jetzt kommen Sie.« Mayer winkte Kevin, der sie aber nicht sah, weil er voll auf den Disput zwischen Haas und

Dielenhoff konzentriert war. Und auch Katz' Augenmerk lag nur auf den beiden Frauen.

Sie beugte sich zu Julia, um sie am Arm hochzuziehen. Die hatte Tränen in den Augen und zog ein Schnoferl, als wäre sie wieder acht Jahre alt. »Sie müssen Sie auch mitnehmen. Sie ist an allem schuld. Sie hat mich allein gelassen.«

Mayer wurde heiß, von den Zehen- bis zu den Haarspitzen. Ihr Blick tauchte in ein Meer von Rot. Langsam ließ sie sich auf dem Sessel nieder. »Wissen Sie was? Sparen Sie sich Ihre kindische Dramatik für den Anwalt. Ich bin auch allein gelassen worden, bringe aber keine Leute um.«

Julias Kiefer malmten.

»Was? Sind Sie jetzt sauer auf mich, weil ich Ihnen Ihr Theater nicht abkaufe? Weil ich nicht vor Mitleid zerfließe?« Sie beugte sich ganz nah zu ihrem Gesicht. »Unter uns: Fuck off, Alte.«

Ein weiterer spitzer Schrei ertönte. Stella wandte sich wie eine Operndiva Julia zu.

MÖRDER / 33

Bitte Stella, reg dich nicht so auf! Bitte nicht! Ich werde einen Weg finden, um sie zu bestrafen. Du kannst dich auf mich verlassen. Das Gift habe ich immer bei mir. Wobei, wie soll ich ihr das … sicherer wäre der Griff, den mir der Pokorny … nein, ich will nicht brutal werden. Ich hasse Gewalt. Aber vielleicht ist das die einzige Möglichkeit …

»Du hast gesagt, du bist meine Freundin, Lisa.«

Da siehst du, was solche Lippenbekenntnisse wert sind. Nein, geh nicht zu ihr. Julia ist gefährlich. Am Ende tut sie dir rein aus Spaß auch noch etwas an.

»Ich heiße Julia. Julia. Das wird dir die Alte da doch verklickert haben, oder? Und wenn du mir geglaubt hast, bist du selber schuld. Wer ist schon nach zwei Wochen befreundet, ha? Du bist echt naiv.«

Da muss ich ihr recht geben. Ich hätte mehr darauf achten sollen. Aber zwei junge Frauen unter lauter älteren. Und sie hat ein Handicap, mit dem sie wenigstens ein bisschen mit dir mithalten konnte. Ich habe mir nichts dabei gedacht. Es tut mir so leid, meine Göttin, so wahnsinnig leid. Und ich wollte dir diese Konfrontation ersparen, sie verunfallen lassen, damit du nicht die schreckliche Wahrheit … Aber wer rechnet schon damit, dass sie hier auftaucht?

»Warum?«

Du klingst so arm. Und jetzt lehnt sich diese Kröte zurück, so entspannt, als wäre sie der Star einer Talkshow.

»Warum? Echt, schnallst du's nicht? Du bist da hier die Königin. Du warst meine Eintrittskarte, um mich ungestört bewegen zu können.«

Nein! Jetzt kommt auch noch Lukas. Das darf alles nicht wahr sein. Was grinst sie jetzt so breit?

»Und um mir den Typen da zu krallen. Der ist doch höchstgradig verknallt in dich. Aber dich traut er sich nicht anreden, also hat er mit mir vorliebgenommen.«

»Lisa?«

»Julia.«

Der ist wohl der Einzige, der noch nicht kapiert hat, welche Show diese Kröte da hier abgezogen hat. Na gut, die anderen haben es auch erst durch die Haas und dich mitbekommen. Wie hätten sie auch sollen? Sie kennen die Geschichte dahinter ja nicht. Außer Franz. Und der sitzt da am Tresen, als ob ihn das alles nichts anginge. Tut es ja auch nicht.

»Julia? Wieso Julia? Was soll das?«

»Luke, ihre Eltern sind nicht einfach gestorben. Ihr Vater hat sich umgebracht, nachdem ihn der Ronny betrogen hat.«

»Moment! Ich hab ihn nicht betrogen. Ich hab nur …«

»Die besseren Tricks angewandt.«

Die Haas ist sehr souverän. Hätte ich nach ihrem Auftritt vorhin nicht gedacht.

Nein, Stella, geh nicht weiter. Wieso machen die Polizisten nichts? Diese Mayer sitzt bloß da und verdaut ihr gestohlenes Schnitzel. Ich hätte ihr ein paar Tropfen draufgeben sollen, so unnötig, wie sie ist. Und dieser Karl steht auch nur in der Gegend herum. Jetzt wäre doch wirklich der Zeitpunkt, die Tarnung aufzugeben. Ihr habt eure Mörderin.

Stella! Nein, nicht weiter! Und bitte, schau nicht so naiv drein. Du hast da eine Gegnerin, die dir haushoch überlegen ist. Überlass sie mir. Irgendetwas fällt mir noch ein, bevor sie sie abführen. Eine Gelegenheit finde ich noch. Vertrau mir. Und wenn es das Letzte ist, was ich tu.

»Ich hab dir vertraut, Lisa.«

»Julia.«

»Du bist ein richtiges Arschloch.«

Endlich die richtigen Worte aus deinem göttlichen Mund.

»Und du eine verwöhnte Prinzessin. Jetzt zeig einmal, was du wirklich kannst, wenn du nicht den Polster von dem Turnier hier in diesem Club hast. Es schieben dir doch ständig alle alles in den Arsch. Stella hier, Stella da. Du hast deinen Vater nicht wirklich verloren, du hast nämlich mindestens zehn für ihn bekommen.«

Da hat sie recht. Fast. Ich bin es, der für dich sorgt. Na gut, die anderen haben auch ein bisschen … Aber ich …

»Du bist krank.«

Wahre Aussage. Solche Menschen gehören ausgemerzt. Ausgemerzt. Ausgemerzt. Eine widerliche, egoistische Drecksau. Also lass mich endlich mein Werk tun. Geh weg. Ich will nicht, dass du dabei zuschaust. Oder lenk die anderen ab. Oder was weiß ich.

»Ich bin nicht krank, nur ehrlich. Die kriechen dir doch alle in den Arsch, weil sie hoffen, dass ein bisschen von deinem Ruhm auf sie abfärbt.«

»Das stimmt nicht.«

»Oh doch. Oder hat wer die liebe Stella so lieb, dass er ihr auch dann noch das Handerl tätschelt, wenn sie nicht mehr Scratcher-Spielerin ist? Sorry. Einsplus.«

Sie schaut in die Runde. Und Stella, das willst du … das darfst du jetzt nicht sehen. Sie senken den Blick.

»Das ist doch Blödsinn.«

Oh, die Haas. Wenigstens eine Mutige. Dann muss ich auch. »Vollkommener Schmarrn.«

Jetzt murmeln sie zustimmend. Ich hab als Wirt doch noch was zu sagen.

Wieso starrst du so? Wieso freust du dich nicht, dass wenigstens zwei was gesagt haben. Das ist viel. Aber das kannst du natürlich nicht beurteilen, dafür fehlt dir die Lebenserfahrung. Du hast jetzt erwartet, dass alle aufspringen, dich umringen und dir zujubeln. Nein, meine Göttin, so spielt das Leben nicht. Ich hätte dir das gern alles erspart. Aber die Kröte will eine Konfrontation.

Und die Polizisten sind blöd. Oder zumindest sadistisch.

Jetzt steht die Mayer auf.

»So. Genug. Wir werden jetzt einen Abgang machen, Frau König.«

Doch vernünftig, die Bullentante, aber zum falschen Zeitpunkt. Denn wenn sie sie jetzt abführt, komme ich nicht mehr an sie heran.

Und die Kröte steht tatsächlich auf.

»Gern. Das ist mir einfach zu kindisch, das alles hier.«

Was ist mit dir los? Nein, nicht jetzt! Bitte bekomm keinen Anfall, nein! Scheiße.

War das deine Absicht? Du liegst am Boden und alle umringen dich. Bis auf Julia und mich. Und sie ist von der Palme abgeschirmt. Das ist gut. Das ist sehr gut. Das gibt mir so lange Deckung, bis ich es durchgezogen habe. Und wenn sie mich erwischen … du hast es nicht mitbekommen. Nicht gesehen. Irgendwann wird es für dich nicht mehr real sein. Ich habe ja gesagt: Und wenn es das Letzte ist, was ich für dich … So jemand darf nicht ungestraft … Dein Hass ist mein Hass.

Keiner schaut her. Die volle Hektik. Von hinten müsste es gehen, ganz unauffällig.

Sie registriert mich. Aber das ist egal. Sie kann gleich nichts mehr sagen. Der Franz schaut her. Nein, das war nur beiläufig. Er ist voll beim Geschehen. Er wird sich nicht erinnern. Und wenn doch? Egal. Es ist sowieso schon alles egal. Sie werden mich finden. Dann muss ich eben die Konsequenzen …

Jetzt.

Und schon bin ich weg. Hätte mehr von dieser Kröte mit ihrer Kampfausbildung erwartet. War wohl zu überrascht. Soll mir recht sein. Schicksal. Keiner hat mich beobachtet. Stella, meine Göttin, das hast du gut gemacht. Jetzt bist du gerächt. Jetzt geht es uns wieder gut.

KATZ / 34

Er betrachtete Mayer. Sie hatte die Beine hochgelagert, in ihrem Schoß einen Jahresvorrat an Zahnstochern, knickte einem nach dem anderen und warf ihn auf den Tisch, auf dem sich bereits ein veritabler Haufen gebildet hatte.

Er betrachtete Kevin, der am Brett des Westfensters lehnte, das Doppelkinn massierte und seine rechte Schuhspitze studierte, die er ständig hin und her schwenkte.

Er betrachtete Oppitz. Der Shar-pei – Mayers Bezeichnung charakterisierte ihn so etwas von auf den Punkt – scrollte auf Kevins Laptop herum. Doch sein Blick hing irgendwo links neben dem Display fest.

Und Katz visualisierte sich selbst, ebenfalls die Beine hochgelagert, die Arme hinter dem Kopf verschränkt und seine Kollegen beobachtend, weil ihm in der Sekunde wirklich nichts Besseres einfiel.

Ein armseliger Haufen.

Vor ihren Augen war ihre Mörderin umgebracht worden, und zwar von einem Mörder, wegen dem sie gar nicht angerückt, dem sie bloß zufällig auf die Spur gekommen waren. Nein, ein zu hoffnungsspendender Ausdruck. Von dem sie Kenntnis erlangt hatten, weil er übereifrig geworden war, der sich aber perfekt im Nebel der Ereignisse versteckte.

Er stand auf und stellte sich an die Fensterfront des Besprechungszimmers, die auf die Golfanlage hinausging. Alles grau in grau, dank des hereinbrechenden Abends und dem Landregen, in den das Gewitter übergegangen war. Vor ein paar Stunden hatte er noch sektbeschwingt kleine weiße Bälle durch die Landschaft geklopft und sich

Chancen bei einer attraktiven Frau erhofft. Jetzt war er ernüchtert.

Sie mussten diesen Mörder kriegen, sonst waren sie das Gespött des Polizeikorps von ganz Wien, nein, von ganz Österreich. Realistisch vom ganzen deutschen Sprachraum, wenn nicht Europa, denn die Meldung von einer so extrem peinlichen Schlappe verbreitete sich schneller als das Licht.

Er hatte fünf Meter neben ihnen zugeschlagen, und keiner hatte es bemerkt. Es hatte sogar sicher zwanzig Sekunden gedauert, bis der wütende Mob realisierte, dass er einer Toten Vorwürfe machte, sie wegen des Epilepsieanfalls von Stella Dielenhoff anklagte.

Ein Sessel neben einem Tisch in der Ecke des Raumes, darauf in scheinbar lässiger Haltung die tote Julia König, das Bild von Palmblättern umrahmt. Er würde diesen Anblick nie vergessen.

Aber es war nicht nur das drohende Gespött, das ihm Sorgen bereitete. Alle beim Mord Anwesenden waren wieder einmal zum Hierbleiben verdonnert worden, wodurch die Leute bereits an die zwölf Stunden im Club verbrachten. Die Stimmung war dementsprechend gereizt. Und der dritte Mord des Tages streute noch Furcht auf die explosive Wolke – Überlebensangst, die sich jederzeit in Verteidigungsaggression verwandeln konnte. Und dazu die Absage des Turniers … auch wenn Teutschnigg wie ein Automat positive Signale in die Gegend piepste, verstärkte diese dunkle Wolke die miese Stimmung um ein Vielfaches.

Und sie hingen hier im Besprechungszimmer herum wie Schüler, die auf die Pausenklingel warteten. Irgendetwas musste ihm einfallen, um seine Truppe zu motivieren.

Aber das konnte doch nicht so schwer sein, einen Mörder ausfindig zu machen, der neben ihnen zwei Personen abgekragelt hatte. Das Blöde war nur, dass er beim zweiten Mal einen Spezialgriff von Nahkämpfern angewandt hatte, es also gar nicht gesichert war, dass es sich beim Giftmörder und beim Mörderin-Mörder um ein und dieselbe Person handelte.

Heben, drehen, rucken – und der Hals war ab. Für Könner eine Sache von drei Sekunden.

Er schlug mit der flachen Hand auf das Fensterbrett. »Wir müssen doch nur jemanden suchen, der eine Nahkampfausbildung hat.«

Mit Schwung drehte er sich um und sah in die Gesichter von Beagles – Triefaugen und rundherum alles hängend.

»Und wenn er sich das von einem Freund hat zeigen lassen?«, brummte Oppitz.

»Wenn, wenn!!!« Er sah sie der Reihe nach intensiv an. »Wenn ich eine Henn wär, würd ich Eier legen. Bevor wir nicht gesucht haben, können wir es nicht ausschließen.«

Rössler kam zur Tür herein und schloss sie unglaublich bedächtig hinter sich, als wolle er keinen Lärm machen. Beim Umdrehen verschränkte er die Arme. »Na, da haben wir einen schönen Pallawatsch beieinander.« Er seufzte. »Ein Punkt ist wenigstens geklärt: Die Überwachung von Simone Schinkels habe ich jetzt einstellen lassen. Wenn in der Zeitung steht, dass wir den Bombenleger haben, wird sie wieder auftauchen. Und dann können wir ihr wegen des Bekennerschreibens noch immer in Ruhe auf die Finger schlagen.«

Katz deutete auf den Stuhl am Tischkopf. »Was hast du den Medien gesagt?«

Rössler nahm Platz, überschlug die Beine und grinste. »Dass die Ereignisse ihren Tribut verlangt haben.«

»Und jetzt …«

»Glauben sie alle an Kreislaufkollapse und so was. Kollegin Mayers Vorschlag, wie bei Opfer Kriegler auch dieses Mal nicht den Leichenabholdienst zu verständigen, sondern nur die Rettung, war Goldes wert. Und die Burschen und Mädchen halten den Mund. Dafür habe ich gesorgt.«

»Hannes, du wärst ein Kandidat für die Diplomatenakademie.« Er setzte sich zum Staatsanwalt an den Tisch.

Rössler sah sich um. »Wenn ich jetzt einmal den Diplomatenspeech vergesse, würde ich sagen: Ihr schaut alle aus wie die Henn unterm Schwaf.«

Lauter Hennenvergleiche, jetzt fehlte nur noch, dass sie alle hysterisch wie Hennen herumrannten und gackerten. In Fastforward sah er seine Kollegen wild durcheinanderhetzen und mit wüsten Bewegungen brabbeln und brabbeln. Ein Kichern stieg in ihm auf. Er holte tief Luft, aber das verstärkte den Drang nur noch. Er lachte heraus. Biss sich im selben Moment auf die Lippen und fixierte seine Hände auf der Holzplatte.

»Was lachst'n jetzt?«, blaffte ihn Mayer an. »So lustig war die Meldung auch wieder nicht.«

Sie war echt sauer, denn sie vergaß sogar ihre übliche, automatisierte Entschuldigung gegenüber Rössler, wenn sie nur im Ansatz kritisch gewesen war.

Rössler beugte sich vor, verschränkte die Hände. »Ich spüre hier leichte Frustrationsaggression. Das kann ich bestens verstehen, aber wir sollten diese Energie in konstruktiven Positivismus umwandeln.«

»Positivismus beschränkt sich in seiner Forschung auf das Tatsächliche, Wirkliche, Nachweisbare.« Oppitz fixierte Rössler, der ihm gegenübersaß. »Von dem hamma net vül, Herr Staatsanwalt. Da is es schwer, konstruktiv zu sein. Weswegen mir auch a bissel, a ganz klans bissel die positive Sicht auf die Dinge abgeht.«

Wow, der Shar-pei konnte ja richtig knurrig sein. Bislang hatte Katz Mayers Ex-Partner immer nur als lieben Bären kennengelernt.

Kevin stieß sich vom Fenster ab und ging zu den drei Flipcharts, die mittlerweile im hinteren Teil des Raums aufgestellt worden waren. »Wir haben doch schon sehr viel.« Er stellte sich mit am Rücken verschränkten Händen vor die Tafeln, wodurch er wie ein Mini-Rössler wirkte, für den diese Haltung charakteristisch war.

Oppitz drehte sich zu ihm um. »Hamma a bissel Kreide gjausnet, Kollege? Nein, Schmieröl. Hm, nein, wart …«

»Lass ihn, Hans«, fuhr Mayer dazwischen.

Oppitz wandte sich wieder dem Laptop zu und versank in Schweigen.

»Lasst es uns so sehen«, begann Rössler vorsichtig, »einen Mord haben wir bereits gelöst, und das in Rekordzeit.«

»Ja, weil sich die Verdächtige gestellt hat«, fühlte sich Katz bemüßigt anzumerken. »Wenn sie untergetaucht wäre, hätten wir nicht einmal mit Interpol eine realistische Chance gehabt.«

»Warum hat sie sich eigentlich gestellt?«

Mayer zuckte mit den Schultern. »Zu der Frage sind wir nicht mehr gekommen.«

»Wenn ich mir so den Beginn eures Gesprächs auf deiner Aufzeichnung anhöre, dann wollte sie …« In Katz kam da so ein Gefühl hoch. »Sie war doch Golferin, oder?«

»Handicap fünf«, ließ Kevin verlauten.

Rössler pfiff anerkennend.

Eine gute Golferin, die mit einem Golfer aufgewachsen

war. Das Spiel war extrem von Fairness geprägt. Irgendwo in Danis Notizen hatte er gelesen …

»Der Ritterbegriff.« Mayer packte den Haufen Zahnstocher in ihrem Schoß und stellte die Beine auf den Boden. »Kampf zu Ende. Neue Zeiten. So hat es Teutschnigg bezeichnet. Kein Herumgeeiere und Nachgejammere.«

»Ja, nach dem Schlag ist vor dem Schlag. Sie hat ihre Mission erfüllt. Sie war bereit, ihre Strafe abzusitzen und dann neu zu starten. Könnte ich mir vorstellen.«

Er grinste sie an, sie lächelte zurück. Leerte die Zahnstocher auf den Tisch und lümmelte ihren Kopf auf die Unterarme.

»Ich muss sagen, ihr habt innerhalb von einem Tag sehr viel von dem Spiel verstanden«, merkte Rössler an. »Ich würde mir wünschen, dass so mancher Altgolfer das gehört hätte.«

»Danke, Hannes, aber das bringt uns nicht weiter.« Katz lehnte sich zurück und verschränkte wieder die Arme hinter dem Kopf.

Wie weiter vorgehen? Es war bereits Abend, die Untersuchung des neuen Falls konnte sich noch Stunden hinziehen. Sollten sie bis dahin wirklich alle hierbehalten? Oder doch heimschicken? Eigentlich waren die meisten ja Verdächtige. Aber man konnte kaum über sie alle die Untersuchungshaft verhängen, obwohl ihm das am liebsten wäre, damit ja keiner abhaute. Aber dem würde der HR zu Recht nie zustimmen.

Nein, sie konnten alle nach Hause gehen lassen, ihre Flipcharts und Laptops einpacken, in der Berggasse morgen alles wieder aufbauen, dadurch neu bewerten und ausgeruht klar denken. Irgendwer hatte sicher etwas bemerkt, auch wenn er sich jetzt noch nicht daran erinnerte. Bei irgendjemandem gab es einen Hinweis in der Biografie. Übliche Puzzlearbeit, die einem nicht davonlief.

Und trotzdem … Er hatte das Gefühl, wie durch einen riesigen Magneten an diesen Ort gefesselt zu sein.

»Gut, Karl, Frau Mayer … Wenn ihr also schon die Regeln des Golfs, die ja eigentlich Lebensregeln sind, verinnerlicht habt, wieso handelt ihr nicht danach?«

»Was meinst?«

»Nach dem Schlag ist vor dem Schlag. Es gibt keine Probleme, nur Herausforderungen.«

»Wandkalendersprüche«, brummte Oppitz.

Katz fühlte sich elektrisiert – keine Ahnung, welche Bemerkung ihm den Kick gegeben hatte. Er sprang auf und studierte das umfangreiche Bewegungsdiagramm auf den drei Flipcharts.

»Okay, Leute.« Er drehte sich um und hob vorsorglich die Handflächen, weil er Mayer bereits in die Höhe schnellen und keppeln sah. »Wir sind uns einig, dass die Golfwelt eine eigene ist. Eine ganz eigene.«

Allgemeines Nicken.

»Dass die Regeln und die Etikette ziemlich bestimmend sind.«

Nicken.

»Dass sie für manche zur Lebensgrundlage werden.«

Mayer, Draganovič und Oppitz nickten.

Rössler bemerkte: »Weil sie Sinn ergeben. Man kann das nicht voneinander trennen. Das Leben hat die Regeln gemacht. Golf ist das Leben. Sozusagen.«

Katz deutete auf ihn und sah dabei die anderen der Reihe nach an: »Genau das ist es, was ich meine. Seht euch Hannes an, wie sich für ihn die Welten vermischen. Gelinde formuliert. Alle unsere Hauptzeugen heute und somit potenziell Verdächtigen sind ganz eng mit diesem Club verbunden, sind Golfer, zumindest in der Seele. Unser Mörder auch.«

»Bis jetzt nichts Neues«, brummte Oppitz wieder.

Der Typ ging ihm langsam auf den Sack. Was, bitte, fand Mayer an diesem Grantscherbn? Er konnte ja nicht einmal warten, bis er, Katz, seine Ausführungen abgeschlossen hatte. So etwas konnte er schon gar nicht leiden.

»Ich hab da so ein dumpfes Gefühl, auf was du hinauswillst, Chief«, meinte Mayer. »Vergiss es.«

»Was meint sie?«, mischte sich nun Rössler wieder in.

Katz rubbelte sich die Glatze. Nun kam es auf die Formulierung an, um nicht alle sofort gegen die Idee aufzubringen. »Ein Spieler, Wolfgang Böck …«

Mayer warf den Kopf zurück und verdrehte die Augen.

»Wieso sperrst du dich so, Dani? Was ist unser Credo?«

Sie ließ sich wieder mit den Armen auf den Tisch fallen. »Jeder Gedanke ist es wert, durchgedacht zu werden, nur dann kann er gesichert ausgeschlossen werden.«

»Könn' ma jetzt bitte endlich aufn Punkt kommen?« Oppitz wirkte plötzlich sehr wach.

»Okay. Also dieser Böck meinte, jemand bringe Ungustln um. Cerny, den Grapscher, Hohenfellner, den Polterer …«

»Der ja jetzt von der Liste gestrichen wird«, meinte Oppitz. Doch war der Unterton weniger destruktiv als die reine Wortwahl.

»Dann Kriegler, die Betrügerin …«

»Und jetzt König, die Mörderin«, schloss Rössler. »Ist schon ein bissel weit hergeholt, oder? Wobei ich den Ansatz verstehen kann, ich hatte auch schon die eine oder andere Gewaltfantasie gegenüber Mitspielern. Aber dieser Ärger als Grundlage für eine Mordserie erscheint mir schon ein wenig … dünn.«

Katz spürte, wie die Energie wieder aus seinem Körper wich. Er ließ sich auf den Sessel neben Oppitz fallen.

»Abgesehen davon, dass wir zuerst die Fakten zu Ende sortieren sollten, bevor wir wild über das Motiv herumspekulieren«, murmelte Mayer in ihre Unterarme, »ist da ja noch das, was Stella gesagt hat.«

Blitzartig schnappte sich Kevin seinen Laptop und drückte ein paar Mal herum. »Sie hat Angst, dass irgendjemand genau die Leute umbringt, die sie nicht leiden kann.«

»Wäre nett, wenn das auch für mich jemand erledigen würde«, feixte Rössler. »Aber ehrlich, das klingt nach überspannter Fantasie einer aufgeregten Siebzehnjährigen.«

»Stimmt.« Mayer setzte sich aufrecht hin. »Aber es gibt diesen Brief.«

Katz fühlte sich wieder schlagartig hellwach. »Ja genau, der Brief!«

»Welcher Brief?«, fragte Rössler.

»Ist bei der Spurensicherung in der Berggasse«, klärte Kevin auf. »Aber er lautete wie folgt: *Hab keine Angst. Bald ist es vorbei. Ich beschütze dich.*«

Stille.

»Wieso erfahre ich davon erst jetzt?« Rössler richtete sich seinen Krawattenknoten.

»Weil sich die Ereignisse a bissel überschlagen haben, lieber Hannes?«

»Darauf brauchst du mich nicht aufmerksam zu machen, lieber Karl.«

Mach dich nicht so wichtig! Katz starrte Rössler an, der starrte zurück. So richtig hatte er sich noch immer nicht an den neuen Usus, dass der Staatsanwalt der Herr des

Verfahrens war, gewöhnt. Dabei war die Reform schon sieben Jahre her.

Mayer räusperte sich. »Äh ja, das wäre doch … Ich meine, jetzt, angesichts der Ermordung von Julia König, finde ich eine Überlegung in diese Richtung nicht mehr so abwegig. Ich bin dem Gedanken zwar auch im Gespräch mit Stella Dielenhoff nachgegangen, aber im Grunde schien sie mir zu dem Zeitpunkt noch etwas unrealistisch. Obwohl sie von allen hier irgendwie beschützt und umsorgt wird. Aber eben von allen.«

Rössler wandte sich ihr voll zu. »Wieso eigentlich, liebe Frau Mayer?«

Sie klärte ihn über den Tod des Vaters auf.

»Und wieso ändert der Tod Königs nun Ihre Einstellung?«

»Weil sie doch Stella massiv Probleme bereitet hat. Kurz zuvor wurde bekannt gegeben, dass sich der Sponsor zurückzieht. Kein Geld, kein Turnier, weniger Chancen für Stella, wirklich in der Rangliste verbleiben zu können. Außer Teutschnigg ist sie diejenige, die am meisten Schaden davonträgt.«

»Und nachdem sie es sicher nicht gewesen ist …«, warf Oppitz ein.

»Muss es ihr selbst ernannter Beschützer gewesen sein«, ergänzte Mayer. Sie überschlug die Beine und deutete auf die Flipcharts hinter Katz. »Dennoch finde ich, wir sollten zuerst die Fakten durchgehen. Irgendwann werden wir zwar die Schriftprobenanalyse haben, aber ein sicheres Ergebnis muss die uns auch nicht bringen.«

Stille.

Rössler stand auf und umkreiste in der für ihn typischen Haltung, mit den am Rücken verschränkten Händen, den Tisch. Sie sahen ihm alle dabei zu. Am Kopfende des Tisches blieb er stehen und stützte sich mit den Händen auf die Stuhllehne.

»Kollegin Mayer, ich schätze Ihren Hinweis auf die notwendige Faktenarbeit, wie immer, dennoch finde ich diesen Gedanken …« Er blieb stehen und atmete durch. »Es würde passen. Zu dem, was wir vorhin überlegt haben. Ein absolut loyaler Caddie, der alles für den Erfolg seines Pros tut. Und nicht einmal die Änderung der Vorgehensweise irritiert mich, denn für Gift hatte er angesichts der Situation keine Zeit.«

»Stimmt«, warf Kevin ein. »Wir waren kurz davor, sie abzuführen.«

»Und damit wäre sie aus seinem Einflussbereich gekommen.«

Oppitz schüttelte den Kopf. »Nein, nein. Sie war ja schon unschädlich. Sie hätte Stella nichts mehr tun können. Und eine reine Bestrafung? Na, ich weiß nicht.«

Stille.

Katz musste sich eingestehen, dass die ständig negativen Einwürfe von Oppitz doch nicht so schlecht waren, auch wenn er grantig wurde, in der ersten Euphorie abgebremst zu werden.

Jetzt stand Mayer auf und tigerte eine Runde. Sie hatte die Hände in den Hosentaschen, wollte also cool wirken. Aber Katz sah, wie ihre Halsschlagader pochte. Was kam jetzt?

»Gehen wir es durch. Teutschnigg hätte natürlich aus Hass auf König einen Grund, aber er ist bei Stella gekniet. Wolfgang Böck wäre ein Kandidat. Er wäre nicht der erste Mörder, der so quasi nebenbei sein Motiv verrät. Aber er ist genau mir gegenübergestanden und hat Tanja Leibenfrost an den Schultern umarmt. Jeff Gardener ist auf der anderen Seite von Stella gehockt, Regina Haas an der anderen Seite von mir gestanden.«

»Neben mir waren Harald Breitner und Josef Lang«, übernahm Katz die Auflistung.

»Bei mir stand Lukas Steindl. Mehr weiß ich nicht«, ergänzte Kevin.

»Und Karin Schinkels war mit mir im Billardzimmer«, gab Oppitz kund.

Was bezweckte sie damit? Jetzt? Das konnte sie alles morgen auch noch rekonstruieren. Katz drehte sich um, weil Mayer hinter ihm bei der Wand mit Informationen stehen blieb.

»Es bleiben also der Japaner, Jonas Liebkind, Werner Piblitz, die restlichen Marshals, alle Greenkeeper, Kellner Gogo, Franz Ruttner und Bertram Ichner. Abgesehen von Sissi im Sekretariat und Sven in der Küche.«

»A no gnua«, kommentierte Oppitz, der sich ebenfalls zu seiner Ex-Partnerin umdrehte.

»Okay«, ignorierte Mayer den Einwurf und atmete tief ein. »Angesichts des Rests, den wir noch nicht platzieren können …«

»Liebe Kollegin Mayer, reden Sie nicht herum. Was wollen Sie uns sagen?« Rössler klopfte auf den Tisch.

Nicht so forsch, Hannes, sie leidet gerade. Katz grinste in sich hinein. Er wusste plötzlich ganz genau, was mit Dani los war. Sie hatte eine Intuition, konnte das so natürlich nicht zugeben und versuchte, sie irgendwie mit Tatsachen zu belegen. Bei Gelegenheit musste er ihr erklären, dass Intuition nichts Magisches war, sondern sich meist aus zwei Quellen speiste: Lebenserfahrung und unbewusste Beobachtungen, die der Geist jenseits vom analytischen Bewusstsein zusammenstöpselte.

Sie holte nochmals tief Luft. »Bertram Ichner. Er war sehr, sehr angespannt, als ihn Julia König nach uns gefragt hat.«

Stille.

»Äh, entschuldige, Daniela«, Kevins Stimme piepste, »das waren alle, wie die König aufgetaucht ist.« Diese leise Kritik an Mayer hatte ihm jetzt sicher vor lauter Stress ein paar graue Haare gebracht.

»Stimmt.« Ihre Schultern fielen nach vorne. »Aber …« Sie schüttelte den Kopf und starrte den Boden an.

»Er ist ein Hardcore-Regel-Verfechter«, fühlte sich Katz bemüßigt, ihr Schützenhilfe zu geben. »Ich hab mit ihm am Tresen getratscht. Eisern, so wie der Wolfgang Böck, der bei diesem Gespräch dabei war.«

»Und wie hat sich Ichner bei Böcks Theorie verhalten?«, fragte Rössler.

»Still. Polierend.«

Rössler setzte sich wieder. »Naja, aber das ist alles noch nicht so wirklich … bestechend, möchte ich sagen. Ich meine, einfach nur so, weil man jemanden süß findet und alles für diesen Menschen tun möchte … na gut, gibt es auch. Aber er könnte Stellas Vater sein … okay, auch das gibt es. Aber irgendwie … ich meine, er ist hier Restaurantleiter, hat ein gutes Leben …«

»Aber erst seit zwölf Monaten«, warf Mayer ein. »Über die Jahre vorher wusste Stella nichts, und davor war er hier bereits Spieler.«

»Was natürlich genau gar nichts aussagt«, monierte Rössler wiederum.

»Er war auf der Baumgartner Höhe«, warf Kevin ein und deutete auf seinen Laptop. »Ich weiß allerdings noch nicht, warum.«

»Ein Hoch dem Datenschutz«, kommentierte Rössler trocken. »Ich will gar nicht wissen, wie Sie an dieses Wissen gekommen sind, Draganovič, bevor Sie keine offizielle Auskunft von den Ärzten dort erhalten haben.«

Kevin wurde knallrot. Katz beschloss, einmal mit ihm über seine Hackerfähigkeiten zu reden und ihm zu erklären, wie man Illegales abhandelte, ohne dass es der Ermittlungsarbeit auf den Kopf fiel.

»Noch ein Süchtler?«, sinnierte Mayer.

»Nein«, meinte nun Oppitz. »Er hat im Gespräch mit mir erwähnt, dass er ein einziges Mal im Leben als Zwölfjähriger Alkohol getrunken hätte, weil ihm seine Patentante einen Sherry aufgedrängt hat. Seitdem hasst er Drogen jeglicher Art. War ein richtiger Vortrag, und das nur, weil ich auf lustig gemeint habe, ein Bier wäre bei der Schwüle nicht schlecht.« Er brummte. »Is mir komisch vorgekommen, weil, welcher Wirt redet scho gegen sein eigenes Geschäft? Und di ganze Zeit hat er ja fröhlich ausg'schenkt. Hab mir dann dacht, der is halt a bissel drüber wegen der ganzen Leichen.«

»Okay, dann bleibt nur irgendwas Psychisches«, warf Katz ein. »Aber das ist Arbeit, bis die mit dem Hintergrund herausrücken, die Weißkittel. Siehst du eine Chance auf Schweigepflichtentbindung, Hannes?«

Rössler nickte und machte sich eine Notiz.

Mayer räusperte sich schon wieder, anstatt einfach zu reden. Sie musste echt langsam lernen, dass ihre Meinung auch im Landeskriminalamt sehr gefragt war.

»Auf eine Viertelstunde kommt es jetzt nicht mehr an, oder?«, krächzte sie.

Rössler schüttelte den Kopf.

»Okay, ich hätte da so eine Idee, wen ich einmal inoffiziell fragen könnte. Nur damit wir Ichner gleich von der Liste der Verdächtigen streichen können.«

Natürlich. Von der Liste streichen. Eh klar. Katz strahlte Mayer an. Er war sehr glücklich, dass er wieder einmal den richtigen Riecher bewiesen hatte. Ein Viech von einem Polizisten, seine Dani.

MAYER / 35

Mayer zog die Tür auf und hielt sicherheitshalber die Luft an. Vorsichtig die erste Schwade erschnuppern. Na, war ja gar nicht so schlimm. In *Three Oaks* hielt man sogar den Raum für das Müllmanagement, wie es so schön an der Tür angeschlagen war, sauber.

Und ordentlich. Die diversen Abfalltonnen standen in Reih und Glied an den Wänden, von knallweißem Energiesparlampenlicht bestens ausgeleuchtet. Der versiegelte Betonfußboden glänzte keimfrei. Zumindest tat er so.

Franz Ruttner stand mit einem großen Kübel bei einem Container, aus dem Zeitungspapier hervorlugte. Er war mitten in der Bewegung erstarrt und glotzte sie an.

»Im Restaurant hat man mir gesagt, dass ich Sie hier finde.« Sie hatte Ichner fragen müssen, hoffentlich schöpfte der keinen Verdacht. Nein, warum sollte er? Er konnte von ihren Überlegungen nichts wissen.

Ruttner schüttete ein bisschen Papier in den Container, stellte den Kübel ab und drosch auf den Haufen ein. »Drei Mal habe ich schon um einen zweiten Container angesucht. Wie soll sich das denn ausgehen, wenn wir jeden Tag alle Zeitungen auflegen und noch mindestens fünfzehn Zeitschriften dazu?«

»Hm.«

»Die Behörden, wirklich wahr. Beamte sind nichts anderes als Schnarchnasen.« Und mit einem Seitenblick auf sie: »Anwesende natürlich ausgenommen.«

Wieder schüttete und stopfte er.

Wie sollte sie es anlegen? Sie hatte im Besprechungszimmer zwar so getan, als wäre alles ganz logisch, aber hatte sich auf Ichner eingeschossen, weil sie etwas ritt, was sie verdammte: Intuition. Zwar klingelte alles in ihr, wenn sie nur *Bertram Ichner* dachte, doch blieb die scheinbare Sicherheit schlicht ein Gefühl. Und sie konnte Ruttner ja schwerlich sagen: *Hören Sie, ich hab so das Gefühl, dass Ichner der Massenmörder von Three Oaks ist. Erzählen Sie mir ein bisschen von ihm, damit ich weiß, wo ich suchen muss und das untermauern kann.* Nicht einmal mit dem Hinweis auf die Baumgartner Höhe ging das, denn das durften sie offiziell gar nicht wissen, so rot, wie Kevin geworden war.

»Also, was gibt's so Dringendes?«

»Ich muss Sie zum Mord an Julia König einvernehmen.«

Er zeigte ihr seine schwarz befleckten Zähne. »Im Müllraum. Klar.«

Mayer, der Typ da war einmal Universitätsprofessor gewesen! Und auch wenn man Wissenschaftlern Weltfremdheit nachsagte, so war Franz Ruttner sicher nicht dumm.

Schütten und Stopfen. »Oder ist es was, was die anderen nicht mitkriegen sollen? Nein, dann hätten Sie nicht nach mir gefragt.«

Er drehte sich um und betrachtete ihre Hände. »Kein Handy zum Aufzeichnen. Und ohne das Ding sind Sie heute keinen Schritt gegangen. Es soll also nicht gleich in den Akten aufscheinen, habe ich recht?«

Schütten und Stopfen.

Der Mann war wirklich nicht schlecht. Überhaupt nicht schlecht. »Und würden Sie mir solche Fragen beantworten?«

Er stellte den Kübel ab und vollzog sein Baseballkappe-Stirnwischen-Prozedere. »Ja also, wenn ich ehrlich bin, weiß ich nicht, ob ich will, dass der Mörder von der Lisa …

also der Julia geschnappt wird. So eine Drecksau. Bringt den Club an den Rand des Ruins. Das sage ich natürlich auch nur unter uns.« Er grinste sie an.

Mayer begutachtete die blaue Tonne neben ihr – sie war ebenfalls blitzsauber – und lehnte sich mit dem Ellenbogen auf sie. »Das verstehe ich. Blöd ist nur, dass wir glauben, dass ein und derselbe Mann für Cerny, Kriegler und König verantwortlich ist.«

»Sie glauben …«

»Dass Cerny und Kriegler zusammenhängen, werden wir bald beweisen können, der Exhumierungsantrag für ihn ist rausgegangen.«

»Okay, und was haben die beiden mit der König zu tun?«

»Gegen was wehren Sie sich, Herr Ruttner? Wir sprechen hier über drei Morde, die in diesen heiligen Hallen innerhalb kürzester Zeit begangen worden sind, abgesehen von Hohenfellner natürlich. Dafür reagieren Sie ziemlich cool. Sagen Sie bloß, ich habe Sie falsch eingeschätzt und Sie sind selbst der Saubermacher.«

Wobei das natürlich eine Variante sein konnte. *Shit.*

»Wieso Saubermacher?«

»Ein Zeuge, also ein Spieler, mutmaßt, dass jemand alle Ungustln umbringt.«

Ruttner lachte schallend auf. »Der Böck mit seinen narrischen Fantasien. Der hat sogar schon einmal, wie er besoffen war, einen Masterplan dazu aufgezeichnet. Für wen welche Todesart. Aber vergessen S' ihn. Hunde, die bellen, beißen nicht.«

»Wie bitte? Er hat anderen öffentlich den Tod angedroht?« Na, bitte, so viel konnte man von Intuition halten. Aber nein, es ging sich nicht aus. Böck war in der engen Runde um Stella Dielenhoff gewesen. Vielleicht war der König-Mörder doch ein anderer als der selbst ernannte Beschützer von Stella.

Ruttner zauberte hinter dem letzten Container zwei rosafarben gestrichene, gerade Holzsessel hervor, schob einen zu Mayer und setzte sich auf den anderen ihr gegenüber. »Der Ronny und ich sitzen da oft und rauchen eine. Plaudern ein bissel. Er hat es sich ja offiziell abgewöhnt.«

Mayer setzte sich und holte einen Zahnstocher aus der Hosentasche. Sie knickte ihn ganz vorne an der Spitze ab.

»Schauen Sie«, beugte sich Ruttner zu ihr. »Das war immer nur so ein besoffenes Gerede vom Wolfi. Er braucht solche Fantasien, weil eigentlich ist er ja ein Weichei. Ich hab selber gesehen, wie er einmal in Ohnmacht gfallen ist, nur weil sich der Silver ein Stückel Haut am Nagel abgerissen und dann geblutet hat.« Das Baseballkappe-Stirnwischen-Prozedere. »Okay, es war ja Gift, das hat nichts mit Blut zu tun. Aber vorstellen kann ich's mir trotzdem nicht. Er ist ein Herzensguter. Und das mit der Lisa passt schon gar nicht. Das wäre ihm viel zu viel Körperkontakt.«

»Klingt nach Komplexler. Das sind immer die Gefährlichsten.« Mayer hätte sich am liebsten auf den Mund geschlagen. Ruttner war für diese ansonsten sehr hilfreiche, weil Zeugen zum zensurfreien Tratschen bringende Waschküchenphilosophie-Plattitüde viel zu intelligent.

»Das müssen Sie beurteilen. Ich kann Ihnen nur eine Einschätzung geben.« Er kramte eine Packung Gauloises heraus und zündete sich genüsslich eine Zigarette an.

Mayer spürte, wie in ihrem Hirn etwas mit erhöhter Aktivität arbeitete. Ein Gedanke.

»Sagen Sie, Herr Ruttner, wer war denn in dieser Mordplanrunde dabei?«

»Na, ich und der Silver.«

Hm, Josef Lang war mit seinen bösartigen Bemerkungen sicherlich auch ein Kandidat – allerdings nur, wenn man die Giftmorde von dem Genickbruch abtrennte. »Kann es sonst noch jemand mitbekommen haben?«

»Ja also, der Gogo natürlich und der Bertl. Die sind ja immer da. Also werden sie auch bei der Gschicht da gewesen sein. Ich weiß es nicht mehr so genau. War auch nicht mehr ganz nüchtern. Das war's. Ja, es war kurz vor dem Zusperren.«

Da war er, der Name. *Eng dich im Denken nicht ein, Daniela! Einkreisen, annähern.*

»Und können Sie sich noch erinnern, für wen was angedacht wurde?«

Ruttner überschlug die Beine, wobei er sich zusätzlich am eigenen Unterschenkel einhakte. Auf das eine Knie stützte er beide Ellenbogen, die Schultern waren zusammengerollt – er reduzierte sich zu einem halben Persönchen. Auch nicht ganz belastungsfrei, der Gute.

»Was schauen S' mich so an?« Er schmunzelte. »Weil Ihnen klar worden ist, dass ich ja auch dabei war. Aber ich kann Sie beruhigen. Sie werden herausfinden, dass ich beim Cerny seinem Tod auf Urlaub war, bei meiner Schwester in Bad Radkersburg. Drei Wochen lang. Kurz, bevor ich wieder nach Hause bin, ist das mit dem Poldi passiert.«

Natürlich würden sie das noch kontrollieren, aber es reduzierte die Wahrscheinlichkeit von Ruttner als Serienmörder gewaltig. Für Kriegler war er noch immer im Rennen, allerdings nur, wenn sie von einer Gruppe ausgingen, die sich die Morde aufteilten. Eine Möglichkeit. Aber irgendwo musste sie ja anfangen, auch mit dem Vertrauen.

»Okay, Herr Ruttner, ich glaub Ihnen, auch wenn man das als Polizist niemals machen sollte.« Sie lächelte.

Er hob die Augenbrauen. »Auch kein schönes Leben. Hoffentlich haben S' wenigstens privat jemanden, dem S' vertrauen können.«

Ja, und das sind meine Kollegen – sie schluckte es hinunter. Wenn sie nicht aufpasste, entwickelte sie sich noch zu einer billigen Kopie des Tratschtanten-Katz'. Außerdem ging den Mann ihr Privatleben überhaupt nichts an.

Sie lächelte erneut, so unverbindlich wie möglich. »Also? Für wen was?«

Seine wasserblauen Augen suchten den Boden nach Erinnerung ab. Sie ließ ihm die Zeit, denn die Antwort war nicht unerheblich. Er vergaß völlig auf seine Zigarette, die auf einmal keinen Rauch mehr ausstieß. Als er an ihr ziehen wollte und nichts mehr ging, kramte er erneut das Feuerzeug heraus. »Scheiß EU. Nur weil ein paar Trotteln mit der Zigarette im Bett eingschlafen und verbrennt sind, müssen wir anderen jetzt unter selbst auslöschenden Papierln leiden.« Dicke Wolke. »Die Frage von Ihnen is net lustig.«

»Warum?«

»Ja, also, weil der Cerny wirklich einen Herzinfarkt kriegen sollte. Durch einen Schreck.«

Mayers Hände wurden nass.

Er grinste. »Aber dann ist es schon aus. Der Hohenfellner sollte einen Golfschläger eingeführt bekommen, der Kriegler die verlogene Zunge rausgeschnitten werden. Der Fleming, den kennen S' noch nicht, der stinkt, also zu heißes Bad. Für die Kronbichler, is heute auch nicht da, war eine Fütterung mit Sand vorgesehen, weil die nie den Bunker recht. Noch zwei waren auf der Liste, aber die weiß ich nicht mehr.«

»Sie sind ja ärger als die Inquisition.«

»Ja, vielleicht waren die damals auch alle ständig besoffen.« Er sah sie todernst an, aber dann stahl sich ein Grinsen in sein Gesicht, was sie erwiderte.

Die Idee der Inspiration durch das Gespräch war also gestorben – zumindest im Detail. Gift war auch sauberer und unauffälliger.

Sic schwiegen.

Mayer nestelte an ihrer Hose herum, um sich unauffällig die Hände abwischen zu können. Jetzt musste sie sich endgültig entscheiden, ob sie Ruttner für verdächtig hielt oder nicht … Okay, manchmal musste man springen.

»Wissen Sie, Herr Ruttner, wir glauben allerdings, dass sich da jemand als Beschützer von Stella Dielenhoff aufspielt. Und sich das nur zufällig mit der Liste der Ungustln deckt.«

»Beschützer? So ein Quatsch, wir passen eh alle auf sie auf.«

»Stella hat heute eine entsprechende Nachricht erhalten.«

Er starrte sie an, schüttelte den Kopf. »Das wär ja total …« Er wedelte mit der Hand vor der Stirn.

»Das sind Serienmörder meistens. Wem trauen Sie zu, dass er es mit dem Beschützen ein bissel zu ernst nimmt?«

»Niemand«, kam es wie aus der Pistole geschossen. »Wobei … reinschauen kannst in keinen.« Er wippte mit dem Standbein seiner Verknotung, wodurch der ganze Körper in Vibration geriet. Neuerlich sinnierte er den Boden an.

Schweigen.

Es nützte nichts, sie musste noch konkreter auf ihr Ziel losgehen. »Sagen Sie, Herr Ruttner …«

»Ah, jetzt kommen wir zum Punkt, gell?«

Wichtigtuer. Nein, Schlaumeier. Gegen ihren Willen musste sie lachen. »Ja, tun wir. Und ich brauche nicht betonen, dass das alles …«

»… unter uns bleibt. Klar.« Er trat die Zigarette aus. »Hören Sie, kindische und zugegebenermaßen ungustiöse Fantasien sind das eine … ich bin auf Ihrer Seite.«

»Bertram Ichner.«

Er zog die Augenbrauen zusammen.

»Der war hier früher Spieler«, fuhr sie fort. »Jetzt ist er Restaurantchef. Dazwischen scheint es eine Zeit zu geben, in der er verschwunden war. Beziehungsweise hat er sich auf der Baumgartner Höhe aufgehalten. Fragen Sie mich nicht, woher wir das wissen. Auf jeden Fall auf solchen Wegen, dass wir noch nicht herausgefunden haben, warum er dort war. Er scheint Drogen aller Art ja zu verachten. Wissen Sie zufällig …«

Sie merkte, dass sie den Satz mit vagen Handbewegungen vollendete. Das war alles so urpeinlich.

Ruttner zeigte keine Reaktion.

»Naja, versuchen wollte ich es.« Sie stand auf.

»Warum schießen Sie sich auf den Bertl ein?«

»Wissen Sie, wo er beim Anfall der Stella war?«

Seine Augen wurden groß, er runzelte die Stirn. Dann nickte er in kleinen Bewegungen, immer und immer wieder. »Auch in der Ecke hinten an eurem Tisch. Hat der Lisa ein Wasser gebracht. Glaube ich zumindest. Ich habe nicht auf ihn geachtet.«

»War sonst noch jemand bei der König?«

»Hab niemanden gesehen, aber wie gesagt, ich hab nicht aufgepasst.«

»Wenn wir morgen alle Aussagen detailliert zusammenhaben, werden wir es wissen. Aber Sie sind der Erste, der eine Angabe machen kann. Bis jetzt hat sich niemand im Speziellen an ihn erinnert. Und wenn jemand den Mord beobachtet hat, wird er es uns ja wohl schon gesagt haben.«

»Da wär ich mir nicht so sicher«, feixte Ruttner.

»Oh doch. Nicht alle sind so coole Typen wie Sie«, feixte sie zurück.

Er wurde schlagartig ernst. »Setzen Sie sich bitte noch einmal? Da redet es sich leichter.«

Sie kam seiner Aufforderung nach.

Sein Adamsapfel hüpfte, seine Lippen zuckten – da kämpfte einer ganz gewaltig mit sich. Was kam jetzt bloß?

»Fällt mir nicht leicht. Aber wenn Ihnen keiner hilft, wie sollen Sie dann … und wenn nichts dahinter ist, stellt sich das eh schnell heraus. Ich komm mir so widerlich vor.«

»Verstehe ich. Niemand erzählt gern was Unangenehmes über seine Freunde. Aber manchmal muss es sein.« Sie hörte sich wie ihre eigene Oma an. Zu Katz passte die Rolle des verständnisvollen Kieberers viel besser.

Er entwickelte sich und verknotete sich nun mit dem anderen Bein. »Das, was ich Ihnen jetzt erzähle, weiß ich vom Harald. Breitner. Weil ich mich gewundert habe, warum er den Bertl immer so angewidert anschaut, wenn er sich unbeobachtet fühlt. Also, nachdem der Bertl Restaurantchef geworden ist. Vorher nicht. Da war der Harald noch in anderen Sphären.« Er machte die Geste des Trinkens. »Bis er dann auf Entzug ist.«

»Und?«

»Ja, der Harald wollte das loswerden, weil er eigentlich ein guter Mensch ist und ihn das … ich muss noch einmal so sagen, ja, angewidert hat. Aber eigentlich war er ja zum Schweigen verpflichtet, aber er hat's nicht mehr ausgehalten. Und bei mir ist alles sicher. Wissen Sie, Frau Mayer, ich bin da hier fast so was wie ein Beichtvater.«

»Verstehe.«

»Ja, und auf der Höhe hat er den Bertl getroffen. Der war dort in der Psych.«

»Jetzt sagen Sie es schon, Herr Ruttner.«

»Er ist durchdreht vor Schuldbewusstsein, der Bertl. Er hat den Vater von der Stella niedergeführt und Fahrerflucht begangen.«

»Ups.«

»Genau, ups. Niemand weiß das. Aber anscheinend wollte der Bertl es auch einmal jemandem erzählen, keine Ahnung, warum, er hat eh einen Therapeuten gehabt. Jedenfalls hat er umgekehrt vom Harald etwas gewusst, was niemand erfahren darf. Und das sage ich Ihnen sicher nicht, Frau Mayer. Weil der Harald ist ein feiner Kerl, seit er nicht mehr sauft. Und ändern tut es auch nichts mehr. Er ist gestraft genug gewesen. Jetzt ist sein Leben in Ordnung, und das soll so bleiben.«

»Wenn's im Zuge der offiziellen Ermittlungen herauskommt, kann ich aber nichts machen.«

»Dann schauen S' halt, dass es nicht herauskommt.«

»Ich kann nur versprechen, dass ich das alles bedenke, was Sie mir erzählt haben.«

Er musterte ihr Gesicht. »In Ordnung. Jedenfalls hat er dann dem Harald gesagt, er soll beim Ronny ein gutes Wort für ihn einlegen für den Posten als Restaurantchef, obwohl er ja überhaupt keine Erfahrung in dem Bereich gehabt hat. War früher Innenarchitekt. Ja, und er hat ganz genau gewusst, dass der Ronny gegenüber dem Harald a bissel weich ist. Ganz leichte Schuldgefühle. Also hat der Harald auf Haberer mit dem Bertl gemacht und ihn bei uns reingedrückt.«

»Und Sie haben das alles erfahren und nichts unternommen?«

»Wäre ja auf den Harald zurückgefallen. Und dann hab ich mir gedacht, der Bertl hat eh schon genug gelitten, immerhin drei Jahre Psych, und auch er verdient eine zweite Chance. Wenn das jetzt alles bekannt wird, macht's die Stella nur fertig und ihren Vater nicht mehr lebendig.«

»Und Sie haben sich nie gefragt, warum er ausgerechnet hier arbeiten wollte?«

»Nein, wieso? Ist ja sein Golfplatz, also ich mein, er ist hier seit Anfang an Mitglied. Und als amtlich bekannter Antritschter kriegst nicht so leicht einen Job, so was spricht sich immer herum, Datenschutz hin oder her. Da brauchst Freunde. Oder Erpressungsmaterial wenigstens. War für mich alles sehr logisch.«

»Ja, aber ist doch Wahnsinn, jeden Tag das Opfer seiner eigenen Schuld zu sehen.«

Er seufzte. »Hm, vielleicht war es auch ein bissel Selbstgeißelung. Aber er hat sich sehr um sie gekümmert. Ich hab mir gedacht, er will seine Schuld abarbeiten. Und das wäre mehr im Sinne der Beteiligten als der Knast. Habe ich mir gedacht.«

»Ich bin mir fast sicher, er hat das Abarbeiten sehr effektiv gemacht. Aus seiner Sicht. Stella hat mir erzählt, dass sie die Morde auf sich bezogen hat, weil diese Leute sie gestört haben und es auf sie gewirkt hat, als würde jemand alles, was sie …«

Die Tür wurde aufgerissen. Kellner Gogo keuchte sie an. »Frau Kommissar … der Bertl, also der Herr Ichner …«

Mayer sprang auf. »Was macht er?«

»Er … er …« Er deutete mit dem ausgestreckten Arm Richtung Spa-Haus.

»Ja?« Sie rannte zu ihm und schaute hinaus.

Im blaugrünen Gegenlicht der Schwimmhalle baumelte eine menschliche Silhouette von der Platane.

STELLA / 36

Liebes Tagebuch, du bist jetzt der einzige Freund, den ich noch habe – also bis auf Mama natürlich. Sie unterbricht die Tournee und kommt heim. Gott sei Dank. Ich schaff das alleine nicht.

Aber ich kann jetzt schreiben, wenigstens das, da fühle ich mich nicht gar so – ich weiß nicht. Wie bei einem guten Schlag, wenn du neben dir stehst. Da ist es ein tolles Gefühl, jetzt nicht. Es geschieht alles, und ich kann nichts machen. Aber der Freund von Sascha, der übrigens auch ein Bulle ist, hat den Notarzt gecheckt. Und der hat mir eine Spritze gegeben. Ich steh zwar noch immer neben mir, aber ich habe nicht mehr das Gefühl, dass ich schreien muss. Dass ich gleich wieder wegkippe.

Und so schreibe ich, damit ich irgendetwas tu, bis mich ein Streifenwagen nach Hause bringt. Nach Hause. Sie organisieren gerade die Oberholzer, dass sie heute bei mir bleibt, bis Mama morgen kommt. Wahnsinn. Meine Klassenvorständin muss mir Händchen halten. Sie ist die Einzige von draußen, mit der ich – zu der ich einen Bezug habe. Wie das die Polizistin formuliert hat. Ich soll ihr eine BEZUGSPERSON nennen. Da bin ich draufgekommen, dass ich mit niemandem außerhalb des Clubs wirklich eng bin. Alle meine Freunde sind hier. Ich habe keine echte Schulfreundin. Warum auch? Ich bin ja immer hier. Hier. Ja, hier ist meine Welt. Und die ist jetzt – nicht mehr meine Welt.

Lisa.

Ich kapier das noch immer nicht. Sie hat sich so gut verstellt. Ich habe wirklich geglaubt, dass ich endlich eine

Freundin in meinem Alter habe. Also fast in meinem Alter. Die mich versteht, weil sie selber spielt. Und dabei war sie nur Hass. Der Lukas tut mir auch leid. Der ist völlig am Boden. Ich muss mit ihm reden. Ich weiß, wie es ihm geht. Hoffentlich verdaut er das alles. Hoffentlich kann er einem anderen Mädchen wieder vertrauen. Er ist so ein Lieber, und diese Schlange hat ihn nur ausgenützt.

So wie mich.

Sie ist jemand ganz anderes. Ich höre es, registriere es und verstehe es nicht. Wenn wir gelacht haben miteinander, wenn sie mir von Lukas erzählt hat – alles jemand anderes.

Ich habe ihr vertraut.

Nein. Nie wieder.

Der Bertl. Ich hab ihn gern gehabt.

Ich schreibe das alles, lese es und verstehe es nicht. Weder im Kopf noch sonstwo. Ich komme mir wie so ein Papagei vor, der alles nachplappert. Der Bertl ist ein dreifacher Mörder. Das hat mir die Polizistin klargemacht, weil ich das alles nicht verstanden habe. Er am Baum. Der Brief in seinem Büro. Redet da irgendetwas von sich meiner würdig erweisen. Altertümlicher Quatsch. Und dass er mich jetzt nicht mehr beschützen kann, aber im Himmel mein Caddie sein wird.

Versteht das irgendjemand?

Irgendjemand?

Ich weiß nur, dass er mich die ganze Zeit angelogen hat.

Mir wird schlecht. Also ich weiß, dass mir schlecht wird, aber ich spüre es nicht. Liegt wahrscheinlich an der Spritze.

Der Gedanke, dass der drei Leute umgebracht hat für – ja, für mich. Wenn ich diesen Gedanke denke, wird alles leer in mir. So wie kurz vor einem guten Schlag. Aber jetzt möchte ich am liebsten aus mir heraussteigen und weggehen. Damit nichts mehr zu tun haben.

Vielleicht mache ich das. Einfach gehen. Ich will mit niemandem zusammen sein, für den Menschen getötet worden sind.

Und er hat mich nicht einmal gefragt, ob ich das will, dieser Egoist. Wenn ich könnte, würde ich ihn umbringen, um sicher zu sein, dass so etwas nie wieder vorkommt. Aber selbst diese Entscheidung hat er mir nicht überlassen.

Wenigstens ein Gutes hat das alles: Ich muss meine Emotionen nicht mehr in den Griff bekommen. Ich hab keine mehr. Dank Spritze. Das muss ich mir merken.

ENDE

DANKSAGUNG

Begonnen hat alles damit, dass meine Mutter vor acht Jahren (Stand 2014) beschloss, eine ihr völlig neue Sportart zu erlernen (sie konnte bereits auf Handball, Tischtennis, Tennis und einiges mehr zurückblicken, teilweise auf professionellem Niveau). Dadurch trat der Effekt ein, den auch sehr viele Golfratgeber beschreiben: Man wird als Angehöriger oder Freund unfreiwillig Co-Golfer.

Um bei leidenschaftlichen Berichten nicht ständig Bahnhof zu verstehen, besorgte ich mir das erste Golflexikon. Um die Schauplätze der Dramen visualisieren zu können, ging ich auf Runden mit. Um irgendwie verstehen zu lernen, warum bei meiner Mutter plötzlich das ganze Leben auf Golf ausgerichtet war, schlug ich selber ab … und gehöre seitdem zu den etwa zwei Prozent der Menschen, die infiziert sind, den Sport aber aus zeitlichen oder anderen Gründen nicht ausüben (etwa zwanzig Prozent können nichts mit dem Ballgeklopfe anfangen, aber eben fast achtzig Prozent kommen nach dem ersten Abschlag nie wieder davon los).

So gesehen war es nur eine Frage der Zeit, sich dieser Sportart einmal schriftstellerisch intensiv zu widmen. Doch mit diesem Entschluss hat die Recherche erst so richtig begonnen – mit meinen Golfbüchern (Sachbücher und Belletristik) könnte ich mittlerweile gut eine Buchhandlung bestücken. Dazu kamen unzählige Internetseiten sowie Nachtstunden vor dem Fernseher, um Niklaus, Woods und Co bei der Arbeit zu beobachten …

Und es begleiteten mich dankenswerterweise auch viele tolle – reale – Menschen auf dem Weg zum fertigen Roman

»Caddielove«. In die Welt der Amateure haben mich in stundenlangen Gesprächen die leidenschaftlichen GolferInnen Fritz Fischer, Heinz Fromm (auch Testleser), Michael Mohapp, Brigitta Naber (die außerdem gemeinsam mit Heinz Fromm mit Engelsgeduld für mein Promotionvideo abgeschlagen hat) und Melitta Schachenhofer (auch Testleserin) eingeführt, jene der Profis ließ mich Eugen Fürnweger verstehen.

Chefinspektorin DI Bettina Bogner vom Landeskriminalamt Wien und Günter Kelz vom Stadtpolizeikommando Favoriten standen mir einmal mehr mit polizeilichem Know-How zur Seite.

Wunderbare und extrem hilfreiche TestleserInnen jenseits der bereits Genannten waren Susanne Gebhart-Siebert, Asta Krejci-Sebesta, Franz Schrenk, Susanne Schubarsky, Harald Naber, mein Mann Robert Stöger (dem ich für das alles, was er für mich tut, lieber unter vier Augen ausführlich danke …), Jennifer Wind und Julia Winkler.

Meinem Agenten Lars Schultze-Kossack und meiner Lektorin Claudia Senghaas danke ich neben Sachlichem vor allem für die seelische Unterstützung bei den Hoch und Tiefs eines schreiberischen Lebens. Und erwähnen möchte ich auch unbedingt das Team vom Gmeiner-Verlag, das uns AutorInnen immer mit Verve begleitet.

GOLFGLOSSAR

Grundsätzliches zum Spiel – wie funktioniert es?

Golf wird seit Jahrhunderten gespielt, erste urkundliche Erwähnungen datieren im 13. Jahrhundert, wobei sich Großbritannien, die Niederlande und Frankreich darum streiten, wo zum ersten Mal ein kleiner Ball mit verschiedenen Schlägern in ein Loch befördert wurde. 1754 wurde in Schottland der *Royal and Ancient Golf Club of St Andrews* als einer der ersten Golfclubs überhaupt gegründet (auch die ersten Golfregeln wurden dort festgelegt). Mit seinem *Old Course* gilt er als die Wiege des Golfsports an sich und ist heutzutage ein Mekka für Golfer.

Ein (Turnier)Golfplatz besteht aus 18 Löchern, auch Holes genannt. Diese Löcher sind verschieden lang und verschieden schwierig zu spielen, abhängig von Hindernissen wie gebogene oder zu schmale Spielfläche, Teiche am Rand oder Baumgruppen, hohe Wiesen und Sandbunker mitten im Spielfeld, Fairway genannt. Jedes dieser Löcher hat ein Par, das ist die Angabe, wie viel Schläge bis zum Einlochen ein guter Spieler (Scratch-Spieler, dazu später) benötigt – und zwar 3 bis 5 Par. Wenn man dieses Loch mit ebenso vielen Schlägen bewältigt, spielt man es Par, also ausgeglichen. Schläge darüber werden als Bogey bezeichnet, Schläge darunter als Birdie usw. (siehe Glossar).

Ein Golfplatz ist meist so konzipiert, dass all die zusammengerechneten Mindestschläge die Zahl 72 ergeben (es gibt aber auch andere Plätze). Das Handicap eines Spielers errechnet sich daraus (einfach gesprochen, es ist ein klein wenig komplizierter), wie viele Schläge er über oder unter dieser Marke für 18 Löcher benötigt. Die Zahl darüber hätte eigentlich ein Minus davor, wird aber langläufig ohne geschrieben und ist das, was üblicherweise als Handicap bezeichnet wird. Wenn ein Spieler genau diese Schlaganzahl benötigt, also genau Par spielt, dann ist er ein so genannter Scratch- oder Null-Spieler. Wenn er weniger benötigt, wird sein Handicap mit einem Plus davor angegeben. Doch das ist kaum vonnöten, denn ab Null und im Plusbereich sind Spieler überwiegend Professionals, und die tragen die Turniere ohne Handicap-Angabe aus. Im angloamerikanischen Raum ist es übrigens nicht üblich, nach dem Handicap zu fragen.

Es gibt einige Varianten, gegeneinander antreten zu können, ich stelle Grundsätzliches jetzt nur vereinfacht dar. Damit Spieler verschiedener Stärkc miteinander eine Runde gehen können, wurde 1898 von Frank Stableford ein System erfunden, bei dem der gute dem schlechteren Golfer Schläge vorgeben muss. Und grundsätzlich unterscheidet man zwischen Lochspielen (es wird auf den Sieg von dem jeweiligen Loch gespielt) und Zählspielen (man spielt auf die gesamte Runde).

Die im Buch verwendeten Begriffe und Phrasen:

60 auf den Stock: in diesem konkreten Fall 60 Zentimeter Abstand zur Fahne (Stock), die im Loch steckt

Albatros: drei Schläge unter Par (auch Doppel-Eagle genannt)

Abschlag: der erste Schlag auf einem Loch, bei dem es um Weite geht

Annäherung: die Schläge nach dem Abschlag und vor dem Einlochen, speziell jene kurz vor dem Green

Ansprechen: mentale und mechanische Vorbereitung (z.B. einschwingen) vor dem Schlagen eines Balls

Birdie: ein Schlag unter Par
Bogey: ein Schlag über Par; zwei Schläge darüber sind ein Doppel-Bogey usw.
Bogeyspieler (Bogeygolfer)**:** ein Spieler, der mit Sicherheit mehrere Bogeys für eine Runde benötigt, er hat dann meist ein Handicap ab 15 aufwärts
Break: die Kurve, die ein geputteter Ball aufgrund des Grains bzw. der Ondulierung des Greens macht
Bunker: Sandbunker, meist in der Nähe des Greens angelegt, um dem Spieler die Annäherung zu erschweren
Caddie: trägt die Tasche des Spielers, berät ihn bezüglich Schläger und Schlägen
Caddiemeister: einst, als es Caddies auch noch jenseits vom Profisport gab, der Chef aller Caddies, jetzt eine Art guter Geist des Clubs und Mädchen für alles mit den Funktionen eines Hausmeisters, kümmert sich um alle Belange, die nicht Pro-Shop, Restaurant und Verwaltung/Sekretariat betreffen
Chefgreenkeeper: Chef der etwa acht Greenkeeper pro Platz, die für die Pflege (auch Neubepflanzung etc.) des Platzes zuständig sind, nachdem er von einem Golfplatzarchitekten gestaltet worden ist
Chip(pen): kurzer (hoher) Schlag zur Annäherung an das Grün
Divot: ein Stück Rasen, das man, gewollt oder ungewollt, beim Schlagen auf dem Fairway herausreißt; es ist Pflicht, dieses Stück sofort wieder einzusetzen
Dog-leg: Fairway mit einer markanten Krümmung, wie das abgewinkelte Bein eines Hundes, manchmal befindet sich in der dadurch gebildeten Ecke ein Teich
Downhill: wenn beim Ansprechen/Schlagen das rechte Bein höher steht als das Linke (bei Rechtshändern)

Drive: der Schlag vom Abschlag weg, jedoch nicht auf einem Par 3 so genannt; man absolviert ihn meist (nicht immer) mit dem Driver (auch Holz 1 genannt, siehe ebendort)
Driving Range (oder kurz Range): Übungsplatz für die weiten Schläge
Eagle: zwei Schläge unter Par
Eisen: Kurzbezeichnung für jene Schläger, die man für kürzere Distanzen einsetzt; sie bestehen aus Eisen, wie der Name schon sagt; durchschnittliche bis nicht so gute Amateure verwenden manchmal Schläger, deren Schäfte aus dem leichteren Karbon bestehen; je niedriger die Zahl (z.B. Eisen 5 im Gegensatz zu Eisen 8), desto weiter die Entfernung, die man damit schlagen kann
Fairway: Spielfläche als Ganzes
Flight: eine Gruppe, die miteinander eine Golfrunde absolviert, zwischen zwei und vier Personen
Grain: Wuchsrichtung des Grases auf einem Green
Green: auch Grün genannt; das Gebiet rund um das Loch mit extrem kurz geschnittener, bestens gepflegter Rasenfläche; nicht immer plan, sondern auch hängend oder gebogen
Greenfee: Preis für eine Runde Golf auf einem Golfplatz für Auswärtige (also jene, die nicht auf diesem Platz eingeschrieben sind)
Handicap: 1. Spielstärke eines Spielers (siehe Einführung); 2. Schwierigkeitsgrad eines Lochs (siehe Rating)
Holz: Kurzbezeichnung für jene Schläger, die man (meist) für die großen Distanzen am Beginn des Holes einsetzt; waren einst aus Holz, bestehen heute aus Metall mit Carbon/Grafit-Schäften und zeichnen sich durch größere Köpfe aus; je niedriger die Zahl (z.B. Holz 1 im Gegensatz zu Holz 3), desto weiter die Entfernung, die man

damit schlagen kann; Holz 1 ist der sogenannte Driver für die weitesten Abschläge.

Hook: Ball, der in der Luft scharf von rechts nach links kurvt (siehe auch Slice)

Marshal: ist auf dem Platz unterwegs (meist mit E-Car), um für ein zügiges Spiel zu sorgen, bei kleineren Regelstreitigkeiten auszuhelfen und die Spieler zur Sauberkeit anzuhalten; er ahndet zum Beispiel auch nicht wieder eingesetzte Divots; pro Platz gibt es drei bis vier M.

Par: 1. Schlagvorgabe eines Lochs, also die Anzahl der Schläge, die ein Scratchspieler dafür benötigt; 2. Par spielen, also genau die angegebene Anzahl der Schläge für ein Loch benötigen

PGA: Kurzbezeichnung für ein Professional-Turnier, das von der **P**rofessional **G**olf **A**ssociation ausgetragen wird; es gibt die US und die European PGAs jeweils für Damen und Herren, wobei die Turniere weltweit gespielt werden, also auch in Südamerika, Asien, Afrika und Australien/Ozeanien. Bei diesen Turnieren kann man sich Punkte erarbeiten, die dann den Platz in der Weltrangliste ausmachen

Pitch(en): Annäherungsschlag zum Green, etwas länger als ein Chip

Platzreife: nach dem Anfängerkurs muss man die Platzreife absolvieren, bei dessen Prüfungen auch das Golfregelwerk und die Etikette abgefragt werden; danach startet man mit einem Handicap von 45

Pro: Professional; Bezeichnung für einen professionellen Spieler, also jemanden, der mit dem Golfspielen Geld verdient; das kann ein Golfprofi sein, der/die an Turnieren teilnimmt (Playing-Pro bzw. Proette), oder ein(e) TrainerIn (Teaching-Pro)

Putt/putten/Putter: Bezeichnung für alle Schläge auf dem Grün selbst, egal, ob man damit ins Loch trifft oder nicht; Verb: putten; spezieller Schläger: Putter.
Range: siehe Driving Range
Rating (oder Course-Rating): Schwierigkeit des Lochs/des Platzes für einen Scratchspieler in Bezugnahme auf Details wie Breite des Fairways, Hügel, etc.; es kann zum Beispiel ein Par 3 (drei Schläge bis zum Loch) leicht sein, wenn der Fairway breit ist und kaum Bäume herumstehen, es ist hingegen schwer, wenn der Fairway schmal ist und Gefahren von Teichen, Dickichten und Bunker drohen; Löcher haben deshalb zusätzlich zum Par noch eine Handicap-Angabe, was also den Schwierigkeitsgrad bezeichnet (1 ist das schwierigste, 18 das leichteste)
Rotella: gemeint ist Bob Rotella, einer der bekanntesten Sportpsychologen der Gegenwart, hat mehrere Bücher zum Thema Golf veröffentlicht, darunter jenes mit dem Titel »Der 15. Schläger«; der Ausdruck bezieht sich darauf, dass in einem Golfbag nicht mehr als 14 Schläger sein dürfen, der 15. Schläger also die mentale Einstellung ist.
Rough: Wiese abseits des Fairways, meist (künstliche) Wildnis
Score: Spielergebnis (Anzahl der Schläge pro Loch inklusive Strafschläge), das auf der Scorekarte mit einem Bleistift eingetragen wird; auf der Karte sind auch die Länge der Löcher, das Par und das Rating festgehalten
Semirough: Rasenfläche neben dem Fairway, das sich im Grasschnitt bzw. bezüglich Höhe zwischen Fairway und Green befindet
Slice: ein Ball, der in der Luft scharf von links nach rechts kurvt (siehe auch Hook)
Tee: Stift aus Plastik oder Holz mit breitem Kopf, auf den

beim Abschlag der Ball gelegt wird; Tee bezeichnet auch die Fläche, von der abgeschlagen wird

Tour-School: Turnier zur Qualifikation für die Professionals; es wird jedes Jahr im Herbst in einem Club pro Land in drei Stufen abgehalten (Aussiebeprinzip); die zehn besten Spieler qualifizieren sich sofort für die 1. Liga, sogenannte US oder European Tour, die nächsten 15 für die 2. Liga, die so genannte Challenge-Tour; in Österreich bewerben sich pro Jahr ungefähr 280 Personen (Männer und Frauen), 50 (25/25) schaffen es in die beiden Tours

Vorgrün: auch Fringe genannt, maximal ein Meter breiter Gürtel rund um das Green mit etwas höherem Grasbewuchs

Yips: unkontrollierte Muskelzuckungen, nervlich bedingt, die Spieler schlecht putten oder chippen lassen

Der Witz:

Ein Rabbi ist auf Dienstreise in England. Am Sabbat wacht er frühmorgens auf – und schaut direkt auf den sonnenbeschienenen Golfplatz. Er überlegt hin, er überlegt her, dann denkt er sich: »So zeitig in der Früh sieht mich eh keiner …« Er packt sein Bag und geht zum ersten Abschlag.

Oben im Himmel flattern die Engerln aufgeregt durcheinander. »Jahwe, Jahwe, der will am Sabbat Golf spielen! Du musst ihn bestrafen!«

Gott lächelt. »Er wird bestraft.«

Der Rabbi schlägt ab – und locht direkt ein.

Die Engerln im Himmel flattern noch aufgeregter: »Aber Jahwe … ein Hole-in-one! Du wolltest ihn doch bestrafen?!«

Gott lächelt erneut: »Nun – wem kann er das erzählen?«

GLOSSAR DER WIENER UND SPEZIALAUSDRÜCKE SOWIE DER ABKÜRZUNGEN

Die Begriffserklärungen halten sich im Wesentlichen an jene des Österreichischen Wörterbuchs (ÖBV 2009, 41. Auflage, ISBN 978-3-209-06875-0) und an »Sprechen Sie Wienerisch?« v. Peter Wehle (Ueberreuter 1980, ISBN 3-8000-3165-5) sowie an die Homepages der (s) Genannten.

Abwasch: Spüle
Antritschter/antritscht: geistig beschränkt, dumm (Herkunft unbekannt)
Baumgarten: eig. »Sozialmedizinisches Zentrum Baumgartner Höhe Otto-Wagner-Spital und Pflegezentrum«; manchmal auch kurz »Höh« genannt; im Volksmund auch des Öfteren »Steinhof«, weil an den Steinhof-Gründen gelegen; es werden dort sowohl psychisch als auch physisch Kranke behandelt
Berggasse: Adresse des Landeskriminalamtes von Wien
betroppezt: betroffen, bestürzt, verwirrt (aus dem Jiddischen)
bitzeln: zornig und unbeherrscht sein, z.B. bitzelt ein Kind im Trotzalter
brodeln: *hier* (ugs.) sich Zeit lassen, langsam sein, Zeit verschwenden; aber natürlich auch sieden
desperat: ohne Hoffnung, verzweifelt, ratlos (Wortstammverwandtschaft mit Desperado)
Elmayer: berühmteste Tanzschule Österreichs (eig. Tanzschule Willy Elmayer-Vestenbrugg Ges.m.b.H.), ggr. 1919

und seit jeher für die Vermittlung von Benimmregeln und Fragen der Etikette bekannt; derzeitiger Leiter »Benimmpapst« Thomas Schäfer-Elmayer (seit 1987), Autor eines berühmten Buches über gutes Benehmen und jahrelanger Choreograph der Eröffnungspolonaise am Wiener Opernball

Erdapfel (der)/**Erdäpfel** (die): Kartoffel(n)

hackeln: schuften, arbeiten (von Hacke=Beil)

HR: Haft- und Rechtsschutzrichter; bewilligt Festnahmen etc.

Grant (grantig)**:** schlechte Laune, Missmut, Wut; v. greinen oder auch ev. v. dem Importwort Granden = spanische Adelige, von Ferdinand II. (16. Jht.) gemeinsam mit dem spanischen Hofzeremoniell nach Wien gebracht, die beim Volk unbeliebt waren und demnach »Grand« erzeugten

Grantscherben: (obiger Erklärung entsprechend) ständig übelgelaunter Mensch

Gspusi: Liebhaber(in), Liebschaft, Liaison; müsste eig. Gsposi heißen (vom ital. sposa=Verlobte), hat sich aber lautmalerisch im Lauf der Jahrhunderte verschoben

gschamig: verschämt

Ki(e)berer: Kriminalbeamter, Polizist; Wortstamm im Mhd. mit kîben=schelten, Weiterentwicklung über das Jiddische und das Rotwelsch (Gaunersprache)

kiefeln: kauen, nagen (vom Mhd. Kivel[e]=Kiefer)

kletzeln: etwas mit dem Finger herunterzupfen oder – kratzen (Pflaster, Fleck, Pickel etc.)

knotzen: (auch knozen) lümmeln; auch sich ausruhen, dahindämmern, sich nicht rühren; v. mhd. knotze = (Ast) Knorre

leiwand: cool, angenehm, beeindruckend, toll; von mhd. lînwât (linnenes Gewand, das seinerzeit als besonders gut und daher teuer galt)

Matura: Reifeprüfung an höheren Schulen, Abitur

Pallawatsch (auch Ballawatsch): Durcheinander, Chaos; man ist sich uneinig, ob das Wort tschechischen Hintergrund hat (von paliti =brennen, davonlaufen) oder einen italienischen (balordagine=Tölpel).

Paradeiser: Tomate; pers.-griech.-lat. Ursprung, einst über die Italiener (pomo di paradiso=Paradiesapfel) nach Österreich gekommen (Tomate stammt übrigens aus dem Mexikanischen: tomatl)

Pensionist: im Ruhestand befindliche Person, Rentner

(einen) **Pik haben:** auf jemanden einen Zorn haben (vom franz. pique=Spieß)

putzig: herzig; wahrscheinlich von Putzerl (auch Butzerl)=Baby, kleines Kind, das sich wahrscheinlich vom mhd. butze=Popanz ableitet

schlatzig (der Schlatz): glitschig, schleimig

schludern: schlampig arbeiten

Schmafu: in verächtlicher Weise Blödsinn (v. franz. Je m'en fous=Das ist mir vollkommen egal)

Schnoferl: beleidigter Gesichtsausdruck, Schnute (v. schnaufen)

SKO: sprengstoff**k**undige **O**rgane – Sonderabteilung für Sprengstoff

STA: Freikirche der Siebenten-Tags-Adventisten; einer Untergruppe der Adventisten

süßeln: Süßholz raspeln

tratschen: plaudern, klatschen, aber auch ausplaudern; so können die Tratschn (Frau, die viel tratscht) und der Tratsch sowohl neutral im Sinne von Plaudern/Plaudertante, als auch im Sinne von Gerüchte verbreiten gemeint sein

Ungustl: unappetitlicher, widerlicher Mensch; vermutlich von ungustiös

wischerln: lautmalende Umschreibung für die »unanständigen« Begriffe pissen und urinieren; eine der vielen These über die Herkunft des Wortes lautet: in früheren Zeiten wurde bei Blasenleiden Wasser aus dem Ort Vichy getrunken

Zund: Information, Hinweis (lautmalend)

PERSONENLISTE:

Clubpersonal:
Ronald »Ronny« Teutschnigg: Besitzer und Manager von *Three Oaks*
Peter König: vor fünfzehn Jahren von Teutschnigg um sein Einkaufszentrum gebracht
Karl Verzetnitsch: vor acht Jahren von Teutschnigg um die Freundin betrogen
Harald Breitner: Marshal, ehemaliger Partner von Teutschnigg
Franz Ruttner: Caddiemeister
Jeff Gardener: Chef-Pro
Jeremias »Jimmy« Walter: Chefgreenkeeper
Bertram »Bertl« Ichner: Restaurantleiter
Lukas Steindl: Architekturstudent und Anwärter auf Pro, derzeit Mädchen für alles

(Fast) schweigendes Clubpersonal:
Sissi: Sekretariat
Sven: Koch
Gogo: Kellner

SpielerInnen:
Wolfgang Böck: Apfelsafttrinker und Bewahrer von guten Manieren
Leopold Cerny: Toter (vor einem Monat) – nicht mehr anwesend
Regina Haas: Modell für reifere Damen
Markus Hohenfellner: Leiche – in Teilen anwesend

Lisa Kaiser: Freundin von Stella Dielenhoff
Susanne Kriegler: Buchhalterin, schummelt
Josef »Silver« Lang: der zynische »Hauskommentator«
Tanja Leibenfrost: Boutiquebesitzerin
Jonas Liebkind: Jungspieler, der Stella Dielenhoff verehrt
Werner Piblitz: Journalist und Jazzliebhaber
Engelbert Rainer: Hotelgast am Sprung in die USA
Alexander »Sascha« Ritter: bester Freund von Chefinspektor Karl Maria Katz
Kathi Rumpf: zeitweilige Spielpartnerin von Stella Dielenhoff, nicht anwesend
Karin Schinkels: Laborbesitzerin mit Tochter/Greenpeaceaktivistin Simone

Sonstige:
Johannes Oppitz: ehemaliger Partner von Daniela Mayer aus dem Kommissariat West
Hannes Rössler: Staatsanwalt
Helge Schmitz: Leiter der AB08 (Tatortgruppe), gebürtiger Kölner

Weitere Krimis finden Sie auf den folgenden Seiten und im Internet:
www.gmeiner-verlag.de

Sabine Naber
Marathonduell
978-3-8392-1379-7

»Er, der intuitive Freak. Sie, die stoische Pragmatikerin. Gemeinsam: ein Traumteam.«

Marathon in Wien. Eine Tote, ein Täter, ein perfektes Alibi und ein Chefinspektor namens Katz, der sich wie ein Pitbull in die Idee verbeißt, den scheinbar unschuldigen Verlobten des Opfers doch noch der Tat zu überführen. Zeitverschwendung in den Augen von Gruppeninspektorin Daniela Mayer, denn das Alibi ist wasserdicht. Katz lässt sich nicht beirren und entdeckt, dass schon mehrere Frauen im Umfeld des Verdächtigen abrupt gestorben sind …

GMEINER

Wir machen's spannend